AYŞE KULİN

1. *Güneşe Dön Yüzünü* (Öykü)
2. *Bir Tatlı Huzur* (Biyografi)
3. *Foto Sabah Resimleri* (Öykü)
4. *Adı: Aylin* (Biyografik Roman)
5. *Geniş Zamanlar* (Öykü)
6. *Sevdalinka* (Roman)
7. *Füreya* (Biyografik Roman)
8. *Köprü* (Roman)
9. *İçimde Kızıl Bir Gül Gibi* (Deneme)
10. *Babama* (Şiir)
11. *Nefes Nefese* (Roman)
12. *Kardelenler* (Araştırma)
13. *Gece Sesleri* (Roman)
14. *Bir Gün* (Roman)
15. *Bir Varmış Bir Yokmuş* (Öykü)
16. *Veda* (Roman)
17. *Sit Nene'nin Masalları* (Çocuk kitabı)
18. *Umut* (Roman)
19. *Taş Duvar Açık Pencere* (Derleme)
20. *Türkan-Tek ve Tek Başına* (Anı-Roman)
21. *Veda* (Çizgi Roman)
22. *Hayat-Dürbünümde Kırk Sene*
23. *Hüzün-Dürbünümde Kırk Sene*

Ayşe Kulin, *Foto Sabah Resimleri* ile 1995 yılında Haldun Taner Öykü Ödülü'nü, 1996 yılında Sait Faik Hikâye Armağanı'nı, 2007 yılında *Veda* ile Türkiye Yazarlar Birliği, En iyi Roman Ödülü'nü, 2008 yılında ise *Nefes Nefese* ile European Council of Jewish Communities tarafından verilen en iyi roman ödülünü kazandı. Birçok kez iletişim fakültelerinin, çeşitli okulların, kurumların, dergilerin ve derneklerin anketlere dayalı ödüllerini aldı.

Sevdalinka'nın Bosna-Hersek telif geliri savaş mağduru çocuklara; *Kardelenler*'in telif geliri Kardelenler Projesi'ne; *Sit Nene'nin Masalları*'nın telif geliri ise UNICEF Anaokulu Projesi'ne bağışlanmıştır.

TÜRKAN
Tek ve Tek Başına
Ayşe Kulin

Yayın No **756**

Biyografi **46**

Türkan

Tek ve Tek Başına

Ayşe Kulin

Yayına hazırlayan: Çiğdem Su
Kapak tasarım: Utku Lomlu
Kapak fotoğrafı: Kutup Dalkıran
Düzelti: Aylin Samancı
Mizanpaj: Bahar Kuru Yerek

1. Basım: Kasım 2009 (100.000 adet)
Cep Boyu 1-3. Basım: Şubat - Ocak 2011 (40.000 adet)
Cep Boyu 4. Basım: Mayıs 2011 (5.000 adet)

ISBN: 978 - 975 - 289 - 695 - 6
Sertifika No: 10905

Baskı ve Cilt: Melisa Matbaacılık

Tel: (0212) 674 97 23
Faks: (0212) 674 97 29

EVEREST YAYINLARI
Ticarethane Sokak No: 53 Cağaloğlu/İSTANBUL
Tel: (212) 513 34 20-21 Faks: (212) 512 33 76
Genel Dağıtım: Alfa, Tel: (212) 511 53 03 Faks: (212) 519 33 00
e-posta: info@everestyayinlari.com
www.everestyayinlari.com
www.twitter.com/everestkitap

Everest, Alfa Yayınları'nın tescilli markasıdır.

ÖNSÖZ

Prof. Dr. Türkan Saylan'la, 2003 yılında, onun hayata geçirdiği ve sonradan benim adını KARDELENLER olarak değiştirdiğim, ÇAĞDAŞ TÜRKİYE'NİN ÇAĞDAŞ KIZLARI adlı projenin kitabını yazmak için doğu illerine doğru yolculuğa çıkmadan önce tanıştım. Dostluğumuz ilerleyince, biyografisini yazmamı arzu etti.

Hakkında yazılmış pek çok kitap vardı. *At Kız,** kendi kaleminden hayatının belli bir bölümüne dair otobiyografiydi. Mehmet Zaman Saçlıoğlu'nun kaleme aldığı *Güneş Umuttan Şimdi Doğar,*** ise, hayatının tüm evrelerini gözden geçiren, kapsamlı, özenli bir nehir söyleşiydi. Ayrıca, tıp ve eğitim

* *At Kız,* Türkan Saylan, Cumhuriyet Kitapları, (2007).

** *Güneş Umuttan Şimdi Doğar,* Haz: Mehmet Zaman Saçlıoğlu, Türkiye İş Bankası Yayınları, (2004).

alanlarındaki çalışmaları da çeşitli kitaplarda toplanmış, bana yazacak pek bir şey kalmamıştı. Bunu ona söylemiştim ama isteğini yerine getirememiş olmak bir türlü içime sinmiyordu. 2008 yılının sonlarında, bir araya geldiğimiz bir gün, eğer kabul ederse, lepra dünyasına dair bir kitabı, onun üzerinden kaleme almayı önerdim.

Türkan Hoca bana hastalarıyla ilgili öyküler anlattı. Ne yazık ki o günlerde omuzumda oluşan bir sorundan ötürü üç ay boyunca sağ elimi kullanamadım. Mart sonuna doğru iyileştiğimde, bu kez onun hastalığı çok ilerlemiş, iyice güçsüzleşmişti. Buluşmalarımızda onu yormaktan korkuyor, konuşturmaya çekiniyordum.

2009 yılının Nisan ayında Türkan Hoca'nın evi basıldı, kitaplarına, yazılarına, mektuplarına el kondu. Sonrası zaten bir rüzgâr hızıyla gelişti. Türkan Hoca kaybettiği bedensel gücünü, baskından sonra, kısa bir süre için adeta geri kazandı, canını dişine takıp bitirmesi gereken tüm işlerini hızla tamamladı, beni son kez görüşmeye çağırarak kitapla ilgili bazı özel isteklerini aktardı, başkanı olduğu Çağdaş Yaşamı Destekleme Derneği'nin yirminci yıl töreninde konuşmasını yaptı ve sonra tedavisini durdurarak, aramızdan ayrıldı. Cenazesine İstanbul'da yaşayan tüm iyi ve dürüst insanlarla, yurdun dört bir tarafından gelen lepralılar, burs verdiği çocuklar ve öğrenciler katıldı. Türkiye, bu muhteşem insana şükranlarını, 19 Mayıs 2009 tarihindeki cenaze töreninde, içtenlikle sundu.

En eski ve en yakın arkadaşlarından biri olan Gökşin Sanal'ın bana on üç yaşından itibaren yazıştıkları mektuplardan kendi seçtiği bölümleri vermesiyle, kitabımın önceden planladığım içeriğini değiştirdim. Yazacaklarım, Türkan Hoca'nın hayatının bugüne kadar kaleme alınmamış kesitleri üzerine yoğunlaşmalıydı. Hakkında yazılmış olanlardan az alıntı yapmaya, tekrara düşmemeye gayret ederek, bana emanet edilen alıntılardan yola çıkacak, hayatı boyunca "*içinde yaşattığı çocuğu*" ve insani yanını öne çıkaracaktım;

Zaten Gökşin Sanal, mektuplardan alıntıladığı satırların başına, sevgili dostu için şöyle yazmıştı:

"Sevgili Türkan'ı tanıtıcı yazılar, yaşam öyküsü sayılabilecek kitaplar yazıldı. Hepsi güzel ama bence eksik! Son gününe kadar içinde yaşattığı çocuğu, akıllı bir kadın olmasına karşın hep saf kalan yönünü, başkalarını incitmemek uğruna düştüğü yanlışları, dostluk üzerine duygu, düşünce ve davranışlarını, hep merak edilen aşklarını ya da aşk sandığı ilişkilerini, günümüzde çok kişinin yadırgayacağı romantizmini bugüne kadar dile getiren olmadı."

Türkan Saylan'ın hayırlı yaşamının, tıp ve eğitim alanında yaptıklarının, müstesna kişiliğinin tek bir kitapta eksiksiz verilmesi zaten mümkün değil. Okuyacağınız satırlarda, ben sadece ona verdiğim sözü tutuyor, bu eşsiz insanın portresine, birkaç fırça darbesi de ben vurmaya çalışıyorum; yılların soldurduğu ama çok özgün renklerle.

TÜRKAN
Tek ve Tek Başına

BİR MASALIM VAR

Şubat 1999, Arnavutköy

Torunlarımı özledim. İtiraf edeyim, yaşamın hayhuyu içinde pek aklıma geldiklerini söyleyemem ama hastalığım nüksettiğinden beri, onları sık düşünür oldum. Timur ile Tamer şu günlerde Almanya'da değil de burada olsalardı, onlara, "*Bir zamanlar Boğaziçi'nde çok güzel manzaralı bir ahşap köşkte küçük bir kız yaşardı,*" diye başlayan bir masal anlatmak isterdim. Masalımı, kendi keyfime göre kurgular, mutlu sonla bitirirdim. Belki gerçeğe tam uymazdı ama ne gam! Masallar hayalleri anlatmaz mı zaten? Ben masalımdaki küçük kıza çook uzun bir hayat çizgisi bahşederdim. Neden mi? O kızın hâlâ yapmak istediği pek çok şey var da, ondan!

Torunlarıma anlatacağım masala, "*Emirgan'da eski Mirgün İskelesi'nin arkasındaki Kuleli Ya-*

lı'nın üst katında, 1935 yılının bir kış günü bir bebek doğmuştu. Bebeğe annesiyle babası Türkan adını koymuşlardı. Türkan, dört-beş yaşına kadar o evde yaşamış, konuşmayı, yürümeyi hep o evde öğrenmişti ama hayatı boyunca özlemini çektiği, rüyalarında gördüğü evi, içinde doğduğu ev değil de, babasının ailesi için bizzat yaptığı, Kandilli'deki dört katlı ahşap konaktı," diye devam ederdim.

Torunlarım, "Bu Türkan sen olmayasın babaanne?" diye soracak olurlarsa, gerçeği saklamazdım.

"Aferin size, bildiniz işte!" der ve dikkatleri dağılmadan arkasını getirmek isterdim masalımın. Bir süredir çocukların aile öykülerini bilmelerinde fayda olduğuna inanmaya başladım. Gençliğimde hiç düşünmezdim böyle şeyleri. Çınar'ın Almanya'da doğan ve orada büyüyen çocuklarına ailemizle ilgili hiç bilgi vermemiştim. Oysa ölüler hatırlandıkları sürece yaşarlar. Şimdi sanki Timur ile Tamer benim yanımdaymışlar gibi bir oyun kurmam ve onlarla konuşuyormuş gibi yapmam hep bu açığımı kapatmak için. Torunlarıma masal anlatır gibi anlatmak istiyorum aile bireylerini ki, benden sonra onların belleklerinde yaşayadursunlar. Bu nedenle beni duyduklarını hayal ederek, Kandilli'deki evi, halimizi anlatıp duruyorum.

Evimiz dört katlıydı ama biz sadece iki katında otururduk. Kalabalık bir aile olduğumuzdan, kardeşlerimle benim hiçbir zaman tek başımıza birer odamız olamadı. Büyüyüp de yuvamızdan teker teker uçmaya başlayıncaya kadar, yıllarca aynı odayı paylaştık ve eşyalarımızı yataklarımızın altındaki kocaman çekmecelerimizde sakladık. Ama o ev sayesindedir ki, her zaman temiz havada, kuşlarla, çiçeklerle, doğayla iç içe yaşadık, babamın bahçeye elleriyle diktiği ağaçlarla birlikte boy attık, birlikte büyüdük. İnanılmaz bir hasretle, işte o eve dönmeye başladım ben, hem de sık sık. Üst bahçede, babaannemin gölgesinde sigarasını tüttürdüğü, salıncağımızın asılı olduğu iki büyük ceviz ağacının arasında duruyorum ve çocukluğumu yeni baştan yaşıyorum. Çınarlardan birinin korunaklı dallarına kardeşlerimle yastıklar, tahtalar koyarak bir ağaç-ev kurmuştuk. Okuldan döner dönmez ilk işimiz ağaç evimize tırmanmak olurdu. İyi havalarda ödevlerimizi bile orada yapardık. Babamın eve dönüşlerini de oradan gözlerdik, eğer onu karşılamak ve elindeki paketleri taşımak üzere çoluk çocuk Kandilli Vapur İskelesi'ne gitmemişsek.

Annem her sabah mor jarse sabahlığı ve özenle taranmış bukleli saçlarıyla, pırıl pırıl giyinmiş babamı evimizin kapısında işine yolcu ederdi. Biz çocuklar da kapı önüne doluşurduk, babam, annemden sonra, yaş sıramıza göre yanaklarımıza birer öpücük kondursun diye. Babamla annemin yakınlaşmalarına tek şahit olduğumuz anlar işte bu kapı önündeki veda fasıllarıydı. Bunun dışında biz annemizle babamızı hiç öpüşüp koklaşırken, aynı yatakta yatarken veya birbirleriyle flört ederken görmedik. Şimdi düşündüğümde, birbirine çok âşık iki insanın bunu nasıl başardıklarına akıl erdiremiyorum!

Biz beş kardeştik. Ben ilk çocuktum, benden on ay küçük kardeşim Tuğrul, 1939'da doğan Turgut, 1940'lı, güzeller güzeli kız kardeşim Turhan ve nihayet sapsarı saçlarından dolayı Sarı Kabak diye çağırdığımız Gündüz! En büyükleri ben olduğum için herhalde, hep anaç bir tarafım oldu benim. Annem, bir akrabasının vefatı sırasında hayatının bizsiz tek yolculuğuna çıkarken, kardeşlerimi bana emanet etmişti. Onlara laf geçirmek için, annemin bir elbisesini giymiş, yerlerde sürünen eteklerimle kardeşlerime kol kanat germeye çalışmıştım. Yaşamım boyunca kendimi tüm çocuklara karşı sorumlu hissetmem, evimi çocuklarla doldurmam, o günlere duyduğum özlemden mi kaynaklanıyordu acaba?

Torunlarımı bana sorular sorarken hayal ediyorum, "*Senin babaannen nasıl biriydi, babaanne?*" diyor Timur.

"*Babaannem Nadide Hanım önce gencecik kocasını sonra da dört yaşındaki kızını kaybetmiş acılı bir kadındı. Dul maaşıyla zor şartlarda büyütüp okuttuğu iki oğlu, bir gün okuldan eve dönerlerken Galata Köprüsü üzerinde askere alınıp Balkan Sa-*

yaşı'na gönderilivermişlerdi. Babaannem savaş sonrasında amcamı da genç yaşında kaybedince, hep bizimle birlikte yaşadı. Biricik oğlunun evinde çok mutlu ve huzurlu bir yaşamı olduğunu sanmıyorum, çünkü oğlunu pek sevmediği ecnebi geliniyle paylaşmak zorunda kalmıştı. Annem ve babaannem, aralarındaki mesafeyi kapatmamak için de birbirlerine hep, 'hanımefendi,' diyerek hitap ettiler," diye anlatıyorum.

Yok yok! Bunları anlatmam doğru olmaz torunlarıma! Aile içindeki tatsızlıkları bilmelerini istemem. Aslında tatsızlık da denemez, ama bir tuhaf sürtüşme vardı iki kadının arasında. Babaannemin hayattaki en büyük rakibi, İsviçreli annemdi. Din değiştirip Müslüman olması, Türkçeyi eksiksiz öğrenmesi ve birbiri ardına çocuklar doğurması bile kâfi gelmemişti babaannemle arasındaki buzları eritmeye. Babaannem beni ve kardeşlerimi biz küçükken masallarla, şekerlerle etrafına toplar ve bize sürekli annemi çekiştirirdi. Ona inanır, üzülürdüm. Babaannemin etkisinden ancak sekiz dokuz yaşıma geldiğimde kurtulabilmiştim.

Babaannem hayatının tek ışığı, sevgili oğlu Fasih'i kaybedince aklını da onunla birlikte yitirdi. Eminim oğlunun peşine takılıp gitmeyi tercih ederdi ama babamın ardından uzun yıllar yaşadı. Asla ısınamadığı gelini ise, ona, "hanımefendi" demekten vazgeçip "babaanne," demeye başladı ve bin bir işinin yanında ölünceye kadar hiç şikâyet etmeden baktı, kendini sevmeyen kayınvalidesine. Yangın çıkarmasın, bir yaramazlık yapmasın diye peşinde gezdi, yemeğini elleriyle yedirdi, altını bezledi senelerce.

Annemin ne kadar çilekeş ve fedakâr bir insan olduğu bana ne yazık ki ölümünden sonra dank etti. Ancak onu kaybedince anlayabildim hayatının ne kadar zor olduğunu.

Ah annem!

Çok geniş bir yatak odası ve yeşil lake bir yatak takımı vardı annemin. Yeşil lake yatağında, özellikle lohusalıklarında, en sevdiği renk olan mor geceliklerle yatışı gözlerimin önünde şimdi! Hayata İsviçre'nin Zürih'e yakın Melingen Kasabası'nda, bir teknisyenin kızı, Lilly Reinmann olarak başlamıştı. Ailesi sonra İngiltere'ye göç etmiş, büyükbabam zaman içinde pek çok patent sahibi bir mucit olarak iyi para kazanmış ve kızını İsviçre'nin çok iyi bir okulunda okutmuştu. Annem, İngilizceyle Almancasının yanı sıra Fransızcayı ve piyano çalmayı bu okulda öğrenmişti. Babam ilk evliliği nedeniyle İstanbul'da yaşamakta olan, sarışın, yeşil gözlü, güzel annemle tanışır tanışmaz ona o kadar âşık olmuş ki, hemen evlenme teklif etmiş. Bir yıl sonra da ben doğmuşum.

Önceleri ailesine rahat, hatta lüks bir hayat yaşatabilen babamın işleri ben ilkokulu bitirdiğim yıllarda bozulmaya başladı. Evimizdeki yardımcılar teker teker işlerini bıraktılar. Mısır Çarşısı'ndan bol ve toptan alınan yiyecekler, mahalle bakkalından gramla alınmaya, dikkatle tüketilmeye başladı. Pişirilecek malzemenin bulunamadığı günleri bile gördük. Annem öyle günlerde bayat ekmekleri sütle ıslatıp üzerlerine yumurta kırarak lezzetli yemekler yapardı. Şeker yokluğunda ise çayı kuru üzümle içerdik. Bunlar biz çocuklar için eğlenceli oyunlardı ama belli ki babam hayatla mücadelesinde çok yıpranmaktaydı. Henüz elli sekiz yaşındayken, kırık bir gönülle yitti gitti, sevgili karısını, bunamış annesi ve beş çocuğuyla geride bırakarak. Allahtan o günlerde ben kendi ailemi kurmuş, annemin sırtından inmiştim.

Babamdan sonrası, bütün Saylanlar için hep bir hayat kavgasıdır!

Benim torunlarıma aktarmak istediğim, babamın da, babaannemin de hayatta olduğu, bahçeli evimizde bir arada, geniş bir aileye ait olmanın sıcaklığını hissederek yaşadığımız çocukluk yıllarımız, galiba. Her kalabalık ailenin yaşamı bir masaldır, bence.

Yarın Çınar hatırımı sormak için telefon ettiğinde ona ilk fırsatta oğlanları İstanbul'a getirmesini söyleyeceğim. Okul tatillerine kadar ömrüm vefa ederse, torunlarıma anlatacak bir masalım var.

ŞAFAK SAYARKEN

12 Nisan 2009, Arnavutköy.

Birkaç günden beri boğazımdan hiçbir şey geçmiyor. Son kemoterapi seansı mide bulantılarımı artırdı. Beni serumla beslemeye çalışıyorlar ama ellerimde kollarımda serumu saplayacak damar da kalmadı artık. Her tarafım delik deşik. Hızla yaklaşmaktayım kaçınılmaz sona. Birkaç işim kaldı yapılacak. O işleri tamamlamanın telaşındayım. Sonra tüm tedaviyi kestireceğim. Bu nefes nefese koşu bitecek. Dinlenmek benim de hakkım. Uyumak huzur içinde! Uzun zamandır uykularım da yok çünkü. Yatağın içinde sabahı bekliyor, eğer halim varsa, kalkıp şafağın söküşünü seyrediyorum günlerdir.

Şafakta gökyüzü önce kıpkırmızı oluyor sonra turuncuya çalıyor, sararıyor, pembeleşiyor, mavileşiyor dakikalar geçtikçe, sanki renkler birbirinin içine akıyor, birbirinin içinde eriyor, tarifi mümkün olmayan, inanılmaz bir güzellik kaplıyor göğü.

Bunca yıl hep mehtap delisi oldum ben. En ince hilalden başlayarak, takip ederdim ayın gelişip dolunaya erişmesini. Dolunayı gördüğüm an, nerede olursam olayım, odaklanırdım bu muhteşem güzelliğe. Evdeysem, iskemleyi pencerenin önüne çeker, mehtabın tam karşısına oturur, uzun süre seyrederdim çocukluğumun aydedesini. Yuvarlağın üzerine çizilmiş surete bakar, bana göz kırpmasını, bir şeyler söylemesini bekler, daha da ileri gider, gerçekten bir şeyler söylediğini farz ederdim. Ay, gökyüzünden fısıldardı kulağıma duymak istediğim şeyleri. Mesela Bursa'ya tayinim çıktığında, "Çocuklarımı nasıl bırakır da giderim?" diye sormuştum, sağ köşesinden azıcık ısırılmış bir somuna benzeyen aya. "Çocuklarını da yanında götürürsün, Bursa'da okul mu yok!" demişti. Günler sonra rahat bir uyku çekmiştim o gece. Niye hiç düşünememişim o gün gökyüzüne bakana kadar, çocuklarımı da yanıma almayı. Ben ki onları ihtisas için Londra'ya giderken dahi geride bırakmamış, yanıma almışım, yıllar sonra! Bana, "Deli misin, Londra'da çocuklar ne yapar?" diyenlere, "Londra'da okul mu yok?" diye yanıt vermiştim. İşte böyle bir iletişimdi, ayla aramızda olan. Hatta bir zamanlar, Fulya'da dimdik bir yokuşun üzerindeki evi, sırf penceresinden mehtap gözüküyor diye kiralamıştım da deli demişlerdi bana arkadaşlarım. Oysa şafak da aydede kadar güzelmiş meğer! Muhteşemmiş! Kalan zamanımın hiçbir şafağını kaçırmak istemiyorum. Şafak sayıyorum kısacası, terhise az kaldı.

Dün yine şafağa yakın, yattığım yerden perdeyi aralayıp gökyüzünü izlemeye başlamıştım ki bir ara içim geçmiş. Merdivendeki ayak sesleriyle uyandım. Gökşin gelmiş erkenden. Şaşırdım. Geceleri yatmak bilmediği için erken kalkamaz çünkü o. Bazı günler on bire kadar yatakta kaldığı olur. Odamın kapısında elinde bir torba, bir de mis gibi kokan, fırından yeni çıkmış bir ekmekle dikiliyordu.

"Hayrola," dedim, "sen de mi beni rüyanda gördün yoksa?"

"Biri seni rüyasında mı görmüş?" diye sordu.

"Halime görmüş, kalkmış Tunceli'den buralara kadar gelmiş."

"Halime hangisiydi, üvey oğullarından sürekli dayak yiyen kadın mı?"

"O Yeter'di. Hani bacağını donmuş diye keseceklerdi de, ben muayene sırasında ellerken bir sıcaklık hissetmiştim, kurtarmıştık bacağı. Ne bakıyorsun öyle, hatırlamadın mı?"

"Ay Türkan, o kadar çok hastan var ki senin, hangi birini hatırlayayım, Allahaşkına! Rüyasında seni nasıl görmüş, sen bana onu söyle."

"Vallahi, merak edip sormadım. Ama pek hoşuma gitti doğrusu, helalleşmek için ta buraya kadar gelmesi. Sen niye bu kadar erkencisin? Erken uyanmazdın sen."

"Dün gece uyumadım ki uyanayım. Şu ne zamandır isteyip durduğun gençlik mektuplarımız var ya, dün, akşam yemeğinden sonra gardırobun üstünden mektup kutularını indirdim, sabaha kadar mektup ayıkladım. Türkan, inanılır gibi değil, mektuplaşmaya 1949 yılında başlamışız. Haftada üç, dört kez yazıştığımız olmuş. Her biri en az on dört-on altı defter sayfası olmak üzere, kutular dolusu mektup vardı. Hepsini tek tek döktüm önüme, kimini baştan sona okudum, kimini atlaya atlaya. Kâh ağladım, kâh güldüm. Arada bir mutfağa gidip çay koyuyordum uykumu açsın diye. Gün ışıdı, sabah oldu. Saate son baktığımda yedi buçuğa geliyordu. O saatte yatağa girmedim artık, zaten henüz soyunmamıştım bile. Mektupları bir poşete attım, yüzümü yıkadım, çıktım evden, köşedeki fırından bir ekmek kaptım, taksiye atladım geldim. Kahvaltını ettin mi sen?"

"Zeynep hazırlıyordu tepsimi. Seslen de sana da bir tabakla bir bardak çay koysun tepsiye," dedim.

"Ekmeği de vereyim dilimlesin," dedi Gökşin ve kucağıma bir tomar mektup bırakıp dışarı çıktı. O yaşlarımızın elyazısıyla yazılmış ortaokul mektuplarını mavi, lise yıllarını kırmızı kurdeleyle, üniversite yazışmalarını da bir sicimle bağlayarak ayrıştırmış.

1990'lara kadar, önceleri haftada birkaç kez, sonra da giderek seyrekleşen bir tempoyla yazışmıştık Gökşin'le. Kandilli Kız Lisesi'nde okurken, yazları ayrılırdık. Her geçen günümüzün nerdeyse her saatini mektuplarda anlatırdık birbirimize. Liseyi bitirince ben İstanbul'da Tıp Fakültesi'ne gittim, Gökşin Ankara'da Dil Tarih'e yazıldı. Mektuplarımız hızlandı. Onun yeniden İstanbul'a dönüşüne kadar, tüm yaşadıklarımızı mektuplarda paylaştık. Bana hiç yayınlamadığı ama hayatı boyunca yazdığı şiirlerini de yollardı. Sadece gündelik hayatımızın ayrıntılarını değil, okuduğumuz tüm romanları, öyküleri, şiirleri de mektuplarda tartışır, karakter tanımlamaları yapardık. Yıllar içinde hayat yükümüz çoğaldıkça mektuplarımız azaldı ama hiç kesilmedi. Son yıllarda, aynı şehirde yaşadığımız halde, sadece doğum günlerimizde kart atmakla kalmamış ara sıra yine mektuplaşmıştık.

Gökşin'in bana getirdikleri ilkgençlik dönemimizde yazdığımız mektuplar. Onlara göz atarken boğazıma bir yumru geldi oturdu. Ben on beş yaşımı sürerken, ne Kürt ne de türban sorunumuz vardı. Sağ sol kavgaları dahi başlamamıştı henüz. Bugünün gençliğine göre inanılmaz saf, idealist, aynı zamanda da dertsiz olduğumuz o günlerde okudukça gördüm ki, kendimi kaptıracak siyasi gruplaşmaların da farkında olmadığımdan, bana büyük laflarla edebiyat döktürmek düşmüş!

"... *Ah Gökşin, her yerimden kalkışta mehtaba bir kez daha bakıyorum, öyle nefis ki! O ışık sütunu ta uzaklara kadar efsunkâr bir kıvrılışla uzanıyor, kâh genişliyor, kâh daralıyor, sular sakin ve ışıklar o kadar cazip ve bambaşka ki hiçbir şair onu mısralarına, hiçbir ressam tablosuna alamaz ve hiçbir bestekâr onun melodisini bulamaz. Bu tablo, eserleri kopya edilemeyecek bir sanatkârın elinden çıkmıştır. Şu yeni resim görüşü ve stili* (soyut resmi kastediyor olmalıyım), *belki de insanın tabiat karşısındaki bu büyük yenilgisinden, bunu idrak etmesinden sonra başlamıştır. Yokta varı aramak!*"

Vay Vay! Ben ne müthiş bir romantikmişim on beş yaşımı sürerken! Aslında romantizmle hiç bağdaşmayan mesleğime ve ayaklarımı yere sert bastıran hayat çizgime rağmen, içimdeki saf çocuğun yoğun duyguları yıllar içinde azalsa da, bu yaşıma dek beni tamamen terk edemedi. Hele de ay ışığına olan tutkum. Doğa güzelliklerinin bende yarattığı coşkuyu kaleme döküp arkadaşlarıma her zaman yollamıyorum artık ama hâlâ etkileniyorum onlardan. Günbatımını, şafağı, mehtabı seyrettiğimde ya da yıldızlarla dolu lacivert göğe baktığımda içime sevinç doluyor. Acılarıma rağmen, yaşadığıma şükrediyorum.

Elimdeki mektubu, aşırı romantizminden biraz da utanarak önümdeki sehpaya bıraktım. Bir başkasını çektim rastgele. Bu seferki de, Ağustos 1950 tarihli.

"... Senden son gelen her iki mektup da evde sansürden geçmedi ama yine de ben sana bir şifre vereyim. Mühim yerleri ayrı bir sayfaya yaz ki okur okumaz saklayabileyim. Ne olur ne olmaz, belki evden okurlar. Ben sana yazdığım 8 sayfalık mektubu anneme okudum, o da pekiyi, postala bakalım, dedi ve sonra da bahçeye çıktı. Şimdi, sana aceleyle tekrar yazıyorum, rica ederim bana böyle arkadaş mektupları yazmaya devam et ama onları şifreli yazma. Tesadüfen ellerine geçebilir. Ne olur ne olmaz. Hem de birbirimize kavuşunca anlatacak şeyimiz kalmaz. Emi, böylesi daha hayırlı."

Aynı yıl, bir yaz mektubu daha:

"12 Ağustos'ta Demokrat Parti'nin Taksim Belediye Gazinosu'nda eğlencesi var. Gitmek istiyorum fakat münasip bir elbisem yok. Niyetim bir keten dikmek. Ama gitsem bile dans etmeyi bilmediğimden dolayı kukumav gibi oturacağım. Elbette annemle gideceğim ve annem dans etmeme izin verebilir ama bilmedikten sonra! Sen ne dersin, gideyim mi, gitmeyeyim mi?

... Peder Bey bugünlerde iyice mutaassıplaştı. Her sabah giderken, evin dışına annesiz çıkmak yasak, diye tembih ediyor. Annem de peki, diyor. Babama göre, annemin işi bitene kadar evde oturmalıyım. Allahtan Avrupalı bir annem var da kardeşlerimle denize inmeme izin veriyor. Akşamüstleri de annemle Küçüksu Gazinosu'na gidiyor, oturuyoruz. Çok hoş oluyor."

Bu satırları okuyunca ilkgençliğimin sıkıntıları yüreğime geri döndü. Yetişirken en büyük derdim annemle babamın aşırı disiplinli, korumacı tavırları olmuştu. Yeni yetme Türkan'a hemen her şeyi yasaklamışlardı. Belleğim bu aşırı korumacılığa dair, kimi komik kimi üzücü anılarla dolu. Örneğin lise üçüncü sınıfta okurken, uluslararası bir kültür kurumu, bir lise öğrencisini yurtdışına göndermek için İngilizce sınavı açmıştı. İngilizcem iyiydi. Babam nasıl olduysa razı olmuştu sınava girmeme. Benim platonik duygularla bağlandığım keman hocam o sırada Ankara'da çalışıyordu. Hemen hocama mektup yazıp sınav yerini ve saatini bildirdim. Sınav sabah yapılacak, akşam treniyle dönene kadar, onunla buluşacaktım. Beni Çankaya'ya çıkaracak, sonra da hayvanat bahçesine götürecekti. İstasyon Lokantası'nda birlikte çay içecek ve eve dönmek üzere trenime binecektim. Çocukluk bu ya, eğer onun da bana karşı hisleri varsa, baş başa kalacağımız bu sıralarda, hislerini bana belli eder diye umutlanıyordum. Eteklerim zil çalıyordu. Fakat babam tren biletini bana uzatınca kahrımdan ölebilirdim. Elinde iki bilet vardı ve babam Ankara'ya kardeşim Turgut'la gideceğimi söylüyordu. O an benim için Ankara yolculuğunun bütün büyüsü kaçtı. Bu da bir şey mi? Yirmi yaşında, üniversite öğrencisi koskoca bir kızken dahi, hafta sonları arkadaşlarımla buluşmaya giderken, mutlaka peşime kardeşlerimden birini takarlardı. Ne kadar utanır, mahcup olurdum. Tutucu ve yasakçı anne babadan çok çektiğim için, ben olabildiğince serbest bırakarak büyüttüm kendi çocuklarımı!

Kırmızı kurdeleli tomardan bir mektup çektim:

"... *Şu kâğıda çok özenerek başladım, annem geldi demin, bakayım dedi, ben geri çektim, o ısrar edince yırtar gibi yaptım, sonunda verdim okudu. Bir türlü intikal edemedi âşık olduğumu. Sinirli sinirli güldüm, şimdi de ağlıyorum, asabım bozuk. Bu yaştan sonra pek düşüncesiz hareket ediyor, öyle kırıyor ki beni. Bazen pek iyiyiz, bazen de en basit konuda atışıyoruz.*"

Yukardaki mektubu 23 Mart 1953'de yazmışım. Gökşin mektupları ayırırken iyice yorulmuş olmalı ki üniversite yıllarına ait mektubu lise tomarının içine katmış yanlışlıkla. Kime âşıktım acaba?

Düşündüm ama hatırlayamadım. Bu kadar korumalı yetiştikten sonra fakülteye ilk girdiğim yıl, kendimi erkek öğrencilerin ortasında bulunca, okul kantininde ya da sınıflarda birkaç kere üst üste göz göze geldiğim gençlere âşık olduğumu zannederek geçirmiştim ilk dönemi. İkinci dönem toparlanmıştım; onlarla aynı sıraları paylaştıkça, birlikte sınav heyecanı çektikçe, notlarımızı karşılaştırdıkça, erkek arkadaşlarımın kız arkadaşlarımdan hiçbir farkı olmadığını görüyordum. Ben, erkek ve kız arkadaşlarım arasında fark gözetmemeyi öğrenmiştim ama üzerimdeki ev baskısı devam ediyordu. Üniversiteli kızlar sınıf arkadaşlarıyla gezmeye, sinemaya giderken, annem hâlâ peşime kardeşlerimden bir ikisini takıp beni küçük düşürüyordu. Beni bu kadar sıkı bir disiplinle ve yüksek ahlaklı yetiştirdikten sonra, bari bana itimat etmesini becerebilselerdi ya, annemle babam! Evlenene kadar üzerimdeki baskı devam etti, annem benden giden ve bana gelen mektuplarımı okudu, sınıf pikniklerinde peşime kardeşlerimi takmadığı zaman da, tesadüfmüş gibi kardeşlerimle birlikte, bulunduğum yerlerde arz-ı endam eyledi. Bu mektubu kendi grubuna katmak için kenara ayırdım.

Bir mektup daha, yine lise tomarından! Tarihi 23 Haziran 1952:

"Kadir gecesi âdetim hilafına camiye gidip sakal-ı şerif'i öpemedim. Bütün gün oruçluydum. O akşam teravih'e gittik."

Gülmeye başladım. Bu benim kaderim miydi ne? Sıkı bir dini eğitimden geçmeme, çocukluğumu sofu babaannemin anlattığı hurafeleri dinleyerek geçirmeme, esaslı bir din eğitimi almama, İslam'ı kendini sıkı Müslüman zanneden pek çok kişiden daha iyi kavramış olmama rağmen, yıllardır bir takım kötü niyetli insanlar "gâvur" olduğumu iddia eder dururlar. Bu kelimeyi de hiç sevmem. Müslüman olmayanları küçültücü bir kelimeyle ayrıştırmak, edepsizlikten başka bir şey değildir, bence. Tüm dinlerin Allah'a giden yolda bir vasıta olduğuna inandığım için, hayatım boyunca hiçbir dini küçümsemedim. Bizim kitabımız, diğer dinlerin peygamberlerine saygı talep eder zaten. Kendimi ise sadece ve hep Müslüman bildim.

İlk dini eğitimim çok küçük yaşta, evde başlamıştı. Çocukken namazı, aptesti ve Kuran surelerini babaannemizden öğrenmiştik ama bilinçli Müslümanlar olmamız için, ilkokula başladığımızda babam okulumuzun Türkçe öğretmeninden bana ve kardeşlerime özel din dersleri vermesini istemişti. Hafiz Ahmet Bey, her hafta sonu evimize gelir, bize dinlerin çeşitlerini, nasıl çıktıklarını, Müslümanlığın diğer dinlerden farklarını, kurallarını ve bu kuralların gerekçelerini anlatırdı. Hafiz Ahmet Bey sayesinde, ben, iyi bir Müslümanın dürüst, temiz, çalışkan, saygılı, yardımsever, başkaları açken tokluğundan rahatsızlık duyan, hak yemeyen, haksızlık etmeyen ve gösterişten uzak duran bir insan olması gerektiğini, çalışmanın da bir nevi ibadet olduğunu küçük yaşta öğrendim. Hocam bizlere Allah korkusu değil, Allah sevgisi aşılamıştı. Hocamın çocuklarıyla birlikte, Ramazanlarda teravihe giderdik. Ortaokula geçtiğimde, Kadir geceleri, gündüz oruç tutmaya geceleri evin çalışanlarıyla birlikte Kandilli Cami'ne gitmeye başladım. Bu gecelerde, "Allahümme salli ala..." okunurken, bazı cami ahalisi "Allah!" diye haykırırdı. Babaannem bu insanların o anlarda Allah'la buluştuklarını söyleyince, ben de o kişilerle birlikte haykırır olmuştum ama dört gözle beklediğim bu buluşma hiç gerçekleşmemişti. O camide, Kadir geceleri bir de Sakal-ı Şerif çıkardı. Sakal-ı Şerif'i öpmek için sıraya girenlerin arasına büyük bir heyecanla katılırdım. Sınıfımdaki yaşıtlarım arasında İslam dini hakkında benim kadar malumatlı ve duaları baştan sona bilen başka çocuk yoktu herhalde. Bir gün edebiyat dersinde Divan Edebiyatı'ndan bir şiir okurken, öğretmenimiz, bir Arapça kelimeye dili dönmeyen arkadaşımızı azarlamış, "Osmanlıca kelimeleri doğru dürüst okuyamıyorsunuz! Sizler Allah bilir, duaları da yalan yanlış telaffuz ediyor, anlamlarını dahi bilmiyorsunuzdur. Aranızda doğru dürüst dua edebilen ve söylediğinin manasını bilen biri var mı?" diye sormuştu. Koca sınıfta sadece benim parmağım kalkmıştı havaya.

"Sen mi dua bildiğini iddia ediyorsun Türkan?" demişti öğretmen. Herhalde annesi yabancı olan öğrenciden böyle bir beklentisi yoktu.

"Evet efendim."

"Hangi duaları biliyorsun?"

"Hepsini..." Ne olur ne olmaz korkusuyla, "Çoğunu," diye düzeltmiştim hemen.

"Amentü'yü oku."

Okudum. Bana birkaç dua daha okutmuş, anlamlarını söyletmiş ve benden başka hiç kimsenin baştan sona bir duayı düzgün şekilde okuyamadığını görünce pek şaşırmıştı.*

Benim telaffuzum iyiydi ama dünyaya Katolik gelip sonradan Müslüman olduğu için, açığını kapatmak ve özellikle de babaannemin gözüne girmek adına Kuran'ı hatmeden ama sureleri ancak İsviçre aksanıyla okuyan zavallı annemle çok dalga geçerdik, kardeşlerimle. Çocukluğumuzda bizlere verilen dini eğitimin bir sonucu muydu, her işe besmeleyle başlayan babaannemin etkisi miydi bilemem ama bir bilim insanı olmama rağmen, hayatım boyunca dudaklarımdan dua hiç eksilmedi. Hastalarımın iyileşmesi, işlerimin yolunda gitmesi, oğullarımın okullarındaki başarıları için duaya sık başvurdum ve çoğunu duydu, Allah!

---

* *At Kız*, s. 52-53.

Mektup elimde, "Gökşin, gel, gel! Şu mektubu medyaya sızdıralım da adımı gâvura çıkaranları utandıralım. Gel bak, neler yazmışım!" diye seslendim, yanıt alamayınca kulak kabarttım; Gökşin, "Dünden beri hiçbir şey yemedi mi gerçekten?" diye soruyordu Zeynep'e.

Demek erken gelişine bir bahane bulmak için getirmiş mektupları diye düşündüm, birlikte kahvaltı edersek bana yedirebileceğini zannediyor. Bana laf geçiren ender kişilerden biridir, Zeynep telefonda ona hiçbir şey yemediğimden şikâyet etmiş olmalı. Gökşin'le altmış üç yıl önce Kandilli Kız Lisesi'nin orta birinci sınıfında buluşmamızdan bu yana, hiç ayrılmamış olmamızın yanı sıra, sırdaşımdır, yakınımdır, derdimi döktüğüm, akıl danıştığım, tavsiyelerine uyduğum can arkadaşımdır! Benden on üç gün büyük olduğu için, bana hayatım boyunca hep ablalık tasladı. Ben de o ne söylediyse munis bir kardeş gibi dinledim sözünü. Ama bu sefer boşuna zahmet etmiş Arnavutköy'e kadar. Boğazımdan tek bir lokma geçmiyor.

Elinde kahvaltı tepsisiyle Zeynep ve Gökşin birlikte içeri girdiler. Zeynep kucağımdaki mektupları alıp tepsiyi dizlerime koydu. Gökşin, tepsiden kendi çayını aldı, karşımdaki koltuğa yerleşti, çayından birkaç yudum içtikten sonra kalkıp bana reçelli bir ekmek hazırladı. Tam itiraz etmeye hazırlanıyordum ki içeriye, geceyi giriş katındaki odada geçiren Halime girdi.

"Halime, sen de bir şeyler yedin mi?" diye sordum.

"Ben yedim Hoca," dedi Halime, "sen beni düşünme kendi karnını doyur."

"Tunceli'den gelen kişi sen misin?" diye sordu Gökşin, Halime'ye?

"Hee benim ya!" Aynı düşü üç gece üst üste görünce, varayım Hocam'ın yanına, elini yüzünü öpeyim, dedim."

"Nasıl gördün Hoca'yı? " diye sordu Gökşin.

"Şaşkın gördüm. Evine adamlar doluşmuş. Odalarda bir kalabalık, bir kalabalık! Hoca bir köşede oturmuş, seyrediyor. Hiç ses etmiyor. Hayra yormadım. Benim herife dedim ki, varalım gidelim Hoca'ya. Bir sıkıntısı var, malum oldu bana, dedim."

"O da sen rüya gördün diye aldı seni buraya mı getirdi?"

"O getirmedi. Ben ortanca oğlanla geldim. Bu bacaklar var ya, (eliyle pat pat vurdu bacaklarına) yürüyebiliyorsam, nah bu hocanın sayesindedir. Benim ona can borcum var."

"Amma da yaptın," dedim Halime'ye. Duymazlığa geldi, sürdürdü konuşmasını.

"Bindik ilk otobusa oğlanla, vardık buraya akşam vakti. Oğlan beni Hoca'ya bıraktı, akrabaların yanına vardı. Dünya gözüyle gördüm ya Hoca'yı içim rahat, kıvrıldım yattım aşağıdaki odada. Daha önce de gelmişliğim, o odada yatmışlığım vardı zati. "

"Elbette," dedi Gökşin, "Hoca'nın evi aynı zamanda oteldir de."

Arkadaşım, evimi dostlarıma, çocukların arkadaşlarına, bazen de eski hastalarıma veya yatacak yer bulamayan hasta yakınlarına açmamdan, son yıllarda beni yoruyor diye pek hoşlanmaz oldu. Bu evi ilk gördüğünde giriş katındaki odaya göz atıp, "fazladan bir odan var ya, sen burayı hemen okul yurduna çevirirsin," demişti.

Halime hiç aldırmadı, bana döndü, "Yolcu yolunda gerek Hoca," dedi, "oğlan gelmiş, kapıda beni bekliyor. Otobusa yetişecez. Sana getirdiğim peyniri, balı afiyetle yiyesin. Bak kuş kadar kalmışsın. Bir dahaki gelişe, seni semirmiş göreyim."

Gözpınarlarında yaşlar parıldıyordu. Herhalde biliyor bir dahaki seferin hiç olmayacağını. Bu son veda!

"Hakkını helal et Hoca."

"Sen de et," dedim.

"Senin hakkın ödenmez. Sen olmasaydın beni çöplüğe atarlardı, bilirsin."

"Haydi Halime haydi, o günler geçmişte kaldı. Geriye bakmak yok. Güle güle gidin köyünüze, yolunuz açık olsun."

Halime, Gökşin'i başıyla selamlayıp bacaklarını açarak ördek gibi yürüdü, çıktı odadan.

"Niye böyle tuhaf yürüyor, yoksa o da cüzamlı mı?" diye sordu Gökşin, oturduğu koltukta kıpırdanarak.

"İdi, tedavi oldu, iyileşti," dedim, "ama badi badi yürümesinin nedeni başka. Onun ayak parmaklarını ben kestimdi yıllar önce. O gün bugündür, ayakkabılarının ön tarafına pamuk tıkıştırır. Yürüyüşü bozuluyor haliyle."

"Türkan! Sen cerrah değilsin ki!"

"Cerrah değilim ama doktorum. Yeri geldiğinde her doktor elinden geleni yapmak zorundadır. Ben de üzerime düşeni yaptımdı işte."

Gökşin'in yüzünde kusacakmış gibi tuhaf bir ifade belirdi, "Ayak parmaklarını kestin yani, sen, ellerinle?"

"Penseyle kestim."

Gökşin, son çay yudumunu püskürtmemek için gayret göstererek zorlukla yuttu. İngiliz filolojisi mezunu, edebiyatçı ve şair arkadaşımın yaralar berelerle arası iyi değildi, o yüzden anlatmaya kalkmadım. Ama ona anlatmaktan çekindiğim o geceyi de hayatım boyunca unutmuş değilim.

Halime'nin bacakları dizlerine kadar donmuştu, beni başına çağırdıklarında. On altı yaşındaydı, korkudan tir tir titreyen kız. Hiç durmadan anlamadığım bir şeyler söylüyor, kocaman kara gözlerinden ip gibi yaş iniyordu yanaklarına. "Ne diyor?" diye sordum sedyenin başında dikilen dayısına.

"Bacaklarımı keseceğinize beni öldürün, daha iyi," diyormuş.

"Hakkı var, bacakları olmayan kızı bizim oralarda ne yapsınlar ki," dedi dayısı, "tarlada işe yaramaz, evde çocuk bakamaz, başlık parası getiremez, başlıksız dahi kocaya verilemez, hakkı var, böyle yaşayıp n'etçek?"

Esmer ve kavruk genç adam, adeta kızı öldürmemi istiyordu benden.

"Bacakları nasıl bu hale geldi?" diye sordum.

Anlattılar.

Halime'nin ailesinde cüzam çıkmış. Sağlık memuru, kesin teşhis koyamadığı aile fertlerini daha etraflı bir muayene için devlet hastanesine yollatmış. Kız, diğer akrabalarıyla birlikte köyden at üstünde şehre inerken çığ düşmüş dağdan. Saatlerce kar altında kalan Halime'yi, nihayet kardan çıkarabildiklerinde, bir de bakmışlar ki bacakları dizlerine kadar donmuş. Ben de tam o sırada bir cüzam çalıştayı için tesadüfen Elazığ'daydım. Babası, kızı bir otobüsle Elazığ Devlet Hastanesi'ne getirmişti. Donmuş uzuvları kangrene dönüşmeden hemen kesmek gerekiyordu. Orada bulunduğum için, nöbetçi hekim bir de benim görmemi istemiş. Gece vakti hastaneye koştum. Kızı kucağıma aldım, bacaklarını elle muayene ederken elime yer yer sıcaklıklar gelmez mi! Ellerimle aşağıdan yukarı, yukardan aşağı defalarca ovalayıp durdum kızın bacaklarını. İçimden bir ses, kıymalarına müsaade etme bu kıza, diyordu, bacakları kesileceğine dayısının dediği gibi, ölsün daha iyi. İşe yaramaz bir köylü kadının, bir kedi kadar bile değeri yoktu oralarda. Kıvranıyordum kızı kurtarmak için. Elimin altındaki belli belirsiz sıcaklık, bana ümit veriyordu. Bacaklarını tekrar tekrar elliyor, mıncıklayıp duruyordum. Avucumda hisseder gibi olduğum o sıcaklık sakın kendi ellerimin sıcaklığı olmasın? Gidip ellerimi soğuk suyun altına tutmuş, kurulayıp geri gelmiştim. Haydi, bir kere daha, son muayene! İşte bu sefer emindim! Bu bacakta can vardı!

"Penseyi getir," dedimdi nöbetçi doktora. Gencecik bir çocuktu, uzun boylu saz benizli.

"Hocam! Ne yapacaksınız?"

"Parmaklar donmuş. Onları keseceğiz."

"Bacaklar?"

"Bacakları kurtaracağız."

"Ya kurtaramazsak? Ya kangren olursa?"

"Sabaha kadar başında bekleyip tabloyu izleyeceğiz. Gerektiği anda müdahale ederiz. Pense nerede, pense?"

"Ben kesemem."

"Ben keseceğim, sen seyredeceksin. Bir dahaki sefere, iş başa düştüğünde biraz tecrübe edinmiş olursun."

Bembeyaz oldu genç doktorun yüzü, "Sorumluluk size ait, hocam," dedi.

"Doktorluk bıçak sırtında yürümeye benzer Mehmet. Her karar bir sorumluluktur," dedim.

Böyle söylüyordum ama yüzüm ateş gibi yanıyor, sırtımdan soğuk terler boşanıyordu.

Genç doktorun uzattığı pense ile hemen orada kızın donmuş ayak parmaklarını çıtır çıtır kesmiş, ayaklarıyla bacaklarına sabaha kadar masaj yapmıştım. Bir taraftan içimden, "Allahım, bu zavallı çocuğun bacaklarını iyileştir, beni de mahcup düşürme," diye sürekli dua ediyordum.

O gece Halime'nin başında beklerken, ilk muayenehanemi açtığım ve hasta bakmaya başladığım günleri anımsamıştım. Tıp fakültesini bitirdikten sonra, ilk evliliğim sırasında Kâğıthane Köyü'nde, diş hekimi arkadaşlarımla birlikte küçük bir muayenehane açmıştık. Günde üç beş saat hasta bakıyordum. Hiç deneyimi olmayan gencecik bir doktordum. Dişçi arkadaşların da benden farkları yoktu. Üçümüzün de ilk muayenehane tecrübesiydi bu. Hastaları muayene edip ellerine reçetelerini verir yollar, sonra da acaba doğru mu yaptım diye endişeye kapılırdım. İçimden kocama telefon edip danışmak geçerdi ama akşam eve gittiğimde beni küçümsemesinden, "Madem kendinden emin değilsin, bırak hasta bakmayı, çocuklarının başına, evine dön," demesinden korkardım. Ne dişçi arkadaşların ne de benim fazla hastamız olmadığından, zamanın çoğunu pencere önünde hasta yolu gözleyerek geçirir, sokağa giren bir jandarma görürsek, acaba hastaya yanlış bir şey yaptık da bizi almaya mı geliyorlar diye aramızda şakalaşırdık. Gülmesine gülerdik ama benim içime hep bir kurt düşerdi. İçimi kemiren bu kurt yüzünden, ihtisas yaparak, deneyim kazanmaya karar vermiştim.*

Yıllar sonra, Elazığ'da o gece, onca tecrübeme rağmen yine korku içindeydim nedense. Sabaha kadar gözümü kırpmadan kızın başında bekledim. Ancak güneşin ilk ışıkları koğuşu aydınlatmaya başladığında, rahat bir nefes aldım. Halime'nin ayak parmakları artık yoktu ama bacakları ve geleceği kurtulmuştu.

Birkaç gün sonra Elazığ'daki işim bitince, Halime'yi yanıma katıp İstanbul'a getirdim. Hastaneye yatırıp hem cüzam tedavisini yaptık hem de özenli pansumanlarla bir an evvel ayaklarının iyileşmesini sağladık. Kız, ayak parmakları olmadığı için normal yürüyemiyordu. Ayakkabılarının ucuna pamuk tıkıştırmak zorunda kalıyordu. O haliyle köyüne dönmek istemedi. Köyde artık adı hem cüzamlıya hem de sakat'a çıkmıştı. Dayısının dediği gibi, başlık parası ödemek bir yana, kimseler onu başlık parasız dahi, eş diye almazdı. Evdekilerse, onu ya hemen işe koşarlardı ya da aşağılarlardı.

Hastanemizde uzun yıllardan beri çalışmakta olan, yaşlı bir cüzamlı hastamız vardı. Sağlığına ka-

---

* *Güneş Umuttan Şimdi Doğar*, s. 125-126.

vuştuktan sonra, onu salıvermemiş, hademe olarak göreve almıştık. Zaten cüzam hastanesinde personelin yarısından çoğu, tedavi olmuş, iyileşmiş cüzamlılardır. Hemşireler, hastabakıcılar korkarlar cüzamlılara yaklaşmaya. Bizler hastalarımızı iyileştirdikten sonra eğer kalmak istiyorlarsa, hastane elemanı olarak yetiştirir, halden anlayan hastabakıcılar olarak kullanırız. Sülo Amca da bunlardan biriydi. Uzun yıllar bizle çalıştıktan sonra emekli olmuştu ama yalnız yaşamak zor geldiği için, vaktinin çoğunu yine hastanede geçiriyor, gönüllü hizmet veriyordu. Halime tedavi süreci sırasında, ona iyi davranan Sülo Amca'yla anlaşmış. O, şeker hastası olan Sülo'ya bakacak, evinin işlerini görecek, yemeğini pişirecek, Sülo da, emekli maaşı kıza kalsın, ilerde kendini geçindirecek parası olsun diye, Halime'ye nikâh kıyacakmış. Bunu öğrendiğim zaman her ikisiyle de uzun uzun konuştum. Halime'nin ağzından evine mektup yolladık. Evin erkekleri, nikâh kıyılması şartıyla evlenmelerine izin verince, hastanede düğün hazırlıklarına başladık. Hepimiz bir katkıda bulunduk yeni evlilere; ufak bir çeyiz düzdük, görevli yemekhanesini donattık, pilav ve kuzu pişirtip hep birlikte yemek yedik ve aramızda topladığımız paralarla aldığımız düğün pastasını kesip hastalara da dağıttık. Yemek sonrasında, Sülo'nun hastaneye yakın iki göz oda evine gidip yerleşti Halime.

Sülo Amca, kıza üç yıl boyunca elini bile sürmedi. Bu iki kader kurbanı, aynı evin içinde hem birbirlerine destek hem de çok iyi iki dost oldular. Halime, kâğıt üzerinde kocası gözüken adama son yıllarında canla başla baktı. Üç yıl sonra kocası vefat edince de köyüne geri döndü.

Ayak parmakları yoktu ama artık bir dul maaşı ve sigortası vardı, bu nedenle komşu köyden kendine bir koca bulması zor olmadı. Yeni kocasının ölen karısından olan çocuklarına analık ettiği gibi, iki çocuk da kendi doğurdu. Zaman içinde ailesinden İstanbul'a yerleşenler olmuş, ara sıra onları ziyarete geldiğinde bana da uğrar, köyünden peynir ve bal getirir.

Gökşin'e bunları elbette anlatabilirdim ama yaralarla, mikroplarla hiç arası olmayan arkadaşım, benim bu insanlara bitmeyen bağlılığımı, yakınlığımı hoş görebilir miydi?

Sadece Gökşin değil, pek çok dostumun hatta meslektaşımın arasında, iyileştirdiğim hastalarımla bir türlü çözülemeyen bağımı garipseyenler olmuştur. Ne kadar çok doktor tanıdım, hastaya hastalığı süresince bakar, iyileştirdikten sonra yolları ayrılır. Doğrusu da bu olmalıdır ama ben ne zaman doğru olanı yapabildim ki! Benim hastalarım, hayatlarının tüm alanlarıyla hayatıma girdiler hep. Çocuklarının okuluna, eşlerinin iş durumuna kadar her dertlerini bana taşımalarına izin verdim. Onlara hayatın her sahasında el uzatmaya çalıştım. Evet, yaptığım çok yorucuydu ama o kadar çok gönül kazandım ki, şu menhus hastalığı bunca yıldır sanki hücrelerime hiç yayılmamış gibi taşıyabilmemde onların hayır dualarının katkısı olduğuna inanıyorum.

"Haydi Türkan, bir iki lokma bir şeyler ye, bak kadıncağız bal getirmiş sana, ta nerelerden... Heyy, burada mısın?"

Arkadaşımın endişeli sesiyle, anılardan kopup şimşek hızıyla Arnavutköy'deki evimin küçük oturma odasına geri döndüm. Gökşin, bir ekmek parçasının üstüne bu kez de bal sürmüş bana uzatıyordu. Bu lokmanın da icabına bakacağımı bildiğimden, itiraz etmeden aldım, lafı değiştirmek için, "Bana şu mektuplardan okusana bir iki tane," dedim.

Gökşin yanındaki poşete uzandı, mektupları poşetten kucağına dökerken, ben ballı ekmeği ona fark ettirmeden yanımda duran saksının içine bırakıverdim.

"Hangi yılın mektuplarını okuyayım istersin?"

"Ben şöyle bir göz attım bazılarına," dedim. "Ah Gökşin, şimdi düşününce şaka gibi geliyor ama beni ne çok sıkarlardı hatırlıyorsun değil mi? Babam yanımda annem olmadan sokağa çıkmamı yasaklamıştı. Yazmışım sana."

"Dün gece ben de fark ettim, mektuplarında evdekilerin baskısından şikâyet var hep."

"Bunca tedbire rağmen küçük kaçamaklarımız olabildi. Masum kaçamaklarımız."

"Kaçamaklarımız da oldu, bu kadar sıkı yetiştirilmenin etkileri de oldu üzerimizde. Gece mektupları okurken düşündüm de, Ali'den ayrılmanın sebebi, bence onun da baban gibi hayata karşı çok tutucu bir duruşu olmasıydı."

Gökşin, önünde duran mektup tomarını karıştırıp durdu aradığını bulmak için ve bulunca sesini benim sesime benzetmeye çalışarak okudu:

"*Ali yine son mektuplarından birinde, fakülte seçerken bana ilerde temin edeceği geliri asla düşünerek tercih yapmamamı söylüyor. Öhö Öhöö, ona göre, en zor ve değerli sanat, ev hanımlığı imiş ve evli bir kadının muhtaç olmadığı halde çalışması saçma imiş!*"

Türkan, Ali bu kafada biri olmasaydı, belki evlenirdin onunla. Hayatının akışı değişir miydi acaba?"

"Hayır. Kiminle evlenirsem evleneyim, kimse beni yolumdan döndüremezdi. Kaderden kaçılmaz, Gökşin! Nasıl ki hastalıklarım benim alın yazımdı, cüzamlılara kendimi adamam da öyle. Tanrı, hastaların, acı çekenlerin hallerini anlayabileyim, onlarla empati kurabileyim diye ciddi hastalıklarla sınadı beni. Sana, yeryüzüne ülkemdeki cüzamlıları kötü kaderlerinden kurtarmak üzere yollanmış olduğuma inandığımı söylesem, bana deli dersin değil mi?"

"Bir ömür yaptıklarına baktıktan sonra dememem ama keşke seni hastalıklara hamileyken duçar etmeseydi yukarıdaki. Ne düşünürüm hep biliyor musun, Türkan, belki gençliğinde birine deli divane âşık olsaydın... Sevdandan vazgeçemeyecek kadar çok âşık olaydın, her şey başka türlü olurdu."

"Sanmıyorum. Ya önüme âşık olma fırsatları çıkmadı ya da kendimi aşka doludizgin bırakmak bana hiç uymadı. Yapım böyle, hep kendimden önce başkalarını düşündüm. İşten aşka vaktim olmadı. Olamadı."

"Bak, burada ayırdığım birkaç mektup var. Oku onları da hatırla, aşk yolunun üzerine birkaç kere çıkmış ama elinin tersiyle itmişsin, Türkan. Dün gece okurken o günlere geri döndüm. Keman hocan senden yirmi yaş büyük olmasaydı ya da sen ona duygularını açabileydin, belki de sen tıp yerine müzik okurdun."

"Doktor olacağıma Devlet Senfoni'de orkestra şefi olurdum, sen de konserlere bedava girerdin, bütün derdin o değil mi?" İkimiz de gülmeye başladık.

"Saçmalama, ben o büyük aşkı yaşarken, on beş yaşında ya var ya yoktum. O yaşta aşırı romantik bir kızın hocasına duyduğu platonik hislere, aşk denebilir mi hiç?"

"Platonik hislerin serpilip gelişmesine imkân tanımadığın için hiçbir zaman bilemeyeceğiz!"

***

Doğruydu, bilemeyecektik. Bugün gülüp geçiyorum ama henüz on beşime bile basmamışken, bana keman dersi veren yakışıklı hocama âşık olduğumda, ne kadar çok ciddiye almıştım duygularımı. O kişiyi hayatım boyunca her gördüğümde heyecanlandığıma, onun bana yaşattığı duyguları şu yaşıma kadar unutamamış olduğuma ve o günleri anımsamanın bana hâlâ mutluluk verdiğini itiraf edebildiğime göre, belki de hayatımın tek gerçek aşkı oydu. Ya da ilk aşk asla unutulmuyor!

"22 Ağustos, 1951

... Sana yeni dostumu tanıtayım. Ankaralı olduğun için ilerde konserler vermeye başladığında nasılsa tanıyacaksın. Geçen gece İstanbul Radyosu'nda çaldı. Yine çalacak, sana haber veririm, mutlaka dinle! O benim büyüğüm ve keman hocam ama çok iyi anlaşıyoruz, bana çocuk muamelesi yapmıyor. Bir bisikleti var, kardeşlerimle ona binip durmadan geziyoruz. Geceleri de sandalla evin önüne gelip serenad yapıyor. Cidden çok romantik..."

Adamcağızın sandalına dostlarını doldurup, keman çalarak sahilde dolaşmasını, bana serenad yapıyor zannetmem için gerçekten çocuk olmam gerekiyormuş. Elimde tuttuğum mektubu 1951 yılında yazmışım Gökşin'e, oysa keman derslerim 1950 yazında başlamıştı. Demek ki bir yıl içimde tutmuş, bahsetmemişim gizli aşkımdan. Bu aşka dair bir mektup daha buldum ve kahkahalarla güldüm, okurken.

"... Şimdi aklıma Ankara seyahatim geldi. Neydi o Gökşin ve oradaki günler? Hatıralarımı yokluyorum da Gökşin, keman hocamı hakikaten sevmişim, hem de çok fazla. Ama artık his yok içimde. Sadece zaman zaman maziyi hayal etmek yetiyor bana. Seneler sonra onu görürsem, ona itiraf ederim, gülerek konuşuruz bu mevzuyu..."

Tahmin ettiğim gibi, keman hocamla seneler sonra karşılaşmıştım. Hocam bir yakınını bana tedaviye getirmişti. Onu, yıllar sonra görmekten çok mutlu oldum ama çok yaşlanmıştı.

Gökşin'le konuştuğumuz gibi, bu aşkın yeşermesine izin verilseydi, aramızdaki yaş farkı yüzünden büyük bir ihtimalle mutlu bir evlilik olmayacaktı. Bunu düşününce, evlenme yaşının on sekiz olmasının isabetine bir kere daha inandım. İnsanın henüz çocukluktan çıkmadığı bir çağda, duygularını abartabilmesi o kadar olağan ki, o yaşta yapılan evliliklerin çoğu mutsuzlukla bitiyor.

Bana bir lokma ballı ekmek daha uzattı Gökşin.

"Verme canım, içim almıyor," dedim.

"Zorla da olsa ye. Kuvvetli olman lazım! Önümüzde ÇYDD'nin yirminci yıl kutlamaları var. Orada bulunmak istemiyor musun yoksa?"

"Allahım, siz hasta olmayanlara laf anlatmak ne kadar zor! Boğazımdan geçmiyor, Gökşin."

"Üstüne düşülmesinden hoşlanmazsın ama şimdi durum değişik. İstesen de istemesen de, bir dilim ekmek bitecek."

Çaresiz uzattığı ekmeği alıp ağzıma attım, çiğnemeye çalıştım. Gözlerini dikmiş, ekmeği yutmamı bekliyor. Dikkatini dağıtmak için, "Neler yaşadık, neler yaptık şu yetmiş küsur yıllık hayatımız boyunca," dedim, "hele benim hayatım nerdeyse roman!"

"Hayatta çok şey yaptın da aşkı yakalayamadın şöyle sıkıca saçlarından," dedi Gökşin, "üzerinde gerçekten derin izler bırakmış bir aşk yaşamış olmak fena olmazdı, ha Türkan?"

"Ali ile yaşadığımı yabana mı atıyorsun? Bir ömür boyu süren uzun ve derin bir dostluk!"

"Sen dostluktan bahsediyorsun, ben aşktan."

"Olsun! Yıllara yayılan güçlü bir dostluk yaşamışım. Birkaç yıllık aşklardan bence çok daha değerli. Onunla hâlâ irtibatımızın kopmamış olması, ara sıra yazışmamız, dertleşmemiz önemli değil mi? On yedi yaşının heyecanıyla evlenmeye kalksaydık herhalde bugün çoktan ayrılmıştık, birbirimize ya kırgındık ya da küs."

"Belki de hâlâ evli olurdunuz. Onun aşkı her ikinize de yeterdi."

"Ne diyorsun yahu, adamın düşüncelerini az önce sen bana okumadın mı? Ali benim zırt pırt

Anadolu'ya cüzam taramalarına gitmemi, ihtisas yapacağım diye yurtdışında uzun süreler kalmamı kabul edebilir miydi? Birbirimizi yerdik."

Gökşin bir mektup salladı burnuma doğru, "Bak, onun için neler yazmışsın burada."

"Okusana," dedim.

"2 Ekim 1953'de yazmışsın. Diyorsun ki,

'... *Bu hafta iki mektup daha aldım Ali'den. Eğer yanıt vermezsem, uyku v.s grevlerine başlayacakmış. Çarşamba akşamı, bende bir sürü his kargaşaları olduğunu anlatan ve dostluk yardımını isteyen bir mektup yazdım ona. Kendisine yavaş yavaş bildireceğim ayrılmak istediğimi. Onu üzmek istemiyorum. Bilirsin o saadeti hak etmiş, tertemiz, asil bir çocuktur ve ben hiçbir zaman onu beğenmezlik etmedim. Benim suçum yok bunda. Sadece Allah bende ona karşı (hoş hiçbir kimseye ya) bir nebzecik aşk hissi, heyecan yaratmamış...*'"

Bazı yerleri mırıldanarak atladı Gökşin, sonra yine sesli okudu:

"... *Ne olur onlar benden dostluğumdan fazlasını istemesinler. Ne olur herkes bununla yetinse ve ben memnun olsam. Biliyor musun, hakikaten en doğru hareket, karşıdakinin ümidini en baştan kırmaktır. Sevgili arkadaşım, senin beni dinlemen, nasihat etmeden sadece dinlemen büyük bir nimet.*

Dinleyebilme; başkalarını anlayabilmek ve kalpleri kazanmak hususunda en kudretli anahtardır."

Gökşin, elindeki mektubu burnuma doğru salladı,

"Yani Türkan, sen daha o yaşta aşkı dostluğun ardına itmişsin, âşık olmak çok ayıp bir şeymiş gibi. İllaki aşka bir dostluk kılıfı geçireceksin. Senin kabahatin değil elbette, bizleri öyle yetiştirdi ailelerimiz. Bak bak dinle, seni sevenler niye sevmiş, hatırla bakalım! Şimdi okuyunca çok komik geliyor.

"... Ben dinlemesini bilirim. Nitekim kendilerini bana âşık zanneden gençler, beni bu vasfımdan dolayı sevdiler. Belki pek çoğunu anlayamadım ama konuşmalarını, dertlerini dökmelerini sabırla dinledim, tek tük teselliler savurdum ve aniden gördüm ki hiçbir hareket, taktik ve tahrikte bulunmadan onları kendime bağlayıvermişim. Tabii ardından da vicdan azapları..."

En büyük vicdan azabı da kuşkusuz Ali'ye karşı duyulandı.

Lise üçe geçtiğim yıl, "saadet zinciri" gibi oynanan, okudukça birbirimize geçirdiğimiz bir "kitap" oyunu bana birçok mektup arkadaşı da getirmişti. Ankara'da Siyasal Bilgiler Fakültesi'nde okuyan Ali, mektup arkadaşlarımdan biriydi. Bir yıl boyunca birbirimizi görmeden mektuplaşmış, hayatın çok başında iki öğrencinin birbirine yazabilecekleri şeyleri yazıp durmuştuk. Yaza doğru Ali, beni görmek için İstanbul'a gelmeye karar vermişti. Motorlu trenle gelecekti, ben onu peronda karşılayacaktım. Derslerden sonra, Gökşin'le birlikte Haydarpaşa'ya gittik ve Ankara treninden inenlerin arasında Ali'yi aradık. Bana bir resim göndermiş olduğu için, elleri cebinde tek başına dikilen genci hemen tanıdım. Yolladığı resimde esmerliği belliydi ama ben nedense onu hep daha uzun boylu hayal etmişim. Yanına gidip kendimizi tanıttık. Mektuplarımda ona uzun uzadıya Gökşin'den bahsetmiş olduğum, Gökşin'e de onun tüm mektuplarını okuduğum için, ikisinin kaynaşmaları kolay oldu. Karşıya geçip, Karaköy'de bir muhallebicide oturduk, bir şeyler yedik, sıkıcı derslerimizden, ilerde yapmak istediklerimizden, okuduğumuz kitaplardan, sevdiğimiz şairlerden söz ettik. Zaman çabuk aktı, bir de baktık ki Kandilli'ye gidecek vapur, iskeleye yanaşıyor. Ali, birlikteliğimizi uzatmak için bizimle birlikte vapura binmek istedi. Bilet aldı, içeri girdik. Bir de ne göreyim, babam ilk sırada, pencerenin kenarındaki yere kurulmuş oturuyor. Aman Allahım! Kalbime ateş düştü. Yanaklarımdan, ellerimden alevler çıktığını, sırtımdan soğuk terler boşandığını hatırlıyorum. Ölmek üzereydim! Yakalanmıştım! Ne yaparken? Gökşin arkadaşımla birlikte, bir mektup arkadaşımla vapura binerken! O yıllarda büyük bir suçtu bu!

Babam, okuduğu gazeteden başını kaldırıp bizim tarafa doğru baktı. Bizleri görüp görmediğini bilmiyorum ama Gökşin hemen babamın yanına gitti, "Siz de mi bu vapurdasınız? Ne güzel tesadüf, efendim," dedi. Ben pancar gibi kızarmış yanaklarımla, kapının önünde dikilip duruyordum, arkamda da Ali, durumu anlamış, ne yapacağını bilemeden kıvranıyordu.

"İçeri girsene kızım," dedi, bana el sallayan babam. Yanına gittim, Ali peşimden geldi. Babam, "bu da kim?" der gibi sorgulayan gözlerle baktı Ali'ye, "Sizin bu vapurda ne işiniz var Türkan?" dedi.

"Efendim, Ali benim kuzenim," diye atıldı Gökşin, "Ankara'da Siyasal'da okuyor. Birkaç günlüğüne buraya geldi de, annem onu karşılamamı istemişti, Türkan da beni yalnız bırakmadı, sağ olsun!"

Benim canım arkadaşım! Has arkadaşım!

"Nasılsınız oğlum?" dedi babam. Sonra bana döndü, "Buralara geldiğinden annenin haberi vardır herhalde," dedi.

Yanıtlamadım. Gözlerimi yerden kaldıramıyordum. Babam, o mahcup halimi genç erkeklerle konuşmaya alışık olmamama verdi herhalde. Ali benim karşıma, babamın yanına oturdu. Vapur iskeleye yanaşana kadar ben bir daha yüzüne bakamamıştım, ne babamın ne de Ali'nin.

Ali aynı akşam yataklıyla Ankara'ya dönmüştü. Mektuplaşmalar devam etmişti. Onunla ikinci buluşmamız ise bir temmuz gününe rastladı. Ali'yi Kandilli İskelesi'nden alıp evimizin önündeki kıyı şeridinde bulunan ve üzerinde "HUSUSİ PLAJ" yazılı, denize girdiğimiz yere getirdim. Annem artık bir mektup arkadaşım olduğunu biliyordu; çünkü bütün mektuplarımı okuyordu. Kardeşlerimle birlikte denize girdik, sonra annem de geldi, bize katıldı ve Ali'yi çok "efendi" buldu. Liseyi bitirince hangi fakülteye gideceğimi konuştuk. Ben ortaokuldan beri doktorluğu kafama takmış olmama rağmen, nedense o gün mimar olmayı düşündüğümü söyledim. Acaba neden böyle yapmıştım? Ali'nin doktor olmama itiraz edeceğini içgüdülerimle sezdiğim için mi? Annem dahi şaşırdı ben böyle söyleyince, yakınımdaki herkes doktor olmak istediğimi biliyordu çünkü.

Babamın mide ameliyatı sırasında hastanede ona günlerce refakat edip eve çıktıktan sonra, 14 Eylül 1956'da, Gökşin'e şöyle yazmışım:

"Gökşin,

Üç gündür, güneş evdeki yatağımın üstüne doğuyor. Bütün varlığı ile hastane geride kaldı. Benim ruhum, kalbimin şefkati ve duyguları da beraber.

Şu 31 günlük devre, benim yeryüzündeki yerimi katiyetle tespit etti. Bu yolu tuttuğuma şükrediyorum ve bir nebze mesut oluyorum. Bütün diğer şeyler, sinema, pastane, ayakkabı boyası ve dışarının insanları bana bomboş ve anlamsız geliyor. Manaların hepsi orada, çünkü mücadele ve zafer var... Kan da var, lakin Nietzsche'ninki gibi insafsızca dökülen değil, verilen kan var, Gökşin. Hastane gecelerinde Zerdüşt'ü okudum biraz. Nietzsche, "üstün insan"dan bahsediyor. Buna ermek için kan gerek, harp gerek diyor ve hayatın yaratıcılık olduğunu söylüyor. Fikirleri dehşet verici ve delice olmasına rağmen, şimdi kendime göre manalandırabiliyorum.

Sönen bir bedeni yeniden hayata kavuşturmak, yaratıcılığın ta kendisi; daha da üstünü değil midir Gökşin, bence bu böyledir...

Ve bence "üstün insan," ezen öldüren kumandan değil, yücelten, kurtaran, yaşatan hekimdir!

Amma coştum değil mi? Senden başka kimse de beni anlayamaz ya. Diyorum ki hastanede bıraksalar beni, iyi bir bilgim olsa ve durmadan nöbet tutsam, orada kalsam, hiç sıkılmam. Hele bir de mukabil ruhunu bulmuşsa insan... Daha ne ister? İşte şimdi benim için gaye bu kadar. İyi bir doktor olmak ve iyi bir doktorla evlenmek! Çerçeve epeyce daraldı. Hayırlısı."

Bunları yazan ben, Ali'ye mimar olmak istediğimi söylerken, tam bir yeniyetme şaşkınlığı içindeymişim. Bir genç adamın bana ilgisi başımı döndürmüş. Nasıl döndürmesin, o kadar nazik, ilgili ve sevecendi ki Ali, kardeşlerimle bile yakından ilgilenmiş, annemin de gönlünü kazanmıştı. Güzel bir gün geçirmiştik. Ali bir türlü geri dönmek istemiyordu. 18.30 trenine binmek için bizden ayrıldığında saat tam beş buçuktu. Trenine yetişip yetişemediğini hiç öğrenemediğim arkadaşım, gelirken bana o yıl fiyatı 10 TL. olan Mehmet Akif'in ciltli *Safahat*'ı ile bir de limon kolonyası getirmişti. Karşılık vermem gerektiğinde, altından nasıl kalkacağımı bilemediğim için üzüldüğümü hatırlıyorum.

Ertesi yıl, liseden mezun olup tıp okumak istediğimi söylediğimde, Ali üzüldü. Çok uzun bir tahsil gerektirdiği için seçimime itiraz ediyordu. Ben ancak birkaç yıl sürecek bir fakülteye gitmeliydim ki bitirir bitirmez bir an önce evlenelim. Onunla son derece masumane süren mektup arkadaşlığımız giderek başka bir zemine kayıyor, artık bana sık sık evlilikten, nişanlanmaktan söz ediyordu. Elbette bu durum gururumu okşuyordu ama o yaşta ne evliliğe hazırdım ne de Ali'ye âşıktım.

KANATLARIMI YENİ UFUKLARA ÇIRPARKEN BEN

Üniversitenin ilk yılında, bu kadar korumalı büyüyen, o güne kadar platonik ve tek kişilik hayali aşkların dışında ilişki nedir bilmeyen ben, kendimi erkek öğrencilerle dolu bir ortamda bulunca, önceleri bocaladım, sonra alıştım. İkinci sınıfa geçtiğimde artık etrafımda kimi gerçekten sadece dost, kimi de bana hayran sürüyle genç erkek vardı. Erkeklerle birlikte derslere girmeyi, kantinde oturup sohbet etmeyi ve yolda yan yana yürümeyi çoktan kanıksamıştım, doktor olmak için ölüyordum ve evlenmek aklımın ucundan dahi geçmiyordu.

Şu mektup, ne kadar da iyi anlatıyor, okuldaki halimizi:

"*... Senelerce lisede kapalı, yüksek duvarların ardında kendimizi hayallerle, faziletler ve yeryüzünde* *bir damlası bile kalmamış olan iyilikler, güzellikler, safiyet ve heyecanlarla doldurmuşuz ki Gökşin, yakınlığımızla beraber dış dünyaya uzaktık. Her şey dışarıdaydı, biz ise bambaşka bir âlemde. Oysa şimdi sen ve ben ayrı dünyalarda, hayatın kendisi, yaşamanın özü olduk, bizi eski halimizden, safiyetimizden koparmayan tek şey uzaklığımız..."*

Bir mektup daha buldum, okul anılarıma dair, burnumun direği sızladı okurken.

"... Bugün bayram be kardeşim. 29 Ekim! Hani seninle yıllarca o külüstür bluzlar, acayip şapkalarla, kurumlana kurumlana iştirak ettiğimiz ve 10. sınıfta beni hasta eden bayramlardan biri. Ama hem birbirimizden uzağız hem de dışarıda esen rüzgârı dinlemek ve vapur düdükleri devamlı ötünce ürpermekten başka yapabildiğim bir şey yok! Öylesine tatsızlaştı ki hayat! Nerde o şevk, o heyecan? Hatırlıyor musun, bir gün önceden bluzları ütülerdik, ne de acayip kumaşları vardı. Flamalarımız eski püsküydü. Kimimize kordon düşerdi, kimimize kalmazdı. O şapkaları kalıba koymak, kıvırmak için ne uğraşırdık, değil mi? Sonra vapurlarda insanları, yüzlerini görmeden mektuplaştığımız meçhul dostlara benzetmek, şiir okumakla geçen zamanlar...

O zaman biz hayatı yaşıyorduk. Hakikatleri keşfedeli veya ezileli beri, hayat bizi yaşıyor. Önümdeki hayat apaçık ama eskiden biri bizi o sıkıcı konferans-

lara götürse diye ne çok heyecanlanırdık. Artık filmleri önceden biliyoruz, ışıklar söndükten sonra değil. Her şey bu misal! Gidiyoruz! Rüzgâr uğulduyor, güneş kaçtı, belki fırtına ve yağmur gelecek. Acaba izciler kaputlarını aldılar mı? Yoksa üşüyecekler mi?"

Gökşin'le ben izciydik. Okul yıllarımızda hayatımızın en heyecan verici olayıydı bu. İzci kıyafetine bürünüp törenlere katılmak, şenlikti, keyifti. Yaşamımızın en renkli, coşkulu olayıydı. Yağmur altında veya rüzgârda kaldığımız için bizi zaman zaman hasta etse bile, en vazgeçilmeziydi, hayatımızın.

Ortaokul ve lise rüzgâr gibi geçti. Üniversite yılları başladı. Gökşin Ankara'ya Dil Tarih'e gidince, onunla ayrı düştük. Şu anda okumakta olduğum mektupları bu ayrılığa borçluyum. Üniversiteler için, *hayat okulları* benzetmesi yapılır ya, ne kadar isabetli bir benzetmedir bu; Tıp Fakültesi'nin ilk yılında yazdığıma bakın:

"11 Mart, 1955

Gökşin Kardeş,

Kitabımı yanıma almadığım için şu vapur seferinde, aziz kemiklerimi çalışamayacağım. Seninle sohbet edeceğiz ve muhakkak ki bu daha zevkli olacak.

Canım kardeşim artık ben yavaş yavaş başkalaşıyorum. En başta, hayallerim vizelerde toplanıyor. Düşündüğüm, dehşetine kapıldığım hep onlar, gerisi fasa fiso.

İskenderun'la, Bandırma'nın önünden geçiyoruz şimdi; aklıma şiirler ve hayali yolculuklar geliyor... Seninle buluşuyoruz aya giden yollarda.

Öyle nezleyim ki hiç sorma,

Anlarsın.

Nefes alamıyorum adeta. Derslerde burun silmek başlıca meşgalem, dinlemek, çalışabilmek hak getire. Bir hafta var önümde, öbür pazartesi ilk vize... Allah! Ezberlenecek o kadar isim var ki! Doktor olmak kolay değil. Bizim yeni sınıf bir âlem. Gözde olduğum da başka bir hakikat. Bugün ilk defa beyaz önlüğümü giydiğim zaman, gözleri harikulade, orta boylu bir kızla gezdiği halde, etrafa bakınan bir talebe var, öyle tuhaf bir hayranlıkla tekrar tekrar baktı ki...

Özdemir'in mimarlıktan bir arkadaşı bir portremi yapmış ki harika, bir de çiniyle Özdemir yaptı, şimdi de Can yapıyor karakalem. Sükse babında her şey tamam, hatta bugün Prof. Max bile elini omzuma koyarak, preparatımı tashih etti. Bana da bir güven geldi ki sorma, kendi evime girer gibi rahatlıkla giriyorum her yere.

Kız arkadaşlarım da çok. Bir Meryem var, gökten inme bir melek, harikulade bir kız, şahsiyeti öyle temiz ki! Nevincik, bizim Kandilli'den 401 Türkan ve cici Gülbin bana yetiyorlar. Ah şu nezlem olmasa da ders çalışabilsem!.. Embriyoloji tercümanı Peter var, babası Prof. ve babamın da dostu. Kızların hepsi ona hayran. Ama sanırım o beni beğeniyor.

Her hafta bir çaya, partiye davet ediliyorum. Hiçbirine gitmeyeceğim ya, ah şu burnum akmasa... Vaziyet böyle süperken, ben de tuhaf bir boşluk var. Bir el tutmak istiyorum, bana vizeleri, anatominin dehşetini unutturacak ve beni asla küçük düşürmeyecek bir el... Anlıyorsun ya...

Gökşin, geliyoruz bizim köye. Eve gidip çay içeceğim bol bol. Karnımı doyuracağım, sonra uykum gelmezse çalışacağım..."

Ben orta öğrenimimin ve evimin dört duvarından ilk kez kurtulmuş, masum bakışmaları heyecan verici, çaylı toplantıları nefes kesici bulur, kanatlarımı ilk kez çırpar, özgürlüğü ilk kez tadarken, Ali'nin evlenme planlarını nasıl kabul edebilirdim. Büyüyor, serpiliyor, şahsiyetimi geliştiriyordum. Ali'ye bunları anlatabilmem kolay olmadı. Evlenmemizin mümkün olmadığını, bana nişanlı muamelesi yapmamasını, aramızda sadece dostluğun olabileceğini ona defalarca yazdım. Defalarca yanıtladı. Gökşin, ben Ali'ye yazdıkça, ona umut verdiğim için beni azarladı durdu. Bense, bende hep dostluk duyguları uyandıran ve gerçekten çok sevdiğim bu mektup arkadaşımı asla kırmak ve kaybetmek istemiyordum.

"Şu Ali'li mektuplara bir göz atalım mı birlikte?" diye sordum Gökşin'e. Kucağımda ne kadar çok mektup var Ali'den bahseden.

"*Ali herhalde yakında buraya gelecek. Eski plan böyleydi ama belki de bendeki değişiklik yüzünden, gelmekten vazgeçer. Onu sık sık görürsün değil mi Gökşin? Hiç olmazsa haftada bir iki kere görür, konuştuklarınızı, onun istediğimiz yönde salâha doğru gidip gitmediğini yazarsın değil mi? İnşallah diğer arkadaşlar gaf yapmaz, onu üzecek hatalı şeyler söylemezler.*"

24 Ekim 1953 tarihli olanı ise şöyle:

"*Ali'nin feryat dolu mektubuna tatminkâr bir cevap yazmalıyım. Bilsen bu hususa ne kadar üzülüyorum, Gökşin. Ona iki uzun mektupla hislerimin esasını açık ve samimi şekilde yazmış, her şeye rağmen kararı ona bırakmıştım. Yani, 'madem ki söz verdim, istersen sözümü tutar, yazarım ama bil ki sana âşık değilim.' O ise hâlâ mektuplaşmak istediğini yazıyor. Bakalım bu mesele nasıl hallolacak? Kendimi bedbaht etmek pahasına da olsa, bu iyi, temiz ve candan çocuğun saadetini istiyorum. Ama tek taraflı sevgi, onu mesut etmekten çok uzak olmalı!*"

"*11 Kasım, 1953*

... Seninkiyle birlikte Ali'den de bir mektup aldım. Ankara'ya dönmüş. Sokağa çıkıp sizlerle karşılaşmaktan çekiniyormuş. Acıyan nazarlarınızdan gazaba gelerek, sizleri kırabileceğinden korkuyor ve

bana soruyor, İstanbul'a gelip gelmemesini. 'Atlatma, cevap ver,' diyor. Şimdiye kadar, 'sana gel ya da gelme demek hakkını kendimde bulamıyorum,' diyordum ve kararı ona bırakıyordum. Ona şimdi ne yazacağımı bilmiyorum. Gelirse babam İstanbul'a dönmeden gelsin. Ama artan bir düş kırıklığı ile geri dönmesi daha mı hayırlı olacak? Öte yandan, gelmezse, bütün kış kendini yiyecek. Bilmem ki, belki gel diyeceğim..."

Bir başkası:

"Rüyamda Ali'yi gördüm. Mektuplarına hiç cevap yazmıyorum, sana söz verdiğim gibi. Ama mevcudiyeti beni öyle rahatsız ediyor ki... Ne zor şey!"

Bir başkası daha:

"Ali sitemler edip duruyor, yazmıyorum diye. Gel gör ki içimden gelmiyor."

Gökşin, bu işi bir türlü bitiremediğim için bana çok kızıyordu. Sen kimseyi kırmamak için kesin bir tavır koyamıyorsun, hayatın hep başkalarının arzularına göre şekilleniyor, diye yazmıştı bir keresinde. Hak vermiştim arkadaşıma. Ağzımdan en zor çıkan söz hep "hayır" olur benim ama bir kere çıkarsa, asla geri dönüşü yoktur.

Bu mektup da yine 1953'ün Kasım ayında yazılmış:

"... *Gözlerim acıyor. Dün gece çok az uyudum. Hep düşündüm ve sonra bir rüya gördüm. Karmakarışık bir rüya! Şimdi Ali'ye, 'Gel' diye bir telgraf çekeceğim. Yakınımda olunca, belki günahsız olduğumu anlar. Belki onu ikna edebilirim hayallerinin imkânsız olduğuna...*"

Bu mektubu, Kandilli-Üsküdar vapurunda fakülteye giderken yazdığımı hatırladım. Dışarıda yağmur yağıyordu. Rüzgârdan vapurun camları zangırdıyordu. Üşüyordum. Üzgündüm. Bıkkındım da biraz. Tek taraflı bir aşkın, aşksız ucunda durmak kolay değildi. Ben on beş on altı yaşlarımı, benden yirmi yaş büyük keman hocama âşık geçirdiğim için, diğer ucu da biliyordum ama inanın birine platonik duygular besleyip hayallere dalmak daha keyifliydi, âşık olmadığınız kişiyi ikna etmeye çalışmaktan. Ayrıca, annemin, fakülteye başladığımdan beri artık başka adrese yollanmakta olan mektuplarımı bulup beni babama şikâyet etmesinden, Ali'nin arkadaşlarının hışmından, ama en çok da Ali'yi üzmekten korkuyordum. Bir mektup arkadaşlığı, başıma ne işler açmıştı!

Aynı gün, mektubun birkaç saat sonraki devamında, "*Şimdi Kocamustafapaşa'daki sinema-*

dayım. Rüzgâr Gibi Geçti'nin ilk faslı bitti. Film cidden enteresan ve ben burada bir kere daha anladım ki, aşktan da üstün olan şefkat ve milli hisler vardır," diye yazmışım.

Son nefesime yakınken dahi aynı şekilde düşündüğüme göre, hak etmemişim aşkı ben! Ee, ben hak etmeyince, Allah da vermemiş elbette!

"... Sabah Ali'ye, 'gel,' diye telgraf çektim. Akşam hareket ederse, yarın burada olur. Bakalım onu ikna edebilecek miyim? Mühim bir şey olursa, Gökşin, sana yazarım tekrar."

Mühim bir şey olmuş! Ama elim varmamış hemen yazmaya. Ancak, 19 Kasım'da dökmüşüm derdimi Gökşin'e.

"Gökşin, Ah Gökşin,

Kime ne yazacağımı bilemiyorum. Şiirli kartını alınca, sana haykırmayı arzu ettim.

'Bir dert ki
Dayanılır şey değil!'

Haftanın şiiri, şu son iki günün şiiri! Şu iki mısrayı milyarlarca kere tekrarladım. Evet, tamamen öyle! Oh Gökşin, bilsen olanları! Bilsen benim Ali'nin yüzüne karşı, onu lâyıkıyla sevmediğimi söylediğimi ve artık onun gittiğini ve bu gidişin son gidiş olduğunu öylesine hissettiğimi. Çırpındığımı, kafesteki kuşlar gibi. Çaresizlikle inlediğimi.

Ah Gökşin, duyuyor musun hıçkırıklarımı ve fark edebiliyor musun gözyaşlarımın akışını? Ali'yle karşılıklı ağladık aczimiz karşısında.

Ben neden böyleyim? Şu anda yeni bir pişmanlık duyup ondan aldığım, yok ettiğim hayalleri tekrar vermeyi düşünüyorum. Her ne pahasına olursa olsun, onunla evleneyim diyorum. Sonra aklıma başka şeyler geliyor..."

İçine çeşitli şairlerden şiirler de döşediğim mektup şu anda bile yüreğimi yakıyor.

Elli beş yıl önceki sararmış mektubu okurken, Ali'yle evlenmediğim için pişmanlık duymadığımdan çok emin değilim. Hayatımda dostluğunu hiçbir karşılık beklemeden bana yarım asır sunan bir başka erkeğin olmayışı, onun değerini artırıyor, onu çok özel kılıyor. Gökşin karşımda oturuyor olmasa, kendimi bu kadar sıkmasam, gözlerimden yaşlar düşecek elimdeki kâğıt parçasının üzerine.

"... Ali, beni zora koşmadan senelerin geçmesini bekleyemez mi? Belki bir gün etrafımdaki bütün insanları mesut görür, hayatımı sevdiğim dostlarımdan biri olan onunla birleştiririm. O bunu anlamıyor. Her şeyin bugün söze bağlanmasını istiyor. Arkadaşlığımız devam etsin ve o küçük bir ümitle beklesin istiyor.

Ne yapacağımı bilmiyorum. Ona senelerce acı çektirip sonra da benim kuklammış gibi, ayağıma çağırmaya razı olamam. Her şeyi, ümit ve hayallerini yıktım. Evet Gökşin, bunu ben yaptım. Ben! Sineği incitmeye korkan ben! Ölüme yaklaşan bir hastaya üç, dört saat sonra öleceğini söylemek gibi bir şey bu! Nasıl yaptım, bilmem!

Yaz bana dostum, ne olur bir şeyler yaz.

Seni aramış geçenlerde, bulamamış ama sen vakit buldukça onu ara. Onunla konuş. Onun ümitlerini tamamen yok et. Neden karşısına beğenebileceği bir kız çıkarsa, evlenmesin? Yeryüzünde bir tek ben mi varım? Ona ümit vermek kolaydı. Bekle demek kolaydı. Ama ya ilerde çılgınca birini seversem?

Gökşin, Gökşin, ah burada olaydın. Beraber ağlardık halimize. Ölsem, şu dünyadan yok olsam, kâr eder mi, söyle?.."

Çok iyi hatırlıyorum, Gökşin'in, en doğrusunu yaptığım için beni hem alkışlayan hem de teselli eden mektubu hemen gelmişti ama beni teselli edememişti, o başka! Benden ona gidende şöyle satırlar varmış:

"*4 Kasım, 1954*

... İnsan usandığı bir şeyin son bulmasını çılgınca ister, ister de onun nasıl yegâne kurtuluş olduğunu görür... ve sonra bitişi neticesi nasıl hiçliğe gömülür?.. Ali ile vedalaştık bugün... Bu anı nasıl bekliyordum, her türlü sıkıntımın, kederimin yegâne müsebbibi oydu sanki... Gel gör ki olagelmiş hadise-

leri silemeyiz hayatımızdan ve böylece biz daima bedbin olmaya mahkûmuz.

Artık azarlı mektuplara, dolambaçlı yollara lüzum kalmadı, her şey kendiliğinden oluverdi. Hayırlı olması için dua etmeliyiz, ne olur siz de gördükçe normal davranın. Şaşırmayın ve konuyu açarsa, 'Doğrusu buydu!' deyin. Bilhassa Mesude'ye tembih et, bu konuda dikkatli olsun..."

Ali'yi reddetmemin sonucunda, o yıkılmıştı, ben de çok sarsılmıştım. Geceleri yatağıma yattığımda, Ali'yle tüm konuştuklarımızı baştan sona sarıyor, tekrar tekrar düşünüyordum. Divanyolu üzerinde bir öğrenci kahvesinin gözden uzak bir masasında karşılıklı oturmuştuk.

"Bak Ali'ciğim, benim itirazım sana değil, evlilik kurumuna," demiştim, "ben öyle bir meslek seçtim ki, evliliği taşıyamaz."

"Ben anlayışlı davranacağıma söz veriyorum."

"Ben, herhangi bir doktor gibi davranamayacağımı hissediyorum Ali. Mesleğimi her şeyin üstünde tutuyorum. Asla kimseye iyi bir eş olamam."

"Hiç evlenmeyecek misin yani?"

"Ancak kendim gibi mesleğine vurgun bir doktor bulursam, evlenirim. O beni anlar."

"Ben doktor değilim ama ben de seni anlıyorum."

Konuşma uzayınca, ben sertleşmeye başlamış, sonunda, "Evlenmek için birine delice âşık olmam şart," demiştim, "içim sana karşı sevgiyle, temiz duygularla dolu. Ama sana âşık değilim Ali. Evlenirsek ve ben bir gün birine âşık olduğumu hissedersem, ne yaparız?"

Ali'nin beni dinlerken yüzünün soluşu, sağ gözünün sürekli seğirişi, ellerinin titremesi gözlerimin önünden gitmiyordu. O, beni yüzünde ağlamaklı bir ifadeyle dinlemişti ama ben konuşurken hüngür hüngür ağlamıştım. Dudaklarımdan kalbini kıran sözler dökülürken, içimden onu bir anne şefkatiyle bağrıma basmak, saçlarını okşayarak teselli etmek geçiyordu. Yapabildiğimse, parmaklarımın ucuyla eline dokunmak olmuştu. Ateşe değmiş gibi çekmişti elini hemen. Başka birini sevebilme ihtimalim var, dediğim için, çok kırgın ayrılmıştı benden.

Şimdi düşünüyorum da, korkum boşunaymış, ben hiç kimseye çılgınca âşık olmadım, ta bu yaşıma kadar. Ona söylediklerimin arasında tek mutlak doğru, mesleğimi her şeyin üzerinde tuttuğummuş!

Ali'nin mektupları, o dramatik ayrılışa rağmen bir süre daha devam etti. Kimine yanıt verdim, kimine vermedim. Ayrılmamızın üzerinden aylar geçmişti, ben ne kimseyle tanışmıştım, ne de arkadaş olmuştum, nerede kalmış, âşık olmak! Zaten buna meydan vermiyor, herkesten kaçıyordum.

İşte kanıtı:

"19 Ocak, 1955

... Canım sıkılıyor = hayatımdan memnunum. Sen bu muammayı çözebilir misin Gökşin? Evet şu andaki durumum, tamamen böyle! İçimin birine bağlanmak, sevmek, mesut olmak ve mesut etmek arzusuyla dolu olmasına rağmen, etrafta bu arzumda birleşeceğim şahsı bulamıyorum..."

Bu muamma durumun, şu yaşıma kadar sürdüğünü itiraf etmeliyim. Ani heyecanlarımın, coşkularımın, umutlarımın arkası nedense hiç gelmedi. Beğendiğimi zannettiğim genç doktorları biraz yakından tanıyınca, hep düş kırıklığına uğradım. Nitekim Gökşin'e laboratuarda birlikte deney yaptığımız biri için şöyle yazmışım:

"*... Onu yakından tanıyınca, sadece laboratuvardaki amir durumundan dolayı hayranlık duyduğumu anladım ve yine sukutuhayal!*"

Erkeklerden ne bekliyordum acaba? Müthiş bir zekâ mı, kültür birikimi mi, çok ince bir mizah duygusu mu? Ne? Üniversite kahvesinde, bir masanın etrafında toplanıp çaylarımızın şekerlerini karıştırırken, havadan sudan söz ediyorduk. Benim birkaç gündür uzaktan uzağa beğendiğim, göz göze geldiğimde kıpkırmızı kesildiğim kişi, eğer konuşmaya başlamışsa, ikinci çayımız gelene kadar, tüm esrarını kaybediyordu. Herhangi birimizden farkı olmayan, hocaları çekiştiren, pek sıradan bir genç adam! Ben bunun neyini beğendim acaba, diyordum. Bu kadar büyük bir hassasiyetle, özel biri için sakladığım kalbimi, bu kişiye verecek değildim elbette. Akşam eve gidince, oturup Gökşin'e boşa umutlandığımı yazardım hep. Ama pes etmiyordum, aşk bir gün gelecek, bulacaktı beni. On beş yaşımın karşılıksız kalmış platonik sevdasıyla kapanmayacaktı bu defter. Kalbim bir kere daha çarpmalıydı, delice bir heyecanla. Zordu aşkı beklemek!

"*Ah Gökşin, kalbimiz boş, kafamız doluyken iradeye güvenmek kolay ve ben en kritik yaşları dikkatle atlattığımıza inanıyorum. Ama yine de belli olmaz, o saçma şey bizi kıskıvrak bağlayabilir. Ben istemediğimi sevmeyebilirim ama istediğimi sevmek hiç kabil değil.*

Kimse kalıcı olmadı hayatımda, Ali'den gayrı.

18 Mart'ta yazdığım mektup var şimdi elimde.

"*... Ali'nin en yakın arkadaşı Cengiz'den mektup aldım. Ali'den de daha önce benim kendisinden ebediyen kurtulacağımı müjdeleyen bir mektup almıştım. Bu sefer Cengiz, Ali'nin çok ağır hasta olduğunu, kendisini çağırdığını yazıyor ve beni onun aşkını anlamamış olmakla suçluyor. Tabii ki allak bulak oldum.*"

Ali'nin hastalığına üzülmüştüm ama ona yazma fırsatı elde ettiğime de, için için sevinmiştim. Gökşin istediği kadar kızsın, elbette hastalanan arkadaşıma şifalar dileyecektim! Bir müddet sonra, kısacık bir teşekkür notu yollamıştı bana, iyileşmiş, merak edilecek bir durum yokmuş!

"11 Kasım, 1954

Ali'nin içimde bıraktığı yük nisbeten hafifliyor. Onun iyi olmasını çok istiyorum. Ayrılırken de söylediği gibi biz bambaşka dünyaların çocuklarıyız, anlaşma beklemek kabil değil."

Bana eskisi gibi uzun yazmadığı için alınmış olduğum, şu elimdeki mektuptan belli değil mi? *Biz bambaşka dünyaların çocukları imişiz!* Gökşin'e şikâyet ettiğimde, bana, "*Elbette öylesiniz,*" demişti Gökşin, *"İsviçreli bir annenin kızıyla Anadolulu bir annenin oğlu aynı dünyanın çocukları olabilir mi? Aradaki kültür farkını düşünsene!"*

Ben de giderek inanıyordum artık Ali'yle aynı dünyadan olmadığıma. Onu sevmekten bu yüzden mi kaçındım, korktum acaba?

"17 Eylül, 1953

... Ne yazık ki Allah bana hislerimi ifade kudreti vermemiş. Ben daha çok hissedemediklerimi ifade

edegelmiş bir biçareyim. Evet Gökşin, üç safha var ortada. 1) Hissetmek istedim. 2) Hissettiğimi sandım. 3) Hissetmediğimi anladım."

Uzun uzun Ali hakkındaki düşüncelerimi yazmışım sonra, kim bilir kaçıncı kez! Aradan iki yıl geçmiş, ben hâlâ aynı teranedeyim!

"2 Haziran, 1955

Ali artık benim için sıkıcı bir hayalden ibaret ne yazık ki! Onun için döktüğüm gözyaşlarımı ve çektiklerimi düşündükçe kızıyorum. Bu bayram Ali'den tebrik falan almadım zira yolladığı o uzun mektuba cevap vermemiştim, ne yazabilirdim ki Gökşin?"

Ali'nin sıkıcı bulduğum hayali dahi beni rahat bırakmıyormuş nedense? Elli küsur yıl sonra, geçmişe bambaşka bir gözle baktığımda, mektuplarından bir türlü vazgeçemediğim bu dostumu acaba kendime bile itiraf etmediğim bir aşkla mı sevdim, diye düşündüm.

"... Dün akşam Ali'den uzun bir mektup daha aldım. Eski halinin baki olduğunu yazıyor, 'Habersiz' şiirindeki gibi. Fena halde bıkkınlık geldi her şeyden, neyleyeceğim, bilmem. Yeni ve sarsıcı hadiseler bekliyorum, beni hayatla doldurup bambaşka edecek fenomenler."

Ali'nin mektupları sonunda kesildi. Bir süre mektuplaşmadık.

"... Ali'den hiç haber yok! Herhalde mezun ve tayin olmuştur. Onu hep tertemiz anıyorum, iyilik ve faziletine hayranım ve saadetini diliyorum. Herhalde Allah bu kadar iyi ve masum bir insanı gözetir. Kendi kendime bu fasılda çok kızıyorum ve dikkat ediyorum artık. İyi bir tecrübe oldu bana; ama ona değil! Eğer bu iş kötü bir realite ile kapansaydı, ona da ders olurdu."

Sonra, Ali'nin bana evleneceğini bildiren mektubu geldi. Tuhaf bir duyguydu, o mektubu okumak. Hem artık bana yazmayacağı ve nihayet kendi yolunu bulmuş olduğu için bir rahatlama hissi, hem kıskançlığa varan bir burukluk, gözpınarlarıma toplanıp akamayan gözyaşları, boğazıma oturan yumru ve ısrarla, "*değer verilen bir dostu ebediyen kaybediyor olmanın huzursuzluğu,*" diye adlandırdığım halim!

Oturdum, çok karışık duygular içinde iki mektup döşendim o gece, biri mutluluklar dilemek için Ali'ye, diğeri duygularımı paylaşmak için Gökşin'e. Gökşin'e yazdığım o mektup kaybolmuş herhalde, mektupların arasında aradım, aradım bulamadım. Sevgili arkadaşıma bir ihtimalden söz ettiğimi hatırlıyorum hayal meyal. Sormuştum, acaba ben Ali'ye âşıktım da bunu kendime itiraf mı edemiyordum?

Gökşin'in yanıtı, aşağıdaki sandığın içinde duruyor.

"Hayır sen ne Ali'ye ne Veli'ye âşıksın," diye yazmıştı, *"sen âşık olma haline âşıksın Türkan!"*

AŞKIN ÇEŞİTLİ HALLERİ

Elbette her genç kız gibi ben de aşkın hallerine âşıktım. Şarkılar dinliyor, romanlar okuyor, sinemalarda seyrettiğim sevgililere özeniyor ve beni benden alacak büyük çok büyük bir aşk, *"Yeni ve sarsıcı hadiseler, beni hayatla doldurup bambaşka edecek fenomenler,"* bekliyordum.

Beklediğim oldu, hayatıma birkaç ay sonra Atilla girdi ve yerden kesti ayaklarımı.

Atilla'yla evlenme konusu ciddiye binince, Ali'ye, benim de bir doktorla evlenmek üzere olduğumu yazdım. Yanıtı hemen geldi. O da beni tebrik ediyor, mutluluk diliyordu.

Zaman içinde, her ikimiz de evlenmiş, kendi yollarımıza gitmiştik. Başka şehirlerde yaşıyorduk. Bin bir gailemiz vardı. Ailelerimiz genişliyor, iş hayatımızın zorluklarıyla boğuşuyorduk. Saçımı tarayacak zaman bulamadığım günler oldu ama Ali'nin mektuplarını hiç yanıtsız bırakmadım. Yıllarca mektuplaştık. Bu mektuplar iki dostun birbirine yazdığı mektuplardı sadece; aşk geçmişte kalmıştı. Birbirimize çocuklarımızın doğumunu, iş hayatımızdaki terfileri müjdeledik, derdimizi döktük, sevinçlerimizi, kederlerimizi paylaştık. Yolumuz ender de olsa, uzun yıllar sonra bir iki kere kesişti. Birbirimizi gördüğümüze sevinip, dertleştik. Çocuklarımın babasından boşandığım ve yapayalnız kaldığım günlerde dahi, keşke Ali'yle evlenseydim diyemedim ama onun mektuplarına, fikirlerine, tavsiyelerine hep ihtiyacım oldu. Postacının getirdiği zarfın üzerinde yazısını her gördüğümde içime sevinç dolardı.

Yaa, işte böyle; bir zamanlar bizlere üzeri pullu zarflarda mektuplar getiren postacılarımız vardı ve dostlar mutlu olayları tebrik etmek, taziyede bulunmak ya da sırf haberleşmek için mektuplar yazarlardı birbirlerine. Ben mektup çağında doğmuş, büyümüş ama bilgisayar çağında ölmeye hazırlanan biriyim. Herhalde çocuklarıma baş sağlığı dilekleri de zarflı mektuplarla değil, e-postalarla yollanacak, gittiğimde.

Gökşin, yeni bir lokma hazırlamış benim için, uzattı çaresiz aldım. Bir ara yine bırakıvereceğim saksının içine. O gidince, Bubu gelir, hepsini yalar yutar.

"Senin mektubun sonu şöyle bitiyor Türkan," dedi, hâlâ elindeki mektupla cebelleşen Gökşin, "dinle bak:

Her şey bir yana, şu anda burada olmalıydın ve güneşin harikulade batışını birlikte seyretmeliydik. Uçuk mavi semadaki uçsuz bucaksız bulutlar, güneşin son ışıklarıyla öyle bir aydınlanmışlar ki, gölgeler öyle harika ki, sanki koca bir Acem halısını gökyüzüne tersine tutturmuşlar. Olmuyor, şu kalem aciz bu güzelliği tasvirden, ne yazık!

Gerçekten de yazık oldu, o müthiş romantizmin boşa gitti, kızım. Hayatının en değerli yılları doğunun dağında taşında, suyu akmayan, helası olmayan köylerinde heba oldu. Yer yataklarında yattın, yer sofralarında yemek yedin. Yoruldun. Yıprandın."

"Yorulmuş, yıpranmış olabilirim ama heba olmadım. Cüzam taramalarını yapmasaydım, Türkiye'de cüzamın önü alınamazdı. Cüzamlılar hâlâ insan yerine konulmuyor olurdu..."

"Yaptıklarının önemini biliyorum. Ama bütün bu koşuşturma içinde, keşke yanında sana layık, kıymetini bilen biri bulunaydı."

"Kıymetimi hastalarım bildi. Yoksa beni rüyasında sıkıntılı gördüğü için taa Tunceli'den gelir miydi Halime? Varsın kocalarım bilmemiş olsun!"

"Allah hayatımızı güzel eyledi ama koca konusunda ikimize de cömert davranmadı, Türkan," dedi Gökşin.

Gökşin'e, benim hayatım buydu, iyileştirdiğim, kurtardığım, hayata kattığım insanlardı; belki de ben hep bunu istedim diyemediğim için, uzun bir süre sustuk. Ben şimdi ona hastalarımdan hangi birinin öyküsünü nakledeyim ki? O ki benim en yakın arkadaşım, altmış üç yıllık dostum ama ben, sırf o üzülmesin diye, pek çok şeyi sakladım ondan. Sadece zavallı cüzamlıların kendilerinin değil, hasta olmayan çocuklarının, akrabalarının dahi mahallelerinden, sokaklarından dışlanmalarını, hayatlarını ancak başka yerlere göçerek kurabildiklerini Gökşin'e ayrıntılarıyla hiç anlatmadım. Çok hassastır, kaldıramaz diye düşündüm. Tıp fakültesinde okurken, mektuplarımda beni çok etkileyen kadavra derslerini, ilk kez şahit olduğum doğumları, ölmek üzere olan hastaları, hastanenin türlü türlü hallerini anlattığımda, "*İçim fena oluyor, anlattıkların geceleri rüyalarıma giriyor, lütfen bana böyle şeyleri yazma,*" diye beni uyarmıştı. Atilla'dan asıl ayrılma nedenimi de sakladım arkadaşımdan, uzun süren hastalıklarım sırasında çektiğim sıkıntıları, acıları da. Yarısı, sevdiğim insanlara acılarımla yük olmamak için, yarısı da gururumdan, çok şeyi içime attım. Gökşin de benim üzülmemem için hep dikkat ederdi. Şimdi düşünüyorum da hata etmişiz. Anlatabilirmişiz, paylaşabilirmişiz acılarımızı, insanlar her şeyi kaldırabiliyor aslında.

Ali'yle ilgili mektupları bir kenara desteleyip rastgele bir başka mektup çektim saçılmış olanların arasından.

"... Bir zamanlar, zengin olaydık neler yapardık, diye konuşurduk. Ben hep bir ada tahayyül ederdim. O adanın ortasında ise koca bir bina. Kocaman ve bir tek! Etraf ağaçlık, çiçeklik ve sevimli hayvanlar, kuşlar, geyikler, kangurularla dolu, hatta maymunlar, filler bile var. Konağın içinde koskoca bir kütüphane, yeryüzündeki bütün kitapların bir kopyası mevcut ve hepsi sıralanmış. Sonra bir bölümünde geniş bir müzik odası, bütün enstrüman ve notalarıyla. Orada, bu şirin ve şairane yerde her çeşit insan aradığını bulabiliyor. İşte burada, sen, Ali, bütün sevgili arkadaşlarım, yakınlık duyduğum insanlar hep birlikte yaşıyor, mesut oluyoruz. Orada bencil olmayan her iyi ve temiz insan aradığını bulur. Gerçek aşk nedir, kardeşlik nedir? Bir erkek bir kızı değil, herkes birbirini sever, vs, vs..."

Gerçekten ne kadar safmışım ben! Ne kadar saf, romantik ve çocukmuşum! Şu satırları 1953'de yazmışım; fakülteye başlamadan birkaç hafta önce, on sekiz yaşındayken! Bugünün gençlerinin ihtiyaçlarını ve aşk kavramlarını düşününce, benim birbirini kardeşçe seven, kitaplar, müzik aletleri, geyikler ve kangurularla dolu bir evde mutluluk arayan insanlarım, kara mizahtan da öte kalıyor.

"Baksana Gökşin, bir hayalim varmış, bahçe içinde kocaman bir eve sevdiğim dostlarımı doldurup hep birlikte mutlu olmayı hayal etmişim. Oku bak, ne komik!" dedim.

"Sen bunu gerçekleştirdin Türkan," dedi Gökşin, "bahçe içinde bir eve arkadaşlarını değil ama cüzamlılarını topladın ve onları mutlu ettin. Senin bir yaştan sonra, has dostların cüzamlılar oldu zaten. Bir süre gözün başka şey görmedi. Kendini onlara feda ettin. Arkadaşlarını, evini onlar için ihmal ettin. Hep onlar için didindin, çalıştın, çabaladın. Allahtan hayatına okula yollanamayan yoksul kız çocuklarının eğitim işi de girdi de, başını cüzamlılardan kaldırıp, biraz nefes aldın."

"Hiç de senin söylediğin gibi değil," dedim, "ben yaşamasını da bildim. Yığınla dostum var, ihtisas dalımın sayesinde birçok değerli insan tanıdım, konserlerden, sergilerden, tiyatrodan, mavi yolculuklardan, yurtdışı gezilerinden nasibimi aldım. Kendimi hiç de eksik hissetmiyorum. Çocuklarıma da, ailemin bana tattırmadığı özgürlüğü tanıdığım için mutluyum."

"Hani nerede yanında duran ve seni seven bir erkek?"

"Ali var ya! O beni elli altı yıldır hâlâ seviyor."

"Artık sadece kız kardeşini sever gibi ve sadece mektup satırlarında."

"Kız kardeşi sevmek de bir sevgidir, Gökşin. Üstelik benim aşka değil, dostluğa ve dosta ihtiyacım var artık. Allah'a şükür, hepinizin sayesinde eksikliğini de hissetmiyorum bunun."

"Senin için, illa dostluk da dostluk. Herhalde annenin seni yetiştirme tarzından böyle oldu. Nerede o mektup, ver şunları bakayım."

Gökşin divana saçılmış mektuplara eğilip karıştırmaya başladı. Birini seçti aldı aralarından.

"*... Ah Gökşin, en yakın zamanda vaktiyle kıymet verdiğimiz şeylere güleceğiz, hayat hep böyle. Sen de bilirsin ki insanlar verdiğimiz değere layık değiller. Hakiki 'iyi'yi bulmak çok güç, şüpheci ruhunu, temkinini asla kaybetme...*

... Ne yazık ki bütün acı ve heyecanlar kavuşmanın ardından biter, bıkkınlık o anda başlar; bu hep böyle ama biz daima istisnai vaziyetlere inanır, bekleriz, böylece kendimizi aldatırız. Bazen birinden hoşlanır gibi oluyorum, bir iki gün hayal ediyorum, düşünüyorum, aynı insanı tekrar görünce her şey başlamadan bitiyor. Ben de öyle bir 'ne istediğini, bilmeme' var ki!.."

Gördün mü? Doğru söylememiş miyim?"

"Doğru söylemişsin," dedim.

"Bak bir tane daha okuyacağım, 1955 Haziran'ında yazmışsın:

... İnan ki hakiki aşk diye bir şey yok. Hepsi, hayal gücümüzün bir noktaya tasnif edilmesinden ibaret bence! Tabii binde bir ihtimalle aksi varit olabilir.

Sen kendini aşka böylesine kapayınca, aşk da gelip seni bulmaz."

"Bulmadı zaten."

"Yetmezmiş gibi, bir de kendine vazife edindiğin yardımseverliğin vardı. O küçücük yaşında bile her derde deva lokman hekim gibiydin, ona da bir kanıtım var, dur bulacağım şimdi... Sen hayatını böyle şeylerle doldurunca, aşka vakit mi kalır... Al işte buldum:

"Sütçü Ayşe Hanım'ın oğlu küçük Doğan bizde idi bu akşam. Kardeşlerim birer ikişer yatınca, yalnız kalan çocuğu evine götürmek bana düştü. Sütçü Ayşe Hanım pek dertliydi. Kendisine fal bakmamı istedi. Hiç inanmam ama kıramadım. Öyle isabetli şeyler söylemişim ki, kerametime hayran oldu. Halbuki benim için uydur uydur anlat, ebegümeci bunlar.

Görüyor musun, insanları kırmamaya o kadar kararlısın ki, sütçünün karısına fal bakabiliyorsun, sırf kadıncağız hoşnut olsun diye. Oysa sen ne fala inanırsın ne de bakmayı bilirsin."

Ortaokuldayken annemin elime süt şişeleri verip beni Kandilli'deki yoksul ailelerin çocuklarına süt dağıtmaya göndermesini hatırladım. Arkadaşlarım benimle Florence Nightingale diye dalga geçerlerdi bu yüzden.

"Tamam, yine haklısın," dedim.

"Haklıyım elbette. Şişli'de açtığın muayenehaneyi de üç beş ay sonra kapatman hep yufka yüreğinin yüzündendi."

"İşte şimdi saçmaladın, Gökşin! Ne alakası var, Allahaşkına! Muayenehanenin kirasını karşılayamamıştım."

"Neden karşılayamamıştın? Çünkü her gelen yoksula bedava bakmaya başlamıştın da ondan. Cüzamlılar, uyuz olanlar, zenginlerin arasından çıkmıyor ki! Yufka yüreğin onlardan para almana elvermeyince, elbette karşılayamazdın kirayı. Senin onda bir bilgine sahip olmayan bir başka dermatolog, para kesiyordu üç bina ötede."

"Başkasının kazancından bana ne! Benim, para kazanamıyorum, diye şikâyet ettiğimi duydun mu hiç?"

"Duymadım çünkü sen en büyük mutluluğu birilerine yardım ederken duyuyorsun. Para kazanmak umurunda değil."

"Para eğer güzel bir amaca hizmet etmiyorsa, olsa ne çıkar olmasa ne çıkar. Üç beş pahalı elbise giymek, mücevher takmak veya gösterişli davetler vermek için harcanan paralara o kadar acıyorum ki! Haklısın canım, ben ne paradan, ne zenginlikten, ne lüksten hoşlandım! Alınteriyle kazanılmamış tek kuruş girsin istemem cebime."

"Hayatını yaşamak, âşık olmak, kendine bakmak da hep ikinci plana itildi senin hayatında. Var mı yok mu görev aşkı! Al bak, bir mektup daha var, işaretlemişim kırmızı kalemle, al oku!"

Elime verdiği mektubu okudum:

"... Dün Ata'nın ölüm gününde milletimin gözyaşlarını dinlerken ve onlarla aynı duygularda birleşirken, benim için her şeyden önce bu aziz vatanın gelmekte olduğunu anladım. O kadar çok şey var ki kadın-erkek aşkından önce ve daha mühim, aşk filan bana vız geliyor!"

"Biliyor musun Türkan, bu mektubunu ilk okuduğumda, bizimki amma da ukalalık ediyor diye düşünmüştüm. Meğer sen yolunu daha o günlerde çizmişsin. Bu çizginden de gerçekten hiç ödün vermedin."

"Gençlik işte! Ben de her genç gibi idealisttim, o yaşlarda."

"Şimdi farklısın sanki! Hayata bu duygularla başlamasaydın, sen de her genç kız gibi biraz flört, biraz serserilik edeydin, giyim kuşam düşüneydin, hayat boyu kendini böyle paralamazdın hep başkaları için."

"Hayatımı geri sarıp yeniden mi başlayayım, kendimi ön plana koyarak?"

"O mümkün değil. Ama bizim dinimizde azizelik mertebesi olaydı, sana verilmesi gerekirdi. İyi ki yok! Olsaydı, sana vermezlerdi, ben de kahrolurdum."

Gökşin'in benim için söylediklerini düşündüm de, haklı sayılır, çünkü ben gerçekten hayatım boyunca cinselliğimle algılanacağım diye hep korktum. Bu korkuyla dekolte ya da çok dar elbiseler giyemedim, fazla makyaj yapamadım, içimde kopan fırtınaları kimseye belli edemedim. Oysa on beş yaşından beri ne kadar çok istedim sevmek, sevilmek, delice âşık olmak hatta cinselliği yaşayabilmek. Ama tüm yakınlaşmalarımda, hep aşktan, cinsellikten kaçtım. Önceleri belki çocukluğum süresince maruz kaldığım baskıdan, sonraları belki bir doktor olarak insan vücudunu her yönüyle, mekanik bir varlık olarak algılamaktan; kim bilir? Ama Gökşin'e bir noktada katılmıyorum, sadece ben değil, o da dahil olmak üzere, biz hepimiz böyleydik biraz, Kandilli Lisesi'nin kızları. Hayatımın tümünü mesleğime ve hastalarıma adadım diye, arkadaşım beni günah keçisi ilan etmiş, belli. Canı sağ olsun!

Zeynep içeri gelip Gökşin'e bir çay daha içip içmeyeceğini sordu.

"İstemem, teşekkür ederim," dedi Gökşin, "ben yavaştan kalkayım. Evime döneyim bir duş alır gazeteleri okurum, dinlenirim biraz. Vallahi, gözkapaklarımın üzerinde uykusuzluktan kum torbaları var sanki."

Bana kahvaltımı ettirebilmiş olmanın iç rahatlığıyla, gitmeye hazırlanıyordu.

"Mektuplar n'olacak?" diye sordu, "onları okuduktan sonra bana iade edecek misin, sende mi kalsınlar?"

"İçlerinden seçmeler yapacak yine sana vereceğim. Günü geldiğinde değerlendiresin diye."

Sorgu dolu gözlerle baktı yüzüme.

"Kalemine güvendiğimiz biri çıkarsa... Yani var aslında da, hakkımda hemen her şeyin yazılmış olduğunu söyledi. Tekrara düşmek istemiyormuş. Bir gün bu mektupları okur, onlardan ilham alırsa..."

"Anladım," dedi Gökşin.

Bu konuyu daha önce de konuşmuştuk aramızda. Gökşin, kimden söz ettiğimi biliyordu. Zeynep kapıda dikilirken, konuyu kısa kesmeyi tercih ettik. Gökşin, "Sen bir göz at bu mektuplara, ben öbür gün yine gelirim, birlikte bir kere daha geçeriz üstlerinden," demekle yetindi.

"Gelmeden telefon et. Yarın kan alacaklardı. Değerler izin verirse, hastaneye götürecekler kemo için. Buraya kadar boşuna gelmiş olma."

"Ararım gelmeden," dedi Gökşin. Mikrop kaparım endişesiyle öpüşmem yasak olduğundan, bana eliyle öpücükler yolladı, çıktı.

Zeynep, Gökşin'i yolcu etmek için aşağıya indi ve geri gelmedi. Divanın yanına kıvrılmış uyuklayan Bubu'ya, "Gidip Zeynep'i çağırsana," dedim.

Kuyruğunu iki üç kere yere vurup kalktı, sallana sallana merdivenlere yürüdü. Şu köpeğe, "Bana bir yastık versene," desem, ağzıyla karşı divanda duran yastığı getirip arkama yerleştireceğinden eminim. Köpekliğine halel gelmesin diye ona emir buyurmadım, sehpada duran çıngırağa uzanıp, çaldım. Zeynep yerine yukardan Çağlayan indi.

"Arkama bir iki yastık daha koysana, daha dik oturmak istiyorum canım," dedim.

"Bu mektuplar da neyin nesi anne?"

"Gökşin Teyzen getirdi onları. Hayat boyu yazıştıklarımız. Daha doğrusu bu gördüklerin benim ona yazdıklarım.

"Onları mı okuyacaksın şimdi?"

"Sen beni dik oturtursan her birine göz atacağım."

"Tarihin derinliklerine yolculuk!"

"Sondan bir evvelki yolculuk! "

"Şşşt! Olumsuz düşünceler yasak!"

"Pekâlâ, sadece tarihimin derinliklerine yolculuk."

"İyi yolculuklar, anne," dedi Çağlayan, yastıkları arkama koydu, yanımda duran kahvaltı tepsisini aldı çıktı. Bubu geri gelip ayaklarımın dibine, eski yerine yerleşti, ben de mektuplarımı kucağıma döktüm ve kendi tarihimin derinliklerine yolculuğa hazırlandım.

TARİHİMİN DERİNLİKLERİNE YOLCULUK

"5 Şubat, 1957

Gökşin'im,

... Demek hastane havadisleri canını sıkıyor, onları okurken fena oluyorsun. Ama biz onlarla öylesine haşır neşiriz ki Gökşin, sana kendimden söz ederken bunları katmamak elimden gelmiyor. Senin mektuplarında, Aykut'dan bahsetmemene benzer bu! Alışacaksın kardeşciğim, çünkü ben vakaları gördükçe, 'aman bunları Gökşin'e ileteyim, benim duygularımı bir tek o anlar,' diyorum...

Hocalar arasında, meslekte çok iyi örneklerimiz var, çok kötüleri de var. Hastalara bağıran doktorları dövesim geliyor. Herkes bir numara, bir rol tutturmuş gidiyor. Kızlar doktorların, hocaların peşinde, kırıtmalar, sırıtmalar gırla. Doktorlar da teşne.

Bana ise en sulu adamlar bile tek bir defa takılmadılar. Bununla övünüyorum.

Biliyor musun, sana bu haftaki ruh halimi aksettiren bir şiir yazacaktım her zamanki gibi ama postanede kart bulamadım, bu mektubu, dişlerimi yaptırmak için beklerken, dişçide yazıyorum. Bu nedenle defter kâğıdına yazılıyor bu satırlar. Ama ne önemi var, yeter ki insan yazmak için vakit bulsun...

Her gün hastaneye iniyorum. Tıpkı doktorlar gibi! Onlarla beraber çalışıyor, öğreniyorum. İçlerinde biri var, yanında bulunmaktan huzur duyuyorum, hep ona yardım ediyorum. İçim dopdolu oluyor, hayatımı yaşıyorum. Arkadaşlar rest çektiler, kızıyorlar ona olan alakama ama bana vız geliyor. Üstün bir insanın yakın alakasına çok ihtiyacım var. Sadece dost kalabileceğimiz ihtimali bile bana büyük huzur veriyor. Uğuru kaçar diye yazmak istemiyorum ama yazmak da bir ihtiyaç!.."

Uğuru kaçar diye!

On beş yaşımın tek taraflı ilk platonik aşkından ve yüzünü ancak iki, üç kere gördüğüm mektup arkadaşımın satırlarında gelişen yine tek taraflı aşktan sonra, şimdi aşk zannettiğim bir duyguyu, nihayet doludizgin ve karşılık görerek yaşıyordum.

Yaşadığım, hayal ve gerçekle iç içe örülmüş bir aşktı.

Bu kez, bir zamanlar mektup arkadaşımı tarif ederken kullandığım güzel sözcüklerin hiçbiri dökülemiyordu kalemimin ucundan. Atilla için, dünyanın en dürüst, en iyi kalpli, en yüksek ahlaklı erkeği diye yazamıyordum; çünkü o beni huyuyla suyuyla değil, uzun boyu, renkli gözleri, dalgalı sarı saçlarıyla çekiyordu kendine. Onun ahlakının nasıl olduğunun peşinde değildim. Nasıl bir kişiliği olduğunu dahi merak etmiyordum. Sadece onun yanında olmak istiyordum. Küçücük bir kızken hayalini kurduğum, uzun boylu, çok yakışıklı prensimdi benim. Bu genç asistan, benim sınıfıma ders veriyordu. Onun ders verdiği günler, sabah dolabımda ne varsa en az iki kere giyip çıkartıyordum üzerime. Allahtan çok fazla giysim yoktu. Ellerimle diktiğim iki üç etek, birkaç bluz, annemin ördüğü hırkam, atkılarım ve berem. Giy çıkar, giy çıkar, en sonunda hep aynı kıyafette karar kılsam da bir atkıyla, bir bereyle farklılık yaratmaya çalışıyordum. Annemin kırmızı rujunu parmak uçlarımla yanaklarıma yediriyordum. Saçlarımı defalarca fırçalıyor, yaşımdan büyük durmak için, topuz yapıyordum. Kalbim küt küt atarak koşuyordum koridorlarda ve sınıfa girince, hemen gözlerini arıyordum genç asistanın. Beni görünce gözlerinin içi gülüyor ya da bana öyle geliyordu. Başıyla selam veriyordu kimselere belli etmeden ya da bana öyle geliyordu. O ders dünyanın en ilginç dersiydi, anlatanın ağzından bal damlıyordu ya da bana öyle geliyordu. Aramızda belki çok şey vardı belki hiçbir şey yoktu. Bilmiyordum. Bilmek istemiyordum. Hayatımın tüm ayrıntılarını, tüm ilişkilerini, saat saat, dakika dakika yazdığım Gökşin'e, hiçbir şey yazamaz oldumdu, Atilla'ya dair. Her hafta birbirimize yollamayı âdet edindiğimiz, ruh hallerimizi belirten şiirli kartları bile esirgemiştim. Uğuru kaçar diye!

Oysa sevgili Gökşin'im de sırılsıklam âşıktı o sıralarda. Beni en iyi anlayacak kişi oydu. Sonradan evleneceği sevgilisinin adı Aykut'du. O bana her buluşmasını, her konuşmasını ayrıntılarıyla yazarken, benim birdenbire içime kapanmam, garip değil miydi?

Bugün geriye baktığımda, bilinçaltımda bir başka "ben"in var olduğunu biliyorum artık. Yaşayan, nefes alan, düşünen, duygulanan, benden içeri bir ikinci "bilge ben"; işlerin yolunda gitmeyeceğini ta o zamandan bilmiş gibi, kocaman laflar etmeyeyim, ilerde bir gün mahcup olmayayım diye, elimi bağlamış meğer! Aşka dair sözlerde tutumlu davranmışım. Örneğin, bir sayfada sadece iki satır yazılı:

"İçim buruk buruk! Doktorumu yolcu ettim bir haftalığına."

Şimdi mektubu okurken, âşık olduğuma inandığım adamın bir haftalığına nereye gittiğini anımsamıyorum ama ders verdiği sınıfa girip de onun yerine başka bir asistan doktoru gördüğümde nasıl bir boşluğa düştüğüm, ders boyunca önümdeki deftere adını karalayıp durduğum dünmüş gibi aklımda.

Aynı günlerde çok romantik bir mektup daha yazmışım. Güya sırılsıklam âşığım ama kadim dostum Ali'den bir türlü kopamadığım da kesin.

"... *İstanbul'da sonbahar bütün haşmeti ile hüküm sürüyor. Sana ve Aykut'a bahçedeki armutların bir dalından iki yaprak kopardım. Şahane bir renk karışımı içinde bunlar. Eğer renklerini kaybetmeden eline geçerse, çok şey bulacaksın, kırmızı, yeşil, sarı, kahverengi ve beyazda. Bütünüyle tek bir yaprak bile bir âlem... Dün Ali'den bir mektup aldım. Topçu olarak askerlik yapıyormuş. Evliliğinden hiç bahsetmiyor, mektup istiyor. Derhal yazdım.*"

Niye derhal yazmışım? Niye?

Ali'nin mektupları kesildiğinde, Gökşin'e, "*Oh! Nihayet bitti bu iş. Rahat ettim,*" diye yazan ben değilmişim gibi, Ali'nin elyazısıyla yazılmış zarfı gördüğüm an suratıma kocaman bir gülümseme yayılmıştı.

Vefakâr dostun geri dönüşü! Nihayet!

Aşk ile dostluğu ayrı kutulara koymanın bir bedeli olacaktı elbet. Aşkı ve dostluğu bir türlü birbirinin içinde eritemediğim için mi aşklarımı dostluklara, dostluklarımı aşka dönüştüremedim ben? Sadece kızların gittiği bir lisede okumaktan veya aşırı korumacı ailemin erkek çocuklarla arkadaşlığımı sıkı takibinden kaynaklanan bir davranış mıydı, bilemeyeceğim ama nişanlıyken dahi, âşık olmak ayıp bir duyguymuş gibi, mahcubiyet duyardım, hislerimi dile getiremezdim.

"12 Mart, 1957

Gökşin'ciğim,

Sizleri hep düşünüyorum. Sana kırıldığımı sanma kardeşim. Kendi hayatımı yaşamaya çalıştığım şu günlerde kalemim pek öksüz kaldı. Ufacık çocuklar gibi yaşadım bir dostluk başlangıcını."

Yazdıklarıma bakılırsa, aşkımı dahi illa dostluğa dönüştürmeye çabalıyormuşum!

"Ve beğendiğim insan da çocuklaştı, ağır hayat yükü ve yorgunluğuna rağmen. Cumartesi günü 401, (bizim sınıfın ikinci Türkan'ına hep lisedeki okul numarasıyla hitap ettik.) *Özden, o ve ben tatlı neşeli saatler geçirdik, aklımdan çıkmıyor. Koskoca bir doktorun bizimle birlikte fal bakıp aptalca şakalar yapması, bol bol gülmesi hayli enteresandı.*

Ben de öyle geveze oldum ki, her gün 401'e ve annemle Turhan'a bir bir anlatıyorum olanı biteni. Fakat bugündelik ıvır zıvırı sana yazmak saçma olacak. Yalnız şunu bil, onu tanımanı çok isterdim."

Bir hafta sonrasının mektubuysa şöyle:

"Gökşin, ben de yazmak isterdim şu günleri ayrıntılarıyla; ama olmuyor. Kâğıda dökülemiyor duygular tam manasıyla."

Bir başkası:

"Yazılamayan şeylerle doluyum."

Ve kısacık notların, sonu getirilmemiş cümlelerin acısını çıkarmak istercesine, içimi şarıl şarıl dökebildiğim, ilk uzun mektup. Nihayet!

"29 Mart, 1957

Gökşin'ciğim,

Nihayet sana yazabilecek zamanı bulabildim galiba. Büyük kantinde, köşe masada kahve (nohut tabii) bekliyor; seni düşünüyorum.

Bilirsin tez canlıyımdır. Senin gibi hadiseleri aylar sonra nakletmeye gönlüm varmaz. Hoş bizim anlaşabilmemiz için kısa yazışmalar da yeter ama ben sana her şeyi satır satır nakletmek istiyorum.

Biz büyük duygular, yüce aşklar bekleyen kişilerdik Gökşin. Oysa hadiseler öylesine kendiliğinden, öylesine tabii gelişiyor ki, çırpınmak veya düşünmek için vakit kalmıyor. Bir bakıyorsun riske girmişsin bile!

Aradığımın ne olduğunu ben de bilmiyorum. Şimdilik bulduğumla yetiniyor ve bu iki mefhumu birleştirmeye gayret ediyorum.

En başta aradığım alabildiğine huzurdu şüphesiz, karşılıklı güven ve hürmetti. Bunlar var, halihazırda. Dilim geleceğe varmıyor. Sukutuhayale uğrayabilmenin korkusuna, paniğine kapılmak istemiyorum.

Karşımda yaşça benden yedi, meslek hayatında dokuz yıl büyük ve ileri birisi var. Bağlanma sebeplerimin en önemlisi bu galiba. Sen de tahmin edersin, yaş insanları, bilhassa erkekleri, çocukluktan kurtaramasa bile, neyi istediklerini bilmelerini sağlıyor."

Akşam, 18.20, Vapur.

Kalemimin mürekkebi kalmamış, oysa böyle aralarda yazmayı çok severim, bilirsin. Mektuplarımın çoğu derslerde, vapurlarda veya dişçide beklerken yazılmıştır ama yine de beni ifade ederler sana!

Kendimden bahsediyordum değil mi? Tuhaf bir kapıp koyuverme içindeyim. Her şeyi oluruna bıraktım, dinliyorum şimdilik, dinlemek, beraber olmak, elini tutmak, birlikte duygulanmak hoşuma gidiyor. Eskiden mukabele edemezdim karşımdakilere. Mevcudiyetleri ve üzerime düşmeleri sıkar, kahrederdi beni. Şimdi yok bunlar. İkimiz de hayatı ve korumamız gereken erdemleri biliyoruz galiba.

Gökşin, benim gibi meşakkatli bir mesleği seçen biri için (ve elbette onun için de) meslekten birisiyle hayat paylaşmak şart. Bunu sana dahi ifade edebileceğimi sanmıyorum. Ama bizim için eşlerimiz tarafından anlaşılmamak yıkımdır! (Bu cümlenin altı çizilmiş sonradan. Hangimizin boşanmasından sonra çizmiş Gökşin bu çizgiyi acaba?)

Hatırlarsan, lisedeyken bana, 'kocam doktor olursa, kıskanırım,' demiştin. Bunu sen söylemiştin, sen ki bugün olgunluk merhalesinin en üst noktasında sayılırsın. Bir de vasat bir kadını veya erkeği düşün, manasız anlayışsızlıklarla bizim hayatımızı nasıl zehir edebilirler.

Meslekten çok insan tanıyoruz. Gerçi pek, üstünleriyle aşırı yakınlığımız olmuyor ama mevkiini hazmedemeyenleri kolayca ayırt edebiliyoruz. Benim seçtiğim insanın karakteri ve insanlığı sapasağlam. Doktorluğu insanlığıyla birleşince de tabii üstünleşiyor.

Haliç'in üzeri şu anda kıpkırmızı! Şahane bir grup var. İnşallah hava yarın güzel olur. Annesiyle babasını görmeye gideceğiz.

Bilirsin Gökşin, etrafımızda parıldayan erdemler, üstünlükler ararız. Ben de hürmet edebileceğim, güvenebileceğim bir dost arıyordum. Tesadüf veya kader bizi karşılaştırdı. Önce o erişilmez gibi geldi bana. Daha doğrusu erişmek ihtimali korkuttu beni. Sonraları, bunu da yadırgamamaya, yakınlığımızın döküldüğü bu yeni yolda da fevkaladelikler bulmaya gayret ettim. Şimdi, iki cepheli bir hayatımız var. Böyle oluşu bizi ve günlerimizi monotonluktan kurtarıyor.

Sabahları, o hoca bense ciddi ve dikkatli talebesi (zaten her şey böyle başladı, onu bu şartlarda tanı-

dım). Öyle tatlı oluyor ki, bu durum! Tamamen şartlara tabi oluyorum, odasına kapıyı vurup giriyorum ve bir gün evvel akşamüzeri, elele denizi seyredip istikbale dair hayaller kurduğumuza inanamıyorum adeta!

Yolum daha ortaokul sıralarındayken çizilmiş. Dindar bir babaanneyle, gezmeye eğlenmeye sık gitmeyen, yakın dostları sayılı, hayatında hep çocuklarının öncelik aldığı, iyilik yapmaya düşkün bir annenin, muhafazakâr, disiplinli bir babanın elinde şekillenen bir çocuk kendine nasıl bir yol çizer, ilerisi için? Bu çocuğun kafasına dürüst, merhametli, iyi bir insan olması, insanlara hizmetten kaçınmaması gerektiği kazınmaz mı? Yol çizgim, beni doktor olmaya götürecekti eninde sonunda, hakkı vardı Gökşin'in. Bir doktorun ideal eşi de bir başka doktor olmalıdır; bilinçaltımda yatan hep buydu. Lisede okurken kendi masalımı kendim yazmışım ve o masala uydurmuşum kendimi. Şimdi okuduğum mektup bunun açık kanıtı.

"... Pazar akşamı Hümeyra Hanım ve kocası geldiler... Allem ettiler, kallem ettiler, Tıbbiye'nin zevkliliğinden, kutsiyetinden, hiçbir zaman doktor olduklarına pişmanlık duymadıklarından söz ettiler ve beni ta lise birdeyken göz dikmiş olduğum fakülteye bir kere daha yönlendirdiler. Zaten başka bir mesleği çok kısa süreli ve gönülsüz olarak okşamışım

kafamda. Kürkçü dükkânıma döndüm! Hayırlısı olsun! Şimdi önemli olan, Tıbbiye'nin bu devre kabul edeceği altmış kişinin arasına girebilmek! Çok çalışmam lazım. Özellikle de biyoloji dersini..."

Meslek dalımı seçtikten sonra, sıra kendime bir doktor koca bulmaya gelmiş! Ben meğer, daha o zamanlardan teşneymişim bir tıbbiyeliyle arkadaş olmaya.

Taa 1952 yılının Haziran'ında yazılmış mektuptan bir satır:

"*Gökşin, sen de hep benim zaafımı bulursun! Bir tıbbiyeli ile arkadaş olmak en büyük emelimdi...*"

Emelimin gerçeğe dönüşmesine ben de inanamıyordum. Gece yatağıma yattığımda, bana istediğim yolu açtığı için Allah'a şükürler ediyordum. Başka ne isteyebilirdi, doktor olmak üzere yola çıkmış bir kız? Anlaşabileceği, seveceği bir doktor eş, üstelik çok da yakışıklı!.. Köy doktoru olmak isteyen Türkan'ın sevgilisi bir köyde yaşıyordu. Köy halkının yardımına koşuyordu. Onları para almadan tedavi ediyor, eşantiyon ilaçları bedava veriyordu. Mahallesindeki insanların gözünde adeta bir Tanrı gibiydi. Üstelik fakültenin bütün kızları da peşindeydi. O, hepsinin arasında, beni seçmiş! Beni! Sevgilimle iftihar ediyordum. Bu rüya bitiverecek diye ödüm kopuyordu.

"31 Mart, 1957, Pazar.

... Sonra, öğleden sonraları, benim pratikler bitince buluşuyor, bazen yolumuzu bekleyen bir hastaya teselli vermeye gidiyor, caddeleri arşınlıyor veya hava kötüyse bir pastanede oturuyor, çok zaman konuşmadan günün yorgunluğunu gideriyor, huzura eriyoruz."

"Dün, ikimiz, Kâğıthane Köyü'ne, anne ve babasını ziyarete gittik. Kendi hallerinde, tertemiz, dünyanın kötülüğüne karışmamış insanlar. Bakalım ne neticeye varacağız. O hemen babamla görüşmek istiyor, ben de biraz zaman geçmesini istiyorum. Günler acep ne getirecek bize?"

"Fena nezleyiz ikimiz. Son kelime, yazdıktan sonra hoşuma gitti!"

"Bu mektup burada bitsin, Gökşin! Beni ferahta bil. Rahat bil. İlerde yeni duygularım olursa, ilave ederim."

"12 Nisan, 1957

Bu mektupta, son günlerin heyecanı da sana yazılsın bari. Dışarısı sıcak, bunaltıcı bir hararet var. Hayatın ilerlediğini anlıyorum. Yaz geliyor, bahar geçti bile. İçimizin temiz ve cıvıl cıvıl olan baharı ise bugün, şu saatlerde, büyük fırtınaya hazırlanıyor.

Hani senin anneciğinden sakladığın hakikatler vardı ya, bugün babam benimkilere vakıf olacak. Ah Gökşin, duymak, hissetmek güzel şeyler ama bunları, bu onlardan kopma dileklerini, üzerimize titreyen kimselere açmak, onları hayatın gerçekleriyle karşılaştırmak hakikaten azaplı. Sırası geldiğinde, fedakârlıklar insanın canına tak edebiliyor. Bu büyüğünü saymak, düşünmek, üzmemek şeklindeki hassasiyetlere isyan edebiliyor. "

"6 Mayıs, 1957

... Duygular konuşurken kalem duruyor galiba Gökşin. Etrafımdakiler, gözünün içi gülüyor, diyorlar. Bense kendimi saadetimin hüznü içersinde hissediyorum. Realiteleri de yüceltebilirmişim meğer, Gökşin, (elele gezmek gibi masum hareketleri nihayet 'realite' olarak görmeye başlamışım.) *başkalarının ifade ettiği gibi ideali aramazmışım, sadece mukabil ruh imiş peşinde koştuğum. O ruh da sadece sis ve duman halinde gelmiyor insanın karşısına. Gülen, konuşan, yorulan, hastalanan, hatta ağlayan, velhasıl bütün diğerleri gibi bir insan olarak çıkıyor. İşte önemli olan da bu sıradan varlığı, diğerlerinden ayırabilmekteki keramet oluyor. Şaşıp şaşıp kalıyorsun ve nihayet olduğu gibi kabule katlanıyor, kader deyip geçiyorsun."*

"Durumumuzda bir başkalık varmış gibimize geliyor. Bir safiyet, bir yücelme hissediyoruz adeta."

"Gökşin, bugünleri de görecekmişim ben ha!"

"Pederin havası gayet iyi, beni gözden çıkaracak çıkarmasına da, büyüdüğüm gerçeğini hazmedemiyor bir türlü."

"Ali'den haber var mı? Mektubuna verdiğim cevapta, üstü kapalı şekilde, durumumdan bahsetmiştim. Cevap alamadım."

Bu mektubun sonuna, kendi imzamın yanına bir artı işareti koyup A.Ö. harflerini yazmışım, sanki mektubu Atilla ile birlikte yazmışız gibi. Ah, her alanda birlikteliğin, ruh ve akıl uyumunun, yani boş hayallerin peşinden koşan saf Türkan! Giderayak nihayet, biliyorum ki yok böyle bir şey. İnsan tek! Gökşin'in bana söylediği gibi, tek ve tek başına! Bu yüzden, evliliklerin çoğu bir cendere! Aşkın sihirli okunun büyüsü kısa bir süre sonra kaybolunca, insan kendi gibi düşünmeyen, dünyaya kendi açısından bakmayan, kendine hiç benzemeyen biriyle kalakalıyor, güya hayatı paylaşmak ama aslında sürekli dalaşmak üzere.

Kendimi evlilik cenderesine sokmanın tam eşiğindeyken, 31 Mayıs 1957 tarihli mektup çok önemli:

"... Şu anda pederle benim istikbalim konuşuluyor, yazıhanede. Tarihi gün yani!"

Babam, o tarihi günde, benim tahminlerimin aksine, hemen kabul edivermişti nişanlanmamızı ama sonraki günlerde ayak sürümeye başlamıştı. Fakülteyi bitirmeden evlenmemizi istemiyordu. Oysa daha benim iki yılım vardı mezun olmaya. Doktor olmak, üniversiteyi bitirmekle gerçekleşemediğine göre, nasılsa hayatımı kazanmaya başlamadan önce ihtisas yapmam gerekecekti. Babama iki doktorun, sadece fakülte yıllarında değil, ömür boyu çalışmak ve okumak zorunda olduklarını, o nedenle bu iki yılı bana zehir etmemesini söylüyor ama dinletemiyordum. Sonunda bir mektup yazmıştım babama,

"Babacığım,

Evlenme kararım kesindir ama sen bana bir türlü nüfus kâğıdımı vermiyorsun. Mevcut ve muhtemel tehlikelere karşı seni uyarıyorum. Lütfen nüfus kâğıdımı ver..." *

Çok düşünmüşümdür, bu mektubu yazmasaydım, evlenmeseydik, hayatım değişir miydi diye ve Atilla'yla azı uyumlu, çoğu uyumsuz geçen dokuz yıla rağmen, hep şükretmişimdir babamın evliliğimizi kabul ettiğine. Çünkü biliyorum ki, evlenmeseydim benim hayat çizgim değişmezdi, ben yine kendimi cüzamlılara adardım; ama hayatımda Çağ-

---

* *Güneş Umuttan Şimdi Doğar*, s. *114*.

layan ve Çınar olmazlardı ki, işte ona dayanamazdım. Çocuklarım benim hayatıma renk, ses ve anlam kattılar, en zor geçen günlerin sonunda, eve dönüp onların gülen gözleriyle ve bir sürü arkadaşlarıyla karşılaşmak, dinlendirdi beni. Hayatımın tüm evrelerini paylaştım oğullarımla. Onlar genç erkekler olana kadar hep yanımdaydılar. Çocuklarımın gürültü patırtılarından, hastalıklarından, türlü çeşitli sorunlarından hele de arkadaşlarından hiç gocunmadım. Beni, hastanede içinde yaşadığım çileli âlemden alıp gençliğin neşeli dünyasına uçururlardı. Bir koca tencere makarna pişirir, içine birkaç sosis doğrar, güle oynaya, afiyetle yerdik. Hep birlikte bulaşıkları toplardık. Arkadaşlarına yer yatakları sererdim. Sevgililerine yüreğimi açardım. Günün siyasi olaylarını tartışırdık. Benim koyu Demokrat Partili, tutucu babam ve aşırı muhafazakâr, disiplinli annemle hiç yaşayamadığım bir samimiyet ve hoşgörü ortamında, görüşlerimizi paylaşırdık. Çağlayan, arkadaşlarıyla kulağıma tuhaf gelen değişik müzikler yapardı, sabırla dinlerdim. Müziklerine zaman içinde alışır, severdim. Bazen tempo bile tutardım. Çocuklarım sayesinde, ayaklarım yere bastı, romantizmimden bir ölçüde sıyrıldım ve gençlerle ilişkim hiç kopmadı. Fakat babalarından ayrılmayı seçip, onları analı babalı büyütememiş olmanın ukdesi hep içimde kaldı. Boşanmamış olaydık, çocuklarım okuldan okula savrulmayacaklardı, şehrin dört bir semtinde. Hayatlarında çok önemli yer tutan, eşsiz anılarla bezeli bir okul yaşamları ve birlikte büyüdükleri candan çocukluk arkadaşları olamadıysa, benim yüzümdendir. Benim köklerim vardı oysa! Çocukluğumu, gençliğimi, orta yaşımı, hiç ayrılmadan birlikte geçirdiğim can arkadaşlarım vardı. 401 Türkan'ım, Mesude'm, Yurdagül'üm Gökşin'im vardı, hayatımın ilk hasta ölümünü, ilk bebek doğumunu, ilk otopsisini birlikte izlediğim Ayla'm, Nevin'im, Raci'm, Kâzım'ım, Can'ım, Ferruh'um, Aygen'im, Tomris'im, ve Özden'im vardı.

Kandilli Kız Lisesi'nin hasreti ise hep hüküm sürdü yüreğimde. Ne zaman geçmişe doğru yolculuğa çıksam, çocukluğumun geçtiği eve ya da üniversite yıllarıma değil, ortayı ve liseyi okuduğum okuluma dönerim hep. Boğazıma bir tıkaç oturur, gözlerim yanar. Bilirim ki en masum, en idealist, en romantik ve en mutlu Türkan, Kandilli yıllarının Türkan'ıdır.

"... O defterde senin 23 Kasım 1953 tarihinde yazdığın şiir var. Onu okuyunca alabildiğine duygulu, ıstırap çekmeye, harcanmaya hazır bir Türkan buldum. Yok yere içlenen, yapraklardan, sulardan, aşk mektuplarından, hislenen, heyecanlanan, kendi kendine ıstırap yaratan, biraz delişmen ve aksini iddia etse de hayat ile kucak kucağa bir kız..."

Gökşin'in, "İnsan arkadaşım Türkan'a," diye ithaf ettiği şiirini okur okumaz hemen ezberlemiştim. Bunca yıl sonra, bakalım hâlâ ezberimde mi?

-'Bir rüya gördüm bu gece'-
Garipsi garipsi bakıyordun
Güzel kirpiklerinin ardından
Bakışlarında bizim ışığımız
'Gel', diyordu 'gel gittiğim yere'
Bakışlarında öylesine engin bir sevgi
Kucaklar insan kardeşlerimizi...

Ah! Aradaki mısralar gelmiyor aklıma. Neydi? Neydi?

Ellerimi tutmak istiyordun
İnsanlık yolunda el ele koşmak için
Ellerin uzanmış insanlığa doğru
Sevgi dolu sıcak ellerin...

Evet, gerisini de hatırladım.

-'Sen neydin ki?'-
Sen benim gözüm, kulağım, canım
Sen insanlar arasında kardeş bildiğim
Dost elleri, temiz kalbi bana açık
Kimsesiz rüyalarımı ısındıran
Sen her şeyden önce insan arkadaşım...

Bu şiiri yazdığında Gökşin, ikimiz de on sekiz yaşındaydık. Bana geçenlerde, "Türkan, sana seni anlatan o şiirimi hatırlıyor musun?" demişti, "sen elli altı yıl hiç sapmamışsın çizginden. Ne de bizim arkadaşlığımız değişmiş. Senin insan sevgin ve aramızdaki dostluk '*körfezdeki su gibi, duruyor yerli yerinde!*'

Lisedeyken Gökşin bana bir şiir defteri hediye etmişti. O deftere sevdiğimiz ve anılarımızı dile getiren şiirleri yazmaya karar verdik. Şiir yazışmalarımız yıllarca sürdü. Defter, kâh ona, kâh bana geçti. Sonra geçenlerde aradım onu, defteri getir de giderayak bir şiir günü yapalım ve defterde yoksa eğer Tevfik Fikret'in *Sis*'ini, Özdemir Asaf'la Nâzım'ın en iyilerini ilave et dedimdi. Bakalım nasip olacak mı?

Biz ne çok şiir okur ve edebiyat üstüne ne çok ahkâm keserdik o yaşlarda. 8 Eylül 1954 yılında bir mektubunda mesela şöyle yazmışım:

"*... Nefret ediyorum, romantik kişilerden, sembolistlerden, bohemlerden, maddiyatçı olanlardan, şair artist geçinenlerden. Kısacası, eskiden beğendiğimi sandığım her şeyden. Kendinden emin insanların etrafa dimdik bakışları hoşuma gidiyor, galiba acı hakikat şu: Romantik ve pejmürde insanlar, bedbinler, hayalperestler benim en candan arkadaşım olabilirler, zira ben de bu sınıftanım; ama, hayatımı emniyet edeceğim insan, mağrur, mütehak-*

kim, kendinden ve hareketlerinden emin olmalı... Böyle birine öyle muhtacım ki... Emniyet edebileceğim biri... Kâinatın, ufukların, her şeyin gerisinde gibi... Belki de bütün bu duyguların etkisiyle, 'Quitizm'e merak sardım son zamanlarda. 'Benim yapamadığım pek çok şey vardır ki başkaları yapabilir,' diyor. Ne sevimli değil mi? Sen de 'existentialism'i boşver kardeşim. Nasıl inanabilirsin Sartre'ın şu iddiasıyla hülasa edilen gerçeğine. Diyor ki: 'İnsan her istediğini yapmaya kadirdir. Akla gelen en ilk varlık veya en sonuncusu insandır ve bunun gerisinde mutlakiyet aramak boştur, her şey insandan çıkar.' Tabii bu dinsiz existentialistlerin tezi. Gene de tavsiye ettiğin Gizli Oturum'u okuyacağım. Ama bana quitizm çok munis geliyor bunu bil.

Geçenlerde A. Camus'nün Yabancı'sını okudum. Ben tiksindim o tipten."

Gençliğin çelişkileri ve hamlığıyla yazılmış gözlemlerimi hayretle okudum.

Bir yıl sonra 30 Haziran'da başka edebi gözlemlerim olmuş:

"... Lermantov'un mısralarını unutabilir miyim kardeş, o her şeyi ifadeye kâfi:

'Hem üzüntü, hem keder, kime el uzatırsın?
Bu bahtsız anlarda, tutacak kim var?
Ve etrafa dikkatli bakınca, zaten hayat
Adeta bir şaka, boş ve aptalca.'

2 Ağustos 1956'da ise yazdığım bir mektubun sonu şöyle:

"... Kutsal Yoksulluk'u bugün bitirdim. Çok kuvvetli işlenmiş. Bana Gazap Üzümleri'ni hatırlattı. Steinbeck'le şiddetli bir benzerlik buldum. Olur, Açlık'ı alır okurum...

Şiir defterimi ne zaman yollayacaksın? Hey Allah'ım, bu suali okumaktan bıkmadın mı hâlâ? Şiirli kartlarınla yetinemiyorum."

Elimin tersiyle gözpınarlarıma biriken yaşları sildim. Ne sık ve kolay ağlar oldum ben son zamanlarda! İlaçların etkisinden olmalı. Neyse, mektubun devamına döneyim yine.

"... 'Bir rüya gördüm bu gece,' diyorsun... Biz de yedi senelik bir rüya gördük. Sonra uyandık hayata, hakikatlere. Yaşadıklarımız defterlerde, mektuplarda, manzaralarda, şiirlerde kaldı."

Ahh o Kandilli Kız Lisesi'nde geçirdiğimiz yedi eşsiz yıl! Sadece ben değil hiçbirimiz unutabilmiş değiliz okulumuzu. Bir araya gelince önce okulu konuşuruz. Öylesine yer etmiş o yıllar, yüreğimizde. Yukarıdaki mektubu yazmaya başladığım gün bitirmemiş, dokuz gün sonra getirmişim devamını. Çünkü mektup yazmaktan çok daha önemli olaylar olmuş hayatımda!

"9 Haziran, 1957

Canım Gökşin'ciğim,

Mektubunu dün gece okuduk. Uzun bir ihmalkârlık sürecinden sonra bana yazmak arzusunu duyduğun saatler ve tarih, bizim nişan yüzüklerimizi alıp taktığımız zamana rastlıyor. Böyle şeylere nasıl kıymet veririm bilirsin.

Nişanı yaptık Gökşin. Yüzükleri alıp bize geldik, yemek yedik ve pedere taktırdık. Ertesi gün de Atillalara gidip akşam yemeği yedik, el öptük, oldu bitti. Kimseye sıkıntı vermedik böylece, içimiz ferah!..

... Tahsil, tahsil, tahsil. Biri bitiyor, diğeri başlıyor. Biz bir çıkmaza girdik ki kurtuluş yok.

Altı ders yılı, dört ihtisas yılı. Düşün daha senelerce başka bir şeyle meşgul olamayacağım. Üstüne bir de aile yükü binerse, vaziyeti tasavvur et!..

"... Bu işler pek kolay olabiliyormuş, Gökşin, ben ne kadar ümitsizdim babamın rıza göstermesi hususunda. Hiç öyle olmadı!"

"... Bilirsin kendimden çok sizleri mesut görmek isterim. Benim bağlı olduğum aziz bir mesleğim var. Sukutuhayale uğrarsam bir gün, mesleğim bana destek olur."

"... Aradan on üç sene geçti, her hadise seninle dostluğumuzu bir kat daha kuvvetlendirdi. Son dört

yıllık ayrılığımız ise, dostluğumuzun olgunlaşması babında bir devre oldu, galiba. Kopmadık..."

"Saat 22.25'de ayrıldık Atilla ile. Yarın ders çalışacağım, ancak öbür gün öğleden sonra görüşebileceğiz. Beraberken hiç çalışamıyoruz. Herhalde ilerde bunu beceririz...

Gözlerimden uyku akıyor. Ah Gökşin, bugün mehtap var ve Boğaziçi fevkaladeydi. Balkondan seyrettik. Işıkların denizdeki aksi ve sükûnet içimize işledi, bahtiyarlığımızı bir kez daha fark ettik."

AŞKIN BÜYÜSÜ ÇÖZÜLÜRKEN

Ben hep mehtaba ayarlamıştım kendimi. Oysa mehtapsız geceleri de varmış meğer hayatın! Gençliğin gözlerimize mil çeken iyimserliği, bir tiyatro perdesi gibi yavaş yavaş aralanmaya başladığında, ayaklar yere basıyor, gerçek sırıtıveriyor çirkin yüzüyle.

Gecemi gündüzümü ve arkadaş mektuplarıma kadar her şeyimi paylaşmaya hazır olduğum adamla ite kaka ancak dokuz yıl götürebilmiştim evliliği, hem de iki küçük çocuğa rağmen. Benim dünyayı paylaşmak istediğim kocam, benimle hayallerimi paylaşmıyordu. Yıllar önce, Ali açıkça yazmıştı bana, bir kadın için en kutsal meslek, eş ve anne olmaktır diye. Ben eş ve anne olmanın yanı sıra doktor da olmak istiyordum. Ali'nin samimiyeti, sonunu getirmişti yeni filizlenmeye başlayan ilişkinin. Oysa kocam açık oynamadı kartlarını. Meğer onun gönlünde de kendini ev işlerine verecek bir eş yatarmış! İlk çocuğumun doğumundan sonra, ara verdiğim tahsilime dönmek için mücadele etmek zorunda bıraktı beni. Fakülteyi bırakmam için öne sürdüğü mazeret çok geçerliydi. Hamileliğim sırasında vereme yakalanmıştım. Sağlığıma özen göstermemi istiyordu, benim de doktor olma yolunda biri olduğumu unutarak. Elbette özen gösteriyordum sağlığıma. Ama beden sağlığımın yanı sıra, ruh sağlığımın hiç mi önemi yoktu?

"13 Haziran, 1958

... Ben sıhhatçe iyiyim. Geriye kalan iki ayımı geçirmekle meşgulüm. İmtihanlara giremedim çünkü çok fazla şişmanladım. O halimle derslere girmek doğru olmazdı. Oturup işlerimi ayarlıyor, ciciler dikiyorum. Doktorlar karnım büyük diye bir de ikiz şüphesi soktular kafama. Biz de iyice kabullendik, hani tek olursa üzüleceğiz adeta. Neyse, hayırlısı!"

Mektupların tonu değişiyor giderek. Her türlü konfordan yoksun köy evinin şartlarında, kayınvalide, kayınpederle birlikte yaşanan hayat, beni romantik bir kızdan, sıradan, pratik bir gebe kadına dönüştürüyor. Artık duygular, duygulanmalar, heyecanlar, mehtap tarifleri yok satırlarda, gündelik yaşantının sıkıntıları ve kuru havadisler var.

"Kayınpederimin de kalçası tutulmuş, kımıldayamıyor, zavallı. Herhalde havalardan oldu. Evi iyi ısıtamıyoruz ki..."

Evimiz o yıllarda bir köy görünümünde olan Kâğıthane'de, bahçesinde inek, koyun, tavuk hatta tavşan bile bulunan küçük, derme çatma bir köy eviydi. Kayınvalidem ve kayınpederimle birlikte kalıyorduk. Zerzevat ve meyvelerimizi kendimiz yetiştiriyorduk. Havası tertemizdi ama kış aylarında evi iyi ısıtmak, rutubetini kırmak mümkün olmuyordu. O yıllarda aklımın ucundan geçmemişti ama bunca yıl sonra acaba diyorum, Çağlayan'a hamileyken vereme yakalanmama kışları çok üşümem mi sebep oldu?

1958 yılı benim için ilklerle dolu, hem acılı hem sevinçli, ayrıca hayatıma yön veren çok önemli bir yıldı! O yıl, çiçeği burnunda bir yeni evliyken, babamı kaybettim. Hayatımın ilk büyük acısını yaşarken hamile kaldığımı öğrendim. Staj yaparken Bakırköy Akıl Hastanesi'ni ziyaretimizde, ömrümde ilk defa cüzamlıları gördüm, sarsıldım, perişan oldum ve doktorluk hayatımın hangi mecraya doğru akması gerektiğine kesin kararı o gün verdim; hamileliğim sırasında vereme yakalandım ve ilk çocuğum Çağlayan'ı dünyaya getirdim. Hepsi, 1958 yılında oldu!

Kucağıma dökülmüş mektupları eşeleyip duruyorum o günlere ait bir şeyler okuyabilmek için. Ya ben yazmamışım Gökşin'e üzülmesin diye ya da o, saklamaya dahi dayanamayacağı için yırtıp atmış acılı satırları. Ancak şöyle bir mektup geçiyor elime:

"... İyi ki evlenmişsin, diyorsun. Ben bu kanaate bir türlü varamıyorum. Sana da yazamıyorum Gökşin, başka insanları kendi derdimle dertlendirmeye hakkım var mı? Hep bu endişe içindeyim."

Bu mektubu yazdığımda, ikinci oğlum Çınar da doğmuş. Hem de ne badirelerden sonra.

İkinci hamileliğimde de tüberküloza yakalanmıştım. Çağlayan'ın kalp damarında doğuştan bir tıkanıklık vardı, bu sorunla uğraşmak gerekiyordu. Atilla ihtisasını bitirmişti fakat üniversitede kalması zor gözüküyordu. Geçindirmesi gereken bir ailesi vardı ama üniversitede önünün açılması için nerdeyse şart olan kayırıcı bir vasisi yoktu! Üniversitede kalıp akademik kariyer yapmasına bir başka engel de lisan bilmemesiydi. Belki sırtında bizleri taşıyor olmasa, zaman ayırır, İngilizceyi öğrenirdi ama geçindirecek ailesi olan her insan gibi, o da hemen ekmek parası kazanmayı seçti. Bir fabrikada hekimliğe başladı.

Hayatımız hayal ettiğimiz gibi bir peri masalı tadında geçmiyordu. Karı koca çok çalışıyorduk, çok yoruluyorduk, aradıklarımızı bulamamış olmaktan düş kırıklığı yaşıyorduk ama aramızdaki fark, ben her şeye sessizce katlanırken, onun sinirlerini etrafına bağırarak boşaltabilmesindeydi. Kocamın bu kadar asabi olmasının kabahatini önceleri kendimde aradım, azarlamalarına hiç ses çıkarmadım. Zaman içinde bağırıp çağırmalarına alıştım ve tekrar hamile kaldım. İkinci çocuğumuzun doğumuyla her şeyin yoluna gireceğine kendimi inandırmaya çalışırken, içimde yaşamakta olan verem mikrobu omuriliğime sıçramaz mı!

İşte o hastalıkla mücadele ettiğim bir buçuk sene, hayatımın en meşakkatli devresidir.

Çocuklarımın biri iki yaşını sürüyordu, diğeri yedi aylıktı teşhis konduğunda. Önceleri hastalığı çelik bir korse giyerek ve sürüyle ilaç alarak atlatmaya çalıştım. Beceremedim. İkinci seçenek olan ameliyatı kabul etmek zorunda kaldım ki, bu, ameliyat öncesinde ve sonrasında hiç kalkmadan on üç ay boyunca yüzükoyun yatmak demekti.

Çocukların doğumundan sonra, kayınpederimin bahçesindeki bir oda bir holden ibaret küçük eve geçmiştik. Ev, kışın pencerelerinin aralığından rüzgâr alıyordu ve perişan vaziyetteydi. Benim sağlık durumunu düşünerek, Atilla'nın, Mecidiyeköy'de ön tarafını muayenehane olarak kullanacağı bir daireye kiracı olarak geçtik. Hastalığım teşhis edilip ben ameliyata karar verince, bir üçgen tahtanın üzerine yastık koyup yattım ve evimi bu şekilde idare etmeye çalıştım. Elbette beceremedim. Çaresiz, çocuklarımızla birlikte kayınpederin Kâğıthane Köyü'ndeki evine geri döndük.

On üç ay sonra ayağa kalkmama izin verildiğinde, otuz kilo alarak seksen kiloya çıkmıştım. Hamilelikleri hariç, hayatı boyunca elli kilonun üzerine çıkmamış biri için, taşınabilir bir yük değildi bu. Ayakta durmakta zorlanıyordum. Fizik tedavilerin sayesinde ancak bir ay sonra yürüyebildim ve başta giymek istemediğim çelik korseyi iki yıl boyunca sabahları yataktan çıkar çıkmaz giyip ancak gece yatağa girerken çıkardım.

Bu zaman zarfında hastalıkla, korseyle süren mücadelenin yanı sıra bir savaş daha vermekteydim ki, en yıpratıcı olanı buydu: Kocam yarım kalan üniversite tahsilimi tamamlamamı istemiyordu.

"Hastalığın tekrar etmesinin tek nedeni, aşırı yorgunluk, Türkan! Çağlayan'ın doğumundan sonra evinde oturup çocuğuna bakaydın, bu hale gelmeyecektin!"

"Ne alakası var! Verem mikrobu içimde yuvalanmış! Ne yaparsam yapayım, bir gün ortaya çıkacaktı. Fena mı oldu, tedavisi yapıldı, geçti işte!"

"Tamam öyleyse, şimdi artık akıllan ve fakülteye koşturmaktan vazgeç. Evinde otur, çocuklarınla meşgul ol!" Gözlerini aça aça, bağırıyordu Atilla.

"Bunca yıllık emeğimi sokağa mı atayım?"

"Valla ben hasta bakmaktan bıktım, kızım! Bir daha hastalanacak olursan, başının çaresine kendin bakarsın!"

Atilla, haklıydı, hastalıklarımdan ben de bıkmıştım ama bunca yıl emek verdiğim mesleğimden vazgeçmem mümkün değildi. Kocamın bağırıp çağırmalarına göğüs gerecek ama hedefimden de vazgeçmeyecektim.

Sonuçta ben kazandım. Eksik kalan derslerimin sınavlarını verdim, fakülteyi bitirdim. İki dişçi arkadaşımla birlikte Çağlayan'daki muayenehaneyi açtık. Hastalarımın sayısı azdı ama pratisyen hekim olarak iyi kötü bir tecrübe ediniyordum. Gökşin'e mektuplarımda yazdığım gibi, endişeler içindeydim, bilgilerimin yeterli olduğundan emin değildim. Özgüven kazanmak için, ihtisas yapmamın şart olduğuna karar verdim. Uzun tahsil yaşamımın bir merhalesini daha atlatmak zorundaydım.

PRIMUM NIL NOCERE*

"Gökşin'ciğim, İki gündür Berlin Üniversitesi'nden bir Ord. Prof. jinekoloji konferansları veriyor hastanede. Anlattığı mevzular için, 'enteresan ve yeni şeyler,' diyor. Oysa, bizim kıymetli doçentlerimiz büyük bir tevazu içinde, geçen dönemlerde bize bunların dersini vermiş ve gerektikçe de başarılı ameliyatlar yapmışlardı. Yani, ilim bakımından hiç de gerisinde değiliz Batı'nın. Sadece teşkilatımız kısır, o da zamanla düzelir inşallah."

Yarım asır önce yazdığım mektup, hocalarıma ve Türk bilim insanlarına olan güvenimin kanıtı adeta! Duygularım bugüne dek hiç değişmedi. Ben hâlâ, sadece en değerli doktorların değil, en yetenekli mimarların, en bilgili mühendislerin ve en yaratıcı sanatçıların kendi topraklarımızdan çıktığına

* Önce zarar verme.

inanırım. Üstelik hiçbir ırk veya din ayırımı yapmadan. Türkiye'de yaşayan insanlar, kendilerini hangi kimlikle tanımlarlarsa tanımlasınlar, bence, suyundan mıdır, havasından mıdır bu memleketin, çok marifetli insanlardır, yeter ki önleri açık olsun, eğitim ve çalışma olanakları sınırlanmasın. Bunca güvendiğim hocalarıma, ihtisas dalım için danışmadım. Hangi dala ayrılmak istediğime öğrencilik yıllarımda karar vermiştim çünkü!

Çağlayan'a iki aylık hamileyken, akıl hastalıkları ihtisasımız için, yirmi beş kişilik bir grupla Bakırköy Akıl Hastanesi'ne götürülmüştük.

Hastanenin hali perişandı. Parmaklıkların ardında çoğu çırılçıplak, kimisi pijamalı ama hepsi de avazı çıktığı kadar bağıran, bize ellerini kollarını sallayarak bir şeyler söylemeye çalışan hastaları gördüğümde, bu gördüğümden daha beter bir manzara olamaz, diye düşünmüştüm. Yanılmışım.

Rehberimiz, "Hazır buraya kadar gelmişken, bir de cüzamlıların pavyonuna uğrayın," dedi, "onlar hakkında da bilgi edinirsiniz."

Bahçenin ucuna doğru yürümeye başladık. Rehber doktor, biz yürürken bir yandan da bize cüzamlılar hakkında çeşitli bilgiler veriyordu. Örneğin, Akıl Hastanesi'nde elliye yakın numaralandırılmış ahşap bina vardı. Bunlardan bir tanesi cüzamlılara verilmişti. Dikenli tellerle ayrılmış olan bu binada yaşayanlar, yalnızlığa terk edilmiş insanlardı. Akıl hastalarının artıklarıyla karınlarını doyurur, kendi aralarında yaşar, diğer hastaların yanına gidemezlerdi. Hastalıkları, hastaneye başvurduklarında fiziksel görünümlerine uzaktan bakılarak teşhis edilir, hemen tecride alınarak yirmi sekiz numaralı pavyona gönderilirlerdi. Başvuranlar burayı adeta bir sığınma evi olarak kabul eder, memleketlerine geri dönmek istemezlerdi. Köylerde kasabalarda adı cüzamlıya çıkandan herkes kaçardı çünkü. Cüzamlı kızlar kocaya varamaz, erkeklerine kimse ne kız ne de iş verirdi. Askere alınmazlar, insan arasına karışamazlardı. Sokakta oynayan çocuklar cüzamlıları taşlardı. Büyükler onları görünce yol değiştirirlerdi.

Bu açıklamaları dinlerken, yüreğim parçalanıyordu.

"Arkadaşlar, tel örgülerin ardındaki pavyona giderken yanınıza yaklaşanlar olursa sakın onlara ellerinizi değdirmeyin, hep uzak durun," diye tembih etti rehberimiz.

Bahçe duvarının dibine yakın bir küçük tepenin önünde durduk. Önümüzdeki çukur alanda boyaları dökülmüş, tahtaları kararmış üç bakımsız baraka vardı. Rehber seslendi. Paçavralar içindeki hastalar barakalardan birer ikişer dışarı çıktılar. Gözleri görmeyenler diğerlerinin omuzlarına tutunarak, sakatlar değneklerine dayanarak titrek bacaklarının üzerinde yavaş yavaş bulunduğumuz yere yaklaştılar. Ben donup kalmıştım, bir korku filmi seyreder gibiydim.

Rehber seslendi, "Ellerinizi gösterin!"

Öğrencilerden yana hayvan pençesini andıran eller uzandı.

"Şimdi de ayaklarınızı gösterin!"

Cüzamlılar bu kez de ayak parmakları deforme olduğu için ayakkabı giyemediklerinden, paçavralara sarılı ayaklarını kaldırıp uzatmaya çalıştılar, bize doğru.

Tepede duran bizler, Hoca hastalık hakkında bilgi verirken, çukura hapsedilmiş cüzamlılara, sirk hayvanlarına bakar gibi bakıyorduk. Öğle saati gelmiş olmalı ki, tam o sırada hastaneden geniş bir lenger içinde yemek geldi. Hastalar barakalarına döndüler, bakraçlarını alıp çıktılar, görevli uzun saplı kepçeyle onlara mümkün mertebe uzak kalmaya dikkat ederek bakraçlarına yemek doldurdu ve gitti. Hastalardan bazıları oldukları yere çömelerek yemeklerini yemeğe başladı. Bazıları da parmakları kaşığı kavrayamadığı için tıpkı bir hayvan gibi başlarını yere bıraktıkları yemek kabının içine soktu.

Mideme bir sancı saplandı. Gözlerim karardı, sendeledim. Yanımda duran arkadaş, rengimin uçtuğunu görünce, "İyi misin?" diye sordu.

"İyiyim."

"Sen keşke hamile halinle bu fasıla hiç katılmasaydın, bak rengin kül gibi oldu."

İyiyim demiştim ama aslında hiç iyi değildim. İnsanların vahşi hayvanlarmış gibi muamele görmeleri karşısında, perişandım. Üzgündüm. İsyan noktasındaydım.

Bu halim, hastaneden ayrıldıktan sonra da geçmedi. Etrafi tellerle çevrili yirmi sekiz numaralı barakanın o gün hafizama kaydedilen görüntüsü günlerce, gecelerce peşimi bırakmadı. Ben cehennemi görmüştüm. Cehennemde henüz ölmemiş ama yaşarken ölüden betere dönmüş elliye yakın insan vardı. Kiminin yüzünde kadere boyun eğmişlik, kimininkinde acı, kimininkinde nefret ama her birinde umarsız bir çaresizlik ifadesi, dudaklarında bir sessiz çığlık! O sessiz çığlığı duymuştum. Duyabilmiştim. O çığlık hep kulağımdaydı. O görüntü gözlerimin önündeydi. Şahit olduklarıma isyan duygusu, içimde büyüttüğüm bebeğimle birlikte büyüyordu. Yepyeni bir canı dünyaya getirmeye hazırlanırken, hormonlarım coşmuş, algılarım, duyarlılıklarım keskinleşmiş, hassasiyetim artmışken, hayatın en alt çizgisinde duran insanları unutamıyordum.

Cüzam hakkında geniş bilgi edinmeye işte o uykusuz geçirdiğim haftanın sonunda karar verdim. Üniversite kütüphanesinden cüzamla ilgili kitapları buldum, okumaya başladım. Kitaplarda hastalığın tanısı yapılıyor, evreleri anlatılıyor, nelerden bulaşacağı yazıyordu ama tedavinin güncellenmiş reçeteleri verilmiyordu. Hayatını cüzamlılara adamış bir Türk hekiminin, rahmetli Etem Utku Hoca'nın son kitaplarından birinin peşine düştüm.

Etem Utku Hoca cüzamla ilgili pek çok kitap yazmış, Van'da cüzam mücadelesi verirken genç yaşta geçirdiği bir trafik kazasında vefat etmişti. Bu ülkenin cüzamlılarını, hastalığın nedenlerini ve tedavi yöntemlerini ondan iyi kim bilebilirdi? Üşenmedim, Hoca'nın ailesinin adresini öğrendim, eşini aradım, maksadımı anlattım ve nihayet aradığım kitaba eriştim.

Utku Hoca'nın kitabını okuduğum ânı hiç unutamam. Bir akşamüstüydü. Üniversiteden eve yorgun dönmüştüm. Evin tenha olduğu nadir anlardan biriydi. Odamda yatağıma uzanmış, elimde Hoca'nın kitabı, solgun başucu lambasının ışığında, sayfaları çevirirken, aradığımı bulmuş, hamamda cismin ağırlığını keşfeden Arşimet gibi hemen yerimden fırlamıştım. Kesin tedavisi vardı cüzamın! Odanın içinde, pencerenin önünde durmuş, Kâğıthane çayırlarına doğru avazım çıktığı kadar haykırmıştım, "TEDAVİSİ MÜMKÜN! TEDAVİSİ MÜMKÜN!"

Kayınvalidem başını uzattı aralık duran kapıdan, "Bir şey mi istedin kızım?" diye sordu.

"Yoo!"

"Bağırdın da..."

"Öyle mi?" Farkında bile değildim bağırdığımın.

"Yüzüne al basmış, iyi misin Türkan?"

"İyiyim," dedim, "çok çok iyiyim. Çok iyiyim."

"Hayrola?"

"Şey, şu size geçen hafta anlattığım cüzam hastalığı var ya... Hani sokaklarda burnu düşmüş, elleri ayakları kasılmış dilenen insanlar... Hani herkesin görünce dört nala kaçıştığı, dışlanmış, tiksinilen zavallı insanlar var, bilirsiniz işte."

"Ne olmuş onlara?"

"Çok basit bir tedaviyle iyileşebilirlermiş meğer. Hastalık erken teşhis edilirse, sakatlanmaların önüne bile geçilebilirmiş."

"Sana ne onlardan kızım. Hamile halinle sakın yaklaşmaya kalkma cüzamlılara filan."

"Pekiyi," dedim ve kayınvalidem odadan çıkınca, bu sefer defterime bazı notlar alarak bir kez daha okudum kitabı.

Üniversitedeyken, fizyoloji dersimize Prof. Sadi Irmak gelirdi. Felsefi konulara da girerek, fikir pencerelerimizi aralar, dünya görüşümüzü etkilerdi. Onun dersini dinlemeye bayılırdık. Bir gün, elinde tebeşir, kara tahtaya bir doktorda olması gereken ilkeleri sıralarken, en başa, **"Primum Nil Nocere,"** yazmıştı; yani, **"Önce Zarar Verme!"** Çok etkilenmiştim. Üzerinde uzun uzun düşünmüştüm. Benim doktorluk ilkem, yaşamım boyunca bu cümle oldu, diyebilirim. İnsanlara, öncelikle zarar vermemeyi ilke edinen bir doktor, cüzam hastalarına yapılan muameleye göz yumabilir miydi?

Bu kadersiz insanları, tedavi için hastaneye alsak da, onlara kötü muamele ederek, onları dışlayarak, yaşam alanlarımızın dışına iterek, ruhsal bakımdan da büyük zarar veriyorduk. En azından, elime ilk fırsat geçtiğinde, bu zararı önlemem gerekiyordu.

Atilla eve gelince ona da anlatacaktım planımı ama ne kocam ne de diğer doktor arkadaşlarım benim duyduğum heyecanı duymayacaklardı, yapmaya kalkıştığımı öğrendiklerinde.

"Yaralarla, cerahatlarla mı uğraşmak istiyorsun, Türkan? Madem illa uzmanlaşmak niyetindesin, çocuk hastalıkları ya da kadın doğumu seç. Hem hastan ömür boyu garantidir, hem de bulaşmayan kokuşmayan..."

"Atilla! Hemen sus," demiştim. Yıldırım hızıyla, bir zamanlar bana Ali'nin yazdıkları geçmişti aklımdan, "*Mesleğini seçerken, para düşünme...*" İncecik bir sızı yoklamıştı yüreğimi. Aslında kimseye kızmaya hakkım yoktu, kocam ve arkadaşlarım, benim iyiliğim için vazgeçirmeye çalışıyorlardı beni kararımdan. Osman Yemni Hoca bile, bu hastalığa fazla sıcak bakmadığını söyleyecekti ama ne gam! İçimde kıpır kıpır bir can, dünyaya gelmeye hazırlanıyordu. Belki de beni en iyi anlayan, henüz doğmamış olan bu candı. Sanki bu can, ana-evlat arasında örülü çok özel duygu telleriyle, annesine, bu dışlanmış insanlar için yardım çağrısında bulunuyordu. Cüzamlıların da hepimiz gibi birer insan olduğunu, yaşam haklarını, dosta, sevgiye, işe, eşe ihtiyaçlarını hatırlatıyordu.

Ben, cüzam hastalığının üzerine gidebilmek için dermatoloji dalını seçmeye, cüzam tedavisinin mümkün, üstelik çok kolay olduğunu öğrendiğim o günlerde karar verdim. Bir akşam, incecik hilalin gökyüzünde yükselişini seyrederken, ellerimle karnımı iki yandan kavradım, içimdeki yavruma; "Madem çaresi var, söz veriyorum bu hastalığın peşini bırakmayacağım," diye fısıldadım ve sanki bebeğimin anında kıpırdanarak, bu kararımı onayladığını hissettim.

Bu ânı, ne Atilla'yla paylaştım ne de Gökşin'e yazdım. İlk kez, kendi başıma aldığım kararı, zamanı gelene kadar tek başıma taşıyacaktım. Sadece o sırada karnımda olan bebeğim bilecekti bunu.

Yıllar sonra, ihtisas dalına karar verme zamanı geldiğinde, o ânı hatırladım ve altı yaşını süren Çağlayan'a ciddiyetle sordum, "Hangi ihtisas dalını seçtiğimi biliyorsun, değil mi oğlum? Ben bu yola baş koyarken sen içimde, karnımdaydın benim."

Koyu yeşil gözlerinden öyle bir bakış geçti ki oğlumun, bildiğini sezdim.

Atilla'yla paylaştıklarımız giderek azalırken aramızı açan hususlar da çoğalıyordu. O, üniversitede kalmayı, geçerli nedenlerle seçmemişti. Şimdi ben, ihtisas yaparak, ondan daha üstün bir mevkiye gelmek üzere yola çıkmıştım. Önüm açıktı. İlerde bir gün profesör dahi olabilirdim. Aynı meslek kolunda eşlerden kadın olanının erkeğin önüne geçmesi, ancak çok olgun bir er kişi tarafından kabul görebilirdi. Atilla ihtisas yapmama itiraz etmeyerek büyüklük göstermişti ama bu jesti hemen her gün kafama kakılıyordu. Evime ve çocuklarıma daha çok vakit ayırmalıydım. Benim bir doktor olacağımı evlenirken bilmiyor muydu kocam? Hep çok sinirliydi. Her geçen gün bana giderek daha çok sinirlendiğini seziyordum.

Dalımı seçtikten sonra, merkezi sistemle girdiğimiz sınavın sonunda, SSK'nın Nişantaşı Hastanesi'nde, zamanın ünlü doktorlarından Dr. Ali Atal'ın yanında ihtisas yapmaya başlamıştım. O yıllarda Amerikan Hastanesi'nin civarındaki apartmanların bazıları SSK tarafından hastane olarak kiralanmıştı. Kiminde ameliyat yapılıyordu, kiminde poliklinik vardı. Yollarda pelerinli doktorlar, hemşireler oradan oraya koşuşurlardı. Biz de Nişantaşı'nda küçük bir apartman dairesine taşınmıştık. Evin ön odalarını Atilla, muayenehane olarak kullanıyordu. Sabahları çocuklarla hep birlikte evden çıkıyorduk. Atilla fabrikasına gidiyordu. Ben, sabahçı olan çocukları, Selim Sırrı Tarcan İlkokulu'na bırakıyor, işime gidiyordum. Dersleri öğlen saatlerinde biten çocukları, öğlen tatilinde okuldan alıyor eve getiriyor, yemeklerini verip işe geri dönüyordum. Eve bir de yardımcı tutmuştuk. Hafta içlerinde öğlene doğru geliyor, çocuklara göz kulak oluyor, saat üçte hasta bakmaya başlayan Atilla'nın hastalarına da kapı açıyordu. Akşamüzeri ben eve dönünce, o da kendi evine gidiyordu. Evin gündelik işleri bu genç kızın sayesinde aksamıyordu ama çocuklara sözünü geçiremediği için, onların disiplinini sağlamak bana düşüyordu. Çünkü babaları çocuk yetiştirme işinden elini ayağını çekmiş gibiydi. Şikâyetçi değildim bu durumdan. Çocuklarıma, babaları tarafından bile olsa el kalkmasını ya da sürekli azar işitmelerini istemiyordum.

Çocuklar çok yaramazdılar, yaşları icabı birbirleriyle sık sık dalaştıkları için, Atilla çileden çıkıyordu. Hasta muayene etmekteyken, işimi bırakıp Atilla'nın, "Öldüreceğim bu senin çocuklarını," diye bas bas bağıran telefonlarına cevap vermek zorunda kalıyordum.

Sonunda, bu işin böyle yürümeyeceğine karar verip Nişantaşı'nda bir yuva buldum, çocukları okul sonrasında yuvaya bırakmaya başladım. Yuva maceramız kısa sürdü, şikâyet üzerine çocukları yuvadan almak zorunda kaldık. Çağlayan'la Çınar, diğer çocukları dövmüş, okulu talan etmişlerdi. Evdeki huzursuzluğun ve sürekli asabi olan babalarının üzerlerindeki olumsuz etkisi besbelliydi. Oysa görünürde, biz iki güzel çocuk sahibi, uyumlu bir çifttik. Meslektaştık üstelik!

Dün akşam, Atilla'yla yeni tanıştığımız günlerde Gökşin'e yazdığım mektupları okurken güleyim mi ağlayayım mı bilemedim.

"*Birbirlerini çok iyi anlayacakları için, hekimlerin hekimlerle evlenmesi... Bir doktorun ancak başka bir doktor ile ideal eş olabileceği...*" İşte bunları okurken, gözümün önüne evimizden bir sahne geldi.

"Bu yemeği dün de yemedik mi?" diye soruyordu Atilla, bir tabak kabak dolmasını burnuma doğru sallayarak.

"Yedik ama artmıştı. Çöpe mi ataydım?"

"Yeni yemek yapaydın."

"Dün gece nöbetim vardı biliyorsun."

"Aynı yemekleri yemekten, aynı cevapları almaktan, aynı şikâyetleri dile getirmekten bıktım. Çocuklarının gürültüsünden patırtısından bıktım. Karımın eve benden sonra gelmesinden bıktım. Bıktıııım!"

"Nöbetçi olmadığım zaman paydos olur olmaz eve koşuyorum. Sen zaten evde çalışıyorsun, senden önce gelebilmem mümkün değil ki!"

"Bana cevap verme!"

Vermiyordum zaten. Belki de kocamı bu kadar sinirli yapan, benim ağız dalaşlarına hiç girmememdi. Yemediği dolmaları daha cazip hale getirebilmek için, mutfağa götürmüş, üzerlerine koyduğum yoğurdu kırmızıbiberle süsleyip geri getirmiştim sofraya.

"Kaldır şunları gözümün önünden demedim mi sana?"

"Ben yerim anne, götürme," demişti Çınar.

Çağlayan, babası bağırmaya başlar başlamaz odasına gitmiş, kapıyı hızla çarparak kapatmıştı.

Ne ideal bir çifttik, biz iki doktor!

Ev işlerinin daha düzenli yapılması, yemeklerin her gün taze pişirilmesi için, yardıma gelen genç kıza, daha uzun saatler kalmasını isteyerek zam yaptım. Ayrıca benim nöbet gecelerimde akşam evde kalacak, kocama ve çocuklara yemek servisi yapacaktı. Ne de olsa evimize çift maaş giriyordu, bunun altından kalkabilirdim.

Akşam yatağımızda yine aynı pozisyondaydık. Ben arkam kocama dönük, yatağın gidebileceğim en kenarında, o elleri başının altında sırtüstü.

"Yorgun olduğunu söyleyeceksin yine, değil mi?" diye sormuştu kocam.

"Sadece yorgun değilim, Atilla. Kırgınım, bezginim, umutsuzum da," dedim.

"O halde evinin kadını ol, yorulma."

Duymazlığa geldim. Kocamın azarlarına tepki, hoyratlıklarına karşılık vermiyordum. Bu hayata nasıl dayanacağımı, her ikimize de zor gelen bu evliliği daha ne kadar sürdürebileceğimi bilmiyordum. Asla yapmayacağımı bildiğim tek şey, mesleğimden vazgeçmeyeceğimdi. Asla!

Zaman akıyordu. Bazı günler yorgunluktan ölüyordum. Hele de gece nöbetlerine kaldığım zamanlar. Aslında yorucu olmakla birlikte, gece nöbetleri çok öğreticiydi. Ben çoğu kez nöbetlerde tek başıma oluyordum. Aramızda "icapçı" denen şef, genellikle evinde geceler, ancak altından kalkamayacağımız bir durum olursa, çağrıldığında gelirdi. Hiçbirimiz şefi çağırmak istemezdik. Bu, beceriksizliğimizin kanıtı olurdu adeta. Cerrahi nöbetleri daha da yorucu oluyordu. Hastaların kimi bayılıyor, kimi altına kaçırıyor, kimi korku, kimi de ağrı nöbetine tutuluyordu. Ben, bir hademe ve bir hemşireyle birlikte, yataktan yatağa koşuyor, herkese yetişmeye çalışıyordum. Çok yoruluyordum ama bütün bu koşuşturmalar, cerrahi ve dahiliye nöbetleri, bana inanılmaz deneyimler kazandırdı. Bu nedenle şikâyet etmeye hakkım yok!*

Bir sabah eve, nöbetten biraz erken çıkıp geldim. Anahtarımla kapıyı açamadım. Kapının öte tarafında da bir anahtar olduğu için, elimdeki anahtarı çeviremiyordum. Şaşırdım. Zile basmaya başla-

---

* *Güneş Umuttan Şimdi Doğar*, s. 132.

dım. Kapı hemen açılmadı. Sonunda Atilla, söylenerek kapıyı açtı.

"Kapıyı neden açmadın?" dedim.

"Duymadım," dedi.

"Çocuklar nerede?"

"Okula gittiler."

"Kız?"

"Ne bileyim ben! Mutfakta olmalı."

Banyoda elimi yüzümü yıkarken, olayın üstünde hiç durmadığımı, hatta durmak bile istemediğimi fark ettim. Kapının geç açılmasındaki ihtimali hiç önemsememiştim. Muhtemelen tamamen benim hayal ürünümdü. Ama insanın içine böyle bir şüphe düşerse, içi acımaz mı, kıskançlık hissetmez mi? Olayın üzerine gitmez mi? Aldırmazlığım, kocamı çoktan gönlümden çıkartmış olduğumun bir kanıtıydı.

Uzun hastalıklara duçar olarak, kendimi işime adayarak, nöbetlere kalarak onu bıktırmış olabilirdim ama sürekli asabiyeti, hoyratlığı, yüksek sesli azarlarıyla o da beni tüketmişti. Üstelik aramızdaki gerginlik, çocuklara da sirayet etmeye başlamıştı. Küçük oğlum ara sıra babasını taklit ederek bana bağırıyordu. Büyüğü ise iyice içine kapanıyordu. Ben, ölesiye mutsuzdum. Boşanmak istiyordum ve bunu dile getirmeye çekiniyordum.

Sık sık annemi düşünürdüm o günlerde. Annem, yabancısı olduğu bir memlekette, birbiri ardına doğan beş küçük çocukla, sert mizaçlı bir kocayla, Müslümanlığı kabul etmesine rağmen, kendini hiçbir zaman beğendiremediği bir kayınvalideyle, korkunç parasızlıklara göğüs germişti. Kim bilir ne acılar çekmiş ama hiç şikâyet etmemişti. Çünkü babam ona sevgisini hep belli etmişti. Mektuplarımın içinde biri var ki, gözlerim yaş doldu.

"... Zaten bana en fazla tevekkül tesir ediyor. Bak bunu şimdi fark ettim Gökşin. Bazen anneme bakar bakar ağlarım. Onun hayatı olduğu gibi alması, şikâyet etmeden canla başla uğraşması eritir beni... Oysa bizim içimiz şikâyet dolu, mücadele dolu, isyan dolu, şüphe dolu ki hiçbir zaman huzur bulacağımızı sanmam. Belki ilerde öyle bir zaman da gelecek, o vakit de bir başka hassas kişi bizim için ağlayacak."

Annem gibi tevekkül içinde değildim ama hırçın kocama karşı sessizdim. Ağız dalaşına meydan vermiyordum. Ben kavga etmeyi hiç beceremem. Belki de iyi bir şeydir bağıra çağıra bir ağız dalaşı. İnsanın içindeki kötü enerjiden kurtulmasının bir yoludur. Büyük kavgaların barışması da iyi olur diyenleri duymadım değil. Ama ben kocamla hiç kavga etmeye yanaşmadığım için, zavallı adama barışmanın hazzını da hiç yaşatamadım. O azarladıkça ben sustum. O bağırdıkça alttan aldım. Şöyle ağız tadıyla bir kavga edemedik. Kızgın olduğu zamanlarda ki son bir iki yılımızda hep ya yaramaz oldukları için çocuklara, ya da vaktimi evime ayırmıyorum diye bana kızgındı, onun bulunduğu odadan usulca çıkar, başka yere geçerdim, homurtusunu duymamak için. Ben de hiç farkına varmadan, için için yanan ve zamanı gelince patlamaya hazırlanan bir volkana dönüşmüşüm, meğer.

Dokuzuncu evlilik yıldönümümüzdü, bir arkadaşlarımıza yemeğe gitmek üzere hazırlanmıştık. Yine kaybettiği bir şeyi bulamadığı için kızgındı Atilla. Bağırıp çağırıyordu. Yatak odasının kapısı önünde duruyordum, birden, "Evlilik yıldönümümüzde bana bir hediye vermeye ne dersin?" diye soruverdim.

"Bir hediyemiz eksikti," dedi, "ne istiyorsun, söyle bakalım."

"Özgürlüğümü istiyorum. Boşa beni."

Bulunduğu yerden bana doğru yürüdü, önümde durdu, bir şey söyleyecek zannettim. Bir anda suratıma şimşek hızıyla bir tokat indi. Sendeleyip kapıya yaslandım. Yanağımdan ateşler çıkıyordu ama yüreğimdeki ateş çok daha güçlüydü. O güçle dayandım, ağlamadım. Hiçbir şey söylemeden, gidip beş parmağının izi kalmış yüzüme soğuk su çarptım, kuruladım, pudra sürdüm, saçlarımı taradım, hiç konuşmadan çıktık evden, gideceğimiz yere o kıpkırmızı, ateş gibi yanan yanağımla gittik. Kimseye bir şey belli etmemeye çalıştık.

İyi ki yemiştim suratıma o tokadı! Bana vuracağına, her zaman yaptığı gibi bağırıp çağırarak itiraz etseydi, ya da kalbimi kazanmaya çalışarak beni kararımdan vazgeçirmeyi deneseydi, eminim aynı minvalde devam ederdik. Fakat çocukluğumda annemin birkaç küçük fiskesinin dışında hiç dayak yememiş olan ben, hayatımın ilk ve son tokadını, asla unutamayacak, sindiremeyecektim.

O gece gittiğimiz arkadaşımızın evinde ne kadar renk vermemeye çalıştıysak da, yakın dostlarımız, aramızda bir şeylerin geçmiş olduğunu hemen fark ettiler. Ben, evlilik yıldönümümüz şerefine yapılan gecede neşesizdim, durgundum, Atilla ise dut yemiş bülbül gibiydi. Sanırım kendini tutamayıp yüzüme indirdiği şaplağın getireceği sonucun farkındaydı. Benimle konuşmaya cesareti yoktu ama bütün gece etrafımda dolandı durdu. Bardağım boşaldıkça hiç konuşmadan şarabımı doldurdu, bir ara sigara dumanı çıksın diye açılan pencerenin önünde otururken, şalımı getirip sırtıma koydu. Ben, hislerimi belli etmemek ve elimde olmadan gözümden yuvarlanıverecek yaşlara mani olmak için, yüzümde manasız bir gülümsemeyle oturuyordum bir köşede. Dans etmiyordum. Yemek davetini yapan arkadaşıma yardım etmiyordum. Sohbetlere katılmıyordum. Bir ara hastanede birlikte çalıştığım doktor arkadaşım Özden yanıma geldi,

"Sende bir tuhaflık var, Türkan," dedi, "tansiyonun düşmüş olmasın sakın?"

"Tansiyonumda bir şey yok," dedim.

Etrafa belli etmeden bileğimi tutup nabzımı saymaya başladı.

"Elini bileğime değil de kalbime koysan, belki daha isabetli bir teşhis kordun."

"Âşık mı oldun yoksa?"

"Nerede o günler!"

"Karı koca kavgası, o halde. Önemseme, birkaç güne kadar her şey düzelir. Kim atışmıyor ki? Normal ev hali!"

"Öyle," dedim.

Bizim için hazırladıkları pastaya mumlar koymuş, salona getiriyorlardı. Mecburen kalktım, masanın başına yürüdüm. Atilla yanıma geldi. Mumlu pasta önümüzde, biz suratlarımızda inandırıcı olmayan tuhaf bir gülümsemeyle, birbirimize bakmadan, dokunmadan hatta değmemeye çalışarak yan yana durduk.

"Daha nice nice yıllara," diye bağrıştı arkadaşlarımız. Ben eğildim, arkadaşların alkışları arasında mumları üfledim. Kimi söndü, kimi sönmedi. Sönmeyenleri Atilla üfleyerek söndürdü. Pastayı kesip tabaklara dağıttım. Bu maskaralık bir an önce bitsin ve evime döneyim istiyordum. Evime döneyim, başımı yastığımın altına sokayım ve yastığın altında, bir yaralı hayvan gibi kış uykusuna yatayım. Kırık kalbimle, kırılmış gururumla aylarca sürecek uzun bir uykuya! Uyandığımda, Atilla çıkmış olsun hayatımdan. Bir daha onu hiç ama hiç görmeyeyim!

Ev sahibemiz pikapa bir plak koydu, Adamo'nun ballı sesi *Tombe La Neige* söylemeye başladı. Bir başka arkadaş karşımızda durmuş, "Haydi bakalım, dansı siz açacaksınız!" diyordu.

Bütün gücümü topladım, "Çocuklar, gecenin keyfi kaçmasın diye söylemek istemedim ama, tam evden çıkarken bir küçük kaza oldu, merdivenlerden kaydım. Sağımı solumu biraz incitmişim," dedim, "dans edemeyeceğim. Hatta biraz erken ayrılıp evde dinlenmek istiyorum."

"Tevekkeli değil, sende bir tuhaflık vardı," diye bağrışarak, etrafima toplandılar. "Ağrın var mı?" "Nereni çarptın?" "Başına bir şey oldu mu?" "Bir röntgen çektirelim mi?"

Düştüğümü söylediğime bin kere pişman oldum, yaşlar gözlerimden fışkırmak üzereydi. Tek istediğim herkesin beni rahat bırakmasıydı. Yalnız kalmak istiyordum. Yalnız! Yapayalnız! Tek başıma!

Atilla'nın, "Önemli bir şeyi yok ama hakikaten dinlenmesi iyi olur," diyen sesini duydum. Biraz sonra, sokaktaydık. Koluma girmek istedi, kolumu şiddetle geri çektim. Yan yana, hiç konuşmadan, yürüyerek eve geldik. Evde, yatağın üzerinden yorganı, çarşafi ve yastığı alıp kocama uzattım.

"Ben yatağımdan çıkmam!" dedi.

Uzattıklarımı göğsüme bastırıp salona yürüdüm, çarşafı kanepenin üzerine serdim, elbisemi çıkarmadan uzandım, yorganı başımın üzerine çektim, kendi karanlığımda, yaralı ve yapayalnız kaldım.

***

Bir ay boyunca Atilla ile birbirimize bakarak hiç konuşmamıştık. Sabah kalktığımızda, yemek masasına oturduğumuzda veya akşamları yatmadan önce her ailenin arasında geçmesi beklenen, normal ev sohbetleri, bizim aramızda da olmuyor değildi. Ekmeği geçirsene, çay demlendi mi, anahtarlarımı gördün mü, telefona baksana gibisinden konuşmalar elbette oluyordu. Ama hepsi o kadardı. Çocuklar benim neden salonda uyuduğumu sormuşlardı. Babanız çok horluyor, uykusuz kalıyorum, demiştim. Bu açıklama onlara yetmişti.

Anneleriyle babaları birbirlerine dargındılar ama çocuklar bunun farkında bile değillerdi. Demek ki kokuşan bir şey vardı Nişantaşı'ndaki küçük evimizde. Demek ki Atilla ve ben, dargın olmadığımız günlerde dahi, iletişimden uzaktık ki, dargın halimiz normal geliyordu çocuklarımıza. Bu iyi değildi! İyi olan tek husus, bu yeni durumumuzda, Atilla'nın gün boyu telefona sarılıp beni tacizden vazgeçmiş olmasıydı. "Bu senin çocukların yine azıyorlar, gel başlarında dur," diye telefon etmiyordu ikide bir.

Bir ay daha geçti. Evdeki gerginlik haliyle azalmıştı. Bir akşam Atilla odasına yatmaya gitmeden önce, "Artık fazla uzatma da odana geri dön, Türkan," dedi.

"Asla geri dönmeyeceğim, Atilla," dedim, "bizim evliliğimiz çoktan bitti. Boşanmak istiyorum."

"Hayatında biri mi var?"

"Hayatımın akışını sen de biliyorsun. Her anını biliyorsun. Hayatımda hastalarımdan başka kimse yok."

"Eee, o halde?"

"Özgür olmak istiyorum. Bir daha aynı yatakta yatmayacağım biriyle evcilik oynamak doğru olmuyor."

"Neden aynı yatakta yatmayacakmışız bir daha?"

"Sana olan sevgim bitti. Bana vurduğun gün saygım da bitti. Bu evlilik bitti Atilla, bunu anla artık!"

Kocam yatak odasına geçip kapıyı çarparak kapattı.

Hayatımızda fazla bir şey değişmedi. Günler akmaya devam etti. Bir iki ay daha geçti. Bir akşam, çocuklar uyuduktan sonra, bir tokat daha yemeyi göze alarak, odasına girdim, kapıyı kapattım. Kocam başucundaki ışığı yakıp yatağında doğruldu,

"İnadın nihayet kırıldı mı?" diye sordu.

"Konuşmak istiyorum," dedim, "çocuklar duymasın diye uyumalarını bekledim. Atilla, ciddiyim. Boşanmak istiyorum. Mutlu değiliz. Huzurlu değiliz. Eğer sen dostlarımızın boşanacağımızı duyduklarında, hakkımızda konuşacağından ve seni suçlayacaklarından korkuyorsan, dışarıya karşı kabahatli ben olayım, sana bunu söylemeye geldim."

"Zaten sensin!"

"Tamam işte. Ben evine zaman ayıramayan eksik bir kadınım ya, benden boşanmayı sen arzu ediyor ol. Herkese bu ayrılığı senin istediğini söyleyelim."

"Bunu yapacağımıza, mesleğini bırak, evinin kadını ol, huzur içinde yaşayalım."

"Ne kadar zor olursa olsun, sonunda senden boşanacağım, Atilla."

"Çocukları asla alamazsın, bunu biliyor musun?"

"Onların bir saatine dahi dayanamıyorsun. Çocukların yine azıyor, diye her gün telefona sarılan sen değil misin?"

"Çocukları karıştırma. Aslında ben biliyorum senin neden boşanmak istediğini. Sen benden, şu Gökşin arkadaşın kocasından boşandı diye boşanmak istiyorsun. Okuldan beri hep birlikte hareket eder birbirinizi etkilersiniz. O senin aklını çelmiş olmalı."

Bakakaldım. Söylediği o kadar saçmaydı ki, boğazımdan ses çıkamadı bir süre.

"Öyle değil mi?"

Sessizce oturma odasına döndüm, kanepenin üzerine serili yatağıma girdim. Peşimden geldi.

"Sana soruyorum, öyle değil mi?"

"Değil! Onlar ayrılırken birbirlerine sarılıp ağladılar. Biz böyle mi olacaktık, dediler. Birbirlerine olan saygı ve sevgilerini hiç kaybetmediler. Oysa biz çok şey kaybettik. Üstelik ayrılmak istediğimden Gökşin'in henüz haberi yok ki, aklımı çelsin! Şimdi, ışığı kapat ve odana git! Uyuyacağım, yorgunum," diyebildim.

"Ne zaman değilsin ki?" dedi, odasına dönerken.

Boşanmanın kolay olmayacağını anlamıştım. Çocukları kullanacağını seziyordum. Ama er veya geç boşanacak, çocuklarımı da alacaktım, bunu da iyi biliyordum. Ben evi terk ederken oğullarımı almama izin vermeyeceğini, onlara bakması için yaşlı annesini evine getireceğini tahmin ediyordum. Zavallı kadın iki yaramaz çocukla baş edebilir miydi? Altı ay sonra çocukları bana geri vereceğinden adım gibi emindim.

Artık evin içinde hiç konuşmaz olmuştuk. Bana bir şey söylediği veya sorduğu zaman, sadece, "özgürlüğümü istiyorum," diyordum. Böylece birkaç ay daha geçti. Bir akşamüstü, bana dolabında bulamadığı bir eşyası ile ilgili bir soru sordu ve benden yanıt yerine, her zamanki gibi, "özgürlüğümü istiyorum," lafını duyunca, artık onun da sabrı taşmış olmalı ki, "Defol!" diye bağırdı, "Defol!"

O an, yatak odasına koştum, dolabın üzerinden küçük valizimi indirdim, içine çamaşırlarımı, birkaç elbisemi koydum, hemen çıktım. Üç erkek kardeşimin Şişli'de birlikte oturdukları apartmana gittim. Kapıda beni elimde valizimle görünce, "Nihayet gelebildin!" dediler.

Şaşırdım. Onlara Atilla'yla aramızda geçenlere dair hiçbir şey anlatmamıştım çünkü.

"Ne demek bu şimdi?" diye sordum.

"Türkan," dedi Tuğrul, "bu eve her gelişinde etrafı kolaçan ediyor, gözlerinle hep yatağını hangi odanın hangi köşesine sereceğinin hesabını yapıyordun. Fark etmedik mi sanıyorsun?"

"O kadar mı belli ediyordum?"

"Mutsuzluk da, tıpkı mutluluk gibi insanın gözlerinden yansır," dedi, en küçük kardeşim Gündüz.

Akşamüstüydü. Bir gün daha batmaya hazırlanıyordu, şehrin beton apartmanlarla dolu, gürültülü bir sokağında. Günbatımının muhteşem renklerini görebilmeme uzun binalar izin vermiyordu. İnceden bir yağmur başlamıştı. Hava birden kararıverdi, gece oldu. Hevesle, aceleyle, aşk sandığım duygularla içine balıklama atladığım evliliğim, batan günle birlikte yitti gitti.

Sıra şimdi beni evlilik cenderesinden kurtaracak bir avukat bulmaya gelmişti. Elbette hemen her derdimde başvurduğum arkadaşım Gökşin'e koştum. Onun tanıdığı bir avukatın bürosuna birlikte gittik. Boşanmak için vekâlet verdim. Avukat, çocuklu aileleri bir arada tutmayı vazife bildiği, Gökşin ise, Çağlayan'la Çınar çok üzülecekler diye, beni vazgeçirmeye çalışıyorlardı. Büroya girene kadar belki de boşanacağıma inanmayan Gökşin, ben vekâleti imzalayınca serseme dönmüş gibiydi.

"Sen her zaman yapıcı bir insan oldun, Türkan. Şimdi yıkıcı olmaya kalkmamalısın. Atilla dersini almıştır, ne olur bir şans daha tanı," deyip duruyordu Gökşin. Dil dökmekten vazgeçip arkadaşımı kırmak pahasına, "Benim mutsuzluğum mu seni mutlu edecek?" diye sordum. Sustu. Gökşin'le avukatın bürosundan çıktık, hiç konuşmadan Taksim'de, Divan Oteli'nin önündeki otobüs durağına geldik. Başımı kaldırıp gökyüzüne baktım. Gökte, inanılmaz güzellikteki yeniayı görünce, dudaklarımdan bir çığlık fırladı. Ben bağırınca, Gökşin irkildi,

"Ayyy! Ne oldu Türkan? Ne var?" diye sordu telaşla.

"Şöyle baksana, muhteşem bir hilal var yukarda," dedim elimle işaret ederek, "bu bana iyi şeyler olacağının müjdesini veriyor."

"İnşallah öyledir fakat unutma ki artık tek ve tek başına olacaksın. Bunun da bir bedeli var Türkan," dedi arkadaşım.

Tek ve tek başına! Tek ve tek başına! Her bedele değersin diye düşündüm, ey özgürlük!

TEK VE TEK BAŞINA

Tek ve tek başına olmak, bana iyi gelmişti. O güne dek sekerek yürüdüğüm yolumda, şimdi koşarak gidiyordum, hiç durmadan, soluklanmadan, yorulmadan, pes etmeden! Tek derdim, boşanabilmekti. Bu işin kolay olmayacağını başından biliyordum. İlk başvurduğum avukatın barıştırmaya çabalayan davranışları yüzünden uzun bir zaman kaybedince, kendime, tuttuğunu koparan bir başka avukat bulmuştum. İkinci avukatım çok kararlı davrandı ve kocamı ayrılmaya ikna etti.

Atilla, çocukları bana bırakmamış, tahmin ettiğim gibi annesini devreye sokmuştu. Zavallı yaşlı kadın, benim yaramaz oğullarıma göz kulak olmak için oğlunun evine yerleşmişti. Çağlayan'la Çınar önceleri her cuma günü okul sonrasında beni ziyarete geliyorlar, hafta başı babalarının evine dönüyorlardı. Babalarına dönme saatleri biraz kaysa,

Atilla telefona sarılıp şikâyet ediyor, söyleniyordu. Bir müddet sonra, işler değişmeye başladı. Cuma akşamları bana gelen çocuklar, geliş günlerini perşembe gününe, daha sonra da çarşamba gününe çevirdiler ama babalarından hiçbir itiraz gelmedi. Ne mutlu hepimize ki, eski kocamın hayatına bir kadın girmişti. Tam da onun istediği gibi, ev işlerinden çok iyi anlayan, yemek yapmasını, dikiş dikmesini bilen, enstitü mezunu hanım hanımcık, iyi bir kadın. Atilla kısa bir süre sonra, bu hanımla evlendi. Böylece çocukların programları ters yüz oldu ve benim daha önceden tahmin ettiğim gibi, bütün haftayı benim yanımda, hafta sonlarını ise babalarında geçirmeye başladılar. Fakat aile içi sorunlarımız bitmemişti. Çınar'la sorun yaşamazken, cumartesi sabahlarımı, babasının evine gitmek istemeyen Çağlayan'ı ikna etmek için yalvarmakla geçirirdim. Büyük oğlumun babasıyla anlaşması nedense hayat boyu kolay olmadı. Anlaşamamalarında her ikisinin de suçu vardı. Çağlayan asla kural tanımayan, zor bir çocuktu. Babası da, oğlunun söz dinlemezliğinin nedenlerini hiç araştırmayan, aşırı disiplinli, hoyrat bir babaydı. Anlaşmazlıklarına ilişkin sürüyle tatsız anım vardır. Mesela bir cumartesi günü, çocukları babalarına yalvar yakar yolcu ettim, evde ayaklarımı uzattım, dinleniyorum. Birkaç saat sonra kapı çalındı, gittim açtım. Karşımda saçı başı dağılmış, gözleri çakmak çakmak, Çağlayan duruyor. Yanağında, babasının tokat izi, elinde de bir hafta önce dayısının ona hediye ettiği, onca çok kıymetli pul defteri, paramparça vaziyette.

"Ne oldu oğlum? Ne bu halin?" diye sordum.

Dokunsam ağlayacak. Parçalanmış pul defterini uzattı, "Baksana anne, babam defterimi ne hale soktu?"

"Oğlum, ne yaptın da parçalattın defterini?"

"Kapıdan girer girmez, 'baba bak benim bir pul defterim var,' dedim, defteri elimden çekip fırlattı attı. Pullar döküldü, ben toplamaya çalışırken üzerlerine bastı. Yırtıldı bütün pullarım. Ben bağırmaya başladım. Büsbütün kızdı, defteri parçaladı, beni de dövdü. Çıktım geldim. Bir daha babama gitmeyeceğim."

"İnanmıyorum, Çağlayan. Bir şey yapmışsındır. Ne yaptın söyle!"

"Vallahi anne, aynen böyle oldu."

Telefona sarılıp babasının evini aradım. Eşi açtı. Zavallı kadıncağız benimle konuşurken, eski kocamın bağıran sesini duyuyordum, benim için, çocuklarına terbiye veremeyen kadın, diye bağırıyordu. Eşi, bir ona şşşt, diyor, bir benimle konuşmaya çalışıyordu. Sonunda anlaşıldı, Çağlayan kapıdan girer girmez, el öpeceğine, selam vereceğine, "Baba, pul defterime baksana," dediği için, babası sinirlenmiş ve olay aynı Çağlayan'ın bana aktardığı gibi olmuş. Telefonu kapattım. Odasına kapanmış oğluma gittim. Kapısını açmıyor. Hepimize küs!

"Çağlayan, ben bu hafta bir başka pul defteri alırım sana, üzülme," diye seslendim.

"Başka defter istemiyorum. Dayımın verdiğini istiyorum. Aynı pulları bulamazsın," diye bağırdı içerden.

"Pekiyi, aç kapıyı da konuşalım."

"Beni rahat bırak!"

Çocuğumu rahat bıraktım. Odama gittim. Bu travmayı yaşayan çocuktan, iyi not ve itaat beklemek mümkün olabilir miydi? Bin bir türlü cilt hastalığına deva bulan ben, çocuğumun ruhsal sorunları karşısında, çaresiz kalıyordum, terzi kendi söküğünü dikemez misali.

Bir anım daha var ki, hatırladıkça gülerim. Sık sık okuldan kaçan Çağlayan yine okuldan kaçmış. Ben kongredeydim, o yıllarda cep telefonu filan da yok, okul müdürü beni bulamayınca, babasını aramış. Babası da o kızgınlıkla kalkmış, oturduğumuz eve oğluna hesap sormaya gelmiş. O yıllarda Şişli'de bir apartmanın çatı katında oturuyorduk. Anlaşılan aralarında bir kovalamaca başlamış ve Çağlayan balkondan, önce bizim dama tırmanmış, oradan da komşunun damına atlamış. Ben dünyadan habersiz, kongre bitince eve döndüm ki, yatak odamın balkon kapısı ardına kadar açık. Oysa evden çıkarken kapatmıştım. Hırsız girdi diye ödüm patladı, balkona çıktım bir de ne göreyim, yan evin damında Çağlayan duruyor, bizim evin damında ise, Atilla Çınar'ı rehin almış, bir yandan Çınar'ı tokatlıyor bir yandan da Çağlayan'a, "Buraya gel çabuk!" diye bağırıyor. Bir an hayal gördüğümü zannettim. Kendimi toparlayıp sakin olmaya çalışarak, "Ne yapıyorsun Atilla? Ne işin var damda?" diye sordum.

"Bu senin haylaz oğlun teslim olana kadar Çınar'ı döveceğim," dedi.

Aslında kızgınlıktan deliye dönmem gerekirdi ama onları mart kedileri gibi damda görünce, birden sinirlerim boşaldı, katıla katıla gülmeye başladım. Atilla'nın kızgınlığı benim gülmeme yönelince, Çınar elinden kurtulup kardeşinin yanına, komşu dama kaçmıştı.

Keşke çocukların babalarıyla davaları, her zaman bu kadar komik olabileydi. Bazen çok daha vahim olaylar yaşıyorduk. Benim yurtdışına iki gün için seminere gittiğim bir sürede, oğlanlar yatılı okudukları okuldan kaçıp bir arkadaşlarının evinde kalmışlar. Okul beni bulamayınca yine babalarına haber vermiş. Bir gün sonra, her ikisi de öğlen yemeğinde masalarında otururlarken, birden yemekhaneye babalarının avukatı Melih Bey girmiş, ikisinin de suratına herkesin içinde, babalarının adına birer tokat patlatmış.

Herkesin içinde yedikleri tokat, o güne kadar yedikleri bütün sopalardan daha ağırlarına gitmişti. Ben de duyduğum zaman kızgınlıktan delirmiştim.

Fakat olayların üzerinden yıllar geçtikten sonra düşündüğümde, canavar bir baba değil, bütün gücüyle iki haylaz oğlunu yola getirmeye çalışan, çaresiz bir baba görüyorum. Belki de sorun çok sert bir babayla, çok yumuşak bir annenin neden olduğu dengesizlikten kaynaklanıyordu.

Evimizin halleri bu durumdayken, meslek hayatımda işler yolunda gidiyordu.

İşçi Sigortaları Hastanesi'nde önce hariciye sonra da dâhiliye servislerindeki üç aylık rotasyonlarımı bitirerek üç yıllık cildiye ihtisasımı tamamlamış, uzmanlık sınavına girmiştim. Sınavda başarılı olunca, uzman olarak bir başka hastaneye tayin olmam gerekiyordu. Tayinim Bursa'ya çıktı. Çocuklarımdan ayrı bir şehirde yaşamama imkân yoktu. Ankara'ya kadar gidip tayinimin İstanbul'a çıkması için dilekçe verdim ama hiçbir işe yaramadı. Çaresiz, Bursa'ya gidecek, çocuklara okul bakacak, ev tutacak, düzenimi kurunca onları yanıma aldıracaktım.

İstanbul'dan ayrılmadan önce, Osman Yemni Hocam'a uğrayıp bir dilekçe bırakmayı ihmal etmedim. Olur ya, belki cildiyede bir yer boşalırdı, böylece ben de İstanbul'a dönerdim.

1967 yılında Bursa'da, çalıştığım hastanede benden başka cildiyeci yoktu. Tıpkı ihtisas günlerimde olduğu gibi, günde yüz hastaya bakmaya başladım. Hastaneye bir cildiyeci atandığını duyan geliyordu. Ben hiç gocunmadan her bir hastamı soyuyor, derilerini inceliyor ve hepsini aynı ciddiyetle muayene ediyordum. Aynı odada çalıştığım doktorlar, ilk hastaya baktığım enerjiyle nasıl son hastaya bakabildiğime şaşıp kalıyorlardı. Öyleydi, çünkü işimi çok seviyordum.*

Bursa'da, ay sonunda taşınacağım evin yakınlarında iyi bir okul bulmuştum çocuklar için. Kayıtların açılmasını bekliyordum. Çocuklarım gelir gelmez, yemek ve temizlik işlerini görecek bir yardımcı tutacaktım. Hayatımız İstanbul'da nasıl geçiyorsa, burada da öyle geçecekti. Bursa küçük ve sempatik bir şehirdi. Havası temizdi. Trafiği İstanbul'la kıyaslandığında nerdeyse yok gibiydi. Hayat, İstanbul'da olduğundan çok daha ucuzdu. Çocukların bu şehirde çok daha rahat edeceğini varsayarak kendimi teselli ediyordum ama sanki İstanbul'da ailemi ve dostlarımı pek sık görebiliyormuşum gibi, onlardan ayrı düşeceğim için üzülüyordum. Mesleğim, hayatımın üzerine geniş bir şemsiye gibi açılıvermişti, üç yıldır nerdeyse aynaya bakmaya vakit bulamadan çalışmıştım. Şimdi, Bursa'ya yerleştikten sonra, belki bazı hafta sonları, çocukları da babalarına götürme bahanesiyle, Yalo-

* *Güneş Umutt*: *imdi Doğar*, s. 138-139.

va'dan vapura bindim miydi kendimi İstanbul'da bulur, bir nefes alırdım. Annemi, kardeşlerimi, eşimi dostumu görürdüm. Çocuklarımı da böyle ikna etmiştim zaten! Bir vapur mesafesi uzaktık şehrimize, ha trafik saatinde Kâğıthane'den Kandilli'ye gitmişsin, ha deniz yoluyla Yalova'dan Fındıklı'ya!

Bursa'da işbaşı yapmamın üzerinden ancak yirmi gün geçmişti ki, beni İstanbul'dan çağırdılar. Meğer Osman Yemni Hoca, kendi bölümünde başasistanlığa beni önermiş! Bir mucize miydi bu? Hemen İstanbul'a gittim. Dermatoloji Bölümü'ndeki diğer hocalarla teker teker görüştüm. Bazıları başasistanın bir erkek olmasının daha hayırlı olacağı kanısındaydı. Bölümde, bir kadının kaldıramayacağı kadar çok iş vardı, çünkü. Hocaların hepsini tüm işlerin üstesinden geleceğime ikna ettim. Sonuçta beni başasistan kadrosuna almayı kabul ettiler. Ama önümde bir engel vardı. Bursa'daki Başhekim'den izin almam gerekiyordu. Yüreğim ağzımda Bursa'ya döndüm. Pek ümitli değildim çünkü o dönemde Bursa'da hiç cildiyeci yoktu ve başhekimin bana izin vermesi mümkün gözükmüyordu.

Ama bir mucize daha gerçekleşti!

Güzel keman çalan, ince ruhlu, anlayışlı, babacan başhekimim bana, "Yavrum, üniversite öğretim üyeliği her hekimin gönlünde yatan aslandır. Ben de çok istemiştim ama şans herkese gülmüyor.

Bu fırsatı bulmuşken, kaçırma. Senin çok iyi bir hekim olacağına inanıyorum, bu yüzden bütün sorumluluğu alarak sana izin veriyorum. Yolun açık olsun," dedi.

Önümde uzun ve aydınlık bir yol açılmıştı.*

Uzun ve aydınlık yolumda ilk adımı, emekliye ayrılmak üzere olduğundan kendini kızağa çekmiş, her işini hademelere yaptıran bir hemşirenin eline bırakılmış, yüz yataklı bir klinikte attım. Koğuşlar tıklım tıkış doluydu. O kadar çok hasta geliyordu ki, gün oluyor yataklarda ikişer üçer yatıyorlardı.

İşe başlayacağım gün, Osman Yemni Hoca beni karşısına alıp, "Bak sultanım," demişti, "sen şimdi buranın başasistanı oldun. Ama yalnızca başasistan değil, aynı zamanda buranın hemşiresi ve hademesisin de. Daha da ileri git; bu gördüğün kliniği evin farz et! Sen bu evin kadınısın! Bunu bil, ne yapacaksan ona göre yap! Yetki de sorumluluk da sendedir!"**

Osman Hoca'nın odasından çıktım, uzun koridorda, sırtımda ağır bir sorumlulukla yürüdüm, geniş koğuşa girdim. Koğuş tıklım tıkış hasta doluydu. Hoca'nın sözlerinin etkisi altında, yataklarda yatan insanlara baktım. Madem klinik bugün-

---

* *Güneş Umuttan Şimdi Doğar*, s.140-41.

** *A.g.e.*, s.140.

den itibaren benim evimdi, o halde hastalar da benim çocuklarımdı. Yatakları tek tek dolaşacak, her bir hastanın derdini, şikâyetini dinleyecek, onları rahat ettirmek, mutlu etmek için elimden geleni yapacaktım. Bir hasta inliyordu, diğeri kendi kendine sargılarını açmaya çabalıyordu, başka biri "çişim geldi," diye bağırıyordu. Stetoskopumu odamda unuttuğumu fark ettim, onu almak için koridora çıktım, odama doğru koşmaya başladım.

İşte o gün bugündür, kansere yenik düştüğüm son haftalara kadar, hep koştum ben!

Koğuşlarda rüzgâr hızıyla koşarken, kliniğin hademeliğini, hemşireliğini, ev kadınlığını yaparken, öğrencilik yıllarımda beni çok etkilemiş olan cüzam pavyonu hep aklımdaydı. Klinikte işlerimi yoluna koyar koymaz, orayı tekrar ziyaret ettim. Ne yazık ki 1958'den bu yana, hiçbir şey değişmemişti. Zavallı cüzamlılar, hâlâ Akıl Hastanesi'nin hastalarından artan yemekleri yiyorlar ve hâlâ tecrit edilmiş barakalarda yaşıyorlardı. Hâlâ hocaların bazıları, hastalara yaklaşırken, beyaz önlükleriyle yüzlerini örtüyor, onları uzaktan bakarak muayene ediyordu. Yüreğim onlar için bir kere daha burkuldu. Ama ben artık yıllar öncesinin öğrenci Türkan'ı değildim, defalarca ölüme ve doğuma şahit olmuştum, pişmiştim, bu hastalar için bir şeyler yapabilirdim. Çok yakında bir gün, buraya el atmaya kendime bir kere daha söz verdim. Cüzamla ilgili kitaplar okumaya, hastalık hakkında güncel bilgi ve tutumları öğrenmeye başladım. Daha sonra cüzam dersini vermeyi üstlendim ve her öğrenci grubunu cüzamlıların pavyonuna bizzat götürerek yeni yetişmekte olan hekimlerin, bilim dışı önyargılardan kurtulmaları için elimden geleni yaptım. Öğrencilerimle birlikte hastalarla konuşuyor, hal hatır soruyor, şikâyetlerini dinliyorduk. Sonra, yaralarına pansuman yapıyor, ilaçlarını veriyorduk. Öğrencilerime, hastalara hiç çekinmeden dokunmalarını tavsiye ediyordum. Çünkü dokunmadan tedavi olmaz! Hasta doktorunun elini üzerinde, ilgisini yüreğinde hissetmelidir. Benim ve öğrencilerimin yakın alakası sayesinde, cüzam hastaları, kaçınılması gereken mahluklar değil, insan olduklarını hatırlamaya başlamışlardı.*

Ben, Dermatoloji'nin koridorlarında, Osman Hoca'nın sultanı olarak koşuştururken, benim de bir sultanım oldu. Bölümde çalışan hemşiremiz ayrılmış, yeni bir hemşire alınması şart olmuştu. İlk gelen, Florence Nightingale Hemşire Okulu'ndan mezun olmuş, iş tecrübesi olmayan, Sultan adında gencecik bir kızdı. Başvurular arasından seçilenlere sınavı benim yapmamı istediler. Heyecandan eli

---

* *Merhaba Yaşamak*, Haz: Prof. Dr. Türkan Saylan-Dr. Mustafa Sütlaş, Cüzamla Savaş Derneği Yay., (1998) 2. Baskı, s. 52.

ayağı titreyerek geldi odama. Karşıma oturttum, heyecanı geçsin diye biraz havadan sudan konuştum, sonra sorularımı sordum. Hemşirelikle ilgili sorularıma çok doğru yanıtlar verdi. Sonunda ona şöyle bir soru yönelttim, "Sultan, ben sana bir telefon numarası versem ve desem ki, bu numarayı ara ve sonra bana bağla. Sen başlasan aramaya, ama numara hep meşgul çıksa. Arıyorsun, arıyorsun, meşgul çalıyor. Ne yaparsın?"

"Bulana kadar uğraşırım hocam," dedi, "nasılsa bir ara kapatacak telefonu. Vazgeçmeden ararım."

"Aferin," dedim, "sabrını ölçmek istemiştim. Bizim mesleklerde çok önemlidir, sabır. Senin lisen hangisiydi? Nereyi bitirdin sen?"

"Kandilli Kız Lisesi'nde parasız yatılı okudum, Hocam," dedi, "ben Muğla'nın Yerkesik ilçesindenim ama liseyi çok güzel bir okulda, İstanbul'da okudum."

"Kardeşim benim, niye daha önce söylemedin," diye yerimden firlayıp boynuna sarıldım. Şaşırdı.

"Ben de Kandilli Kız Lisesi'ni bitirdim. Demek aynı yollardan geçmişiz, aynı kültürü almışız. Abla-kardeş sayılırız biz," dedim, "Sultan, aldım işe seni."

Ertesi gün Osman Hoca'ya, "Size gerçek bir Sultan geldi efendim," dedim, "ben sultanlıktan istifa edebilir miyim?"

"Edemezsin sultanım," dedi, "o, servisin Sultan'ı olur, sen benim gönlümün sultanısın!"

Sultan Hemşire ile sekiz yıl birlikte çalıştık. Lepra Hastanesi'nin daha tamamlanmadığı dönemde geç saatlere kadar odamda hasta bakar, bazen de hastayı servise yatırırdım. Pek hoşlanmazlardı ama ses etmezlerdi. Böyle durumlarda hep Sultan'a güvenirdim. Bana hiç gocunmadan yardımcı olurdu. Hastalardan basil almayı ilk ona öğretmiştim. Basil alır, boyar, değerlendirirdik. Sonra, onu da Ayşe Yüksel'e yaptığım gibi, Halk Sağlığı Yüksek Lisansı'na yönlendirdim. Çok yetenekliydi, o da benim gönlümün sultanı oldu. Yorulmak bilmeyen, benimle birlikte her işe koşan Sultan'a, genç doktorların oynadığı bir oyun vardı.

O yıllarda leprada armadillo çalışmaları yapılmaya başlanmıştı. Armadillolar, kedi büyüklüğünde, Orta Amerika'da yetişen, kalın derili deney hayvanlarıydı. Bizim genç doktorlar, resimlerini Sultan'a göstermişler ve demişler ki, Türkan Hoca, bu hayvanlardan ısmarladı, artık deneyleri bunlarla yapacaksın. Sultan bana bir şey söylemedi ama çok üzülmüş, ben bunca işin yanı sıra bir de hayvan bakamam, demiş ve karar vermiş geldikleri zaman istifa etmeye. Çocuklar sonra, armadillolar yolda gelirken ölmüşler, diyerek konuyu kapatmışlar. Sultan Hemşire, hiçbir yere gitmedi, armadillolar gelse de, beni bırakıp gitmezdi zaten. Halk Sağlığı Yüksek Lisansı yaptı, yıllarca başhemşiremiz oldu, evlendi iki kız çocuğu doğurdu. Emekli olunca da memleketine yerleşti.

Osman Hoca, kliniğin hemşiresi, hademesi, doktoru ve dert dinleyen Marko Paşa'sı olarak kendimi kanıtladığıma emin olunca, bir gün beni yanına çağırdı ve masasının üzerinde duran bir takım kâğıtları göstererek, "Türkan," dedi, "bak burada benim bölümüme yollanmış burs başvuruları var. Pek çok hoca, bu kâğıtları genç doktorlar görmesin de akılları çelinmesin diye ya atar ya dosyalara saklar. Ben öyle yapmam, yetiştirdiğim doktorların en yüksek seviyeye gelmelerini isterim. Yürekli ve çalışkan bir doktorsun ama daha iyi yerlere gelmek, doçent olmak istiyorsan mutlaka yurtdışında bir süre çalışmalısın. Bu belgeleri oku ve kendine bir burs bul, sultanım."*

Başvuru belgeleriyle odama döndüm. O gece evimde, kendime uygun bir burs bulabilmek için hepsini güzelce inceledim. İstediğimi buldum ama bursu hak edebilmem için dil sınavına girmem gerekiyordu. İyi de, sınavı geçersem ne yapacaktım?

Çocuklarım artık tamamen benimle birlikte yaşıyorlardı. Onları yanımda götürmek, başka bir kültürle tanıştırmak, İngilizce öğrenmelerini sağlamak iyi olurdu ama hangi para ile yapacaktım bunu? İngilizlerin bana verdikleri 70 sterlin, ancak kalacağım pansiyonun ücretini ve gündelik yeme içmemi ödeyebilirdi. O parayla çocukları yanımda

---

* *Güneş Umuttan Şimdi Doğar*, s. 141.

götüremezdim ama onları geride de bırakamazdım. Bu sevdadan vazgeçmeye karar verdim.

Vazgeçme kararını alınca rahatladım ama aklım sınava takılmıştı. Dil bilgimi sınamak fena mı olurdu? Ne yapabileceğimi görmek istedim. Kazanamazsam, içimde ukde kalmazdı!

Sınava, adeta kazanmamayı arzu ederek girdim ve kazandım!

Sınavı kazandığımı öğrendiğimin akşamında, evime dönerken otobüsün penceresinden gökte yükselmekte olan yeniayı gördüm. Hava henüz tam kararmamıştı, koyu mavi gökte incecik ve beyaz bir tırnak gibiydi ay. Otobüs ilerledikçe ara sıra kayboluyor, sonra yine ağaçların, binaların arasında birdenbire gözüküveriyordu. Saklambaç oynuyordu sanki benimle. Neşelendim. İçime bir çare bulacağıma dair bir umut düştü.

Aynı akşam, mutfakta çocukların yemeğini hazırlarken aklıma geldi, oturduğumuz evi kiraya verebilirsem, kira parasını çocukların masrafları için harcardım! Ne şanslıydım ki, bir iki yıl önce babamdan kalan bir arsa satılmış, elimize geçen parayı beş kardeş aramızda bölüşmüştük. Ben bu parayla Bahçelievler'de oturmakta olduğumuz küçük evi almış, çocukları da evimizin yakınındaki okula yazdırmıştım.

Ertesi sabah erkenden mahallemizdeki emlâk bürosuna gittim, dayalı döşeli bir apartman dairesine bir yıllığına kiracı aradığımı söyledim. Tek bir şartım vardı, altı aylık parayı peşin istiyordum.

Benim çok sevdiğim, üniversiteden beri hiç ayrılmadığımız arkadaşım Özden, o günlerde bunalımlı bir dönemden geçiyor, ihtisasından bıktığını söylüyordu. Benimle birlikte gelmesi için Özden'i ikna ettim. Bir kursa yazılır İngilizce öğrenirdi, belki ilerde ihtisas dalını değiştirirdi. Özden'e St. Thomas Hastanesi'nde narkoz bölümünde gönüllü asistanlık bulduk. Benim inceleyeceğim konu ise dermatopatolojiydi.

Her şey gönlüme göre gelişiyordu. Kısa sürede evimize peşin para ödeyebilen bir kiracı bulduk, çocukların nafakası da böylece çıkmış oldu. Kira parasını cebime koydum, Özden ve çocuklarla birlikte Londra'ya gittik.

Hep birlikte önce bir pansiyon bulup yerleştik. Sonra Özden'e dil kursu, çocuklara okul baktım. İngiltere'de devlet okulları parasızdı. Ayrıca biz Londra'ya gitmeden birkaç yıl önce, normal eğitim veren okulların yanı sıra özel eğitim veren bir sistemi geliştirmişler, her çocuk alacağı dersi kendi seçiyor ve ne istiyorsa onu okuyor. Tam benim Çağlayan'a göre bir okuldu. O okulda, Çağlayan'ı orta bire, Çınar'ı beşinci sınıfa kaydettirdim ve dünyanın dermatoloji konusunda en önemli referans merkezi olan, *Picaddly Circus*'daki hastanemde çalışmaya başladım.

Hayat, hiç dil bilmeyen iki çocuğun sorunlarını ve ev işlerini de üstlenmiş bir doktor için pek de kolay değildi. Allahtan Özden yanımızdaydı. Hesabı kitabı o tutuyor, üzerimden bir yük alıyordu. Çocuklara gelince, Çınar okuluna çabuk alışmıştı ama Çağlayan eve sık sık üstü başı didiklenmiş, o yıllarda sokak başlarını tutan '*skin heads*' lerden dayak yemiş ve yol parasını kaptırmış olarak dönüyor, haklı olarak da ertesi gün okula gitmek istemiyordu. Ama bana hayatın kolay olacağını kim söylemişti ki?

Bir iki ayın sonunda; çocukların İngilizceleri ilerledikçe her şey rayına oturdu. Çağlayan da sınıfına intibak etti ve yıl sonunda başarılı ve sevilen bir öğrenci olarak ayrıldı okulundan.

Londra'da geçirdiğimiz bir yıl bana ve çocuklara çok iyi geldi, hayatımıza pek çok dost ve bilgi kattı. Çalıştığım hastanede edindiğim akademik bilgilerin yanı sıra, katıldığım etkinliklerde Hintli, Çinli, Afrikalı pek çok doktorla tanışmıştım, onlarla bilgi alış verişi yapmıştım. Böylece cüzamın sadece kendi ülkemdeki değil, dünya üzerindeki seyrini de öğrenmiş oluyordum. Fakat İngiltere serüveninin benim için en büyük kazancı, Dr. Jopling'i tanımam oldu. Bu iriyarı güzel adam, konusunda eşi bulunmaz bir uzmandı. Rodezya'da cüzamlı hastaların tedavisinde başarılı olduktan sonra, memleketine dönmüş, İngiliz hastalar için bir hastane kurmuş, on sekiz yıl içinde tüm hastalarını sağlıklarına kavuşturup hastaneyi kapatmıştı. Benim onu tanıdığım yıllarda, Tropikal Hastalıklar Hastanesi'nde çalışıyor, cüzam konusunda eğitim veriyordu. Doktor Jopling'e çok şey borçluyum. Hasta hekim ilişkisinin en sıcak yaklaşımını, takipçiliği, sevecenliği, yeni bir şey öğrenmenin ve öğretmenin doyumsuz keyfini onda gördüm ve kendi hayatımda hep tatbik ettim.*

Yine İngiltere'de öğrenip burada uyguladığım bir başka şey de, gönüllü çalışmalar yaparak cüzam hastaları için kaynak yaratmaktı. Oturduğumuz evin hemen arkasında *Soho* ve *Chinatown* vardı. Bu semtlerde *Oxfam* adıyla ikinci el giysi ve eşya satan dükkânlar bulunurdu. *Oxfam*'larda emekli olmuş yaşlı kadınlar büyük bir ciddiyetle vardiya usulü çalışır, kazandıkları paraları cüzam hastalarına yardım için kullanırlardı. İngiltere'de cüzam ne arar diyeceksiniz değil mi? Yoksul ülkelerin hastalığı olan cüzamı bu memlekete Afrika, Hindistan, Çin gibi Uzak Doğu ülkelerine giden İngiliz gezginler getirmişlerdi. İnsanlara konan sınırları, geçiş vizelerini ne yazık ki mikroplara tatbik edemiyorlardı.

Örgütlü ve gönüllü çalışmayı, ayrıntılara dikkat etmeyi, bildiri hazırlamanın inceliklerini de

---

* *Merhaba Yaşamak*, s. 52.

hep İngiltere'de bulunduğum o bir yıl içinde öğrendim.

Memlekete dönme vakti gelince, dönüş yolculuğunu trenle yapmaya karar verdik. Özden ve çocuklarla Londra'dan trene bindik, Manş'ı ve Fransa'yı boydan boya geçerek, Cenova'ya kadar geldik. Cenova'da trenden inip vapura bindik, Napoli'den Vezüv'ü seyrederek geçtik, Atina'ya ve Pire'ye de uğrayarak, sonunda da İstanbul'a vardık. Çok maceralı bir yolculuk olmuştu ama hem çok eğlenmiş hem de pek çok yer görmüştük.

Özden'le keyfine doyum olmayan mavi yolculuklardan tutun, baş başa çıkıp bin pişman döndüğümüz yolculuklarımıza kadar, hayatımız boyunca daha pek çok macera yaşayacaktık.

İstanbul'a dönünce, Çağlayan'la Çınar'ı Büyükçekmece Lisesi'ne yatılı verdim. Bir okul yılı kaybetmişlerdi ama İngilizceyi ve değişik bir ülkede hayatla başa çıkmayı öğrenmişlerdi. Hafta sonlarını da artık benimle geçiriyorlardı çünkü o sırada iki kardeşleri daha doğduğu için babalarının büyük oğullarına ayıracak zamanı iyice azalmıştı.

Bense o günlerde, bütün gücümle İngiltere'de öğrendiklerimi değerlendirerek doçentlik tezimi yazıyordum. Bugün "dermatopatoloji" diye adlandırılan, dokuların mikroskobik muayenesi ile ilgili bir çalışmaydı tezim.

Bir yıl sonra doçent oldum.

Doçentlikte mutlaka bir kadro sorunu yaşanırdı. Bunu bildiğim için, İstanbul'da boşuna zaman kaybedeceğime, yeni kurulan Bursa Tıp Fakültesi'ndeki kadroya geçmeyi ve orada bir dermatoloji kürsüsü kurmayı düşündüm. Beş yıl önce de hayal ettiğim gibi, Bursa'da çocuklara okul ve hep birlikte oturacağımız bir ev bulacaktım. Oğullarım büyüyorlardı, onları çanta gibi koluma takıp gezdirmem giderek zorlaşıyordu. İstanbul'dan ayrılmak istemeyebilirlerdi. Ama başka çarem var mıydı? Çocuklarla bir Bursa yolculuğu yapmayı planladım. Hafta sonunu Bursa'da geçiririz, hatta Uludağ'a çıkarız, sonra gidebilecekleri okullara birlikte bakarız, ikna olurlarsa ne âlâ! Olmazlarsa, ben İstanbul'da kadro beklerim.

Bursa'ya gitme planımı Osman Yemni Hoca'ya danıştım. Beni heyecanla desteklemesini, yüreklendirmesini bekliyordum. Hocam sadece, "Olabilir, neden olmasın," demekle yetindi. Biraz hayal kırıklığına uğramıştım doğrusu. Oysa İngiltere'de staj yapmam için ne kadar çok desteklemişti beni, o olmasa Londra'ya gitmek aklımın ucundan bile geçmeyecekti.

Eskiden cumartesi günleri öğlene kadar çalışılırdı. Bir cumartesi sabahı, eğer hastanede fazla iş çıkmazsa, Bursa'daki kadroya başvuru formlarımı hazırlama düşüncesiyle yola düştüm, hastane bahçesine girmek üzereydim ki, kapıda Osman Hoca'nın o yayla gibi geniş, gösterişli, mor renkli arabasına rastladım. Beni görünce camı indirip elini sallayarak yanına çağırdı. Arabaya gittim. Başını pencereden uzatarak, "Sultanım, dinle," dedi, "şimdi ben fakülte kuruluna gidiyorum. Bir doçentlik kadrosu var. Bu kadroyu sana almaya çalışacağım."

Hiçbir şey söyleyemeden, ağzım açık bakakaldım. Hocanın arabası hızla yola koyulurken ben binaya girdim, odama yürüdüm, masamın başına geçtim ve bir süre ne yapacağımı bilemeden öylece oturdum iskemlemde. Çekmecemdeki formları ne doldurmaya ne de çöpe atmaya elim varmadı. Dolabımda asılı doktor gömleğimi giyip sabah vizitelerime başladım. Aklım bir karış havada, dolandım durdum koğuşlarda. Öğlene doğru Hoca beni yine kapıya, arabasına çağırttı. Yine arabanın camını indirdi, başını pencereden dışarı uzattı ve "Onlara dedim ki, biz acele etmezsek, Türkan'ı Bursa kapacak. Kadronu aldım, burada kalıyorsun. Bir daha ağzından Bursa lafı duymayacağım, tamam mı?" dedi.*

"Tamam hocam, tamam!" diye bağırdım. İçeri koştum, eve telefon ettim. Çınar açtı. "Geldiniz mi oğlum?" diye sordum.

"Hayır anne, gelmedik, telefona okuldan cevap veriyoruz."

---

* *Güneş Umuttan Şimdi Doğar*, s. 153.

Güldüm, "Ben hemen eve geliyorum da, ondan aradım. Sakın bir yere çıkmayın."

"Arkadaşlarla sinemaya gidecektik. Gecikme sakın!" dedi.

"Hiçbir yere gitmeyin. Bekleyin. Size bir sürprizim var."

Çantamı aldım, fırladım, otobüs durağına kadar koştum. Eve varıp kapıyı açarken bir de ne göreyim, üstümden beyaz doktor önlüğümü çıkarmayı unutmuşum!

Benim meslek hayatım rayına oturmuştu oturmasına da çocukları kendi hayatıma uydurmaya çalışarak, onlara kötülük mü ediyorum diye düşünmeye başlamıştım. İngiltere'ye giderken, onları peşime takmamın dil öğrenecekler gibisinden bir izahı olabilirdi ama evime ve işime yakın olsunlar diye okullarını değiştirip onları sıradan bir okula vermek doğru olmuş muydu? Yüksek okullara girebilmek için sınava girmeleri gerekiyordu. Üniversiteye giremedikleri takdirde, babaları başarısızlıklarının hesabını bana soracaktı. Zaten iki de bir çocukların daha iyi eğitim veren bir başka okulda okumaları gerektiğini söyleyip duruyordu.

Doçent kadrosuna geçtiğim yıl, Çınar'ı babasının arzusu üzerine yatılı olarak Kabataş'a verdik. Çağlayan'ı dersleri ağır ve disiplini katı bir okula vermeye gönlüm razı olmadı. Fazla disipline gelemeyen, özgür ruhlu fakat çok yetenekli bir çocuktu Çağlayan. Dedesi ve anneannesi gibi mucit ruhluydu ama okumayı pek sevmeyen erkek kardeşlerime benziyordu. Okuluna da tam alışmaya başlamıştı fakat babası onu, o okuldan almaya karar vermişti bir kere. Yine babasının ısrarıyla, Çağlayan'ı da Maçka Meslek Lisesi'ne yazdırdık, elbette çocuğun eski okulunda kalma isteğine karşı gelerek!

"Baban senin için en iyisini istiyor, oğlum, inat etme, bak orada bir meslek sahibi olacaksın," demiştim.

"Anne boşuna ümitlenme, çünkü o okul beni kabul etmeyecek!" diye yanıtlamıştı.

"Neden?"

"Çünkü giriş sınavında bütün soruları yanlış işaretledim."

Çağlayan'ın açıkgözlülüğü sökmedi, babası bir torpil ayarlamış olmalı ki, okula kabul edildi. Aslında Çağlayan'ı alıştığı okuldan alıp meslek lisesine göndermek ne kadar akıllıca olmuştu hiç emin değilim, çünkü tam o sıralarda İstanbul'da tam bir kargaşa yaşanıyordu ve Çağlayan'ın anlattığına göre, öğrenciler şehrin merkezindeki okuldan çıkıp durmadan yürüyüşlere katılıyorlardı, mecburen. Çocuklar, neden yürüdüklerini bilmeden bir siyasi duruşu ya desteklemek ya protesto etmek için koyun gibi yürüyorlardı yollarda. Çağlayan bir keresinde yanında yürüyen arkadaşının, bir ara polis babasıyla karşılaştığını ve babanın oğlunun başına bir şey gelmesin diye, dil dökerek, çocuğu gruptan çıkardığını ve evlerine yolladığını anlatmıştı. Ayrıca bana da sık sık okuldan çıkıp okey veya bilardo oynamaya gittiğini, sokaklarda gezdiğini anlatıyordu. Onu zorla meslek lisesine veren babasından intikam almak için mi böyle yapıyordu, yoksa uyduruyor muydu bilemiyordum ama anlattıkları doğruysa, Çağlayan'ı yatılı okulda bırakmanın daha doğru olduğu kesindi de kim anlatacaktı bunu Atilla'ya?

Çınar'a gelince, onun da babasını çileden çıkarttığı olurdu ama küçük oğluyla ilişkilerinde hep daha kontrollü olmuştu Atilla. Örneğin, ortaokulu Büyükçekmece Lisesi'nde bitirip Kabataş'a gönderildiği yıl, çok sıkıntı çekmişti Çınar. Ortaokulda hiç zorlanmadan okurken birdenbire kendini çok disiplinli, çok kalabalık bir okulda bulunca ilk yıl çok fena bocalamış ve yıl ortasına kırık dolu, son derece kötü bir karne getirmişti. Karneyi babasına da gösterecekti elbette, ama kopacak kıyametten korkuyordu. Ben de onun kadar korkuyordum. Babasının kızgınlığına hiç tepki vermemesi için bin bir nasihat ettikten sonra, karnesiyle birlikte baba evine yollamıştım. Evde son derece tedirgin bekliyordum, Çınar muhtemelen dayak yemiş olarak, sinir içinde geri gelecek diye. Fakat çocuk dönmüyordu. Cumartesiyi endişeli bir bekleyişle geçirdim. Pazar akşamı okuldan telefon etti Çınar.

Korka korka, "Baban karneni görünce ne yaptı?" diye sordum.

"Babamı bilirsin anne, karneme baktı baktı, on beş dersten on ikisinin kırık olduğunu görünce, 'Bu ne rezalet böyle!' diye bağırdı," dedi.

"Vurmadı mı?"

"Vurmadı ama başka şey yaptı."

Korkudan sesim titreyerek sordum, "Ne yaptı Çınar?"

"Karnemin arka yüzündeki Onuncu Yıl Marşı'nı ezberletti!"

Ben o günlerde dört ay için Fransızcamı ilerletmeye yurtdışına gidecektim. Çağlayan benim yokluğumda, okuluna yakın bir yerde oturan babasında kalacaktı. Profesör olabilmek için ikinci bir yabancı dil gerekiyordu. Annemden öğrendiğim Fransızcam iyi derecede değildi ama bir kursa yazılırsam, sınavı geçebilecek hale gelebilirdi.

Sigorta Hastanesi'nde ihtisasımı yaparken, Hocam Ali Atal, beni İstanbul'u ziyaret eden meslektaşları Dr. Grupper ve eşiyle tanıştırmış, onları gezdirme görevini bana vermişti. Hocamın dostlarına İstanbul'u gezdirmiş, alışverişlerinde yardım etmiş, tercümanlıklarını yapmış, evimize bile konuk etmiştim. Grupperler de karşılığında beni Paris'teki evlerine davet etmişlerdi. Paris'teki evlerinin yanında, misafirlerini konuk ettikleri bir stüdyoları vardı. Bunca zaman onları ziyaret nasip olmamıştı. Fransızca dil kursunu ayarlayıp onlardan bir ev bulmam için yardım talep edince, beni stüdyolarında kalmaya davet ettiler. Hazır Paris'e gitmişken, bir taşla iki kuş vuracak, Fransızcamı ilerletirken, bir yandan da St. Louis Hastanesi'nde '*immunofloresans* yöntemi'ni öğrenecektim. Üniversiteden izin aldım, çocukların okul dönemleri başlar başlamaz, hazırlıklarımı tamamlayıp yola çıktım.

Dört ayın sonunda, İstanbul'a döndüğüm zaman, Çağlayan beni karşılarken, "Anne, bir üçüncü dil öğrenmen gerekmiyor değil mi?" diye sordu.

"Hayır oğlum. Neden sordun?"

"Yine gidecek olursan, beni mutlaka yanında götür. Babamda kalmak istemiyorum."

"Çağlayan, o senin baban! Babanı sevmek ve saymak zorundasın."

"Ben sevmeyeceğim, saymayacağım demedim ki. Sadece senin evinde oturmak istiyorum, dedim. Orada kalmaya devam edersem, babama sevgim de saygım da azalacak çünkü pek anlaşamıyoruz, biliyorsun."

"Pekâlâ, o halde hemen eşyalarını topla, evimize geri dön," dedim Çağlayan'a, "her gün Maçka'ya kadar gidip gelmen zor oluyorsa, evimizi okula yakın bir yere taşırız."

Ertesi gün Çağlayan evimize geri geldi ve kısa ziyaretlerin dışında benden hiç ayrılmadı. Bugün dahi, benim bir üstümdeki müstakil katta oturmaya devam ediyor.

DOLU DİZGİN

Ben meslek hayatımda, işimden, hastalarımdan başka hiçbir şey görmemeye, yaşamamaya kararlı, gözlerime at gözlükleri takmış doludizgin koşarken, bir güzellik girdi yaşamımıza. Sütlü kahverengi, bir Murat 124. Muhteşem! Çağlayan'ın Çınar'ın ve benim sevgilimiz! Altmış sekiz bin lirayı on takside bölerek sahibi olduğum, alındığı gece, kapımın önünden çalınan, sonra Dolapdere'de bulunan, bulunduğu takdirde hayatım boyunca ona insan muamelesi yapacağıma ant içtiğim, ilk arabam!

Murat, hayatımı nasıl kolaylaştırıyor, nasıl hareket imkânı veriyordu bana, anlatamam. Direksiyona geçiyor, güzergâhımda dört dönüyordum. Akşam eve dönerken, artık geç saatlere kadar açık olan marketlerden alışverişimi yapıp doğru evime, çocuklarımı ve onların bizde kalan arkadaşlarını doyurmaya koşuyordum. Otobüs veya dolmuş duraklarında bekleme eziyeti bitmişti. Hele de yazları iple çektiğimiz tatilimize kavuşunca, otobüslerde yer kaldı mı, heyecanını hiç yaşamadan, oğlanlarla atlıyorduk arabamıza, ver elini bizi bekleyen Ege sahilleri! Veya tadına doyum olmayan mavi yolculuklar!

Mavi Yolculuklar! Yaralar, bereler, cerahatler, sargı bezleri, hasta kuyrukları arasında geçen hayatıma, denizin ve göğün en güzel mavilerini katan, beni en yorgun halimde alıp yeni baştan enerjiyle, yaşam sevinciyle dolduran tekne gezintileri.

Mavi yolculuğa ilk kez galiba 1969 yılında çıkmıştım. Çıkış o çıkış, on yılı aşkın koca bir zaman diliminde, mavi yolculuksuz yaz geçirmeyecektim artık! Bu yolculuklarımı da aslında sevgili Özden'e borçluydum. Çünkü sonradan çok yakın dost olduğum, İstanbul Kız Lisesi'nin Latince öğretmeni Leyla Özbay'ı bana o tanıştırmıştı.

Leyla Ablamız bizi bir gün Sabahattin Eyüboğlu'nun evinde bir pazartesi toplantısına götürdü. Hiç unutamayacağım günlerden biridir. O evde, başta Azra Erhat olmak üzere, hep tanımaya can attığım, uzaktan hayran olduğum pek çok kişiyle tanıştım. Konuşmalarda arada sırada bir mavi yolculuk lafı geçiyordu. Bu grubun yaz aylarında, Cevat Şakir'in önderliğinde, Ege'de salaş bir tekne ile koy koy gezdiklerini, rastladıkları antik kentler ve eserler hakkında, sohbet havasını bozmadan pek çok bilgi edindiklerini öğrendiğimde, ne yalan söyliyeyim, geziye katılanlara çok gıpta etmiştim. Yaz başında yapacakları mavi yolculuğa beni de çağırdıkları zaman, çok sevindiğimi hatırlıyorum.

Azra Erhat o yıllarda Nişantaşı'nda küçük bir evde oturuyor, çeviriler yapıyordu. Başta Azra Hanım olmak üzere, o gece tanıştığım kişilerle dostluğumuz ilerledi, sık görüşmeye başladık. Önceleri Sabahattin Eyüboğlu'nun evinde pazartesi günü yapılan toplantılar, Eyüboğlu'nun ölümünden sonra perşembe geceleri Azra Erhat'ın evinde devam etti. Bu toplantılara Ruhi Su da gelirdi. Özellikle Özden, Karadeniz türkülerini çok iyi söylediği için Ruhi Bey'in gözdesiydi ama ben de ondan geri kalmazdım doğrusu.

Mavi yolculukları uzun zamandır yapan dostlarımla ilk seferime çıktığımda, ne yazık ki Balıkçı artık hayatta değildi. Zaten Sabahattin Eyüboğlu da rahatsızlığı nedeniyle bir süredir gezilere katılamıyordu. Onlarla birlikte koyları dolaşmış, efsaneleri onların ağzından dinlemiş olanlar, Hürriyet isimli teknede, yokluklarını aratmamak için ellerinden geleni yapıyorlardı. Bu geziler sadece denize girme, güneşlenme ve Ege sularında dolaşma gezileri değil, eskiyi yeniden keşfetme, arkeoloji ve sanat tarihinden nasiplenme, aydınlanma ve bilgilenme gezileriydi aynı zamanda.

O ilk seferden sonra, yakın dost olduğum gemi grubuyla, defalarca çıktım bu yolculuğa. Her pazartesi Azra Erhat'ın evinde buluşur, gezimizi kış aylarından itibaren planlamaya başlardık. Hangi tarihte yola çıkılacak, hangi rota izlenecek, kimler katılacak, kararlaştırılırdı. Küçük çocuklar ve köpekler bu yolculuğa dahil edilmezdi ama geziyi ucuza getirebilmek için, mutlaka on sekiz kişi olmak gerekirdi ve mutlaka Hürriyet teknesine binilirdi. Yolcular ve güzergâh kesinleşince, Azra Hanım işbölümü yapardı. Herkes yol üzerindeki bir yöreyi araştırır, çalışır, diğerlerine anlatabilecek kadar öğrenirdi. Geceleri vakit geçirmek için oynayacağımız oyunlar, sahneleyeceğimiz skeçler seçilirdi. Grubumuzda yazar, şair, mimar, sanatçı dostların yanı sıra, daha önce Sabahattin Eyüboğlu ve Balıkçı ile yolculuk yapmış eskiler de bulunurdu. Biz yeniler, onların sanat, tarih ve edebiyat üzerine tartışmalarını dinler, bilgilenirdik. Yemeklerimizi kendimiz yapardık. Her gün bir başka ekip, kaptan ve miçolar dahil, yirmi kişiye hiç gocunmadan yemek hazırlardı. Oltayla ya da ağ atarak balık yakalayabilmişsek, ne âlâ! Yoksa makarna, pilav, menemen, salata hazırlar, onca bulaşığı da yine hiç gocunmadan yıkardık. Günümüzün lüks teknelerinin teknolojisinden ve hizmet ekipmanından yoksunduk ama hiç bozulmamış doğanın, tertemiz denizin, geleneksel yapısını koruyan köylerin, taptaze, hormonsuz sebzelerle meyvelerın tadını da biz çıkarırdık. Hasretle, sevinçle beklediğim, iple çektiğim günlerdi, salaş tekneye binip dostlarımla birlikte Ege'nin mavi sularına açılmak. Bir keresinde, yeni evlenen bir çift arkadaşımız da katılmıştı bize. Yeni evlendikleri için, eğlence olsun diye, onlara teknede her gece farklı bir nikâh kıymıştık. İlk gün imam nikâhı, ertesi gün Yahudi nikâhı, sonra Rum nikâhı gibi. Ben kız annesi olmuştum, kendimi rolüme öylesine kaptırmışım ki, teknedekiler bir ara tiyatro eğitimi aldığımı zannetmişlerdi. Oysa ben sadece babaannemi taklit ediyordum. Konuşmasını, duruşunu, bakışını. İyi taklit yapardım, severdim de taklit yapmayı.

Bir keresinde de 1984 yılıydı galiba, Muğla'da altmış kadar lepralı hasta var diye haber geldiydi, Ayşe Yüksel ve Tülay hemşireler, iki de stajyer kız öğrenciyle birlikte gittiydik tarama yapmaya. Yanımızda bir de Bursa'dan Prof. Hamdi Hoca vardı. Sağlık Müdürü bize Devlet Hastanesi'nin doğum servisinde yer ayarlamış, kalmamız için. Hamdi Hoca da bizlerle mecburen doğumhanede kalacaktı.

İşimiz bitti, akşama doğru ambulansı andıran bir araçla hastanenin doğum servisinin önüne geldik. Üzerimde her zaman giydiğim tarzda, bele oturmayan bol bir elbise vardı, birden aklıma bir şaka yapmak geldi, kızlara da söyledim, biri arabadan inerken acil doğum var diye bağırmaya başladı. Tülay'la Ayşe kollarıma girdiler, ben sancılı kadın rolü yapıyorum, yavaş yavaş yürüyerek servise geldik, hastabakıcılar koşuştu, beni hemen bir yatağa yatırdılar. Hep doğuran kadınlarda izlediğim gibi, karyolanın demirlerine yapışıp kıvranmaya başladım. Bir taraftan da kocama söyleniyorum güya, beni yalnız başıma bıraktığı için.

Tülay Hemşire, "Kendinizi çok kaptırdınız rolünüze, hocam," dedi.

"Dünyaya bir can getirmek kolay mı?" dedim.

Kızlar ve ben çok eğleniyorduk ama Hamdi Hoca, ciddiyetini bozmuyor ve oyuna katılmıyordu. Sonra Ayşe Yüksel, battaniyeye sardığı bir yastığı bebek gibi getirip kollarıma verince, "Siz hepiniz delisiniz," diyerek kaçmıştı yanımızdan. Oysa lepra ekibi olarak yaptığımız iş, o kadar acı vericiydi ki, böyle kırılma noktalarına ihtiyaç duyuyorduk arada bir. Bu sırada doğum doktoru alı al moru mor, koşa koşa geldi.*

"Yetişemediniz doğuma, Doktor Bey," dedim. Bir bana baktı, bir kollarımdaki battaniyeye.

Koskoca profesörün böyle bir şey yapacağına inanamıyordu.

"Siz emekli olduktan sonra, mutlaka tiyatro yapın hocam," demişti. Çok gülmüş, çok eğlenmiştik. İşte tekne gezilerimizde de böyle skeçler hazırlardık vakit geçsin diye.

Bir yaz, mavi yolculuğa o güne kadar hiç görmemiş olduğum yeni biri katıldı. Adı Cevdet'di. Ünlü bir heykeltıraş olduğunu söylemişlerdi ama

---

* *Hekim Olmak*, Haz: Prof. Dr. Şefik Görkey, İskele Yay., (2007) s. 101.

çok çekingen ve alçak gönüllüydü. Anadolu çocuklarına has safiyetini, uzun yıllar büyük şehirlerde yaşamış olmasına karşın hiç kaybetmemişti. Hoş, ilginç bir insandı. Kadınların beğendiği bir tipti ama ilgiye de çok ihtiyacı varmış gibi duruyordu. Yemeklerde yanıma oturmak için gösterdiği çabadan, sürekli benimle meşgul olmasından hoşlanmıştım. Fazla alakadan her zaman sıkılan ben, nedense bu adamın üstüme düşmesinden, etrafimda dolanmasından daralmadım. Aksine, mutluluk duydum. Çok uzun zamandan beri yalnızdım. Hayatımda sadece çocuklarım ve hastalarım vardı. Fakat dostlarım o kadar çoktular ve o kadar değerliydiler ki, belki de o yüzden, bir sevgiliye hiç ihtiyaç hissetmemiştim. Ya da gündelik koşuşturmam içinde, aşka zaman yoktu.

Ay ışığının altın gibi denize döküldüğü bir akşamdı. Kekova'nın eşsiz doğasında, yakamozların suda çırpıştırdığım ellerimdeki ışık oyununu seyrediyordum. Parmaklarımın arasında minik ateş zerrecikleri çakıyordu. Bir erkek bana âşık olduğunu söylüyordu. Çok güzel şeyler söylüyordu. Kulağıma bir müzik gibi geliyordu sözleri. Sihri bozmak istemedim, direnmedim, kendimi ilk kez olayların akışına bıraktım. Karşımdaki adam evli değildi, başka birine bağlı değildi. Benim gibi yapayalnızdı. Üstelik bir sanatçıydı. Ben sanatçılara ilkgençliğimden beri hayranlık duyardım. Onları hayal güçleri geniş, ayrıcalıklı insanlar olarak düşünürdüm. Sanatçı olmasına rağmen, Cevdet de benim gibi, yaptığı işin yükü içinde kaybolmuştu, kırık bir insandı. Hüzünle bakan gözleri vardı. Yüreğimde müthiş bir şefkat duydum ona karşı.

İstanbul'a döndükten sonra da görüşmeye devam ettik.

Ben bu sayede fark ettim ki nicedir kendimi işlerime kaptırmış, uzun süredir alışverişe çıkmamış, üstüme başıma yıllardır yeni bir şey almamışım. Bir erkeğin benimle ısrarla ilgileniyor olması, saçıma başıma özen göstermeme, dükkânların vitrinlerine yapışmama, birkaç giysi, bir çizme almama vesile oldu. Hayatıma bir heyecan gelmişti. Heykeltıraş sevgilimin Bebek'de, postanenin sırasında, arka odalarını atölye, ön tarafını yaşam alanı olarak kullandığı bir evi vardı. Evin önünde bir sucuk fabrikası için yaptığı kocaman bir inek heykeli duruyordu. Arka bahçesindeyse fiberglass'dan bir tekne yapıyordu. AKM'deki birbirine sarılmış balerinleri de o yapmıştı. Yapıtlarını gördüğüm zaman yeteneğine hayran olmuştum. Gerçekten çok iyi bir heykeltıraştı. Hastalarım nasıl benim hayatımın en kıymetlileriyseler, alçı, mermer, yontu ve elleriyle şekil verdiği yapıtları da onun kıymetlileriydi. Ben insanda can kurtarmaya baş koymuştum, o maddeye ruh kazandırmaya. Hayatlarını can ve ruh üstüne kuran iki kişinin birlikteliği yürür diye düşündüm.

Yeni bir dönem başlamıştı hayatımda. Tekne yolculuğundan döndüğümden beri, artık işten çıktıktan sonra, eve gidip kitaplarıma, dosyalarıma gömüleceğime, Cevdet'le akşam yemeklerine çıkıyordum. Tanışalı uzun zaman geçmemişti ama Cevdet bana sahiden sırılsıklam âşıktı. Bana düşkünlüğü, hayranlığı gururumu okşuyordu. Ona duyduğum yakınlığı tetikleyen çok önemli bir şey daha vardı; o sırada okulunda sorunlar yaşayan ve giderek içine kapanan Çağlayan'la çok iyi anlaşmıştı. Cevdet'in dostluğu oğlumda bir terapi etkisi yapmıştı adeta. Ona, yeteneğini geliştirmek için önüne bir kapı açmış, Çağlayan'la benim konuşmadığım bir dilde iletişim kurmuştu. Onun atölyesindeki malzemeyle, kendini ifade olanağı bulmuştu çocuk. Çınar'ın, Cevdet'i Çağlayan kadar yakından tanımaya fırsatı olmamıştı ama onun da bu yeni ilişkime hiçbir itirazı yoktu. Mutluydum. Nihayet, işimle özel hayatım arasında sağlıklı bir denge kurmaya başladığımı düşünüyordum ki, Cevdet, bir adım daha attı, bir akşam beni evime bırakırken kapının önünde bana evlenme teklif etti.

Önce, bunu o anki ruh haline verdim, hiç üstünde durmadım. Çağlayan evde olduğu için, mutlaka geceleri evime dönmek, sabah yatağımda uyanmak istiyordum. Geç saatlerde yolda araba kullanırken beni tek başıma bırakmak istemeyen Cevdet, benimle birlikte eve kadar geliyor, ben evime girince Bebek'e geri dönüyordu. Elbette o saatlerde vasıta bulmak kolay olmuyordu. Ben önceleri, onun bu zahmetten kurtulmak için böyle bir teklifte bulunduğunu düşündüm.

"Ben daha önce taa Bahçelievler'de oturuyordum. Şişli'ye taşınmamış olsaydım, yıldırım nikâhı mı kıyacaktık?" diye dalga geçtim.

Cevdet böyle düşündüğüm için bana çok gücendi. Teklifinde ciddiydi. Israrlıydı. Teklifini kabul etmezsem, incinecekti. İlişkimizi hırpalamak istemediğim için evlenme işini ciddiyetle düşünmeye söz verdim.

Tek başına yaşamak hoş olduğu kadar zordu da. Bir evin hem erkeği hem kadını olmak, bir hastanenin aynı anda doktoru, hemşiresi ve hademesi olmaktan daha zordu. Oğullarımla anne olarak hatta bir arkadaş gibi de iletişim kurabiliyordum ama delikanlı çocuklarımın baba ihtiyacını karşılayamıyordum. Evin kırılan, bozulan ıvır zıvırını tamir edemiyor, tamire gelen ustalarla başa çıkamıyordum. Arabamın çalındığı akşam, kendimi kanadı kırık kuş gibi çok çaresiz hissetmiştim. Fakat beni gerçekten rahatsız eden, içimde giderek büyüyen boşluğun farkına varmamdı. Tuhaf bir boşluktu bu. Bir gün hasta olursam ne yaparım? Bana kim bakar? Çocuklarımla kim ilgilenir? Ben ömrümün sonuna kadar tek başına mı yaşayacağım? Çocuklarım bir on yıl içinde çekip gittiklerinde, yapayalnız mı kalacağım? Bütün bu sorular üst üste biniyor, derin bir kuyuya düşer gibi yüreğime düşüyorlardı. Hastane yeni kurulan dernek ve ev üçgenimde, Murat 124'ümle dolaşıp durmaktan bıkmaya başlamıştım. Sanırım, hayatı biriyle paylaşmanın zamanı gelmişti!

Böyle düşünüyordum ama mavi yolculuk grubunun dışında kimseye Cevdet'ten söz etmemiştim. Sırrımı paylaştığım kişi, teknede birlikte olduğumuz için, Özden'di. Kardeşlerime, anneme ve Gökşin'e hiçbir şey söylememiştim henüz. Onlardan gelecek olumsuz tepkilerden korkuyordum. Benim hayatıma nihayet bir erkeğin kalıcı olarak girmesine sevineceklerdi ama eğitimi olmayan, kendi kendini yetiştirmiş alaylı bir sanatçı olan Cevdet'le tanıştıklarında ne yapacaklardı? Yakınlarıma Cevdet konusunu açmayı erteleyip duruyordum. Belki de bu kadar çabuk evlenmeye kalkışmış olmaktan utanıyordum. Tekneden indiğimizden bu yana, bize çok uzun gelen zaman dilimi, aslında bir buçuk aydan fazla değildi. Ama ne demişti bana Cevdet:

"Kırklı yaşların başındayız güzelim, gençlik avuçlarımızdan uçtu uçacak. Düşünmeye vakit yok, ver olurunu gitsin!"

Kararlı adımlarla mutfağa yürüdüm, yardımcımın bir gün önceden hazırlayıp bıraktığı köfteleri buzluktan çıkardım, çözülmeleri için ocağın yanına bıraktım. Sepetten patatesleri aldım, yıkadım soymaya başladım. Akşama Çınar, hafta sonunu geçirmek için okuldan eve çıkacaktı. Çocuklarıma en sevdikleri yemek olan köfte ve kızarmış patates ziyafeti çekecek ve kararımı açıklayacaktım. Bakalım ne diyeceklerdi? Onların onayını alabilirsem, başkaları ne söylerse söylesin, dinlemeyecektim. Bu, benim hayatımdı çünkü! Ara sıra da kendim için yaşamak hakkımdı benim. Hatalar yapsam bile!

Çocuklara konuyu açtığım akşamın ertesinde, erkenden telefonu çevirdim ve Cevdet'e, "Çocukların itirazı yok. Teklifine evet diyorum," dedim.

"Desene, Şişli-Bebek arasındaki sefer işkencesi bitiyor!" dedi Cevdet.

Önce teknede bizlerle olan arkadaşlarımıza kararımızı açıkladık. Biraz çabuk karar verdiğimizi düşünüyorlardı ama hepsi de memnun olmuş gibiydi.

"Bu çok önemli kararı aramızda kutlamalıyız," demişti Leyla Abla. "Hafta sonu hepinizi evime davet ediyorum. Türkan'cığım, nerdeyse nişan mahiyetindedir bu davet, çağırmak istediğin başka arkadaşların ya da akrabaların varsa lütfen onlara da haber ver."

"Akrabalarıma ben kendim bildiririm sonra, ama bir iki arkadaşım var, mesela Gökşin'i çağırmak isterdim," dedim.

"Kimi istiyorsan getirebilirsin. Yeter ki bana bir gün önceden haber ver, hazırlığımı ona göre yapayım."

"Leyla Abla, evini bize açman kafi değil mi? Yemekleri ben hazırlarım."

"Sen sabahtan akşama kadar çalışan bir doktorsun. Yemek yapmaya vaktin mi var? Düşünme bile! Ben yeni damadımızın sevdiği gibi bir rakı sofrası hazırlayacağım hepimize."

"O halde müsaade edin, ben de yeni öğrendiğim rizottoyu pişireyim, ana yemek olarak. Zaten son dakika pişmesi gerekiyor. Biraz erken gelir yaparım. Malzemesini de ben getireceğim," dedim.

"Yeni gelin olarak marifetini göstermek senin hakkın," dedi Leyla Abla.

Gökşin'i tekneden döndükten sonra hiç arayamamıştım. Hayatımdaki bu önemli gelişmeyi onunla paylaşmadığım için kendimi suçlu hissediyor, kararımı ona nasıl söyleyeceğimi de bilemiyordum. Çok iyi olacaktı bu üç gün sonraki davet.

"Leyla Abla, Gökşin'i siz çağırın lütfen," dedim, "Cevdet'ten hiç haberi yok, ona sürpriz olsun."

Cumartesi akşamı Leyla Abla'nın mutfağında ben rizottoyu pişirirken, Cevdet de bana yardım ediyordu.

"Herkes geldi ama Gökşin nedense gecikti," diye mızıklandım.

"Bu Gökşin adını duymuşluğum var, arkadaşını tanıyorum sanki, adı hiç yabancı gelmiyor," dedi Cevdet, "bir yerde çalışıyor mu?"

"Yapı Endüstri Merkezi'nin müdiresidir."

"Hah, tamam işte! Bir iş dolayısıyla bir toplantıda tanıştık. Adı Ayşe, Fatma olsa hatırlayamazdım ama Gökşin pek duyulan bir isim değil, onun için aklımda kalmış."

"Daha önce tanışmış olmanıza sevindim," dedim, "benim en eski arkadaşlarımdan biridir, çok yakınımdır."

Tam o sırada kapı çaldı. "Bak, bu gelen Gökşin'dir işte!"

Cevdet kapıyı açmaya koştu. Ben altı tutmasın diye sürekli çevirdiğim pirincin başından ayrılamıyordum. Kulağıma kapı önündeki konuşmalar çalınıyordu. Gökşin'in Cevdet'i kapıda görünce, "Aaa, siz de mi buradasınız bu akşam?" diye soran sesini, Cevdet'in, "Leyla Ablaaa, bakın Gökşin Hanım geldi!" diye sesleniışini duydum. Sonra, "Aaa siz tanışıyor musunuz Cevdet'le?" diyen Leyla Abla'nın ve "Evet, bir iki kere iş toplantılarında birlikte bulunduk," diyen Gökşin'in sesini ve yine Leyla Abla'nın, "Ah Gökşin'ciğim, darısı senin de başına inşallah, hem de tez vakitte. Bak bu akşam Türkan'ı nişanlıyoruz, Cevdet'le. Ani bir aşk hikâyesi! Cevdet nereye gittin yahu?" deyişini, sonra yine Gökşin'in "Özden, neler oluyor kuzum? Ne nişanı bu? Şaka mı yaptı Türkan bana?" diyen şaşkın sesini duydum. Ve sonra Özden, "Bırak Allah aşkına!" dedi.

Gerisini duymamak için mutfak kapısını kapattım. Kimseyi karıştırtmayacaktım kararıma. Kimseyi!

Cevdet rakı bardağını yeniden doldurmuş, çoktan mutfağa geri dönmüştü. Rizottoya dökmek için ucuz şarap şişesini açmaya çalışıyordu, farkında bile değildi benim kapı önündekilere kulak misafiri olduğumun.

"Evet, oymuş! Yani daha önce tanıştığım kişi senin Gökşin'inmiş," dedi.

"Şaşırdı mı seni görünce?"

"Biraz ama onu esas şaşırtacak haberi almadı henüz."

Pirinci karıştırmaya devam ederken içimden, "sen öyle zannet!" diye geçirdim.

Az sonra Gökşin mutfağa geldi, "Mutfakta mısın Türkan'cığım?" dedi, "Mis gibi kokular geliyor, ne pişiriyorsun orada?"

"Elimdekini bırakamıyorum, dibi tutmasın diye, kusura bakma," yanağımı uzattım, öpüştük.

"Beni aramadın döndükten sonra. Nasıl geçti tekne yolculuğun?"

Kıkırdadım, "Çok iyi geçti, sana anlatacak çok şeyim var."

"Gökşin Hanım'a müjdemizi versene Türkan," dedi Cevdet.

Benden ses çıkmayınca, "Biz Türkan'la nişanlandık," diye ilave etti.

"İkinizi de tebrik ederim. Hayırlısı olsun," dedi Gökşin, buz gibi bir sesle.

"Sevinmediniz mi?"

"Şaşırdım Cevdet Bey," dedi Gökşin, "bunu Türkan'dan duymak isterdim, belki biraz da gücendim bu yüzden. Yoksa sevinmez olur muyum!"

"Çok ani bir karar oldu bizimki," dedim.

"Ben çıkayım da siz rahat rahat konuşun aranızda," dedi Cevdet.

Cevdet çıkınca, "Neden benden sakladın, Türkan?" diye sordu Gökşin, "ilk benim duymam gerekmez miydi?"

"Daha kardeşlerime bile söylemiş değilim. Bu akşam açıklayacaktık işte."

"Ne zaman taktınız siz bu nişanı?"

"Nişan filan takmadık. Yani nişan takmakla yüzük kastediyorsan, yok öyle bir şey. Genç kız mıyım ben Allah aşkına Gökşin! Lafın gelişi öyle söylüyor, evlenme kararımıza nişan diyor Cevdet."

"Annene ne zaman söyleyeceksin?"

"Yarın birlikte ziyarete gideceğiz annemi. O zaman öğrenecek."

"Bir 'oldu bitti' yapıyorsun yani!"

"İzin alacak yaşı geçmedim mi sence?"

"Çocuklar biliyor mu? Onlar ne diyor?"

"Elbette biliyorlar. Özellikle Çağlayan, çok memnun! İyi anlaştı Cevdet'le. Bebek'te arka tarafı heykel atölyesi olan bir evde yaşayacağı için çok heyecanlı. Çınar zaten yatılı okulda, hafta sonları da ara sıra babasına çıkıyor, biliyorsun. Onun hayatında pek değişen bir şey olmayacak."

"Bebek'de mi oturacaksınız?"

"Cevdet'in oturduğu evin ön tarafı oturma ve yemek odası, arka tarafı atölye ve yatak odası olarak bölünüyor. Onun atölyesini ve işlerini başka yere taşımak mümkün değil zaten. Bir zaman böyle idare edeceğiz. Ben de böylece kiradan kurtulmuş oluyorum, elim rahatlıyor."

"Allahtan parayla olan ilişkini biliyorum da, elin rahatlıyor diye evlenmeye kalkmadığından eminim, hiç olmazsa!"

"Âşık oldum Gökşin."

"Ben bilirim senin aşklarını..."

"Ayyy," diye bir çığlık attım birden, "baksana, beni lafa tuttun, yaktım yemeği. Hay Allah!"

Cızırdıyan tencereden dumanlar yükseliyordu.

"Dur! Dur! Sakın karıştırma, dibi tutan yemek karıştırılmaz, bana bırak," dedi Gökşin, tahta kaşığı elimden alırken.

"Ne pişmez rizottoymuş bu," diyen Özden'le, diğer arkadaşlar mutfağa doluştular.

"Yaktım galiba," dedim suçlu suçlu.

"Boş ver! Sana yemek yaptıranda kabahat, malum, âşıkların aklı bir karış havada olur. Bırak rizottoyu da, gel aramıza katıl," dedi Leyla Abla. Bana bu yaşımda, âşık kız rolü biçmelerinden basbayağı utanıyor, rahatsız oluyordum.

Cevdet, "Senin ellerin daha önemli işlere lazım, güzelim," diye mutfak kapısında bitince, "İşte bu kadar! Nişanlını mutfaktan çıkar, balkona götür, bir bardak da şarap ver ona," dedi Leyla Abla. Cevdet kolunu omzuma attı, dışarı yürüdüm. Çok fena bir rol sayılmazdı ihtimam gören, âşık olunan bir kadını oynamak. Bana çok yabancıydı, acemisiydim ama yavaş yavaş buna da alışacaktım herhalde. Yeni rolümün ilelebet değilse bile daha senelerce süreceğini zannediyordum.

Bir sonraki cumartesi sabahı Çağlayan'ın odasını topluyordum. Telefon çalınca koşup açtım. Selamsız sabahsız, hemen sadede geldi Gökşin:

"Ben o günden beri hep seni düşünüyorum, sen de iyi düşündün mü Türkan?" diyordu, her zamanki şüpheciliğiyle, "Biraz aceleye gelmiyor mu bu izdivaç? Atilla'yla evliliğine de böyle çarçabuk karar vermiştin!"

"Ama artık yirmi yaşında değilim, sevgili kardeşim."

"Olsun! Sen bir kere daha düşün!"

"Ben on yıldır yalnızım, Gökşin. On yıldır tıp kitaplarından, çocuklarımın sorunlarından ve hastalarımın dertlerinden başımı kaldıramadım. Mavi yolculukların dışında, hiçbir keyif ânım olmadı.

Şimdi ilk defa bana sevgisi yüreğinden taşan, gözlerinden fışkıran..."

Sözlerimi bitirtmiyor Gökşin, "Onunki sırılsıklam aşk olabilir, seninkiyse her zamanki gibi, âşık olunmaya âşık olma hali!"

"Varsın öyle olsun. Hayatıma bir erkeğin girmesinin zamanı gelmişti."

"Keşke bir doktor olaydı, daha iyi anlaşma şansınız..."

Onun sözünü de ben bitirtmiyorum, "Doktoru gördük!"

"Doğru! Pekâlâ, madem bir hayat arkadaşına ihtiyaç duyuyorsun, Ali'yle beraber olmayı düşünmez misin? Bak aradan bunca yıl geçti, dostluğunuz, mektuplaşmalarınız hâlâ sürüyor, madem mutsuz bir evliliği varmış, eşiyle anlaşamıyormuş, belki de boşanır..."

Lafını kestim, "Gökşin, o mutsuz değil."

"Anlayamadım."

"Ben boşandıktan sonra bir iki kere görüştük Ali'yle. Çocukları var, aile hayatı var, mesleği, itibarı var. Mektuplarında hep şikâyet ederdi evliliğinden, ama karşı karşıya gelince anladım ki aslında mutsuz filan değilmiş, benim mutsuzluğuma bir teselli olsun diye yazmış. Her karı kocanın evliliğinden sızlanması gibi bir durum, yani. Düzenini bozması için hiçbir nedeni yok!"

Gökşin'in beni hemen yanıtlayamamasından, derin bir hayal kırıklığına düştüğünü anladım. Aslında, Ali'yle karşılaştığımızda ben de düşmüştüm aynı hayal kırıklığına. Bana pek çok sefer, "Benimle evleneydin, şimdi boşanıyor olmazdın," diye yazan adam, ben serbest kalınca, "benimle evlenir misin?" demedi hiç. Ya, yine reddedilmekten korktuğu ya da hayatı bu kadar dolu bir kadınla baş edemeyeceğini bildiği için. Belki de, eşine ve ailesine gerçekten çok bağlı olduğu için!

"Kısacası, Ali'den bana hayır yok, arkadaşım!"

"İçimden bir ses, yine de acele etmemeni söylüyor, Türkan'cığım."

"Zaman hızla akıyor Gökşin. Yalnız başıma yaşlanmaktayım."

"Ben de öyle değil miyim?"

"Senin dertleriyle boğuştuğun hastaların, sorunlarıyla baş edemediğin çocukların yok, sana hep destek olan bir annen var. Benim de bir desteğe ihtiyacım var, sevgili kardeşim. Bak, Çağlayan ne kadar iyi anlaştı Cevdet'le. Onu tanıdığından beri bambaşka bir çocuk oldu. Cevdet'in evine geçip atölyesinde çalışmak için can atıyor. Az şey mi bu?"

"Çağlayan'ın uğruna yanlış bir adım atma da!"

"Yanlış yaptımsa, geri adım atmasını da bilirim, üzülme sen!"

"Benden söylemesi. İçimde kalmasın dedim ama madem sen kararını verdin, inşallah çok ama çok mutlu olursun canım."

"Olacağım. Söz!"

"Nikâhında ne giymeyi düşünüyorsun?"

"Beyaz tayyörümü."

"Şapka?"

"Daha neler!"

"Olur mu ama! Sen gelinsin!"

"Merak etme şık olacağım makyaj bile yapacağım," dedim, "değiştiğimin farkında değil misin? Bu adam bana iyi geldi."

Biraz daha çene çalıp kapatmıştık telefonu. Gökşin'in benim için çok endişelendiğini biliyordum. Ama ben endişelenecek bir durum göremiyordum. Uzun zamandan beri ilk kez hayatımda benden hiç talebi olmayan, gözlerimin içine bakan biri vardı ve doktor olmaması, aman ne kadar da iyiydi! Akşamları eve döndüğümde benden daha yorgun, dolayısıyla daha gergin birini değil, benimle romantik duyguları paylaşacak, doğanın içinde kaybolmaya hazır, duyarlı, hassas, doğal bir adam bulacaktım. Bir sanatçı! Bir heykeltıraş! O, beni ölesiye sevmeye hazırdı. Ben sevilmeye inanılmaz açtım. Güzel sözler duymaya, sevgiyle dokunulmaya, hayran olunmaya, takdir edilmeye ne kadar çok ihtiyacım varmış meğer! Çocuklarıma, kardeşlerime, anneme, hastalarıma, hocalarıma, birlikte çalıştığım meslektaşlarıma, hemşirelere, hatta hademelere sevgi vermekten bitkin düşmüştüm. Birileri de beni sevsin, el üstünde tutsun, şımartsın istiyordum. Çok istiyordum bunu çünkü yalnızdım. Onca değerli arkadaşımın, yüzlerce hastamın ve sevgili çocuklarımın varlığına rağmen çok ama çok yalnızdım. Telefonu kapattıktan sonra, "Gökşin, ne olur anla beni," diye birkaç kere tekrarladığımı şu anda bile anımsıyorum. Bir çılgınlık yaptığımın ben de farkındayım ama öte yanda, hayatım boyunca hiçbir çılgınlık yapmamış olmanın dayanılmaz ağırlığı altında da eziliyordum! İşte bana bir firsat çıkmıştı, çılgınlık nasıl olurmuş denemek için.

Denedim ve öğrendim!

Evlendiğimiz zaman balayına çıkamamıştık. Yaz başı baş başa bir deniz yolculuğu yapmak için, Çağlayan'la Çınar'a İngilizcelerini ilerletebilecekleri bir yaz kampı bulduk. Önce çocuklardan yaz günlerinde asla okula gitmeyeceklerine dair ciddi itirazlar geldi.

"Çocuklar, görmeden karar vermeyin," dedi Cevdet, "burası sizin bildiğiniz okullardan değil. Hele hep birlikte bir gidelim, görelim, beğenmezseniz sizi bizzat ben İstanbul'a kadar geri getireceğim, söz veriyorum."

Ben de çocukları o kampa yollamak konusunda biraz kararsızdım çünkü kamp hakkında duyduklarım inanılır gibi değildi. Limasollu Naci dedikleri bir Kıbrıslı, işlettiği, İngilizce konuşma kampının hocalarını, İstanbul'a tatile gelmiş hippilerden seçiyor, onları az miktarda bir para ödeyerek hoca olarak tutuyordu. Kasabanın evlerini kiralıyor, genç kızları bir eve, delikanlıları bir başka eve, hocalık yapacak hippileri de bir başka eve yerleştiriyor, köy meydanındaki çay bahçesini de dershane olarak kullanıyordu. İngiliz gençler, Türk gençlerle, sürekli İngilizce konuşuyor, birlikte top oynuyor, denize giriyor, şarkı söylüyor, dans ediyor, müzik yapıyorlardı. Tam benim çocuklara göre bir yerdi. Ama önce gidip görmemiz gerekiyordu. Arabamıza doluşup Kastamonu'nun Abana ilçesine gittik. Sınıfın toplandığı çay bahçesine vardığımızda, gördüğüm manzara o kadar sevimliydi ki, ben bile balayından vazgeçip orada kalmayı tercih edebilirdim. Güle oynaya İngilizce öğrenen gençlerin etrafında halka olmuş yerli halk da, onlarla birlikte dil öğrenmeye çalışıyordu. Limasollu Naci, öğrencilerini Aslanlar, Kaplanlar gibi isimler taktığı gruplara ayırıyor, gruplar her konuda kendi aralarında yarışıyordu. Öğrenmenin eğlenceye dönüşmüş haliydi bu. Çağlayan'la Çınar, onlar için hazırladığım sırt çantalarını kaptıkları gibi, rengârenk giysili, uzun saçlı, kızlı erkekli kalabalığa doğru koştular ve sanırım hayatlarının en güzel tatilini yaptılar.

Biz de kendi mavi yolculuğumuzu yapıp İstanbul'a döndük. Yaz sonu Çınar yatılı okuluna, Çağlayan Maçka Meslek Lisesi'ne başladı. Her şey yolunda gidiyordu önceleri. Ben Cevdet'in çocuklarıma gösterdiği ilgi ve sevgiye minnettardım. Özellikle de Çağlayan'la kurduğu iletişime. Oğlum okulla ve hayatla barışmış, sosyalleşmişti.

Bir akşam Çağlayan, Bakırköy'de otururken edindiği mahalle arkadaşlarını görmek için, eski semtine gitti. Akşam yemeğini arkadaşlarıyla birlikte yiyip dönecekti. Biz evde yemeğimizi yedik, Cevdet atölyesinde çalıştı, ben dosyalarımı ve yeni yayınları inceledim. Saat on bir oldu Çağlayan yok. On iki oldu, yok! Bir oldu, yok! İki oldu yok!

"Cevdet, bu oğlanın başına bir şey geldi galiba," dedim.

"Erkek annesi mangal gönüllü olmalı," dedi kocam, "Çağlayan artık bir delikanlı. Arkadaşlarıyla eğleniyordur."

"Bu saate kadar eğlence olur mu?"

"Olur, olur!"

"Polisi arasak mı? Bir kaza olmuş olmasın?"

"Biraz daha bekleyelim de polise rezil olmayalım," dedi Cevdet.

Saat üç oldu. Ben evde bir o pencereye bir bu pencereye saldırıyorum. Polisi veya babasını aramak istiyorum, Cevdet mani oluyor. Üç buçukta, Bakırköy civarındaki hastaneleri arayıp bir kaza olup olmadığını sormaya başladım. Hayır, benim oğlumun adını taşıyan bir yaralı ya da ölü yoktu!

"Cevdet, belki hırsızlar bunun cüzdanını, kimliğini çalıp, bıçakladılar," diyorum, "bir yerde yaralı yatıyor olabilir mi?"

Cevdet beni sakinleştirmeye çalışıyordu ama onun da giderek endişelenmeye başladığının farkındaydım. Yatak odasına gidip giyindim. Birlikte karakola gideceğiz, orada öğrenmeye çalışacağız, bir vaka olup olmadığını. Tam kapıdan çıkmak üzereydik, telefon çaldı. Benim rengim uçtu, telefona gidemiyorum. Cevdet ahizeyi kaldırdı, biraz dinledi, telefonu, bana uzattı.

Telefondaki ses, Bakırköy Karakolu'ndan arıyor ve karşısında oturan şüpheli delikanlının oğlum olup olmadığını öğrenmek istiyordu.

"Yaralı mı?" diye sordum, "Bir kaza mı oldu?"

"Hayır," dedi, polis.

"Niye karakolda?"

"Sokaklarda serserilik yapıyordu, içeri aldık."

"İyi," dedim, "otursun orada sabaha kadar, aklı başına gelsin." Çat diye kapattım telefonu.

Güleyim mi ağlayayım mı bilemiyordum. Elim ayağım boşalmış, duvarın kenarına çöküp, kalakalmışım. Mutfaktan bana su getirdi Cevdet. İçtim. Biraz kendime geldim.

"Çocuğu karakolda bırakamayız, Türkan," dedi.

"Bırakırız! Çeksin cezasını. Bıktım ben bunun haylazlıklarından. Küçükken de böyleydi bu çocuk. Nerdeyse gestapo disiplini uygulayan anneme bırakırdım yazları, annem Çubuklu'da eski bir yalıda otururdu. Çaktığı dersleri çalışması için, onu bir iki saatliğine eve kilitlermiş. Pencereden denize atlayıp Çubuklu sahilinde balık tutmaya gider, annemi görünce Kanlıca'ya doğru kaçardı. Zavallı annem onca kilosuyla badi badi peşinden koşardı, nefes nefese... Kalsın sabaha kadar, aklı başına gelsin."

Biraz sonra, Cevdet'le birlikte Bebek'ten kalkıp Bakırköy Karakolu'na yollanmıştık. Yol boyunca bende surat bir karıştı. Karakola geldik. Ben hışımla içeri girdim. Bir de ne göreyim, üç iskemleyi yan yana koymuş yatak yapmışlar, Çağlayan uzanmış iskemlelere, uyuyor.

"Ben Doktor Türkan Saylan," dedim, "uyuyan gencin annesiyim. Suçu nedir?"

Polisler yüzüme nedense bakmıyorlardı, büsbütün telaşlandım.

"Sarhoş muydu? Bir kıza sarkıntılık filan mı etmiş?"

"Hayır efendim, yok öyle bir şey."

"Niye karakola aldınız oğlumu, öğrenebilir miyim?"

"Efendim," dedi en kıdemlileri gibi duran polis memuru, "aslında gencin pek kabahati yok. Bizim çocuklar şüphelenmişler öyle gecenin geç saatinde tek başına sallana sallana, evlere baka baka bir aşağı bir yukarı yürüdüğünü görünce..."

"Yani bir saldırganlığı filan yok?"

"Yok!"

"Şimdi bana olayı baştan anlatın," dedim, "suçu yoksa onu niye karakola aldınız?"

"Efendim, Doktor Hanım, bir yanlışlık olmuş. Bizim komiseri üç gün önce bir serseri bacağından vurdu, haliyle tedirgindi arkadaşlar, sinirleri bozuktu..."

"Eee?"

"Bu sizin oğlan da öyle amaçsız dolaşınca buralarda... Burada hırsızlık çok olur, malum."

Çağlayan'a duyduğum kızgınlık giderek polise kızgınlığa dönüşmeye başladı.

"Siz sokakta yürüyor diye bir genci içeri mi aldınız? Ben evde neler çektim, biliyor musunuz?"

"Efendim, cebinden bir de sivri uçlu nesne çıktı. Kapı kilitlerini açmak için kullanıyor zannetti, bizim çocuklar."

Masanın üzerinde Cevdet'in Çağlayan'a verdiği ufak yontu duruyordu.

"Benim eşim heykeltıraş. Oğlum da sanatla uğraşır. Meslek lisesinde okuyor."

"Evet öyleymiş."

O sırada Çağlayan kıpırdandı yattığı yerden, tek gözünü açıp baktı, bizi görünce doğruldu. Bir gözü kapanmış, belli ki dövmüşler.

"Ulan ben size sorarım bunun hesabını," diye atıldı Cevdet.

Çağlayan yattığı yerden fırladı, araya girdi, "Dur Cevdet Abi, bir şey yok, iyiyim ben."

"Oğlum suratın haşat olmuş."

"Efendim, bir yanlışlık yapmışız. Sonra anlayınca durumu... Anlaştık biz, öyle değil mi delikanlı?"

"Öyle, öyle!" dedi Çağlayan.

"Niye sokaklarda aylak aylak yürüyordun? Neden evine dönmedin Çağlayan?" diye sordum.

"Anne, arkadaşlardan ayrıldım, onlar evlerine gittiler, ben otobüs durağına yürüdüm. Bir de baktım cebimde para kalmamış."

"Nasıl kalmamış?"

"Otobüse verecek bozuğum yok. Arkadaşların evlerinin önüne gittim, ışıkları kapalı. Yatmışlar yani. Ben de sabaha kadar dolanırım sokaklarda, sabah olunca çocukların birinden yol parası alır, eve dönerim diye düşündüm. Vakit geçmek bilmiyordu, bir aşağı bir yukarı yürüyordum işte, birden polisler bitti yanımda. Niye buralarda dolandığımı sordular. Anlattım ama inanmadılar."

"Delikanlının saçları uzun, ayaklarında spor ayakkabılar vardı, yanıldık işte Doktor Hanım," dedi polis, "üstüne varsak bir türlü, varmasak bir türlü. Sonra şüpheliyle ilgilenmedik diye fırça yiyoruz, sicile geçiyor. İşi sıkı tutalım dedikti..."

"Kalk bakalım Çağlayan," dedim, "toparlan eve dönelim şimdi. Yarın avukatım gelir, sorar hesabını."

Kurumla çıktım karakoldan. Cevdet çıkarken işaret parmağını polis memuruna doğru salladı, hiçbir şey söylemeden. Çağlayan polislere elleriyle çaresizim der gibi bir işaret yaptı. Çıktık. Çağlayan hafifçe topallıyor.

"Dayak mı yedin?" dedim.

"Hayır," dedi. Üstüne gitmedim. Belli ki yediği dayaktan gururu fena incinmişti. Arabamıza bindik. Birden üçümüz de kahkahalarla gülmeye başladık.

“Sabaha kadar bunlara uyku yok şimdi,” dedi Cevdet.

“Sabah ne olacak?” diye sordu Çağlayan.

“Hiçbir şey,” dedim.

Şafak söküyordu. Direksiyona geçtim, gazladım arabamı Bebek’e doğru. Eve varana kadar güldük.

RÜZGÂR GİBİ GEÇEN EVLİLİK

Güzel günlerimizin üzerinde bulutlar dolaşmaya başladı.

Arkadaşlarımızın şerefimize verdikleri davete gitmek üzere hazırlanıyorduk. Üstüme başıma özenmiş, üzerime birkaç yıl önce aldığım ama bir türlü giymeye firsat bulamadığım siyah elbisemi giymiştim.

"Bu nedir böyle?" diye sordu Cevdet.

"Ne nedir?"

"Şu üstüne giydiğin?"

"Beğenmedin mi? Gece gezmelerim pek olmadığı için bir türlü giyememiştim ama istersen başka bir şey giyeyim. Çok mu demode buldun?"

"Demode değil kısa!"

"Nesi kısa?" Hayretle baktım dizlerimin altındaki etek boyuna. Acaba kilo almıştım da yukarı mı sıvanmıştı etek.

"Etek benim tarzım değil. Üstelik hastaneye giderken de eteklik giyiyorsun hep."

"Elbette. Mayoyla hastaneye gidilmiyor."

"Pantolon giyebilirsin," dedi Cevdet. Bir an şaka yaptığını düşündüm.

"Pantolon giydiğim de oluyor."

"Hep pantolon giymelisin."

"Neden hep pantolon giyecekmişim?"

"Çünkü ben öyle istiyorum."

Şaka uzuyordu. Ne söyleyeceğimi bilemeden sıkıntıyla kıpırdandım.

"Bu elbiseyi de giyme lütfen, fazla seksi."

"Benim gençliğimde bile seksi elbiselerim olmadı," dedim, "herhalde şaka yapıyorsun!"

"Hayır, şaka yapmıyorum. Ben kadınımın bacaklarının görünmesinden hoşlanmıyorum. Ben kıskanç bir erkeğim."

"Ben yokken evde içki mi içtin?"

"İçtim bir şeyler ama bu söylediğimin içkiyle ilgisi yok!" dedi Cevdet.

"Keşke içkiyle ilgisi olsaydı. Saçma sapan sarhoş konuşması der, geçerdim. Gerçekten benim etek giymem seni rahatsız ediyorsa, burada oldukça derin bir sorunumuz var."

"Nedenmiş o?"

"Çünkü ben etek de giyerim, pantolon da."

"Hatırım için etekten vazgeçebilir misin? Çok rica etsem?"

"Bu da nereden çıktı şimdi, birdenbire?"

"Birdenbire çıkmadı. Ben hep içerledim senin kısa eteklerine ama sen hiç anlamadın."

"Yaz gelince de mayoyu mu yasaklayacaksın bana Cevdet?" dedim.

"Daha yaza çok var," dedi.

Yatak odamıza gittim, dolabın içinde o akşam giyebileceğim bir pantolon araştırdım. Bir sürü kıyafeti olan biri değildim ama Allahtan bir siyah pantolonum vardı. Sinirden ellerim titreyerek, kırmızı bir bluz seçtim. Üzerimi değiştirmezsem, akşamı hadisesiz geçiremeyeceğimizin farkındaydım. Bizim için yemek vermek zahmetinde bulunmuş arkadaşlarımızın davetine bir karış suratla gitmek ya da önlerinde kavga etmek ve gecenin keyfini kaçırmak istemiyordum. Etek kavgasını yarın sabaha bırakacaktım. Cevdet'in henüz içkiye başlamadığı ve kafasının makul bir insan kafası kadar çalışabildiği bir saate!

O akşam konuyu kapattık ama sonra etek sorunu iyice büyüdü. Ben, kocamın bacaklarım gözüküyor diye eteklik giymeme üzülüyor olmasını asla kabul edemiyordum. Evlendikten bu kadar kısa zaman sonra boşanmayı da kendime yediremiyordum. Aklın nerdeydi, bu evliliğe niye balıklama atladın, diye sormazlar mıydı insana? Gökşin başta olmak üzere, kim bilir kaç kişiden, "Ben sana dememiş miydim?" lafını duyacaktım. Dişimi sıkmaya karar verdim. Cevdet korunmaya muhtaç, ürkek bir çocuk gibiydi. Ona aşırı kıskançlığının ne kadar saçma bir şey olduğunu gösterecek, bana güvenmesini öğretecektim. Bunun için sabır gerekiyordu. Sabır ve zaman!

Sabahları işime giderken eteklik giymekten vazgeçtim.

Cevdet'le evliliğim en çok Çağlayan'a yaramıştı. Cevdet bana gösterdiği tavırların tam tersine, oğluma çok anlayışlı davranıyordu. Kim bilir, belki de içinde bir erkek evlat özlemi kalmıştı! Çağlayan sert, disiplinli ve ödünsüz bir babadan sonra, hayatı tamamen akışına bırakmış, derbeder, yumuşak kalpli, bohem, yaratıcı, sanatçı duyarlığı olan eksantrik bir üvey baba, gırgır bir ağabey bulmuştu. Mesela Cevdet'in evin küçük tuvaletinde beslediği örümcek, ona çok ilginç gelmişti. Bölmelerle odalara dönüştürülmüş uyduruk evimizde, hiç olmadığı kadar mutluydu ama Meslek Lisesi'nin ikinci yılını okurken, Çağlayan hastalandı. Dönem ödevini yapamayacak kadar hastaydı. Okulu bırakmayı düşünüyordu. Cevdet, ona ödevinin ne olduğunu sordu. Okulun boya bölümüne giden oğlum, benim aklımın ermediği bir şeyler anlattı. Cevdet hemen dışarı çıktı, biraz sonra bir takım malzemelerle eve döndü. Çağlayan'a adeta uygulamalı ders vererek, ona alçıdan kalıp çıkarmayı, kalıbı boyamayı göstermeye başladı. Oğlum kendi deyimiyle, hayatında ilk defa onun yaptığı işle ilgilenen, onun dilinden anlayan, ona yardımcı olan birini bulmuştu. Cevdet'in sayesinde ayrılmaya karar verdiği okulunda kaldı, hatta resme başladı ve resim dalında çok da başarılı oldu. Karşılığında o da Cevdet'in örümceğine özveriyle bakıyor, kıymasını vermeyi ihmal etmiyordu.

Kimseyle kolayca anlaşamayan iki zor insan, birbirleriyle iyi anlaşmışlardı. Cevdet de oğlumla beraberken, benimle olduğundan çok daha huzurlu oluyordu çünkü Çağlayan onun içtiği içki miktarına hiç karışmıyordu. Tembellik etmemesi, aldığı siparişleri zamanında yetiştirmesi için adamcağızı benim gibi sıkboğaz etmiyordu. Aslında onun işlerine burnumu sokmak, bana düşmüyordu ama işini evden yürüttüğü için, bazı işlerin avansını aldığına şahit oluyordum. Ne iş olursa olsun, para alıp karşılığını vermemek benim için mümkün olamazdı. Bu nedenle kafasını ütülüyordum kocamın. Ne var ki, öğlene doğru içkiye başlayan ve yatağa girene kadar içen birinin randımanlı çalışması mümkün değildi.

Cevdet'in içtiğini evlenmeden bilmiyor muydum? Biliyordum elbette ama herkesin haliyle fazlaca içki tükettiği bir tatil sırasında tanışmıştık. Flört devremizde gezmelere gittiğimizde, akşam yemeklerine çıktığımızda da içki içmesi doğaldı.

Evlendikten sonra ev hayatı içinde içkisinin azalacağını boşuna umut etmişim. Ona içki konusunda yardım edecek kurum ve kişilerin olduğunu söylediğimde, öyle bir reaksiyon vermişti ki söylediğime pişman olmuştum. O bir sanatçıydı sonuçta, içki içmezse, yaratıcı ruh haline kavuşamıyordu; beni, onu rahat bırakmam konusunda ikna etti. Ama ben onu, beni rahat bırakması konusunda bir türlü ikna edemedim.

Sabahları erkenden kalkıyor, arabama biniyor, Çağlayan'ı mektebine bırakıp Çapa'ya gidiyordum. Şehrin en ağır trafiğini geçip hastaneye ulaşmam bazen bir saatten fazla sürüyordu. Odama giriyordum ki, masamın üzerinde bir not: "Hemen evinizi arayın."

İlk seferinde evi, elim ayağım titreyerek aramıştım. Telefon açılana kadar akla karayı seçmiştim. Cevdet sabahları çıkmaz, evde çalışırdı. Evde ayağı kaydı, düşüp başını mı çarptı? Tanrım, kaza mı oldu, mesela karşıdan karşıya geçerken! Deli gibi sürüyorlar arabalarını Emirgân yönünden gelenler. Ya da kocam kalp krizi geçirmiş olmasın! Her an beklenen bir şeydi, bu kadar içkiye yürek mi dayanırdı!

Telefon nihayet açılmıştı. Telefonun öteki ucundaydı Cevdet.

"Cevdet! Ne oldu? Bir terslik mi var?"

"Ne tersliği güzelim? Sesini duydum, bütün terslikler bir anda düzeldi."

"Neden aramamı istedin?"

"Oraya sağ salim vardığını duymak için."

"Delisin sen!" Gülüyorum, "yüreğime indiriyordun. Kötü bir şey oldu sandım."

"Kaçta döneceksin eve?"

"Daha ofisime şimdi adım attım. Gün nasıl gelişecek bilmiyorum henüz. Belki bir toplantı koyarlar."

"Saat beşte paydos yap, bir saatin yolda geçse, altıda evdesin."

"Söz veremem."

"Birkaç arkadaş çağırdım içkiye. Altıda evde ol!"

"Emredersiniz efendim," diyorum telefonu kapatırken.

Elbette önce ciddiye almamıştım kocamın sözlerini ama o akşam eve sekize doğru döndüğümde, ciddi olduğunu anlamıştım, heyhat! Cevdet bana kurallarını sıralamıştı. Her sabah hastaneye vardığımda telefon edilecek. Akşam yola çıkarken arayacağım, çıkışımı bildirmek için. Gün arasında eğer yerimde yoksam, nerde olduğumun hesabı verilecek. Beni aradığında eğer koğuşta dolaşıyorsam, yemeğe inmişsem, yerime döndüğümde, endişelerini gidermek için onu mutlaka aramalıydım. Keşke bu istediklerini yapabilmek etek giymekten vazgeçmek kadar kolay olsaydı; ben aynı anda dört bir tarafa koşuşan bir hekimdim. Ders veriyor, koğuş dolaşıyor, hasta bakıyor, toplantılara, seminerlere katılıyordum. Bir taraftan da Cüzamla Savaş Derneği'nin kurulmasıyla uğraşıyordum.

Tanrım, ne yapmıştım ben? Yurtdışı konferanslara, kongrelere gideceğim vakit ne olacaktı halim? Dış ülkelerde kongrelere katılmazsam, bilgi alış verişi yapamazdım, yenilikleri takip edemezdim. Gece yarısı telefonlarıyla konsültasyona da çağrılabilirdim. Benim dalımda sık olan bir şey değildi ama mümkündü. Bütün bunlar benim mesleğimin gerekleriydi. İki ay sonra katılacağım lepra kongresinin kâbusu daha şimdiden çökmüştü üzerime. Dertler bu kadarla da bitmiyordu. Benimle evlenirken sıfatımın Doç. Dr. olduğunu, elbette profesörlüğe giden yolda ilerleyeceğimi bilen ve bunu doğal karşılayan adam, nikâhı bastıktan sonra, benim evde kalmamı, sürekli mutfakta yemek pişirmemi ister olmuştu. Kâbuslu uykulara yatıp aynı kötü rüyayı baştan mı görüyordum? Hayatta en son duymak istediğim cümle, yine karşıma çıkmıştı! *Bir kadının yeri, evinin mutfağıdır!* Giriyordum mutfağa elimden geleni yapıyordum. Ama vaktinin çoğunu hastanede geçiren bir kadın olarak, yapabildiklerim sınırlıydı ve çabuk pişen ızgaraları, kolay yemekleri tercih ediyordum. Aynı yemekleri yemekten şikâyet eden kocama karşı suçluluk duymuyor değildim ama dışarıda tertiplenen rakı sofralarının haftanın üç beş gecesi tekrarlanması, sabah çok erken kalktığım için kabul edebileceğim bir şey değildi. Ayrıca evde olduğumuz geceler, atölyesinde çalışırken çıkardığı gürültü vardı. Ona çalışmamasını söyleyemezdim. Gürültüden kaçmak veya çalışmak için ben başka bir yere gidebilirdim ama nereye? Evimi kapatmıştım. Bir yıl önce bir arkadaşımla birlikte Şişli'de açtığım muayenehanemi de kapatmıştım. Evliliği yürütmek, iyi niyetime karşın giderek daha zorlaşıyor, Çağlayan'la Cevdet'in arasındaki dostluğun dahi, yuvayı kurtarmaya yetmeyeceği belli oluyordu. Derdimi, hiç kimseye açılamadan tek başıma çekiyordum. Çocuklara mutsuzluğumu fark ettirmemek için gayret sarf ediyordum.

Özden'le, Gökşin'le, Leyla Abla'yla değil dertleşmek, onlarla karşılaşmaktan korkar olmuştum. Anneme uğradığım zaman, beni sorguya çeken kız kardeşime kaçamak yanıtlar veriyordum ama ben hiç şikâyet etmesem de, etrafıma saçtığım elektrik, mutlu olmadığımı ele veriyordu, besbelli. Beni seven herkesin gözünde bir soru işareti vardı.

Bir gün Gökşin aradı. Uzun zamandır telefonda bile görüşmemiştik. Sitem etmedi, sadece, "Seni çok özledim Türkan," dedi, "annem de özlemiş. Hâlâ kocanla tanışmadığı için, biraz kırgın. Çarşamba akşamı bize yemeğe gelin."

"Sorayım Cevdet'e, bakalım bir işi var mı?"

"O gün gelemiyorsanız boş olduğunuz başka bir gün söyle. Yoksa annem iyice gücenecek. İkinizi de mutlaka akşam yemeğine bekliyorum, bu hafta içinde."

"Biz şimdi çarşamba diyelim de gelemiyorsak sana haber veririm," dedim "ama sakın zahmete girmesin annen. Ben bilirim, şimdi sofrayı donatmaya kalkar. Bizim için yorulmasına katiyen müsaade etme, olur mu!"

"Söz, yemekleri ben kendim yapacağım," dedi Gökşin.

Çarşamba akşamı hastaneden çıkınca, Boğaz yolunun akşam trafiğine takılmamak için, eve kadar gitmedim, Cevdet'le Taksim'de buluştuk, Gökşinlerin Teşvikiye'deki evlerine birlikte gittik.

Gökşin bana söz verdiği gibi, yemekleri kendi hazırlamıştı ama onun yaptıklarını az bulan annesi de ilavelerde bulunmuştu. Gerçekten de mükellef bir sofra hazırlanmıştı bizim için.

Oturma odasında biraz oyalandıktan sonra, yemek odasına geçtik. Masayı gören Cevdet, "İşte ben sofra diye buna derim!" diye bağırdı, "Bak Türkan, bak da ibret al! Sofra dediğin böyle olur, senin kurdukların gibi değil!"

Ana kız, kocamın bana karşı yaptığı kabalığı duymazdan gelmeye çalıştılar.

Gökşin atıldı, "Biz her zaman böyle sofra kurmayız Cevdet," dedi, "Türkan bizim için çok değerlidir, bugün çok özel misafirlerimiz var diye, özen gösterdik."

"Ben Türkan'ın özel misafir sofralarını da bilirim," dedi Cevdet.

Sofraya yerleştik. Bu kötü başlangıçtan sonra, sohbet bir türlü koyulaşamıyordu. Zaten hangi konuyu açsak, Cevdet ne yapıp edip sözü hep benim mutfaktaki beceriksizliğime getiriyordu.

"Biliyor musunuz bizim Türkan sadece iki tas yemek pişirmeyi bilir, bir pilâki bir de makarna!"

"Ben pilâkiye bayılırım yavrum," diyordu annesi, "pek güzel yapar Türkan'cığım."

"Ama her gün yerseniz bayılmazsınız efendim. Ne demişler, papaz her gün pilav yemez!"

Ben kendimle dalga geçmeye çalışıyordum, "Omletimle ızgara etimin üzerine yoktur ama, öyle değil mi Cevdet?"

"Elbette yoktur. Başka bir şey pişiremediğin için, onları yapa yapa ustası oldun!"

"Eh, ustanın elinden zehir olsa yenir!" diye beni kollamaya çalışıyordu Gökşin.

"Yenmiyor efendim, yenmiyor! Her öğün önümde kayış gibi bir et! Çekilmiyor."

"Eve döndüğümüzde bana bir liste ver, ya da en iyisi bir saatli maarif takvimi edineyim, orada günün menüsü ne yazıyorsa, onu pişiririm artık!"

"Pişirebilmen için evinde olman gerekir. Sen koğuş koğuş gezerken, nasıl pişireceksin takvim menülerini?"

Ben yüzümde aptal bir gülümsemeyle, her lafı şakaya vurmaya çalışırken, Gökşin'le annesinin gözleri tabaklarından kalkmıyordu. Cevdet, ipin ucunu kaçırmıştı. Çabucak boşalan rakı kadehini yeniden tepeleme dolduruyor, mezeleri teker teker tadıyor, her birini göklere çıkarıyor, ev sahibelerimize ettiği iltifatların arkası gelmiyordu. Benim bu alandaki beceriksizliğimi de sürekli alaya alıyordu. Masanın altından Gökşin'i dürtüyordum, kocamın söylediklerine aldırmaması için. Allahım diyordum içimden, bir şey olsa, ışıklar sönüverse mesela ve bu masadan bir an önce kalksak, hepimiz kurtulsak bu işkenceden. Acaba Cevdet bir daha böyle bir akşam yemeğine getirilmemek için mahsus mu böyle davranıyordu, yoksa gerçekten çok mu sarhoş olmuştu bilmiyordum ama Gökşin'in, hele de anneciğinin ne kadar rahatsız olduklarının farkındaydım.

Yemek faslı bitince, tabakları taşıma bahanesiyle, mutfakta bize kahve pişiren Gökşin'in yanına gittim. "Sakın benim için üzülme, Gökşin," dedim, "Cevdet her zaman bu geceki gibi kırıcı değildir. Bu akşam nedense çok içti, ne söylediğini bilmiyor."

"Öyledir herhalde," dedi Gökşin, "yoksa sen bu adamı niye çekesin!"

Tatsız geçen yemeğin sonunda, Gökşinlerin kapısının önüne park ettiğim arabama bindik eve doğru yola çıktık. Yan koltukta uyuklayan Cevdet'e, "Bu gece bana niye öyle davrandın?" diye sordum.

"Mükemmel olmaya çalışmaktan bıkmadın mı Türkan?" dedi kocam, "sen de her insan gibi hataların, eksiklerin, insani bir yanın olsun istemez misin?"

"Bana insani yanım olmadığını mı ima ediyorsun? Ev kadınlığının ve aşçılığın hakkını veremiyorsam, sırf insani yanım kuvvetli olduğu için. Koskoca profesörlerin bile dokunmaya korktuğu zavallı lepralılara gönlümü açtım, hayatımı adadım. Beni eleştirebilirsin ama insaniyetime laf etme, şimdi arabayı durdurur, atarım seni aşağı!"

Hiç ses gelmedi kocamdan. Yanıma dönüp baktım. Sızmış gitmiş!

Gökşin bana söylemişti! Özden söylemişti. Annem, Turhan ve diğer kardeşlerim de söylemişlerdi. Bu adamı iyice tanımaya fırsat bulmadan, çok çabuk evleniyorsun, pişman olacaksın, demişlerdi. Kimseyi dinlememiştim, Ahh benim inatçı kafam!

Birkaç ay daha geçti. Yemeklerimin beğenilmemesi bana vız geliyordu da, on yılı aşkın bir zamanı, kimseye hesap vermeden geçirdikten sonra, birdenbire her saniyemin gözlem altına alınması, bende çocukluğumda yaşadığım baskıların sıkıntısına benzer bir duygu yaratmaya başlamıştı. Fol yok yumurta yokken çıkan kıskançlık kavgalarından, kendiyle barışık olmayan Cevdet'in sürekli tedirginliğinden, alkol sorunundan, beni kontrol altında tutma çabalarından bunalıyordum.

İşte tam da o günlerin birinde, İngiltere'deki Tropikal Hastalıklar Hastanesi'nden bir mektup geldi. Zarfın üzerinde, Dr. Jopling'in adını görünce heyecanla açtım zarfı. Dr. Jopling beni dört ay sürecek bir cüzam çalışmasına Londra'ya davet ediyordu. Mektup elimde kalakaldım. Sevineyim mi, üzüleyim mi bilemedim. Bir an mektubu yırtıp atmayı düşündüm. Yapamadım. Mektubu çekmeceme koydum, varlığını unutmaya çalıştım. Böyle bir mektup hiç almamıştım. Jopling beni davet etmiyordu. Ben bir rüya görmüştüm, hepsi bu! Koğuşa viziteye çıktım. Hastalarımla ilgilendim. Fakat ne yaparsam yapayım, çekmecemdeki mektup aklımdan çıkmıyordu.

O günü mektubu düşünmemeye gayret ederek geçirdim. Ertesi gün öğlen tatilimde Özden'i aradım. Dertleşmeye ihtiyacım vardı. Birlikte yemek yeme teklifimi duyunca çok şaşırdı arkadaşım çünkü ben öğle tatillerimi ya dernek çalışmalarında ya da hasta bakarak geçirirdim. Buluştuk, hastanenin yemekhanesine inmedik, yakınındaki kebapçıya gidip oturduk.

Düşünceli yüzümü gören Özden,

"Bir derdin mi var, Türkan," diye sordu, "evde sorun çıkmaya mı başladı?"

"Sen de Gökşin gibi, illa evimde sorun çıksın diye mi bekliyorsun, Özden?"

"Sorunsuz ev var mı?"

"Yok mu?"

"Olmadığını sen de bilirsin. İçinde büyüdüğün evi düşün! Hiçbirimiz kavgası, düş kırıklıkları olmayan evlerde büyümedik. Hayat böyle! Huzuru yakalamak zor!"

"Yakın arkadaşlarımın hepsi bana aynı soruyu sorduğuna göre, gülmeyen yüzüm huzursuzluğumu ele veriyor olmalı."

"Hemen alınma! Hangimizin yüzü gülüyor ki?"

"Ama ben daha yeni evliyim. Sorunun bu kadar çabuk çıkmaması gerekirdi."

"Sorun içki mi?"

"İçki olsa üstesinden gelebilirdim, doktorum ben. Ama kıskançlıkla nasıl başa çıkılır bilemiyorum. İlk kez başıma geliyor."

"Kıskançlık mı?" Özden gülmeye başladı.

Utancımdan yanaklarım kıpkırmızı oldu. Aslında bizim yaşlarımıza gelmiş insanların ağzına bile yakışmıyordu kıskançlık sözü. Kıskançlık delikanlılık çağlarına, lise haydi bilemediniz üniversite yıllarına aittir diye düşünürdüm, zaman içinde, insanlar olgunlaşır, hamlıkları törpülenir, akıllanırlar, kıskançlık filan kalmazdı! Hayatın düşüncelerimdeki gibi olmadığını tecrübelerle öğreniyordum.

"Cevdet seni kıskanıyor mu?"

"Her ânımı kontrol altına almak istiyor. Alamayınca, bana kabalık ediyor, yoksa ruhen kaba biri değil. Bana geçiremediği için, üstüme başka bahanelerle geliyor, bak ben ne zamandır o istemiyor diye eteklik giymiyorum, fark etmedin mi?"

"Hasta mı bu adam?"

"Hayır Özden, o hasta değil ama böyle giderse, sonunda ben hasta olacağım. Kendine müthiş bir güvensizliği var. Onu hoşnut etmek için elimden geleni yapıyorum. Ama bazı şeyleri yapmam mümkün değil. Mesela tam kapıdan çıkarken, bir doktor arkadaşa rastlıyorum, yolunun üstüyse, beni şuraya kadar götürüver, diyor. Hayır, kocam kıskanır mı diyeyim. Elbette alıyorum arabama. Evde, 'Bugün arabana yine kim bindi?' diye sorunca da yalan söyleyecek halim yok. Hayatım çok zorlaştı. Kimseye 'Türkan bu evliliği de yürütemedi,' dedirtmek istemiyordum ama bir yerde tükeniyor insan!"

"Sen Atilla'ya bile bu kadar ödün vermemiştin, üstelik o senin çocuklarının babasıydı. Ne yapıyorsun sen kendine, Allahaşkına!" dedi Özden, "etrafın ne diyeceği mi önemli, senin ruh sağlığın mı?"

"Cevdet kötü bir insan değil. Saçmalıklarının çoğu beni sevmesinden kaynaklanıyor. Ona kendine güven duymasını öğretebilmek lazım. Belki bu kadar çok içmesinin nedeni de kendine güvenememesidir. Aldığı işlerin altından kalkamıyor, giderek asabileşiyor. Ben ne yapacağım Özden?"

"Türkan, sen dermatologsun, psikolog değil! Bu arkadaşın kimlik ve alkol sorunu varsa, başvuracağı adres değişik. Sen yalnızlığını paylaşmak, hayatına sevinç katmak için mi evlendin yoksa bir alkol bağımlısıyla uğraşmak için mi? Yüzünde renk, gözünde ışık kalmamış! Bence sen iyice bir düşün," dedi Özden, "bırak, Türkan bu evliliği de beceremedi, desinler. Ne çıkar? Becerdiğin onca şey var, 'Bayan Mükemmel' olmak zorunda değilsin!"

Yüzüme acımasızca bir ayna tutmuştu. Söylediklerinin doğru olduğunu biliyordum ama kabul etmek istemiyordum. Aslında Özden'le paylaşmak istediğim kocamın kötü huyları değil, bugün aldığım davet mektubuydu. Ama nasıl olmuşsa, birden boşalıvermiştim. Konuşur konuşmaz da hemen, içimi döktüğüme pişman olmuştum. Evinde olup bitenleri etrafına anlatan, kocasının arkasından dedikodu yapan kadın! Kendimi çalçene mahalle karıları gibi hissetmeye başladım. Allahım ben ne yaptım yine?

"Niye sustun birden?" diye sordu Özden.

"Anlatılmayacak şeyleri anlattım. Özden kimseye söylemeyeceğine söz ver."

"Türkan, ben senin en yakın arkadaşın değil miyim? Ben hayatımın özellerini hiç mi paylaşmadım seninle? Elbette ikimizin arasında kalacak ama sen böyle kapalı kutu gibi bana bile içini açmazsan, hasta olursun vallahi!"

"Haklısın," demekle yetindim, Jopling'in mektubundan Özden'e hiç bahsetmedim. Gitmeyecek olursam, Cevdet'i suçlamasını istemiyordum.

Yemeğimiz bitince, hesabı ödeyip kalktık. Hastaneye kadar yürüdük. Özden bir taksiye binip kendi hastanesine gitti. Ben düşünceler içinde yürümeye devam ettim. Belki de bugün gelen mektup benim kurtarıcım olacaktı. Evliliğimi yürütmek istiyorsam, mektubu unutmak yerine, kullanmalıydım. Kocama bu fırsatı kaçırmak istemediğimi açık kalplilikle anlatmalıydım. İsterse birlikte gidebilirdik. Bir pansiyonda kalırdık. Belki ona uygun bir atölye bile bulurduk, heykel çalışmaları için. Dil bilmemesinin hiç önemi yoktu, sanatın dili evrenseldi, nasılsa.

İçime bir ümit doğdu. Belki her şey rayına oturacaktı, böylece. Yeni bir ülke, yeni bir şehir, yeni bir başlangıç! Ürperdim, kimbilir belki de bir sonun başlangıcı!

Hastaneye döndüm. Beni yemekteyken beş kere aramış Cevdet. Eve telefon ettim, "İçin rahat etsin, şu anda odama girdim," dedim.

"Neredeydin?" diye sordu. İçimden gelen, "Bu seni hiç alakadar etmez," cümlesini zor bastırdım, "bir arkadaşımla yemekteydim."

"Arkadaşın kadın mıydı?"

"Evet."

"Kimdi?"

"Özden."

"Neler konuştunuz?"

"Akşam eve gelince anlatırım Cevdet," dedim, "lütfen bugün kimseye söz verme. Çağlayan da babasında kalıyor zaten, hazır baş başayken, bu gece seninle konuşmak istiyorum."

"Tatsızlık çıkarmayacaksın inşallah!"

"Tatlı veya tatsız, uzun zamandan beri söylemek istediklerim var. Erken döneceğim merak etme."

"Hastaneden ayrılırken beni ara."

Telefonu kapattım. Boğulma hissi geri geldi. Bluzumun üst düğmelerini çözdüm. Gidip muslukta yüzüme su çarptım. Boğulma hissim geçmiyor. Camı açıp önünde durdum, derin nefesler aldım. Evleneli bir yılı geçmiş. Bu iş, bu akşam bitmeli. Yoksa ben biteceğim. Çekmeceden mektubu çıkardım. Büyüsüne kapılmamak için bir an yırtmayı bile düşünmüştüm, iyi ki yırtmamışım. Daveti kabul etmeye kesin karar verdim. Sadece, dört aylık bir bilimsel çalışmaya katılmak adına değil, kişiliğimi kurtarmak adına! İsterse benimle gelir istemezse gelmez. Ama bana mani olamaz! Olmasına izin vermeyeceğim! Kopacağı varsa, inceldiği yerden kopsun ip!

Saat altı buçukta hastaneden ayrılırken, ilk kez eve telefon edip yola çıkışımı kocama haber vermedim! Oh be, dünya varmış!

Cevdet benimle gelmek istemedi. Bu birlikteliğin yürümeyeceğini o da anlamıştı. Günde on kez beni kontrol etmekten usanmış, ızgara et ve omlet yemekten bıkmış olmalıydı. Yaşam alanı kısıtlanan sadece ben değildim bu birliktelikte, o da evinde sere serpe yaşayamaz, arkadaşlarını istediği anda çağıramaz, sabahlara kadar yontu yapamaz olmuştu. İçkisine, davranışlarına hatta bazen giyimine bile karışan biri vardı. Birliktelikler karşılıklı fedakârlıklar ve kısıtlamalar gerektiriyordu. O sanatçı, ben bilim insanı kişiliklerimizle, başaramamıştık aynı evde huzur içinde yaşamayı. O gece anlaşamadık ama sabah, ayık kafayla kahvaltı masasında uzun uzun konuştuk. Evliliği yürütemeyen biz, birbirimizi hırpalamadan ayrılmayı becerebilmeliydik. Her ikimiz de fazlasıyla mahzunduk ama geri dönmedik. Verdiğim karardan vazgeçme ihtimalini ortadan kaldırmak için, ertesi gün bir kamyon tuttum, eşyalarımı kardeşlerimin birlikte oturdukları Şişli'deki apartman dairesine taşıdım. Kamyon kapıdan ayrılırken, Cevdet'in, gözlerindeki yaşlara rağmen, rahat bir nefes aldığına emindim. Sanırım bu ayrılığa en çok üzülen Çağlayan oldu, bir de Çağlayan'ın kıyma ile beslemeyi hiç ihmal etmediği, tuvaletteki örümcek!

Cevdet'ten, boşandıktan sonra uzun zaman hiç haber almadım. Birkaç yıl sonra, bir gün hastanede odamda çalışırken Elazığ'dan bir telefon geldi. Tanımadığım bir kişi yarı Türkçe, yarı Kürtçe, bana Cevdet hakkında bir şeyler söylemeye çalışıyordu. Aman Allahım Cevdet ölmüş! Cenazesini kaldırtmam için beni arıyorlarmış. İçime inanılmaz bir hüzün doldu. Hayatımdan rüzgâr hızıyla geçip giden, bu kimsesiz ve mutsuz adam için, gözlerim doldu, boğazıma bir yumru oturdu. Elimi önce hemen telefona attım, Çağlayan'ı aramak için. Bu acıyı biriyle paylaşacaksam, bu kişi onu gerçekten seven Çağlayan olmalıydı. Sonra oğluma kıyamadım, vazgeçtim. Bir süre başım ellerimin arasında, öylece oturdum ve bende değil anıları, fotoğrafları bile olmayan, manasız evliliğimi düşündüm, içim acıyarak. Cevdet'in cenazesini sevgili Güngör Dilmen kaldırdı.

Böylece hayatımda bir sanatçının eliyle kâh çılgın kâh hüzünlü renklere boyanmış bir bölüm, tamamen kapanmış oldu.

Kardeşlerimin evine taşındıktan kısa bir müddet sonra, Fulya'da üç yatak odalı bir dubleks daire buldum, hiç düşünmeden kiraladım, çocuklarla birlikte taşındık. Çağlayan'ın da, Çınar'ın da nihayet birer geniş odaları olacaktı böylece. Birkaç yıl içinde babamdan kalan son arsa da satılacak, elimize geçen parayla, küçük kardeşim Gündüz'le birlikte, Ortaklar Caddesi'nde karşılıklı birer daire alıp kendi evlerimize geçecektik. Çınar, mecburi hizmete gidene kadar bir daha hiç ayrılmadan çocuklarım ve ben hep birlikte yaşayacaktık.

Yetmişlerin son yıllarını geçirdiğimiz bu evimiz bize uğurlu gelmişti. Ben profesörlüğümü bu evdeyken verecek, İstanbul Tıp Fakültesi Dekanı Güngör Ertem'in öncülüğünde Lepra Araştırma ve Uygulama Merkezi'ni bu evdeyken kuracak ve bu kurumun müdürü olacaktım. İngiltere dermatologlarının kulübü olan *Dowling Club*'ın onur üyeliğine de yine bu evde yaşarken seçildim. Aynı yıl içinde Çağlayan'la Çınar yüksek öğrenime başladılar.

Her ikisi de lise yıllarında parlak öğrenciler değillerdi. Çınar ağlayıp sızlanarak yatılı okuduğu Kabataş Lisesi'ni bitirmiş, üniversite sınavlarında tıp fakültesini kazanmıştı. Başarılı olması için ona ne hoca tutmuştuk, ne de kursa gitmişti. Fakat okuduğu lise o kadar kuvvetliydi ki, orada edindiği bilgilerin sınavı kazanması için yeterli olacağına inanıyordum. Çağlayan'ın işi daha zordu. Okulu hiç sevmeyen bir çocuktu. Sık sık okuldan kaçar, ödev yapmaz, hocalarla başı hep belaya girerdi. Ona kalsa liseyi dahi bitirmeyecekti ama Cevdet'in son yılındaki yardımları, benim ve babasının zoruyla, hiç sevmeyerek okuduğu meslek lisesini bitirmiş, Tatbiki Güzel Sanatlar Yüksek Okulu'nun sınavlarına girmeye hazırlanıyordu. Kazanacağına dair ümidi yoktu. Bu yüzden morali de bozuktu biraz. Akademi'de tanıdığım hocalar vardı ama onlardan oğlum için yardım istemeye yüzüm tutmuyordu. Oysa bana, "Akademi'de o kadar çok tanıdığın var, birinden yardım isteyiver, herkes öyle yapıyor," demişlerdi.

Kendi yaşamımda, hayatım boyunca ne kimseye ödün vermiştim ne de torpil kabul etmiştim. Üniversitede okuduğum yıllarda, sınav sorularının para karşılığı satıldığına dair bir söylenti çıkmıştı. Babam, istersem bana para vereceğini söylemişti de, hırsımdan deliye dönmüştüm. Asistanlık dönemimde ise beni en tiksindiren davranış, bazı arkadaşların bazı hocaların kanatları altında hak etmedikleri yükselişleriydi. Sigorta Hastanesi'nde çalışırken de, sendika temsilcilerinin benden birileri için sahte rapor istemelerine ifrit olurdum. Sendikacı dikilirdi karşıma, elinde bir kâğıt, "Doktor Hanım, şu kişi benim adamım, ona yirmi günlük rapor lazım," derdi.

"Hasta nerde?" diye sorardım.

Adam yanıtlardı, "Hasta işyerinde ama rapor gerekiyor."

"Hastaya söyleyin, gelsin, göreyim. Muayene etmeden rapor veremem ki!"

"Doktor Hanım, cebinizden mi çıkıyor, verseniz ne olur?" diye pişkinlik ederdi.

"Kusura bakmayın kardeşim, ben bunu yapamam," der, geri çevirirdim her defasında. Sonunda gelmez olmuşlardı. Beni tanıyanlar, bu konuda ne kadar titiz olduğumu iyi bilirken, şimdi ben nasıl gider de kendi çocuğum için yardım isteyebilirdim!

Geç saatlere kadar homurdanarak çalışan, saçı başı dağınık, kitaplarına gömülmüş, sıskası çıkmış oğluma bakıyor, "Allah kahretsin Türkan, bıktım senin ilkelerinden, hiçbir işe yaramıyorsun!" diyordum kendi kendime. İşte o günlerin birinde, Gökşin aradı, Çağlayan'ın adını bir kâğıda yazıp resim bölümündeki hocalardan birine verdiğini söyledi.

"Ne yaptın Gökşin!" dedim, "şimdi o hoca benim oğlum için torpil istediğimi zannedecek!"

"Sen deli misin Türkan, ben torpil isteyebilir miyim hiç! Sadece hakkı yenmesin diye ricada bulundum. Çünkü bilirsin, binlerce öğrencinin dosyası gelir, torpillilerinki ilk önce değerlendirmeye alınır, bazılarınınki tamamen gözden kaçar. Ben sadece Çağlayan'ın verdiği kâğıdın dikkatle değerlendirmeye alınmasını rica ettim, o kadar. Hoca da bizim gibi doğru dürüst, iyi ahlaklı bir insan. Üstelik senin soyadınla oğlunun soyadı aynı değil ki, kim nereden bilecek onun senin oğlun olduğunu?"

"Teşekkür ederim."

"Teşekkür filan etme. Zaten öyle özel gayret de sarf etmedim. Bir akşam yemeğinde tesadüfen yanıma düştü, laf lafı açtı, söyleyiverdim işte. Uzatma!"

Çağlayan'a bundan hiç bahsetmedik. Çocuk sınava girdi. Sınav sonuçlarının açıklanacağı gün, ben arabamla hastaneye giderken Çağlayan'ı okulun önünde bıraktım, duvara asılan listede adı var mı yok mu görecek ve bana telefonla bildirecekti. Hastaneye kadar heyecan içinde gittim. Masama otururken telefon geldi. Elim ayağım titreyerek ahizeyi kaldırdım ki, karşımda Gökşin!

"Gökşin, Çağlayan'dan telefon bekliyorum, neticeyi bildirecek. Onunla konuşur konuşmaz ararım seni. Şimdi kapıyorum, kusura bakma," dedim.

"Dur dur! Kapama!" dedi Gökşin, "ben de seni bunun için aradım. O Hoca telefon etti, 'Sizin bana adını verdiğiniz gencin ismi Çağlayan değil miydi,' diye sordu. Evet, dedim. 'Gökşin Hanım, çocuğun adı ilginç olduğu için aklımda kalmış. Niye endişe ettiniz ki bu çocuk için? Az evvel kazananların listesine bakıyordum, Çağlayan başarı sıralamasında ikinci olmuş,' demez mi!"

Kalbim deli gibi çarpmaya başladı. Oğlum ikinci olmuş! Başarmış! İlk, orta, lise yıllarını ite kaka okuttuğumuz, hırçınlığından, uyumsuzluğundan sürekli şikâyet aldığımız oğlum, Güzel Sanatlar sınavında hiç özel ders almadığı, torpil görmediği halde ikinci olmuş!

Sevincim bir an sonra yerini derin bir üzüntüye bıraktı. Oğlumdaki yaratıcı cevheri, kendi işimin peşinde koşmaktan görememiştim. Babasının sert tutumu, azarları olmasaydı, ona anlayışla yaklaşsaydık, dinleseydik, ilkokul birden lise sona kadar, on iki okuma yılını zehir etmezdik oğlumuza, diye düşündüm. Çağlayan, baban ve ben, biz ne yaptık sana, çocuğum? Nasıl göremedik yeteneklerini? Nasıl seni yanlış yollara yönlendirdik. Tevekkeli değil, yaratıcılığı güçlü, sanatçı ruhu hassas Cevdet'i bu kadar sevdin sen! O seni anlıyordu çünkü. İçindeki cevheri görüyordu! Ah Çağlayan, biz sana başka türlü yaklaşaydık ve bu ülkede yeteneği bulup çıkaran sistemler olabileydi, yıllardır yıldız gibi parlayabilirdin, sevgili oğlum.

Odama giren hemşire endişeyle, "Hocam, neyiniz var, niye ağlıyorsunuz?" diye sordu.

"Ağlamıyorum."

"Gözlerinizden yaşlar akıyor ama!"

Çağlayan'ın telefonu o anda çaldı, "Anne! Anne! Kazandım! Kazandım!" diye bağırıyordu diğer uçta. "Biliyorum canım," dedim.

"Nerden biliyorsun?"

"İçime doğdu!"

"Söyle o halde anne, Çınar da tıbbiyeyi kazanabilecek mi?"

"Kazanacak!" dedim, "İnan ki kazanacak! Artık her şey bizim için çok güzel olacak, Çağlayan!"

HER ŞEY ÇOK GÜZEL OLACAK

Akademisyen olarak yerimi sağlama aldığımdan beri, cüzamlıları ilk gördüğüm gün yapmaya karar verdiğim reforma, kendimi artık hazır hissediyordum. Tropikal Hastalıklar Hastanesi'nde öğrendiklerimle, katıldığım kongrelerde tanıştığım dünya çapında uzmanlardan edindiğim bilgiler, kendime güvenimi artırmıştı. Türkiye'de de cüzam konusunda bir an önce yasal sorumlulukların alınması gerektiğine inanıyordum. İngiltere örneğinde görmüş olduğum gibi, ülkemdeki cüzamlıların yaşadıkları alanların düzeltilmesi, sayılarının saptanması, hastaların hastaneye sevki şarttı. Bu konularda sağlık müsteşarına yazılar yazmaya, telefonlar etmeye başladım. Ne yazılarıma yanıt alabildim ne de telefon görüşmeleri bir işe yaradı. Cüzamlılar için bir şeyler yapılabilmesi, ancak toplumda farkındalık yaratabildiğim takdirde mümkün olacaktı. Yoksa her şey eski hamam, eski tas devam edecekti.

Halkın okuduğu günlük gazetelere Bakırköy'deki cüzamlı hastalarla ilgili makaleler yazmaya başladım. Yetinmedim, konuyu televizyona da taşıdım. Uğur Dündar'la cüzamı anlatan otuz beş dakikalık bir televizyon filmi yaptık. İşte o zaman yer yerinden oynadı. Hemen, haddimi aşmakla, Türkiye'de cüzam var gibisinden bir yalanı(!) söylemekle ve turizmi baltalamakla suçlandım.

Tanrı yaptığım işte beni destekliyor olmalıydı ki, o günlerde bu suçlamalardan sıyrılmamı sağlayan bir olay oldu. Cüzamlıların filminin televizyonda gösterilmesi, İran Şahı'nın eşi Farah Diba'nın Türkiye'ye ziyaretine rast geldi. Bizim filmimiz akşam haberlerinin sonrasında gösterime girecekti. Haberlerde ise elbette ağırlık, Farah Diba'daydı. Kraliçe'nin tüm ziyaretleri, kıyafetleri, katıldığı etkinlikler gösterildikten sonra, bir de özel söyleşi yayınlanmış ve söyleşiyi yapan kişi, Kraliçe'ye boş zamanlarında ne yaptığını sormuştu. Farah Diba, "Boş zamanlarımı cüzam hastalarıyla ilgilenerek geçiririm," diye yanıt vermez mi!

Hep düşünmüşümdür, Farah Diba'nın bu yanıtı olmasaydı, benim cüzamlılarla ilgili filmim bu kadar çok ses getirir, ilgi çeker miydi diye? O yıllarda televizyonda tek bir kanal vardı. Farah Diba'yı dinleyenler bir saat sonra cüzamlıların filmini de izlediler ve halkta aniden bir ilgi uyandı. İnsanlar birkaç gün boyunca, Sağlık Bakanlığı'nı telefon bombardımanına tutmuşlar. Arayanların bir kısmı, cüzamlıların sokaklarda başıboş dolaşıp dolaşmadığını, bazısı ülkede kaç cüzamlı bulunduğunu, diğerleri bunların tedavisinin nerelerde ve nasıl yapıldığını ve hepsi de cüzamdan korunma yollarını öğrenmek istiyormuş.

Ben kim bilir kaç kere bakanlığa bu konuda halka bilgi verilmesi için başvurmuş ama turizm engellenir korkusuyla savuşturulmuştum. Farah Diba sohbetinin arkasından gelen film sayesinde, Pandora'nın kutusu nihayet açılmıştı ve hesabının da benden sorulacağı belliydi.

Gerçi, cüzamı saklayan tek ülke Türkiye değildi. Pek çok ülke, cüzam konusunda aynı endişelerle gerçekleri saklamayı tercih ediyordu. Örneğin, bir keresinde Roma'da bilimsel bir toplantıdayken, İtalyan temsilci, tam, "Bizde cüzam yok," diye bildiri veriyordu ki binanın dışında kıyamet kopmaya başlamıştı. Toplantı bitince, cüzamlıların daha iyi bakım istiyoruz diye kongrenin yapıldığı binanın önünde gösteri yapmaya geldiklerini öğrendik! Daha sonraki yıllarda Japonların da cüzamlılarını özel bir sanatoryumda kilit altında tuttuklarını, adlarını değiştirdiklerini, evlenmek isteyenleri kısırlaştırdıklarını öğrenecektim. Cüzama yakalananlar bedensel acı çekmekle kalmıyor, dışlanıyor, en doğal haklarından ediliyor, özel adalarda, özel mekânlarda tecrit ediliyor, insanlık dışı davranışlara maruz kalıyorlardı. Ben de bu duruma hiç olmazsa kendi ülkemde bir sınırlama getireyim derken, Sağlık Bakanlığı ile karşı karşıya gelmiştim.

Çizgimden hiç ödün vermedim. Onlara Hindistan'da, Güney Amerika'da, Afrika'da kısacası dünyanın pek çok yerinde cüzam olduğunu, bu gerçeğin o ülkeler tarafından kabul edildiğini ama hiçbirinin turizminin engellenmediğini söyledim. Gerçeği açıkça kabul etmezsek, cüzamla mücadelede başarılı olamazdık. Cüzamın sonunu, ancak kurulmakta olan Lepra Derneği, Üniversite ve Bakanlık el ele verdiğimiz takdirde, getirebilirdik. Cumhuriyetin ilk yıllarında devletin yardımıyla sıtmanın, trahomun, frenginin üstesinden gelmemiş miydik? Neden cüzam için de aynı şeyi yapmıyorduk?

Sonuçta Sağlık Bakanlığı ile bir protokol imzaladık ve Veremle Savaş Derneği'nin örgütlendiği biçimde bir örgütlenmeye giderek, 1976 yılında Cüzamla Savaş Derneği'ni kurduk. Unkapanı'nda bulunan Veremle Savaş Derneği'ne ait bir dispanseri, Cüzamla Savaş Dispanseri'ne dönüştürdük. Ben öğleden sonralarımı bu dispanserde değerlendirmeye başlamıştım. Cüzamlı hastalar arasında haber hemen duyulmuştu, hiç hastasız kalmadık. Çeşitli etkinliklerle, kermeslerle, bilimsel ve sosyal toplantılarla para toplamaya ve hep daha çok hastaya el uzatmaya çalıştık. O günlerde sokaklarda dilenen cüzamlılar vardı. Zabıta bunları toplar, dilenciler kampına götürür sonra da il dışına bırakırdı ama hepsi hemen geri dönerdi. Biz onları tek tek topluyor, kayıt altına alıyor, tedavilerini yapıyor, ilerlemiş vakaları hastaneye yatırıyorduk. Hastanede bazen yataklar yetişmiyor, bir yatağa iki hasta yatırdığımız oluyordu. Yer sıkıntısı çekiyorduk ama benim Bakırköy'deki cüzam pavyonlarını henüz hastaneye çevirme cesaretim yoktu!

Dispanserdeki çalışmalarım sürerken, İstanbul Tıp Fakültesi Dekanımız Güngör Ertem, bize fakültede bir de Lepra Araştırma ve Uygulama Merkezi kurmayı önerdi. İşim başımdan aşkındı ama böyle bir teklife hayır denebilir miydi? Yıllardır hayalini kurduğum bir çalışmaydı bu. Elbette kabul ettim. 1977 yılından itibaren, dernek, dispanser ve merkez olarak, lepra çalışmalarında birkaç koldan ilerlemeye başladık. Hayatım, cüzamlıların oluşturduğu bir kısır döngüde geçmeye başlamıştı. Aslında bundan hiç gocunmuyordum. Birkaç işi birden götürmeye ne zamandır alışıktım. Sabahları derslere giriyor, öğrencilerle ilgileniyor, vizite çıkıp bir sürü hastaya bakıyordum. Öğleden sonraları dispanserimize koşup oradaki hastalarla meşgul oluyordum. Ayrıca, Bakırköy Ruh ve Sinir Hastalıkları Hastanesi'ndeki lepra pavyonunda yatan hastalar da vardı, hani öğrencilik yıllarımda kanıma girip bir türlü aklımdan çıkmayan hastalar; ara sıra da oradaki lepra pavyonlarına gidip onların durumlarını kontrol ediyordum. Bir ilgi alanım daha vardı, öğrencilik yıllarımdan beri laboratuvar çalışmasını çok severdim.

Bir mikroskobun başına oturmaya göreyim, saatlerce kalkamazdım yerimden. Londra'daki stajım sırasında histopatoloji öğrenmiştim. Osman ve Nevzat hocalarım da, histopatolojiyi vaktiyle aynı hastanede öğrenmişler ve Çapa'da uygulamaya koymuşlardı. Nevzat Hoca'dan sonra ihmal edilmeye başlayan bu konuya, Prof. Melih Tahsinoğlu ile birlikte yeniden el atıp, çalışmaya başlamıştık. Böylece laboratuvarda çok vakit geçirmeye başladım. Artık zamanım tamamen bana aitti ya, canım ne isterse yapabiliyordum. Bazı geceler geç vakitlere kadar mikroskop başında oturuyor, notlar çıkarıyor, çalışıyordum. İşte o günlerin birinde, dikkatimi biyolojik alandan toplumsal alana çeken bir olay oldu. İşimiz gereği, genelev kadınları ve fuhuşa karışmış insanlarla sık karşılaşırdık. Bizi en korkutan hastalık, frengiydi. İnsandan insana seks yoluyla bulaşan ve penisilin iğneleriyle hemen tedavi edilmezse kötü neticeler veren bu hastalığı tespit etmek çok önemliydi.

Bir gün karşıma, karakolda polisten yediği dayaktan, haşat olmuş bir hayat kadını getirdiler. Kadını muayene ettim. Polisin de tahmin ettiği gibi frengi mikrobu taşıyordu. Ona tedavisi için gerekli ilaçları verdikten sonra, kimlerle ilişkide bulunduğunu sordum. Hiçbir soruma yanıt vermek istemedi. Hâlâ korkudan tir tir titriyordu. Tek söylediği çocukları olduğu, onlara bakmak için bu yola düştüğüydü. Ben ise tedavi edebilmek amacıyla, hastalığı bulaştırdığı kişilerin peşindeydim. O insanları tedaviye almazsak, onlar hastalığı evlerinde kendi eşlerine veya diğer ilişkiye girecekleri kişilere bulaştıracaklar ve zincir uzamaya devam edecekti.

Kadını sakinleştirip, ona bir çay ikram ettikten sonra, koyu bir sohbete koyuldum. Hayatın zorluklarından, benim de çocuklarımı yetiştirebilmek için çok çalışmak zorunda kaldığımdan, fakat ne mutlu bana ki bir mesleğim olduğu için para kazanmak adına fuhuşa başvurmama gerek kalmadığından, çocukların anaları için ne kadar değerli olduklarını bildiğimden, onun yapmakta olduğu işin nedenini anlayabildiğimden samimiyetle söz ettim. Yarım saate yakın bir süre sonra, benim gözlerimde yaşlar vardı, zavallı kadın ise hüngür hüngür ağlıyordu. Kadın kadına sıcak bir iletişim kurmuştuk. İsterse ona çalışabileceği bir iş bulma vaadinde bile bulundum. Kadının güvenini kazanınca, bu sefer ona frengi hastalığı ile ilgili çok basit bilgileri aktardım. Hastalık zamanında yakalanırsa birkaç penisilin iğnesi ile önlenebiliyordu. Fakat çok bulaşıcı olduğu için pek çok masum insan, farkına bile varmadan hastalığa yakalanıyor ve tedavinin artık mümkün olamayacağı evrelere geliyorlardı, üstelik hastalığı başkalarına da bulaştıra bulaştıra. Uğruna fuhuş yaptığı çocuklarının da bir gün kurban olma ihtimalleri vardı. Bulaştırdığı kişilerin adını verirse, biz onları gizlice bulacak, tedavilerini yapacaktık. Kimse adlarını onun verdiğini bilmeyecekti. Bir kere daha düşünmez miydi?

O da bir insandı. Üstelik iyi bir insandı. İlişkide bulunduğu kişilerin adlarını verdi, ben de bu isimleri gereken mercilere bildirdim. Bana gelince, bu kadıncağıza hakikaten bir iş ayarlamaya çalıştım. İşlediği dantelleri bulunduğumuz semt pazarında bir pazarcının satmasını sağladım. Fuhuştan vazgeçti mi bilmiyorum ama frengi konusunda iyice bilgilendiğine ve duyarlılık kazandığına emindim.

Bu olay bana ders oldu. Olaya hep polisiye boyutuyla baktığımız ve insan unsurunu gözden kaçırdığımız için, frengi ile mücadelede başarılı olamıyorduk. İnsanlara insanca yaklaşamadığımız, insanca sorgulayamadığımız için, dört iğneyle tedavisi mümkün bir hastalığın bulaşma zincirini bir türlü kıramıyorduk. Seksenli yılların başındaydık, tedavi ettiğim hastalıkların toplumsal boyutunu yerinde öğrenmek ve faydalı olabilmek için, genelevler ve fahişelerle ilgili bir çalışma yapmaya karar verdim.

İyi ki vermişim bu kararı! Genelevleri incelemeye başlayınca, o güne dek küçümsediğim, ayıpladığım bu çevreyi yani sermayeleri, mamaları, eşcinselleri ve travestileri yakından tanıdım. Bu insanların acılı dünyasına girince, aslında ne kadar pırıl pırıl ve iyi yürekli kişiler olduklarını gördüm. Hepsi, damgalanmış ve dışlanmış olmanın ağır yükünü taşıyorlardı. Hele de eşcinseller ve travestiler, değer yargıları oturmamış bir ülkede, yalnızca farklı oldukları için, akla hayale gelmeyen eziyetlere duçar oluyorlardı. Genelevlerde, sokaklarda, karakollarda dövülüyor, taciz ediliyorlardı. Bir keresinde Emniyet'le yaptığımız bir toplantıda, bir resmi görevli, "Hocam," demişti, "bunlar toplumun yüz karası. Hepsinin halktan uzakta, ormanda yaşaması lazım! Ne yaparlarsa yapsınlar, defolup gitsinler!"

Ben bu adama yarım saatten beri, eşcinselliğin bir yaradılış durumu olduğunu, her insanın cinsel tercih özgürlüğüne sahip olması gerektiğini, Avrupa'da eşcinsellere nasıl davranıldığını anlatmakla meşguldüm. Hiçbir şey anlayamamıştı, algılayamamıştı. Bu duruma düşmelerinin gerçeğini görmeye, gönlünü kapatmıştı. İşte biz de böylece olduğumuz yerde saymaya mecburduk, ne yazık! Oysa ülkemizde bu konuda müthiş trajediler yaşanıyordu. Genç çocuklar eşcinsel eğilimlerini önceleri ailelerinden gizlemeye çalışıyorlardı. Aile fark edince, konu komşuya, eşe dosta rezil olmamak için, çocuğun üzerine gidiyorlardı. Çocuk evden kaçıyor, işinden veya okulundan kovuluyordu. Sonunda toplum tarafından da dışlanarak sokağa düşüyordu.

Sokaklar en tehlikeli yerlerdi. Sokaklarda, kendilerine benzeyen diğerleriyle buluşup, fuhuştan başka hiçbir geçim yolu olmadığı için, bu yola baş koyarak, polislerden, sokak serserilerinden hatta zaman zaman kendileriyle birlikte olan zengin adamlardan da dayak yiyerek, perişan bir hayat sürmeye mahkûm oluyorlardı. Polis, bu sektörün bu kadar çok ve zengin müşterisi olduğu sürece, fuhuşun önüne geçemeyeceğini biliyor ama hırsını çoğu zaman iki uçlu değneğin sadece yoksul ve çaresiz ucunda duran bu zavallı insanlardan çıkarıyordu.

Keşke aileler eşcinsel eğilimli çocuklarına sevgiyle, anlayışla yaklaşmayı becerebilselerdi. Böyle olmanın ahlaksızlıktan değil, yaradılıştan kaynaklandığını anlayabilselerdi. Doğru yaklaşımı pek az ailede görmek mümkündü. Çocuklarının bu farklılığıyla baş eden, onları kazasız belasız yaşayabilmeleri için yönlendirenler de vardı. Ama aynı olay kendi ailelerinin dışında yaşandığında, tahammül gösteremiyorlardı. Oysa gelişmiş ülkelerde, insanlar bir diğerinin cinsel tercihinin ne olduğuna karışmamayı, zor da olsa öğreniyordu. Bir eşcinsel ancak cinsiyet değiştirmeye kalkarsa, hekimler, psikologlar ve sosyal hizmet uzmanları devreye giriyor, o kişiyi bir ekibin kontrolünden geçiriyor, fizyolojik ve ruhsal açıdan inceliyor ve gerekirse ameliyatına izin veriyordu. Ameliyat sonrasında da bu kişinin yaşamla uyumu bozulmasın diye gayret gösteriliyordu. Psikoterapi görüyor, bir işi varsa, işinin devam etmesi, yakınlarının ve kendisinin yaşamında önemli değişikliklerin olmaması için çaba gösteriliyordu. Böylelikle cinsiyet değiştiren kişiler dahi ekonomik ve toplumsal açıdan bir felaket yaşamıyor, toplumdan dışlanmıyordu. Bu tür insani yaklaşımlar, elbette insanın özüne önem veren toplumlarda mümkündü.

Eşcinsellerin trajedisi, daha düşük ölçüde, fuhuş sektöründe çalışan kadınlar arasında da yaşanıyordu. Onları incelemeye alınca, bu sektörün ne kadar geniş olduğunu görüp, hayretler içinde kaldım. Genelevler, sektörün içinde küçücük bir noktaydı sadece.

Meslektaşlarımla bu konuda ayrıntılı bir bilimsel çalışma yapmaya karar verdik. İki hemşiremden biri yüksek lisans tezini zührevi hastalıklar hastanesinde tedavi görmüş genelev kadınları üzerine yaptı, diğeri serbest çalışırken yakalanıp zührevi hastalıklar hastanesine götürülmüş kadınlar üzerine.

Bulgular, sürekli kanayan bir toplumsal yaraya işaret ediyordu!

Vesikalı olsun ya da olmasın, fuhuş sektöründe çalışan kadınların yüzde doksanı aile içinde şiddet görmüş, tecavüze uğramışlardı. Öyle büyük acılar çekmişlerdi ki, insanlara karşı tamiri mümkün olmayan güvensizlikler, kırıklıklar oluşmuştu ruhlarında. Hepsi de son derece iyi yürekli, duygusal insanlardı. Romantik ve yufka yürekliydiler. Ama sürekli incindiklerinden, etraflarına bir kabuk örmüş gibiydiler. Bir kısmının çocuğu vardı. Çocuklarını en iyi şekilde yetiştirmek istiyor ama onların yaptıkları işi bilmelerini istemiyorlardı. Hepsinin en azından çocuklarına dair umutları vardı. Çocukları olmayanlar da bir gün beyaz atlı bir prensin gelip onları bu hayattan kurtaracağını ümit ederek yaşıyorlardı. Pek çok erkek onlarla dertleşmeye gidiyordu. Dertlerini dinliyor, onlara sadece seks işçiliği değil dert ortaklığı da yapıyorlardı. Her açıdan sömürülen kadınlarımızdı onlar. Eski tapınak fahişeleri gibi, sömürülmelerine izin veriyorlardı. Birçoğu dindardı. Namaz kılıyor, oruç tutuyor, Ramazan'da çalışmıyor, sık sık dua ediyorlardı. Ne müthiş bir çelişkiydi bu!

Hayatın aslında bir çelişkiler yumağı olduğunu, yaşadıkça öğreniyordum. Cüzamlılardan yola çıkmış, yüreğimi giderek başka nedenlerle de dışlanmış insanlara açmaya başlamıştım. İnsanların sadece fiziki acılarını değil, yürek acılarını da dindirmek için çok çalışmam; daha çok, daha çok çalışmam gerekiyordu.

Bir taraftan da biliyordum ki, sadece benim çalışmamla hiçbir şeyin düzelebilmesi mümkün değildi! Ama ben bana düşeni elimden geldiğince yapmalıydım. Ben etkileyebildiklerimi etkilerdim. Onlar da başkalarını etkilerdi. Böyle böyle, bir yerlere varabilirdik. Örneğin fuhuş sektöründe çalışan insanların sigortalanması, her birinin düzenli olarak doktorlara bağlanması için mutlaka girişimlerde bulunmalıydım. Her insanın cinsel özgürlüğü var mıydı? Vardı! Her insan kendi bedeninden sorumlu muydu? Evet! Ama hiçbir insanın kendi bedenindeki hastalığı bir başkasına bulaştırmaya hakkı yoktu! O halde, bu sektörde doktor kontrolü şarttı. Genelevlerin dışında çalışanlar da sigortalanırlarsa, her istediklerinde ulaşabilecekleri bir doktor sağlanırsa, hastalık taşıyıcı olmaları sona ererdi. Ererdi de, yetkililer böyle düşünmüyorlardı. O halde kolları sıvayacaktım.*

Yapacaklarım fuhuş sektörüyle bitmiyordu elbette. Ayrıca Bakırköy'deki lepra pavyonlarını ayrı bir hastane haline getirmek için de bir şeyler yapmak lazımdı. 70'li yıllarda bakanlar ikide bir değiştikleri için, her yeni Sağlık Bakanı'na konuyu sil baştan anlatmak gerekiyordu. Diğer meslektaşlarıma da danışarak bir protokol hazırlamıştım. Bakanlar değiştikçe, kolumun altında protokol dosyası, yeni atanan bakanla görüşmek üzere, Sağlık Bakanlığı'nda arzı endam ediyordum. Ben pes etmiyordum ama hiçbir şey değişmiyordu, hiçbir şey yürümüyordu. Tam bir müsteşarla nihayet anlaşıyor, imza aşamasına geliyordum ki, sabah uyanıyordum, yine değişiklik olmuş, benim anlaştığım adam gitmiş yerine başka biri gelmiş!

---

* *Güneş Umuttan Şimdi Doğar*, s. 228-231.

Aynı yıllarda Elazığ'daki cüzam hastanesiyle de ilgilenmeye başlamıştım. Oranın da hali haraptı ve düzeltilmesi gerekiyordu. Bir dönem, hemen her ayın bir hafta sonunu Elazığ'da geçirmiştim. Ankara'da da, Ankara Tıp Fakültesi'ne bağlı bir cüzam merkezi vardı. Ankara merkezi daha çok istatistikler üzerine çalışıyordu. Biz İstanbulular ise, bütün ülkede ve ayrıca yurtdışıyla da ilişkili, uluslararası bir çalışma yapmak istiyorduk.

Bir gün, zamanın Sağlık Bakanı'nın Bakırköy Hastanesi'ni ziyaret edeceğini duyduk. Müthiş bir fırsat ayağımıza geliyordu. Ben soluğu, Başhekim Yıldırım Aktuna'nın yanında aldım. Acaba Sayın Aktuna, Bakan ziyarete geldiğinde, onu Lepra Pavyonları'nı da gezmeye ikna edebilir miydi? Aktuna'nın yüz ifadesini görünce, ümitlenmenin boşa olacağını anladım. Kös kös servisime döndüm!

Bakanın ziyaretinin ardından birkaç gün geçti, Sağlık Bakanlığı'ndan beni aradılar. O dönemin İsviçre Büyük Elçisi, bir karşılaşmalarında Bakan'a benden söz etmiş, bizim bir büyük kuruluşumuz, Türkan Saylan'a destek veriyor, siz kendisiyle tanıştınız mı diye sormuş.

Biz, Cüzamla Savaş Derneğimizi kurup çalışmalara başladığımızda, Dünya Sağlık Örgütü'nden tedavi ve ilaç masraflarını karşılayabilmek için yardım alıyorduk. Fakat bu hastalığın diğer hastalıklara benzemeyen bir yönü vardı, hastalar toplumun dışına itiliyorlardı. Hastalığı tedavi ediyor ama bu itilmişliği tedavi edemiyorduk. Tedavi olan cüzamlıları topluma katabilmek için bir sosyal projeye ihtiyacımız vardı. İsviçre'de bulunan ve Dünya Yoksullukla Mücadele Derneği gibi çalışan, *Emmaüs* adlı kuruluşla temasa geçmiştik. Cüzam hastaları, bu çok saygın kuruluşun çalışma ve destek alanına giriyordu. Onlardan yardım almayı başardık, çünkü başvurduğumuzda beş bin kayıtlı hastamız vardı ve bu rakam, diğer ülkelere göre oldukça düşük bir rakamdı. *Emmaüs* sosyal projeler konusunda bize çok yardımcı olmuştu.

Sağlık Bakanı, bu bilgileri İsviçre Büyük Elçisi'nden duymuş, görüşmek için beni çağırtıyordu. Bakan, hastaneyi ziyaret ederken onunla görüşme fırsatı bulamamıştım ama, iyi olacak hastanın doktor ayağına gelir misali, Allah bana derdimi daha da etraflı anlatmam için müthiş bir fırsat yaratıyordu. Hemen Ankara'ya uçtum ve elim boş dönmedim! Bakırköy Hastanesi'ndeki Lepra Pavyonları'nın çalışma protokolünü sonunda imzalatabilmiştim.

İstanbul'a varınca, doğru hastaneye koştum ve hemen Çağlayan'ı aradım. "Ankara'da ne oldu biliyor musun Çağlayan," dedim, "söylesem inanmayacaksın!"

"Bakırköy'deki cüzamlılarınla ilgili iyi bir şey mi oldu anne?" diye sordu, sezgileri güçlü oğlum.

Evet! Evet! Nihayet, çok iyi bir şey olmuştu. İmzalattığım protokol sayesinde bu hastane ilginç bir şekilde siyasetçilerin hiç karışmadığı bir hastane olarak kalacak, mucizeler yaratacak, ben de orada yirmi bir yıl başhekimlik yapacaktım.

Cüzamlılara yardım etmenin yolu sadece onların hastalıklarını tedavi etmekten geçmiyordu. Toplumun dışına atılmış, insanların yanına yaklaşmaya korktuğu bu zavallı kader kurbanlarının, çevreleri tarafından kabul görmelerini de vazife edinmiştim. İyileşip çıkanlara iş bulmak, aileleriyle, çocuklarıyla ilgilenmek de bir yerde, tedavinin devamı gibiydi bence.

Bu yüzden, önce kalktım, hastanenin bulunduğu Bakırköy'ün en büyük camisinin imamına gittim. Adamdan bir randevu istedim. Şaşırdı. "Ölünüz mü var?" diye sordu.

"Hocam," dedim, "ölüm yok ama yaşarken ölü yerine konan sürüyle hastam var. Bana bir saatinizi ayıracak olursanız, büyük sevap işlersiniz."

Anlayışlı bir adamdı, ertesi gün kalktı hastaneye geldi. Çay ikram ettim. Çayını içerken, cüzam hastalığının kolayca bulaşmadığını, tedavisinin hem mümkün hem de kolay olduğunu, hastaların dışlandıkları için çok acı çektiklerini, artık yepyeni bir çağda yaşarken, onlara ortaçağdaki muameleyi yapmanın yanlış olduğunu, uzun uzun anlattım.

"Bana bunları niçin anlatıyorsunuz Doktor Hanım," dedi.

"Hocam," dedim siz her cuma vaaz veriyorsunuz, cemaatinize benden dinlediklerinizin ışığında bir şeyler söyleyin."

"Bize vaaz konuları merkezden verilir."

"Olsun. Vaaz bitince sohbet havasında da anlatabilirsiniz. Buraya yepyeni bir anlayış getirmeye çalışıyorum. Cüzamlılar da hepimiz gibi, Allah'ın kulu. Onlara belki varlıklı birkaç hayırsever yardım eli uzatmak ister. İyileştikten sonra çalışabilmeleri için, bazı şeyler öğretebiliriz. Kadınlara dikiş, erkeklere tamir işleri gibi. Bütün bunlar akçeli işler. Dikiş makinesi de parayla alınıyor, öğretmen de parayla tutuluyor. Yardım eden çıkmasa da, en azından insanlar bilinçlenir, bunlardan bucak bucak kaçmazlar. Gelin benimle, koğuşu birlikte dolaşalım. Siz de görün ne iyi ama ne çaresiz insanlar olduklarını."

Birlikte koğuşa gittik. Ben yatakların arasında dolaşıyorum, hatırlarını soruyorum, kimine sarılıyorum, kimini okşuyorum, kimiyle öpüşüyorum. İmam peşimden geliyor, hastaları başıyla selamlayarak. Hasta turumuz bitti, koğuştan çıktık, hastanenin kapısına doğru yürümeye başladık.

"O uzun saçlı kızla, şişman kadını öptünüz," dedi İmam, "hiç korkmadınız mı Doktor Hanım?"

"Hiç korkmadım çünkü bulaşmayacağını biliyorum. İşte siz de gördünüz, kendimi niye tehlikeye atayım. Ama müsaade edin size veda etmeden ellerimi yıkayayım, çünkü sizin içinizde hâlâ bir şüphe kalmış."

"Estağfurullah," dedi ama lavaboya girip elimi yıkamama mani olmadı. Kapının önünde elini sıktım, "Her zaman beklerim," dedim, "komşu sayılırız. Bir derdiniz olursa hiç çekinmeden gelin."

İmam teşekkür edip gitti. Onu etkileyip etkilemediğimi anlayamamıştım. On gün sonra haber yollattı, cuma vaazından sonra, istediklerini söyleyeceğim diye. Gerçekten de İmam'ın konuşmasının ardından çok yardım yağdı hastanemize. Yemek getirenler bile oldu. Bizim hastalar da imama teşekkür için, bir hırka, bir de tığ işi takke örüp yolladılar.

Böylece, Bakanlık'tan hiçbir şey talep etmeden kendi yağımızla kavrulmaya başlamıştık ama her yaptığımız işten, Bakanlığı mutlaka haberdar ediyorduk. Böylece onlar da Dünya Sağlık Örgütü'ne rapor veriyorlardı. İlk kez, Ulusal Lepra Programı'nı hastanede yürütmeye başlamıştık. Dr. Mustafa Sütlaş bir bilgisayar programıyla donanımlı bir dokümantasyon hazırladı. Bize başvuran hastalarımızı ilk geldikleri günden itibaren takibe alıyorduk. Hastalığın seyrini ve neler başarmış olduğumuzu bir düğmeye basarak ekranda görebiliyorduk. Oysa eskiden hastalar kendileri gelir, yerlerine yerleşirlerdi. Sabah bir de bakardık, gece üç hasta gelmiş, bir yatağa girmiş yatıyorlar. "Siz nereden çıktınız?" diye sorardık, "Kış geldi, biz de sokaklarda kalmamak için kalmaya geldik," derlerdi. Kış aylarında elli yataklı koğuşa yüz kişi doluştukları olurdu. Yemekleri beğenmez, kendileri yaparlardı. Akıl almaz bir çay takıntıları vardı. Her biri çayını ayrı yapardı. Kahvaltı dışında üç beş kere çay yapmak yetmiyordu, her an çay içmek istiyorlardı. Devletin verdiği bütçeyle hastalara kahvaltı dışında bir kere bile çay vermek zorken, bu hale çareler aramış, sonunda Çaykur'dan çay bağışı almayı başarmıştık. Zor insanlardı cüzamlılar. Kan davaları, düşmanlıkları bitmezdi. Kimileri birbirleriyle aynı koğuşta, aynı odada yatmak istemezlerdi. Aralarında çatışmalar olduğu gibi kadın-erkek ilişkileri de olurdu, aşklar, sevdalar, kıskançlıklar da yaşanırdı.

Zaman içinde bütün bu düzensizlikleri düzene sokmayı başardık. Doktor sayısını değil ama hemşire sayısını artırdık. İyileşmiş hastalarımızı yetiştirip personel olarak kullanmayı akıl ettik. Üniversiteden birkaç elemanımız oldu, Bakanlık bize bir de müdür tayin edince, yönetimi giderek profesyonelleştirdik. Hastanede atölyeler de kurmaya başladık. Ayakkabı atölyemizi kurduk örneğin.

Paul Brand, cüzamlı hastaların el ve ayak cerrahileri konusunda dünya çapında bir ortopedistti. Karısı da göz cerrahisinde sayılı bir uzmandı. Dünyanın nerdeyse tüm lepra uzmanlarını onlar yetiştirmişlerdi. İlerlemiş cüzam vakalarında eller pençeleşir, ayaklar deforme olur. Cüzamlılar normal ayakkabıları giyemezler, onlar için özel ayakkabılar gerekir. Biz hastane olarak, Ayşe Yüksel hemşiremizi, Brand çiftinin yanına staja gönderdik. Afrika'da birlikte çalıştılar. Ayşe, lepra alanında, fizyoterapi ve ayakkabı uzmanı olarak geri döndü, hastanemizde hem fizyoterapiyi başlattı hem de bir ayakkabı atölyesi kurdu. Özel ayakkabılarımızı üretmeye başladık. Sadece kendi hastalarımıza değil, yurtdışından gelen hastalara bile ayakkabılar yaptık. Uzman hemşirelerimize yurtdışında burs buluyor, dönüşlerinde özel ünitelerimizi kuruyorduk. Gazete ilanıyla ilk hekimimize kavuştuk. Bir el cerrahisi profesörü ile anlaşıp haftada bir gün bizi ziyaret etmesini sağladık. Daha sonra da İsviçrelilerin katkısıyla, hastanede bir mikro cerrahi ünitesi kurduk. Ayrıca Göz Kürsüsü'nden de bir doktorla anlaşmıştık, haftada bir hastalarımızın gözlerini kontrol ettiriyorduk. Çünkü bu menhus hastalık gözü de fena vuruyor, körlüğe neden oluyordu. Zaman içinde, grubumuza birer psikolog, dahiliyeci ve diş hekimini katmayı da başardık. Diş hekimleri cüzamlıların ağızlarına ellerini sokmaktan kaçındıkları için, kendi diş protez laboratuarımızı da kurmuştuk. Bununla da yetinmedik; Soysal Hizmetler Merkezimizi kurduk. Beş becerikli hemşiremize, her hasta için ayrı bir yol projesi geliştirmesi görevini verdik. Hemşireler, çamaşırhanemizi ve pansumanhanemizi kurdular, hastalara pansuman yapmayı öğrettiler. Cüzamda yaraları sık temizlemek gerektiğinden, pansuman çok önemliydi. Eski hastalarımızdan iki kişiyi pansuman hemşiresi olarak yetiştirdik. Bu şekilde, hastaları tekrar topluma kazandırmak mümkün oluyordu.

Tüm bu projeleri gerçekleştirebilmek için, para kazanmamız da gerekiyordu. Lions, Rotary gibi derneklerin çok yardımını görüyorduk. Bir ara Beymen bile "Komşunu İkna Et" adıyla bir kampanya yapmıştı bizim için. Alman Başkonsolosluğu ise bize on tane dikiş makinesi vermişti. Bu makinelerle bir dikiş atölyesi daha kurduk ve iş aramaya başladık. Hastanelere nevresimler diktik. Sonra bir iş alanı daha açıldı önümüze. Duyduk ki, sigara filtrelerinin fazlası atılırmış. Gittik, bu lif lif ayrılan sentetik malzemeyi bedava alıp getirdik hastaneye, döktük ortaya, bütün doktorlar, hemşireler, hastalar ellerimizle dittik filtreleri, kabartıp yastık yaptık. Bu yastıklardan çok para kazandık. Kabataş Erkek Lisesi'nin girişinde bir ikinci el giysi satış yeri kurduk, uzun süre orada satış yaptık. Sonra vazgeçtik çünkü akçeli işleri idare etmek zordu.

Hastalar için de bir işletme kurmuş, bu işletmede çalışanları sigortalamıştık. Bazı marifetli hastalar için, Halk Eğitim'den el sanatları hocası istemiştik. Hastalar el sanatlarını öğrenip, üretiyorlar, sonra sergiler açıyorlar, satıştan para kazanıyorlardı. Okuma yazma bilmeyenlere okuma yazma kursları açtığımız gibi, okur-yazar olanları İngilizce, bilgisayar, dikiş kurslarına gönderiyorduk. Kısacası bizim hastanede hastalar hem tedavi görüyorlar, hem de çıktıklarında onlara para kazandırabilecek bir beceri sahibi oluyorlardı.

Hemşirelerimizin ve çalışanlarımızın küçük çocuklarını oyalamak için kurduğumuz kreşte, bir çocuk bahçesi de yapmıştık. Bahçe işlerinden anlayan bir hastamız bahçıvanlığı üstlenmiş, bahçeyi çiçeklerle, meyve ağaçlarıyla donatmıştı.

Tüm bu işleri kotarırken, sabah erkenden Çapa'ya gidiyor, akşam geç saatlere kadar çalışıyor, öğlen tatilinde yemeğe çıkmıyor, o saatleri de Lepra Hastanesi'ne ayırıyordum.

Bir gün Lepra Hastanesi'nin bütangaz tüpü bitmiş, ben tüpçüden aldığım dolu tüpü arabanın arkasına yatırmış hastaneye götürürken, Çapa'nın bahçesinde bir arkadaşıma rastlamıştım. Bana birlikte öğlen yemeğine çıkmayı teklif edince, tüpü göstermiş, acelem var, hastaneye tüpü götüreceğim demiştim. Ertesi gün telefon edip bana rastlamaktan ne kadar rahatsız olduğunu anlatmıştı. O ağız tadıyla yemeğini yiyip özel muayenehanesine giderken, ben maaş dahi almadığım hastaneye tüp taşıyordum.* İnanın hiç gocunmadan yapıyordum bu işleri. Akşam yatağıma yattığımda, o gün bir hastaya daha umut verebilmişsem, onu hayata katabilmişsem rahat ve mutlu bir uykuya dalıyordum. Zaten huzurlu ve mutlu olmamam için bir neden yok-

---

* *Güneş Umuttan Şimdi Doğar*, s. 204-205.

tu, son derece iyi şartlarda çalışıyordum bir süreden beri. Dekanımız Cemalettin Öner Hoca, nazik ve iyimser bir insandı. Dekanlığı sırasında, ondan manevi destek görmek bana çok iyi gelmişti. Yapmak istediklerimi olumlu karşılamasının, beni dinlemeye vakit ayırmasının, önerilerimi geliştirmemde çok katkısı olmuştu. Zaten bizim hastane protokolünü de fakülte dekanı olarak o imzalamıştı.

1981 yılında bir gün odama geldi, masamın karşısındaki koltuğa oturdu ve "Dermatoloji Anabilim Dalı Başkanlığı'nı size veriyorum," deyiverdi.

"Aman Hocam, beni onurlandırdınız, çok teşekkür ederim ama ben çok fazla yerde çalışıyorum, hem merkez müdürüyüm, hem hastanenin başhekimiyim. Siz de biliyorsunuz, projeler üretmek zorundayım ve ayrıca bir sürü hastam var. Bunların hepsinin altından nasıl kalkarım? Bu bana çok fazla gelir," diye itiraz ettim.

Cemalettin Hoca, ayağa kalktı, kapının yanına gidip durdu, "Yaparsınız, yaparsınız!" dedi, "İtiraz kabul etmiyorum, efendim!" Fırladı gitti. Arkasından ağzım açık bakakaldım. Beş yıldır yapmakta olduklarımın yanı sıra, bir de Anabilim Dalı Başkanlığı yapacaktım, bundan böyle.

ÇIKTIM AÇIK ALINLA GİRDİĞİM HER SAVAŞTAN

Çalkantılı lise yıllarından sonra, nihayet çocuklarım yüksek okullarına başlamışlardı. Çağlayan ikincilikle kazandığı Tatbiki Güzel Sanatlar'ın grafik bölümünde, Çınar tıpta okuyordu. Her sabah oturduğumuz Ortaklar Caddesi'nden aşağı iniyorlar, biri Beşiktaş'taki okuluna diğeri Çapa'ya gidiyordu. Terörün en ağır olduğu, 70'li yılların sonundaydık. Öğrenciler, devrimciler ve ülkücüler olarak ikiye ayrılmış, fakültelerde, yurtlarda ve sokaklarda birbirleriyle didişiyorlardı. Caddelerden geçen otobüsler taranıyor, kahvehaneler kurşunlanıyor, vitrin camları aşağı indiriliyor, öğrenci olsun olmasın insanlar politik görüşleri nedeniyle öldürülüyor, dövülüyorlardı. Bazıları da serseri kurşunların hedefi oluyorlar, kim vurduya gidiyorlardı. Hemen hemen her on günde bir, sokak çatışmalarında ölen öğrencilerin cenazeleri sokaklardan geçiriliyor, öğrenciler bu cenaze yürüyüşlerine katılmaya mecbur ediliyor, katılmayanlara zor kullanılıyordu. Üniversitelerde ders vermek ve ders görmek, imkânsız hale gelmişti. Artık ne eğitim yapılabiliyordu ne de can güvenliği sağlanıyordu.

Çok daha ağır darbelere maruz kalanlar vardı ama bizim küçük ailemiz de terörden nasibini alıyordu. Çınar örneğin, okula giderken yol boyunca sık sık ülkücüler tarafından çevrilip, tehdit ediliyordu. Devrimcilerin tehditleri de cabasıydı! Bir öğrencinin siyasi tutumlardan bağımsız kalabilmesi bile tehlikeliydi çünkü tarafsız olmanın da cezası ağırdı. Çınar'a dersleri zaten zor geliyor, nereden seçtim bu fakülteyi diye söylenip duruyordu. Bir de ortam böyle olunca, oğlumun tahsili yarım bırakmasından ödüm patlamaya başlamıştı.

Çağlayan'ın da durumu değişik değildi. Tam 12 Eylül öncesi, Çağlayan'a okuldan Ihlamur'dan Beşiktaş'a giden yolda fotoğraflar çekmesini gerektiren bir ödev vermişlerdi. Çocuk, bir iki arkadaşıyla birlikte fotoğraf çekerken, polisler gelmiş, hepsini dertop edip karakola götürmüşlerdi. Polisi onların öğrenci olduklarına, gizli film çekmediklerine, bir art niyetleri olmadığına ikna etmek için akla karayı seçmiştik.

Bir başka sefer de, çocuklarla birlikte, benim arabaya tıkışmış, Bomonti'nin arka sokaklarında oturan bir arkadaşımıza yemeğe gidiyorduk. Arabayı durdurdular. İçinden uzunca saçlı iki genç adamın indiğini görünce, uzun uzadıya sorgu sual ettiler. Kimdik? Ne iş yapıyorduk? Nereye gidiyorduk? Niçin evimizde yemek yemiyor, sokaklarda geziyorduk? Sonra ikna olup, bırakmışlardı.

Bir başka anımız daha var ki, çok komiktir. Çağlayan, cep harçlığını çıkarmak için, dayılarının atölyesinde gece vardiyasında çalışıyordu. Güneş battıktan sonra yollar hele de gençler için hiç tekin olmadığından, akşamları onu işe ben bırakıyordum. Bir gece yine benim arabayla yola koyulduk, tam Tekel Fabrikası'nın yanından dönüp caddeye çıkacağız, baktım bir polis aracı yanlamasına durmuş, yolu kapatmış, geçit vermiyor. Hemen geri vitese takıp geri geri gittim, bir sonraki yola sapıp oradan çıkacağım ana caddeye. Sokağa girer girmez sağdan soldan, önden, arkadan polis arabaları bizi sardı. Siren seslerinden kulaklarımız sağır olacak. Arabalardan fırlayan bir sürü silahlı adam tarafından ablukaya alındık. Bir tanesi koca uzun silahını benim pencereme, kafama doğrultmuş! Penceremi indirdim, gayet sakin, "Hayrola arkadaşlar? Bir kaza filan mı oldu? Doktora mı ihtiyacınız var?" dedim.

"Niye kaçtınız?"

"Nereye kaçtık?"

"Geri geri kaçtınız!"

"Polis bey oğlum, niye kaçayım, yolu kapatmış olduğunuzu görünce, diğer yola girmek için geri gittim. İşim gücüm var, bırakın da geçeyim," dedim. Ama yanımda oturan kot pantolonlu genç çocuğun, bir solcu öğrenci olma ihtimali vardı, onların gözünde. Bu badireyi de atlattıktan sonra, yalvarmıştım Çağlayan'a şu saçlarını kestir, Hitler usulü kafana yapıştırarak tara da, yollarda polis seni toplamasın diye. Uzun saçlı, sakallı veya bıyıklı öğrenci olmak kolay değildi o yıllarda. Sadece üniversitelerde öğrenci veya hoca olmak değil, sıradan vatandaş olmak bile kolay değildi artık. Besbelli ki yeni bir darbeye doğru doludizgin gitmekteydik. İşte, o günlerin birinde, Çağlayan'la Çınar'ı karşıma aldım.

"Çocuklar, çok zor günlerden geçiyoruz," dedim, "her ikinizin de birer odası var, eğer yurtlarda sıkıntı çeken, kalacak yeri olmayan, güç durumda olan arkadaşlarınız varsa, getirin bizimle kalsınlar, bu zor günlerde, çocuklara bir hayrımız dokunsun!"

Ertesi gün her biri yanında ikişer arkadaşıyla gelmez mi! Bizim aile bir anda üç kişiden yedi kişiye yükseldi. Kalabalık ve neşeli bir aile oluverdik. Çocuklar o terör günlerinde evimizde güven içinde yaşadılar. O kötü günler geçtikten, sokakların, yurtların durumu düzeldikten hatta biz Arnavutköy'deki evimize taşındıktan sonra bile, bu çocuklara gidin demedim, hepsi fakültelerinden mezun olana kadar bizimle birlikte kaldılar. Sabahları Çınar'ı ve arkadaşlarını arabaya doldururdum, hep birlikte Çapa'ya giderdik. Akşamları, yine hep birlikte çarşıya çıkar, alışverişimizi yapar, eve gelir, beraberce yemeğimizi hazırlardık. Bazen oğlanların bizim evde kalmayan arkadaşları da katılırdı yemeğe. Bulaşıkları yine hep birlikte kaldırırdık. Evimizde kalan çocukların kendi çamaşırlarını yıkamaları ve odalarını temizlemeleri şarttı. Gün olur, ev işlerini bile bölüşürdük. Arnavutköy'deki evimize taşındığımızda, önceleri kaloriferimiz yoktu. Mutfakta, kuzineyle ısınan alanda yemeğimizi yer, kitaplarımızı okur ama buz gibi odalarda yatardık. Bu tür zorluklardan ne ben ne de onlar gocunurdu. Mutlu, kocaman bir aile olmuştuk. Bazen benim arabaya haddinden fazla kişiyle biner yine başımıza dert alırdık. Bizim evde en çok Çınar'ın tıbbiyeye giden arkadaşları kalırdı. Bir akşam içlerinden biri askere yolcu edilecekti. Otobüs terminaline ben götürecektim çocuğu, otobüs de geç saatte kalkıyor. Oğlanların çoğu yatmış. Evden çıkarken gürültüyü duyup uyandılar. Asker yolcu ediyoruz ya, illa onlar da gelmek istediler. Ama hazırlanacak vakit yok. Kiminde pijama pantolonu, üstünde atlet, kiminde şort atlet, doluştular arabaya. Arabanın arkası tıklım tıkış delikanlı dolu. Yanımda Çınar oturuyor. Yola düzüldük. Bu sefer terör şüphesinden değil, arabanın doluluğundan, durdurulduk. Hepimizi indirdiler. Terlikli, atletli, yarı giyinik gençler, teker teker döküülüyorlar arabadan. Direksiyonda, doktor olduğunu iddia eden bir kadın! Polis torpido gözünü açıp elini içeri uzattı ve dehşetle geri çekti.

"Ne var orda?" diye sordu.

"Hiçbir şey."

"Nasıl hiçbir şey? Elime dikenli bir şey battı."

Birden hatırladım, bizim cüzamlılar, bana küçük boncukları, iğnelerle birbirlerine geçirerek, bir top yapmışlardı. Ben de onu arabamın aynasına asmıştım. Ucundaki ip kopunca torpido gözüne koymuş, orada unutmuşum! Adamın eline topun iğneleri batınca topu el bombası zannetmişti. Gülmekten konuşamıyorum.

"Çocuk orduya teslim olmaya gidiyor, otobüsünü kaçırırsa, ceza yer, ne olur bırakın," diye yalvarıyorum. Benim çocuk dediğim, polisin gözünde koca bir adam. Polisler bazen benimle ne yapacaklarını şaşırırlardı, böyle.

Çağlayan ve Çınar'ın dışında başka çocuklarım da oldu böylece, her birini çok sevdim. Fakat son zamanlarda, kendi çocuklarım bu işleri abarttığımı söyleyip şikâyetçi oldular. Belki de biraz abartmıştım. Çocukların kendi arkadaşlarının yanı sıra, bir lepralının çocuk felci geçirmiş oğlunu okula kolayca gidebilsin diye, bir üniversite öğrencisini sokakta kalmasın diye, İDİL Projesi kapsamında okuttuğum dünya akıllısı Vahap'ın bir yaş büyük ablasını da Vahap sıla hasreti çekmesin diye eve sokunca, benim oğlanların tepesi atmıştı. Bu kalabalıkta sere serpe uzanacak yer bulamayan Bubu da kızmıştı bana ama onun Allahtan şikâyet dillendirecek dili yoktu.

Bunca erkek çocuğun yanında bir de kızım oldu, yetmişli yılların içinde; Ayşe Yüksel! O benim sadece hemşirem değil, tıpkı Sultan gibi, kızım, arkadaşım, dert ortağımdı. Ayrıca, ben gittikten sonra lepralılarımı teslim edeceğim kişiydi. Benden sonra bayrağı o taşıyacaktı.

Ayşe benim için çok özeldi ama başka hemşirelerimin de hakkını yememeliyim. Tülay Çakıner hemşire vardı, ilk doğu taramasına birlikte çıktığımız. Müthiş çalışkan, üretken bir insandı, kendini çok iyi geliştirdi.

Hemşirelere benim büyük saygım vardır. Onlar, sağlık sisteminin en önemli taşlarından biridir. Hasta onların eline bırakılır. Hemşire hastayı devraldı mı, her şeyiyle ilgilenmek zorundadır. Ateşi, nabzı, tansiyonu, idrar ve dışkı durumunu doktora hemşireler bildirir. Benim hiçbir zaman beceremediğim gibi, bembeyaz çarşafları jilet gibi dümdüz ederler. Hastanın ilaçlarını içirir, enjeksiyonlarını yapar, serumunu takar ayrıca bir de hastayla sohbet ederler. Onlar doktorun emirlerinin uygulayıcısı değil, bence sağlık hizmetlerinde, hekimin eşit bir parçasıdırlar. Hayatım boyunca, bu düşüncelerimin savaşını verdim, çalıştığım hastanelerde.*

---

* *Güneş Umuttan Şimdi Doğar*, s. 259-260.

1980 yılının Eylül ayında, korktuğum başımıza geldi, askerler bir darbeyle ülke yönetimine el koydular. Bütün partiler, odalar, dernekler geçici olarak kapatıldı. Terör korkusu yerini yeni korkulara bırakmıştı. Tüm toplumsal ve siyasi yapılanmalar altüst olmuştu. Terörün odaklarından biri olarak gösterilen ve saygınlığını kaybeden üniversite, işte o günlerde ne yazık ki bence en büyük darbelerden birini aldı. 12 Eylül anayasasını yapma görevi, üniversiteye değil Milli Güvenlik Konseyi'nin emirlerine uyan bir grup öğretim üyesinin sorumluluğuna bırakıldı. Zaten 27 Mayıs darbesi sırasında, 147'ler olayından dolayı üniversitelerde bozulma başlamış, birçok değerli öğretim üyesinin askere gammazlanarak görevlerinden atılmasıyla içten içe bir çürüme yaşanmış, kurum saydamlığını kaybetmişti. Şimdi bizi daha da zor günlerin beklediği besbelliydi. Ne yazık ki, üniversite, sivillerin hazırladığı anayasanın bize bol geldiği gerekçesiyle, ortadan kaldırılmasına karşı koymadı, koyamadı. Oysa sığ politikalara karşı tavır alıp söz söylemesi gereken en önemli kurumdur üniversite; aklın, bilimin sözcüsü olmalıdır. Üniversite, akıl ve bilimle siyasetçilere yol gösteremezse, yapılan hatalarda onun da payı olur.*

Üniversitenin sus pus olduğu, sistemin tek tip öğrenci yetiştirmeye başladığı bir dönemde yaşa-

---

* *Güneş Umuttan Şimdi Doğar*, s. 175.

maya başladık. Gençlere sadece bir mesleğin teknik yanları öğretilmeye başlandı ama çağdaş, düşünen, tartışan, kendini ifade edebilen, onuruna sahip, eşitlikçi bir insan olabilmeleri için gereken donanım verilmedi. Bir mesleğin toplumla bağlantıları, ülke kalkınmasındaki ve uluslararası ölçütlerdeki yeri ihmal edildi.

Hayat öyle ya da böyle devam ediyordu, ben her zamanki gibi işten başımı kaldıramıyordum. Elazığ'daki Cüzam Hastanesi'nin iyileştirilmesi gündemdeydi, sık sık Elazığ'a gidiyordum. Dermatoloji Ana Bölüm Başkanı olduktan sonra, Van'da cüzam taramalarını başlatmıştım. Öğrencilerimi örgütlemiş, köy köy geziyor, ülkedeki cüzamlı sayısını saptamaya, hasta olanları tedavi etmeye, cüzamlılarla aynı evlerde yaşayanları korumaya çalışıyorduk. İşime odaklanmadığım, başka şeyler düşünmeye vakit bulduğum zamanlar ise, memleketteki gelişmelere çok canım sıkılıyordu.

Bütün bu kargaşanın, koşuşturmanın ve endişenin arasında, beni mutlu eden ve huzur veren; yeniden mektuplaşmaya başladığım Ali'nin dostluğu oldu.

Cevdet'den boşandıktan kısa bir zaman sonra aramıştı beni, nereden duyduysa boşandığımı. Hatırımı sormuştu. Telefonu kapatmadan, uzun uzun konuşmuştuk. Sonra bir akşam, hatıralara dalmış düşünürken, bir sayfa kâğıt çekmiş, geçmiş günlerin nostaljisine ilişkin duygularımı yazmıştım. Yazdıklarım önce bir sayfa, sonra üç, derken beş, altı, on sayfa olmuştu. Bir nevi geçmişle hesaplaşmaydı adeta. Bir süre başucumdaki çekmecede durmuştu mektup. Atmamıştım. Bir gün hastaneye götürdüm mektubu ve postalanacakların arasına koydum. Yanıtı hemen geldi. İnsanların birbirine mektup yollamayı unuttuğu bir çağda, ne hoş oluyordu bir dosttan, halini, ahvalini, düşüncelerini anlatan bir mektup almak! Elbette gençliğimizde olduğu sıklıkta değil ama yılda birkaç kez yazışıyor, ara sıra da telefonda konuşuyorduk. Bana gençliğimi, öğrenciliğimi, baba evimi ve Kandilli'yi hatırlatan kaya gibi sağlam bir dosttu Ali, zaman içinde uzaktaki vazgeçilmezim olacaktı.

Bir akşam mutfakta çocukların akşam yemeğini hazırlarken, radyoda yine marşlar çalıyor, ben de bazılarına ıslıkla eşlik ederek sıkıntımı dağıtmaya çalışıyordum ki, birden çocukluğumuz boyunca kardeşlerimle bir ağızdan bağıra çağıra söylediğimiz ve pek sevdiğimiz Onuncu Yıl Marşı'nı çalmaya başladılar: *"Çıktık açık alınla on yılda her savaştan!"*

Patatesleri tepsideki etin etrafına dizdim, tepsiyi fırına verdim. Ellerimi yıkayıp kuruladım. Mutfağın duvarında asılı Saatli Maarif Takvimi'nden o günün yaprağını koparmak için uzandım ve tarihi görünce radyodaki şarkıya, "*Çıktık*"ı "*çıktım*"a çevirerek, şarkıya yüksek sesle eşlik etmeye başladım.

"Çıktım Açık Alınla Girdiğim Her Savaştan!"

Gerçekten, girdiğim her savaştan açık alınla çıkmış mıydım? Geriye doğru düşünmeye başladım!

İki kez vereme yakalanmama rağmen fakültemi bitirebilmişim. İhtisasımı yapmışım. Yürümeyen evliliğimi cesaretle sona erdirmişim. Zaman içinde çocuklarımı yanıma almışım. Bursumu kazanıp İngiltere'ye gitmişim. Bir yılın her saatinden her anından istifade etmiş, öğrendiklerimi değerlendirmiş, doçent olmuşum! Çapa'da doçent kadrosuna geçmişim! İkinci yabancı dilimi mükemmelleştirmek üzere dört aylığına Fransa'ya gittiğimde, dil öğrenmekle kalmamış, Lepra çalışmaları da yapmışım! Bakırköy Ruh ve Sinir Hastalıkları Hastanesi Cüzam Pavyonları'nda çalışmaya başlamışım. Bir arkadaşımla Şişli'de ortak muayenehane açmış yürütememiş, çocuklarımla birlikte yine Şişli'de bir küçük daireye kiraya çıkmışım! Taksitle altmış sekiz bin liraya ilk arabamı almış mıyım? Almışım! Aldığım gece arabayı evimin önünden çalmışlar ama on gün sonra da Dolapdere'de bulmuşlar, ne gam! Çocuklar televizyon seyretmek için mahalledeki evleri dolaşmasınlar diye Aygaz marka televizyon almışım ama başta Gökşin ve küçük kardeşim Gündüz olmak üzere herkes bu televizyon aygazla mı çalışıyor diye alay edince, götürüp Profilo markayla değiştirmişim! Çocukların her hafta bisiklet kiralamalarından bıkıp birer de bisiklet almış mıyım onlara!

Efendim, bu arada bir de ünlü bir heykeltıraşla evlenmiş, evliliğim ikinci yılını dolduramadan ama dost kalarak, birbirimizin gözünü oymadan boşanmayı da becermişim! Cüzamla Savaş Derneği'ni kurmuş, cüzam taramalarını başlatmışım. İngiltere Tropikal Hastalıklar Hastanesi'nde Dr. Jopling'le dört ay çalışmış, gelir gelmez öğrendiklerimi uygulamaya koyulmuşum. Bu koşuşturma içinde, tezimi yazıp, profesör olmuşum. İstanbul Tıp Fakültesi Dekanı Güngör Ertem'in öncülüğünde kurulan Lepra Araştırma ve Uygulama Merkezi'ne müdür olarak atanmışım. İngiltere dermatologlarının ünlü kulübü *Dowling Club*'ın onur üyesi seçilmişim. Yetmezmiş gibi, Dermatoloji'nin Anabilim Dalı Başkanlığı'na atanmışım.

Bir de arkadaşım var uzaklarda, beni hep kollayan, düşünen ve asla gönlünden çıkartmayan!

Yirmi yılda her savaştan açık alınla çıkmış mıyım?

Şüphesiz evet!

Aferin bana!

Hayatım boyunca, hiçbir başarımla böbürlenmemiştim o ana kadar. Belki de kibir eksikliğini, evimde babaannemden başlayarak, diğer büyüklerimden ve din hocamdan aldığım terbiyeye borçluydum. İyi bir Müslüman olmanın en önemli şartlarından birinin alçak gönüllü olmak, böbürlenmemek olduğu yüreğime kazınmıştı adeta. Buna rağmen sen tut, bir gün marş dinlerken, "*çıktım açık alınla her girdiğim savaştan,*" diye avaz avaz şarkı söyle! Allah'ın gücüne gitti işte! Anabilim Dalı Başkanlığı'nda düş kırıklıkları yaşamaya başladım.

Benim, üstlendiğim işleri en iyi şekilde yapabilmek gibi bir takıntım vardı. Başkanlığa getirildiğim zaman da, burada neler yapabilirim diye düşünmüştüm. Bölümde herkes çok yorgundu, herkes fazla mesai yaptığından şikâyetçiydi. Hasta kuyrukları oluşuyor, doktorlar gün sonunda hastaların ancak yarısına bakabildiklerini görüyorlardı dehşetle. Bakım alamayan hasta bir gün sonraya sarkıyordu, tıpkı ödenmedikçe büyüyen faizler gibi. Durumu düzeltmek için bir plan yapıp uygulamaya çalıştım. Arkadaşlara, ellerine birer kâğıt almalarını, yaptıkları tüm işleri, saat saat bu kâğıda dökmelerini söyledim. Maksadım, hastaları randevu ile çağırarak yığılmaya mani olmaktı. Sonra sabah sekizde asistanlar ve hocalarla birlikte bir seminer yaptık. Diğer görüşleri öğrendim. Bir yol haritası çizip uygulamaya koyduk. Sabahları saat dokuzda polikliniğimiz açılacak, randevu ile akşama kadar hasta bakacaktık. Öğlen tatilini kaldırıyorduk. Öğlen saatlerinde herkes nöbetleşe hasta bakacaktı. Yemeğini yiyen, gelip nöbeti devralacaktı. Böylelikle bir hoca ve beş asistan, günde yüz hastaya bakabilecektik.

Kurduğum sistem bir süre yürüdü. Sonra orta yaşlı ve yaşlı doktorlar şikâyet etmeye başladılar. Rahatlığa, gevşekliğe alışmışlardı. Disiplinli çalışmayı kaldıramıyorlardı. Hocaların bu davranışları asistanlara da sirayet ediyordu. Arkamdan, terör estiriyor diye söylenenler olmuş. Bunu duyunca üzüldüm elbette. Ben, Osman Yemni Hoca'dan alıştığım şekilde özveri gerektiren, dinamik bir çalışma sistemi oluşturmuştum. Benim bildiğim, alıştığım çalışma temposu ve felsefesi buydu. Hastayı geri göndermemek! Ama arkadaşlarım bu tempoyu kaldıramamışlardı. Alıştıkları tarzda anabilim başkanlığı yapacak başka doktorlar vardı. Görevi almasını bildiğim gibi, bırakmasını da bilirdim. Onlarla uyumlu bir beraberlik kuramayınca, başkanlıktan istifa etmeye karar verdim.

Hekimlik mesleğini seçen insanların özveriden kaçınmaları ne büyük bir yazıktı!

Dünyada binlerce meslek ve iş dalı vardı. Fedakârlık etmekten gocunanların, bu meslekten uzak durmaları gerektiğini düşünmüşümdür hep. Çünkü hekimlik, acılara eğilmektir, acıları dinlemektir, acıları dindirmektir. Sonsuz özveri ister. Lepra Hastanesi'ne başhekim tayin edildiğimde, Bakanlık bana ancak tek bir ay için ödeme yapabilmişti. Sonra, bu paranın verilemeyeceği anlaşıldı ve ödeme kesildi. Ne başhekimliğimden ne de diğer ek görevlerimden bir kuruş para almadım. Para alamıyorum diye görevden çekileydim, kim bilir kaç hasta bakımsız, sahipsiz kalırdı. Bir hekimin en büyük ödülünün manevi getiriler olduğuna inanırım. Para kazanmak, zengin olmak istemek çok güzel bir duygu ama bunu isteyenler, ticaret yapmalı.

Bir başka büyük yazık da zamanı ve emeği doğru değerlendirerek kullanamamaktı. Oysa zaman ve emek doğru kullanılabilse, ne çok iş yapılabilirdi!

Kliniğimizde, histopatolojiyi kurmuştuk mesela! Dünyanın pek çok yerinde yapıldığı gibi, kendi biyopsilerimizi kendimiz yapıyor, bünyemizde değerlendiriyorduk. Ama olmadı, arkadaşlar bu işleri tekrar patalojiye döndürdüler, laboratuvarımız kapatıldı. Oysa orası düzeyli bir araştırma kaynağı olabilirdi. Ayrıca, bir de Cinsel İlişkiyle Bulaşan Hastalıklar Merkezi kurmuştuk. Bu merkezimizde mikrobiyoloğumuz ve kadın doğumcumuz vardı. Her öğle saatinde, hastaların telefonla başvurularını alıyor, hastaları bilgilendiriyor, gerekirse muayeneye çağırıyorduk. Diğer bölümler, bu projemize hiç sıcak bakmadılar. Bir üroloji hocasının, telefonla cinsel tedavi olur muymuş diye bizimle dalga geçmesini dünmüş gibi hatırlarım. Oysa biz derdini yüz yüze anlatmaya çekinen, utangaç hastaları bu sistemle, muayeneye yönlendiriyorduk. Telefonla muayene olmayacağını biz de biliyorduk elbette! Dünyada bu iş yaygınlaşırken, bizdeki olumsuz tutumlardan dolayı önce telefon nöbetlerimiz kalktı, sonra hizmet eski canlılığını kaybetti ve yitti gitti!

Allahtan bu arada hayatıma sevinç katan başka olaylar oluyordu. Çınar, tıbbiyeyi bitirmiş, mecburi hizmetini yapmaya hazırlanıyordu. Ben yine oğlum için kimseden torpil isteyemedim. Kurada Hakkari'yi çekti, mecburi hizmetini Uludere'de yaptı Çınar. Bir anne olarak, üzüldüğümü, telaşlandığımı itiraf etmeliyim. Ama Doktor Türkan Saylan olarak, çok sevinmiştim. Çünkü benimle aynı branşı seçen oğlum, benim tecrübelerime erken yaşta sahip olacaktı. Cüzamı yöresinde görecek, memleketini, en kötü şartlarını, yaşayarak tanıyacaktı. Onun orada, o şartlarda geçireceği bir yılın deneyimini, ona on yıl boyunca hiç durmadan anlatsam, tüm ayrıntılarıyla aktaramazdım. Çınar mecburi hizmeti sırasında, bitlendi, pirelendi, yokluğun, yoksulluğun ve cehaletin ne olduğunu öğrendi. Döndüğünde bambaşka bir Çınar'dı. Sonra Çınar, evlenerek Almanya'ya yerleşti. Biz Çağlayan'la baş başa kaldık ve birlikte yaşamaya devam ettik. Bu yüzden Çağlayan'la pek çok anlatmaya değer komik anım vardır benim.

Bir keresinde, Muğla'ya bir seminere davet edilmiştim. Çağlayan'ın tatiline denk gelmişti. Seminere giderken onu da yanıma aldım ama bir taraftan da düşünüyordum, çocuğun saçları nerdeyse omuzlarına değecek kadar uzun, kılık kıyafeti ise, tam bir hippi. Genellikle bir yere konuşma yapmaya gittiğim zaman, gittiğim yerin resmi erkanıyla bir araya geliyorum. Kaymakamlar, valiler, Çağlayan'ı bu haliyle nasıl kabul edecekler? Ama yapacak bir şey yoktu, çocuğa gel demişim bir kere. Kalktık gittik. Tam da korktuğum gibi, Vali bizi makamına davet etmez mi! Orada bir terslik olmadı. Fakat sonra bizi arabalarla Fethiye'ye götürdüler gezmeye. Vali de yanımızda olduğu için, Fethiye'deki resmi heyet, bizi karşılamaya gelmiş. Arabalardan indik, Çağlayan en sona kalmış. Alayiş sevmediği için biraz beklemiş olmalı arabada. Biz korumaların arasında yürümeye başladık. O da bize yetişmek için peşimizden koşmuş. Birden arkamızda bir vaveyla koptu. Çağlayan, "Bırakın beni yahu!" diye bağırıyor. Bir de ne göreyim, benim saçlı sakallı oğlumu korumalar terörist diye yakalamış, hırpalıyorlar. Uzun saçları hayatı boyunca sorun çıkartmıştı oğluma.

AĞLASAM SESİMİ DUYAR MISINIZ?

Gelenin gidenin çok olduğu bereketli bir gündü, bugün. Öğleden sonra, Çağdaş Yaşam'dan, kırsal alan burslarının başındaki Sema gelmiş, bana son durumlar hakkında bilgi aktarıyordu, Zeynep elinde tepsiyle kapıda gözüktü.

"Yine mi yemek geldi? İstemiyorum," dedim.

"Ama bu yemeği kim yedirecek biliyor musunuz?" dedi Zeynep.

"Gökşin mi geldi yine?"

"Bu sefer ben geldim!" diyerek içeri Ayşe Yüksel girdi. Kızım benim! Ece'yi kucağına almış, okşuyor, kedi, kimi seveceğini bilir, gurlaması sokağın nerdeyse başından duyulacak.

"Bu kedi seni çok seviyor Ayşe, benim için özel olduğunu anladı herhalde," dedim, "hani gidiyordun sen?"

"Ben de sizi çok seviyorum," dedi Ayşe, kediyi bırakıp tepsiyi aldı Zeynep'den, dizlerimin dibine oturdu.

"Bana yemek verme. Aç değilim."

"Olmaz Hocam. Yarın erkenden dönüyorum ben. Siz de kemoya gideceksiniz. Birkaç gün hiç yemek yiyemezsiniz artık. Ne olur benim gözümü arkada bıraktırmayın, içiverin çorbanızı."

Yemek vakti değil ama doktorların talimatıyla bana az ve sık veriyorlar gıdamı. Tepsiyi dizlerime koydu Ayşe, Sema'yı öptü, karşıma geçip oturdu. Van'a dönüyor yine. 100. Yıl Üniversitesi Tıp Fakültesi, Halk Sağlığı Anabilim Dalı Başkanı oldu. İftihar ediyorum kızımla ama çok da göreceğim geliyor.

"Özleyeceğim seni," dedim.

"Ben de sizi özleyeceğim, canım benim," dedi Ayşe.

"Büyük aşk!" dedi Sema.

"Hem de nasıl! Ben Hoca'ya nasıl ve ne zaman vuruldum, biliyor musun sen?"

"Tahmin ediyorum. Seni onun servisine verdiler Lepra Hastanesi'nde..."

Sema'nın lafını kesti Ayşe, "Bilemedin!"

"Anlat o zaman," dedi Sema.

"Taa 1977-78'e gider, Türkan Hoca'yla tanışmam. Ben, Florence Nightingale Hemşirelik Yüksek Okulu'nu yeni bitirmişim. Halk Sağlığı Anabilim Dalı'nda yüksek lisans programına hazırlanıyordum, bizim orada lepra konusunda bir panel yaptılardı. Türkan Hoca'yı da konuşmacı olarak davet etmişler. Adını ve namını duymuştum ama ilk kez orada gördüm, yanında tedavi olmuş iki lepralı hastayla geldi. Kırmızı üzerine siyah puantiyeli bir döpiyes giymiş, saçları da alev gibi kırmızı, kısacık. Nasıl güzel, nasıl hoş bir kadın, kimsenin aklına gelmez lepra gibi bir hastalıkla uğraşacağı. Çok etkileyici bir konuşma yaptı. Panelin sonunda ise yanında getirdiği lepralılar bağlama çaldılar, türkü söylediler."

"Hemen yanına gidip kendini mi tanıştırdın?"

"Hayır, o gün tanışmadık. Aradan epey bir zaman geçti. Halk Sağlığı'nda öğretim üyeliği yapan Müeyyed Hanım'la, Türkan Hoca, Cüzamla Savaş Derneği'nde birlikte çalışmışlar. Hoca bir gün telefon etmiş Müeyyed Hanım'a, Lepra Hastanesi için bir hemşire arıyorum, demiş. Müeyyed Hanım bana, 'Türkan Hoca, aynen seni tarif etti. Ona adını verdim, lütfen git konuş,' dedi. Ben, 'Kusura bakmayın efendim, kabul edemeyeceğim,' dedim. Aklımda başka projeler vardı. Bir süre sonra Müeyyed Hanım yine çağırdı beni, niye işe başlamadığımı soruyor. 'Efendim, ben anladım, siz kabul etmediğimi söyleyemiyorsunuz, müsaade edin Hoca'ya ben kendim gidip, hayır, diyeyim, siz de arada kalmayın, bitsin bu iş,' dedim. Telefon ettim, randevu alıp gittim. Girdiğim oda, Hoca'nın Çapa'daki meşhur odası. Pencerelerde yazmalar, duvarda heybeler asılı. Saksılarda sardunyalar, vazoda karanfiller. Odasında Sultan adında bir hemşire ile Adil adında bir hademe vardı. Beni onlara tanıttı, onlar çıkınca, konuşmaya başladık. Ben derdimi anlatırken, Sultan Hemşire'yle Adil, çeşitli nedenlerle girip çıkıyorlardı odasına, soru soruyorlar, bir şeyler söylüyorlardı. Onlarla olan iletişimine şaşırıp kaldım. Sanki o kişiler hemşire ve hademe değiller de onun arkadaşlarıydı, öylesine sıcak ve eşit bir iletişim içindeydiler. Sultan Hemşire'nin arkasından, 'Sultan benim sadece hemşirem değil, aynı zamanda kızımdır, çok değerlidir benim için,' dedi, 'onsuz bu servis, böyle örnek bir servis olamazdı.'

Bir şeye daha dikkat ettim, telefon çalıyor sık sık, telefonu koskoca profesör, 'Ben Doktor Türkan,' diye açıyor. Çok etkilendim.

'Efendim, size hayır demeye gelmiştim ama vazgeçtim. İşi kabul ediyorum,' deyiverdim.

'Hemen evet deme,' dedi, 'ben birazdan Lepra Hastanesi'ne gideceğim, sen de benimle gel, oradaki vaziyeti gör. Hoşuna giderse kalırsın.'

Birlikte çıktık, bej rengi bir Murat'a bindik. Ben yanına oturdum. Adil bir sürü kutu, sargı bezi, alet edevat yükledi arabaya, arka koltuklar da tepeleme doldu, bagaj da. Bakırköy'e, hastaneye geldik. Getirdiğimiz eşyaların bir kısmını kendi yüklendi, bazılarını bana verdi. Tabii geldiler yardıma ama o da taşıyor, hademe gibi. Hastanedeki odasına girdik. Gömleğini giydi, 'Şimdi hastaları dolaşacağım, sen de gel ki, yapacağın işe dair bir fikrin olsun,' dedi. Peşine takıldım, koğuşa gittik. Yataklar dolu. Hastaların her biriyle el sıkışıyor, hatırlarını soruyor, kimine sarılıyor, kimini öpüyor. Ben hayretler içinde bu manzarayı seyrediyorum. Derken beni çok etkileyen bir şey oldu, Hoca, elleri pençeleşmiş, yüzünün şekli deforme olmuş, kör bir kadının yatağının kenarına oturdu, elleriyle yüzünü, kollarını okşadı, 'Senin bu ipek gibi tenine bayılıyorum, biliyor musun?' dedi. Hastanın yüzü aydınlandı. Ben dehşetle hastaya baktım ve gördüm ki, o çirkin kadının cildi nasıl olmuşsa, gerçekten pırıl pırıl. Türkan Hoca'yı seyrettikçe anladım ki bir sihirli formülü var, kiminle olursa olsun, önce o kişinin en iyi tarafını görüyor ve o iyi şeye vurgu yapıyor. Odasına dönmemizi hiç beklemeden, 'Hocam,' dedim, 'işi gördüm, anladım, kabul ediyorum. Çok istiyorum yanınızda çalışmak!' İşte Sema, ben o gün vuruldum Hoca'ya."

"Abartma Ayşe," dedim.

"Hiç abartmıyorum. Sonrası zaten malum, sizin sayenizdedir mesleğimde buralara kadar yükselmem, profesör olmam. Siz yüreklendirmeseydiniz, yaptıklarımın hiçbirine cesaret edemezdim. Afrika'ya da sizin sayenizde gidip ayakkabı üretmeyi öğrendim, onca tecrübe edindim. Az şey mi bunlar?"

Sema da geri durmuyor, beni övücü bir şeyler bulup söylüyordu.

"Siz buraya şakşakçılığa mı geldiniz kızlar? Beni övmeyi bırakın da eğlenceli bir şeyler anlatın, içim açılsın, haydi!"

"Benim aklıma ne geldi biliyor musunuz Hocam," dedi Ayşe, "hani yıllar evvel, sizin arabayla Bakırköy'den evlerimize dönüyorduk ikimiz, bizi bir araba izlemeye başlamıştı. Korna çalıyordu sürekli. Siz yavaşladınız, onlar da yavaşladı, baktık bir araba dolusu genç, elleriyle kollarıyla işaretler yapıyorlar. Biz lastik patladı zannettik ama baktık lastiklere bir kötülük yok, ışıkları, sinyali kontrol ettiniz, hiçbir sorun yok! Hızlandık, yine peşimizdeler, korna çalarak. Hasta mı var arabada diye telaşlandınız. Kenara çekip durmuştunuz. Onlar da yanımıza çektiler arabayı, yavaşladılar, pencereyi indirip, 'Ne var çocuklar?' diye sormuştunuz, hatırladınız mı?"

Hatırlamaz olur muyum? Ne kadar gülmüştük sonradan! Diğer arabada, benim tarafımdaki çocuk, camını indirip, "Kızlar, hep birlikte bir şeyler içelim, diyecektik," demez mi!

"Oğlum, benim senin yaşında oğullarım var," demiştim."

"On yaşında mı evlendiniz?" diye sormuştu.

"Hatırladım Ayşe," dedim, "gençtim o zaman. Baksana şimdi ne hale geldim!"

"Siz hep güzelsiniz," dedi Ayşe, "Sizin içiniz güzel. Biliyor musun Sema, çok da marifetlidir ha! Biz yıllar önce doğuya gitmiştik, Van'ın köylerine,

Bahçesaray filan oralara. Oralarda hiçbir şey bulunmaz. Hoca, biz gençler taramaya çıktığımızda, bazen Sağlık Ocağı'nda kalırdı, döndüğümüzde bize mutlaka bir yemek pişirmiş olurdu oranın kısıtlı imkânlarıyla. Kısır, menemen, ne bulduysa artık, su ile kek bile yapmıştı, bir keresinde."

"Kocalarım adımı 'kötü ev kadını'na çıkarınca, gayrete gelip öğrendim," diye güldüm.

"Nankörler!" dedi Sema.

"Kıymetini bilen de var," dedi Ayşe. Ali'yi kastediyordu. Benim çok yakınım olduğu için, bir tek o biliyor taa lise yıllarından beri süregelen 'yazılı' ilişkimi. Önceleri her doğum günümde isimsiz gelen beyaz gülleri merak etmiş, sormuştu. Bir arkadaşımdan, demiştim.

"Bir hayranınız yani?" demişti.

"Kim bilir?"

"Yok! Bir hayrandan öte biri olmalı."

"Neden?"

"Bin tane hayranınız var Hocam sizin. Ama hiçbiri cesaret edip böyle her yıl çiçek yollamıyor."

"Paralarına kıyamıyorlardır," diye şakaya vurup geçiştirmiştim.

Yıllar geçti, Ayşe'yle iyice yakınlaştıktan sonra, bir öğleden sonra, hastaneye biraz gecikerek döndüğümde, onu telaş içinde beni beklerken buldum.

"Nerelerdeydiniz Hocam?" diye nerdeyse üzerime atıldı, "Telefonunuz kapalıydı. Oysa biliyorum hiç kapatmazsınız cebinizi. Evinizi aradım yoksunuz! Çapa'yı aradım yoksunuz! Ne yapacağımı bilemedim, çok merak ettim çok!"

İşte o zaman ona, "Ayşe," demiştim, "sana bir sırrımı vereceğim. Hani o her yıl bana doğum günümde çiçek gönderen arkadaşım var ya, İstanbul'a bir iş için gelmiş, onunla yemek yedik."

Başka bir şey söylememiştim ama Ayşe, bu kişinin benim için özel biri olduğunu anlamıştı.

"Bunları anlatacağına, beni sevindirecek bir şeyler anlatsana," dedim.

"Biliyorum ne duymak istediğinizi," dedi Ayşe, Sema'ya döndü, "ben 15 Ocak'ta Cenevre'ye gitmiştim, Hoca'yı temsilen. Onu anlatayım istiyor."

"Anlat o zaman," dedi Sema.

"Şimdi bizim Hoca, lepralıların toplumdan dışlanmamaları için, çalışmalar başlatmıştı ya, Sosyal Hizmetler adı altında. Sorardı mesela Ahmet Efendi'ye, iyileşip hastaneden çıktıktan sonra nasıl geçineceksin, diye. Ahmet Efendi der ki, benim beş koyunum olsa, çocuklarımla güderdim koyunları, sütünü, kırpıklarını satar, geçinirdim. Hemen Ahmet Efendi'ye beş koyun alabilmek için, imkân yaratır. Ahmet Efendi'nin böylece, hayatı kurtulur, köyüne döndüğünde bir işi olur, yılların içinde borcunu da azar azar öderdi geriye. Kimseyi ayırmadan, herkese göre bir iş bulduydu. İşte İstanbul'da başlattığı bu projeyi, uluslararası bir projeye dönüştürmek istedi. Geçen yıl, ekim ayında, Teknik Üniversite'de bir çalıştay yapmıştık, Hoca bildirgemizi, Birleşmiş

Milletler Genel Sekreteri *B. Moon*'a göndermiş. O da dosyayı, Cenevre'deki İnsan Hakları Yüksek Komisyonu'na vermiş. Komisyon, Hoca'yı çağırınca, hasta olduğu için gidemedi, beni yolladı. Ay Sema, ne sükse yaptı bizim proje, bilemezsin! Biz bu çalışmalara otuz yıl önce başlamışız, diğer ülkeler daha yeni öğreniyor. Benimle tanışmak isteyenler, önümde kuyruk oldular. Hepsi özellikle çocuklara burs projesini nasıl başardığımızı öğrenmek istiyorlardı. Hoca'nın anlat anlat dediği, bu işte!"

"Onlara ÇYDD'den de söz etseydin."

"Ettim. Ama onların başında bir Türkan Hoca olmadığı için, aynı başarıyı yakalayabilirler mi, bilemem."

"Saçmalama Ayşe," dedim, "önemli olan kişiler değil, projeler ve sistemlerdir. İyi bir projeyi, sağlam bir sisteme oturtursan, başarılı olur, benimle ne alakası var?"

"Hiç de değil. Bu işler özveri de ister. Sema'cığım, bu Türkan Hoca var ya, Lepra'nın başındayken, tek bir kurban bayramı bilmem ki, gezmek için bir yerlere gitsin. Gitmez. Neden, çünkü her bayram hastanede kurbanlar kesilir. Kimsenin hakkı kimseye geçmesin diye Hoca başında durur, derisini, etini, kavurmalığını ayırtır. Yoksula gidecek kısmı eliyle hazırlar. Bir keresinde, hastanın birinin canı işkembe çorbası çekmiş. Bizim Fatma Hanım vardı, o sırada yemeklerimizi yapan. Hoca dedi ki, 'Hazır koyunu kestik, hastamızın gönlü olsun, bir işkembe çorbası yapıver, Fatma.' Fatma, 'Ben dünyada elimi süremem işkembeye,' demez mi! Tiksinirmiş. Hoca giymişti eline eldivenleri, kendi temizlemişti, hiç unutmam. O hastaya, işkembe çorbasını içirmişti, o bayram. Kimde var böyle bir Hoca?"

"Bende de ne hikâyeler var, ona dair ama kaçmam lazım," dedi Sema, "bir gün buluşur, konuşuruz, olur mu?"

"Ben de çıkıyordum zaten. Yolcu yolunda gerek. Çağlayan evde mi?" diye sordu Ayşe, "Evdeyse ona da bir Allahaısmarladık diyeyim."

"Seslen yukarı," dedim. Ayşe hole çıktı, seslendi. Çağlayan Ayşe'yi duyunca, paldır küldür indi merdivenlerden. Sema ayaklanmış, duvardaki aile resimlerini inceliyordu. Annemin, babamla evlendiği yıllarda çektirdiği o güzelim gençlik resmine uzun uzun baktı, "Hocam, ne kadar güzelmiş anneniz," dedi, "güzelliğinizi ondan almışsınız."

"Asıl teyzem benzerdi anneanneme," dedi, içeri giren Çağlayan, "sarı uzun saçları vardı, incecikti. Bir gün teyzemle durakta otobüs bekliyorduk, tesadüfen Güzel Sanatlar'dan bir arkadaşım da durakta o sırada. Bana kaş göz işareti yapıp duruyor, yanına gittim, 'Nerden buldun bu leylek bacaklı fıstığı?' diye sordu. 'O, benim teyzem,' demiştim ama inandıramamıştım."

Ayşe ellerimi tuttu, "Kendinize iyi bakın Hocam. Yaz için döndüğümde, ben de sizi fıstık gibi görmek istiyorum," dedi.

"Sen de kendine iyi bak, canım kızım," dedim, "Van'dakilere benden selam söyle!" Çıktılar. Çağlayan onları geçirmek için aşağı indi. Karşı duvarda asılı annemin resmine baktım, "Çok güzeldin anne, çok da marifetliydin," dedim içimde bir sızıyla, "ama çok şanslı değildin. Sana neler çektirdik ve duygularını anlamaya hiç yeltenmedik.

Gençliğinde Atatürk'ün bir *Limoge* vazosuna benzettiği anneciğimi, 1986 yılında kaybettim. İçimde, keşkelerle, hayıflanmalarla ve özlemle dolu, derin bir kuyu açılmış gibi oldu. Ben evimden yirmi iki yaşında ayrılmıştım. Ayrıldığım günden itibaren de nefes nefese bir maratona başlamıştım. Annem, kendi evinde kız kardeşim Turhan'la birlikte oturuyordu. Vakit buldukça onları ziyarete gidiyordum ama bazen de birkaç hafta yüz yüze görüşemediğimiz oluyordu. Bana evlenene kadar yaptığı baskılardan illallah dediğim, eleştirilerinden gocunduğum ve diğer kardeşlerime benden daha fazla düşkün olduğunu düşündüğüm anneme pek yakın sayılmazdım ama ölümünün beni böylesine sarsacağını da hiç tahmin etmemişim. Onun gidişiyle, birden kendimi yaşlanmış ve yapayalnız hissettim. İnsanlar galiba anne ve babalarının ikisini birden kaybettiklerinde, yaşlandıklarını anlıyorlar. Hem de birdenbire!

Duvardaki resimde, annemin ince ve muntazam hatlarına bakarken, çocukken annemin davranışlarından nasıl yaralandığımı hatırladım, içim sızladı. Belki de en büyük ben olduğum için, hep beni haksız bulur, beni azarlardı annem. Çok acı çeker, isyan duygularıyla dolardım. Ondan dolayı her türlü haksızlığa bu kadar tahammülsüz olduğumu düşünürüm. On iki yaşlarındaydım galiba, üvey çocuk olduğumu zannettiğimde. Annem üzülmüştü, senin iyiliğin için, daha başarılı, daha parlak olman için böyle davranıyorum, demişti. Kim bilir belki de hakkı vardı çünkü toz kondurmadığı ve çok şımarttığı küçük kızı, onun kanatlarının altından çıkıp hayata uçamadı. Evlenmedi, liseyi bitirdikten sonra bir ara öğretmenlik, kısa bir süre de sekreterlik yaptı ama sürekli bir işe girip çalışmadı, sık sık bunalımlar geçirdi, hep annemle birlikte yaşadı ve onun ölümüyle yapayalnız kaldı. Oysa ne kadar duygulu ve ne kadar güzel bir kızdı.

Ben ancak çalışmayı, koşturmayı bırakıp mecburen yatağa bağlandığım ve geçmişi fazla düşündüğüm şu son günlerde fark ettim annemin bana olan sert tutumunun çok yararını gördüğümü. Ve yine giderayak anladım ki ben ailede en çok anneme benziyorum. Evimizin en tutucu, en sağcı, ayrıca orucunu hiç kaçırmayan en dindar kişisi, annemdi. Babaannem de dindardı ama onunki, hurafelerin yarattığı, korkunun da etkilediği, bilinçsiz bir dindarlıktı. Benim muhafazakâr görüşlere, duruşlara uzaklığım annemin tutuculuğuna tepkiden olabilir ama yardımseverliğimi ve kafama koyduğumu illa yapmak istememi, annemden aldığım genlere borçluyum. Annem mahalledeki herkese, maddi manevi yardım ederdi. Oysa babamla evlendikten sonra hayatının büyük bölümünü ciddi maddi sıkıntılar içinde geçirmişti. Eve gelen yardımcı kızlara da, dikiş olsun, yemek olsun mutlaka bir şeyler öğretmek isterdi. Güleceksiniz ama bir de İngilizce! Bir keresinde Türkçeyi bile doğru dürüst konuşamayan bir kızcağız gelmişti doğuda bir yerden. Birkaç ay sonra ne göreyim, annemi ziyarete gelmiş bir İngiliz hanıma, "How would you like your tea?"* diye soruyor.

Annemin bir de mucitliği vardı ki, tutturabileydi, satmak zorunda kaldığımız bütün arsalarımızı ve evimizi geri alabilecektik! Ben egzamaya karşı bir ilaç geliştirdiğini, bu ilacı küçük şişelerde bazı eczanelere pazarlamaya götürdüğünü hatırlıyorum. Ayrıca soba borularıyla, evin bütün odalarını ve sıcak suyunu ısıtacak bir sistem bulup, babama patentini alması için ısrar ettiğini de. Fakat şu projesi bence en takdire değer olanı: Artık nasıl olacaksa Baltalimanı ile Kâğıthane arasındaki dere ıslah edilip oraya bir yat limanı yapılacak; böylece İstanbul'un başındaki en büyük sorunlardan biri olan Haliç, tertemiz bir hale gelecek! Bir taşla kim-

* Çayınızı nasıl alırsınız?

bilir kaç kuş? Tabii bu projeyi Çağlayan'a çizdirtip, zamanın Belediye Başkanı Bedrettin Dalan'a gönderdiğini ve elbette Çağlayan'ın kapıdan kovulduğunu ölümünden sonra öğrenmiştim! Evet, annem baş koyduğu işi tamamına erdirmeye çalışan biriydi, tıpkı benim gibi.

Annemin ölümü o kadar kendine yakışır bir şekilde tecelli etti ki, arkasından Allah'ın sevgili kuluymuş, diye düşünmüştüm. Annem çok güzeldi, her zaman bakımlıydı, kimsenin karşısına rujunu sürmeden çıkmazdı, çocuklarının bile. Kendine de iyi bakardı, sağlıklıydı bu yüzden. Uzun ömrünün sonunda, bir gün aynanın karşısında, makyajını yaparken, hiç acı çekmeden kalbi duruvermiş. Evdeki yardımcı kız haber verdi, gittim, onu rujunu sürmüş, sevdiği mor sabahlığını giymiş, yerde yatarken buldum. Sarıldım anneme. Sımsıkı sarıldım. Bana yapmış olduğunu düşündüğüm haksızlıklar o anda kalbimden silinip gitti. O benim canım, tombul, cefakâr annemdi. Annesizliğin ne demek olduğunu işte o an, keskin bir bıçak yarası gibi hissettim, yüreğimde. Tuhaf bir şekilde yalnız kaldım.

Annemi kaybettiğim yıl benim sağlığım da bozuldu. Hamileliklerim sırasında geçirdiğim veremlerden sonra, artık hastalık sıramı savdığımı düşünüyordum. Oysa daha verilecek diyetim varmış! Bir gün banyoda, aynanın karşısına geçmiş, erken teşhis için hastalarıma göstermek üzere, meme kontrolünün provasını yaparken, elime sağ göğsümde sert bir nodül geldi. İçime doğmuş gibi, hastalara meme kontrolü yapmaya karar vermem, ne tuhaf bir tesadüftü! Kimseye hiçbir şey söylemeden, ertesi gün meme uzmanı bir arkadaşıma gittim. Hemen bir mamografi istedi. Mamografide büyükçe bir kitle bulundu. Biyopsi de iyi çıkmayınca, ameliyat şart oldu. Doktorlar sadece kitleyi ya da tüm memeyi almak üzere fikrimi sordular. Bu dertten bir vuruşta kurtulmak için, mememin bütünüyle alınmasını istedim.

Hastalık teşhis edildiğinde, moralimi fazla bozmamıştım ama işlerimi aksatacağım diye çok üzülmüştüm. 1986 yılı, *Gandhi Ödülü*'nü aldığım, yoğun lepra çalışmaları yaptığım, çok hareketli bir yıldı. Bilimsel toplantılarım, derslerim, lepra taramalarım vardı. Cüzamla Savaş Vakfı'nı kurmak üzereydik. Hasta olmanın hiç de sırası değildi ama Tanrı beni nedense hep dar zamanlarımda yakalıyordu, hastalıklarla sınamak için.

Ameliyatımın öncesinde, artık Almanya'da çalışmakta olan Çınar, bana destek vermek üzere, İstanbul'a geldi. Ameliyata gireceğim günden bir gece önce, evimizde iki oğlumla baş başa oturuyordum. Ben kasvetli havayı dağıtmak için ha bire bir şeyler anlatıyordum ama onlar suskundular. Odalarımıza dağılmak üzereydik ki, Çınar, "Anne," dedi, "sana bir şey söylemek istiyorum."

"Söyle oğlum," dedim, merak içinde.

"İlkokuldayken, sınıfıma puf börekleri kızarttığın günü hatırlıyor musun?"

Güldüm. Nasıl unutabilirdim o günü. Akşamüstü geç bir saatte yorgun argın eve geldiğimde Çınar'ı kapıda beni beklerken bulmuştum.

"Sıra bana geldi, anne!" demişti.

"Ne sırası oğlum?"

"Okula beslenme götürme sırası."

O yıllarda benim oğlanların gittiği okulda, çocukların anneleri okula sırayla beslenme yollarlardı. Sınıf öğretmenleri, benim evimin dışındaki ağır programımı bildiklerinden, Çınar'dan ve Çağlayan'dan beslenme istemezlerdi.

Çınar, duraladığımı görünce, "Bu işten kurtuluşun yok! Yarın beslenme götüreceğime söz verdim. Elim boş gidemem, anne!" demişti.

Sokağa çıkıp alışveriş etmek için çok geç olmuştu. Ellerimi yıkayıp mutfağa girmiştim. Mutfakta, her evde bulunan un, yağ, peynir gibi malzemeler vardı. Çaresiz onları kullanacaktım. Hamur açmış, sınıftaki her çocuğa üçer börek hesabıyla, bir sürü börek hazırlamış, onları sabahın ikisine kadar, teker teker kızartmıştım.

"Evet Çınar, hatırlıyorum" dedim.

"İşte o gün için özür diliyorum, anneciğim."

"Neden özür diliyorsun ki?"

"O gün beslenmeyi sana yaptırtmak, öğretmenin değil, benim fikrimdi. Ben beslenme sırasını zorla almıştım öğretmenden. Senin, hepimiz yattıktan sonra kan ter içinde börek kızartman ve ertesi sabah erkenden kalkıp hastaneye koşman, o gün bugündür içimde ukde kaldı. İnsan çocukken ne kadar hain olabiliyor! Lütfen beni affet."

"İlahi Çınar," dedim, "ben de o börekleri hazırlarken ne düşünmüştüm, biliyor musun?"

"Ne düşünmüştün?"

"Ne kadar kötü bir anne olduğumu! Anneanneniz, hayatı boyunca dayılarına, teyzene ve bana börekler, kekler, pandispanyalar pişirdi, mutfaktan çıkamadı. Hırkalarımızı, kazaklarımızı elleriyle ördü. Teyzenle benim giysilerimi, kendi biçer, Singer makinesinde tıkır tıkır kendi dikerdi. Ben o gece börekleri yaparken, anneme kıyasla hiç de iyi bir anne olmadığımı düşünüyordum. Kırk yılın birinde bana bir şey yapma fırsatı verdiğin için, ne kadar memnun olmuştum, bilemezsin."

"Madem günah çıkarma seansları başladı, benim de diyeceklerim var anne," dedi Çağlayan.

"Sana beslenme hazırladığımı hiç hatırlamıyorum ama!"

"Ben senden, babama gitmemek için sana ettiğim eziyetler yüzünden özür dilemek istiyorum."

"Eziyet mi ederdin bana?"

"Hem de her hafta sonu! Hatırlamıyor musun anne, hafta sonları onu ziyarete gitmem için ne diller döker, bazen bana para bile teklif ederdin? Bir keresinde elli lira koparmıştım senden."

"Hiç hatırlamıyorum."

"Anne, niye o kadar korkardın babamdan?"

"Bak, niye korktuğumu söyleyeyim sana," dedim, "boşanırken velayetinizi babanıza bırakmıştım. Israrla istemişti. Vermeyecek olursam, boşanamayacağımı biliyordum. Ayrıca, ilk fırsatta sizleri geri alacağımı da biliyordum. Nitekim tam da düşündüğüm gibi oldu, ikiniz de bir müddet sonra yanıma geldiniz ama ben babanızdan ne bir kuruş para, ne de velayetinizi istedim. O para vermekte ısrar etti başka! Ama velayetin onda kalması, Demokles'in kılıcı gibi sallanıp durdu başımın üzerinde. Ya kızar da sizi geri alırsa, ya sizi bana göstermezse! Hep bu korkuyla yaşadım, boşanırken velayeti almadığıma hep çok pişman oldum. Bu yüzden yalvarır yakarırdım sana, babanı kızdırmayalım diye."

Çağlayan'la Çınar uzanıp ellerimi sımsıkı tuttular. Onların sağlıklı genç bedenlerinden, ellerime geçen yaşama sevincinin ve sevginin damarlarımda dolaştığını, yüreğimi ısıttığını hissettim. Ben o deneyimsiz yaşlarımda, nereden bilebilirdim annelerle evlatlarının arasına, değil velayet hakkının, hiç kimsenin ve hiçbir şeyin giremeyeceğini! Boşuna telaş edip üzülmüşüm! İşte şimdi de her zaman olduğu gibi yine yanımdaydı çocuklarım. Bana sevgi, cesaret ve güç veriyorlardı. Kanseri yenmem için çok nedenim vardı, çok! Göz kırptım çocuklarıma, "Bu maçı ben kazanacağım, çocuklar," dedim.

"Kazandın bile, anne!" dedi Çağlayan.

Ameliyat esnasında, memeyi alırlarken sağ koltukaltı lenflerini de aldılar, çünkü orada da başlangıç halinde birkaç beze bulunmuştu. Sonradan, keşke öteki mememi de aldırsaydım diye düşündüğüm anlar çok oldu, çünkü tek memeyle Amazon gibi yaşamak hiç kolay değildi.

Ameliyattan sonra Çınar, patalogları, cerrahları, onkologları bir araya getirdi ve bir konsültasyon istedi. Doktorlar beş seans kemoterapi görmeme karar verdiler. Kemo seansları üç saat kadar sürüyor ve beni hiç yormuyordu. Kemo bittikten sonra, ayaklanıp derslerimi vermeye, hastalarımı görmeye gidiyordum. Zaten ameliyata girerken, şöyle demiştim kendime, "Bunu bir diş çektirmek gibi düşün, ameliyatını ol, günlük yaşamını aksatmadan hayata devam et! Kanserin seni alt etmesine izin verme, Türkan!" Nitekim bir kemoterapi seansından kalkıp Antalya'daki kongreye katılmak üzere havaalanına gittim. Alanda bana kemoterapi veren doktorum Erkan Topuz'a rastladım. Adamın beni görünce şaşkınlıktan dudağı uçuklayacaktı neredeyse!

Kanser hastalığını arkamda bırakıp, yoluma hiçbir şey olmamış gibi devam etmiş olduğum, Gökşin'e yazdığım şu mektuptan da belli. Sevgili arkadaşıma, 1987 yılında, doğum gününü vaktinde kutlayamamış olmanın ezikliği içinde yazdığım mektubu, 30 Kasım akşamı başlayıp ancak 5 Aralık'ta bitirmişim. Kanserden, hastalıktan, kemo seanslarından tek bir satır yok mektupta. Sadece işlerimin yoğunluğundan söz ediyorum.

"Sevgili Gökşin,

Yıllar geçtikçe elimizde olmadan hücrelerimiz eskiyor, günlük koşuşturma ve sorunlar gözlerimize, beyinlerimize öyle kalın bir perde çekiyor ki, anlatılamaz. Ben artık kendimi asla planlayamaz hale geldim, inan! Yapmak istediklerim veya yapmam gerekenlerle, yaptığım, yapmaya zorunlu kılındığım şeyler, düşünmek istediklerimle düşünmeye zorlandıklarım da böylece birbirinden farklı oluyor.

İşte, 30 Kasım'da seni düşüneceğime, bin bir saçma işle günün her saati dolup geçti. Kendimi yatağımda bulduğumda gecenin kim bilir kaçıydı? Sonra da unutup gittim. Bunu kendi açımdan affetmiyorum, sen hoş görsen bile! Neyse canım kardeşim, gerçekleri yok sayamayız ama biraz çekidüzene girmemiz şart oluyor, sanırım.

Gökşin'ciğim, dünya devinip duruyor yıllardır. Biz de bu çarkın içinde dönüp durduk. Kendi adıma duyarlılığımdan, algılama gücümden memnunum. En iyi koşullarda dahi, iki kişilik bir dünyada asla yaşayamayacağımı, bu nedenle de içinde bulunduğum koşulların bana en uyanı olduğunu biliyorum.

Umarım senin seçimlerin de bugüne kadar ve bugünden, 30 Kasım 1987'den sonra, hep dilediğin gibi olur. Yorgunlukları, sorumlulukları biz seçmişsek, onlara katlanmamız da o denli kolay olacaktır. Mutluluk, kanımca vıcık vıcık bir muhabbet değil, hangi bağlamda olursa olsun, yaratmaktır.

Sevgiler,

Türkan "

Kanser tanısı bana 1986 yılında konmuştu. 2002'de, tam on altı yıl sonra, davetsiz ve sinsi bir misafir gibi, hayatıma geri döndü kanser. Yine bir kanser vakası için hastaneye gitmiş olmasaydım, belki sere serpe yerleşecekti vücuduma.

Kız kardeşim Turhan, akciğer kanseri olmuştu. Onun tedavisiyle meşgul olmak için sık sık hastaneye gidiyordum. Doktor arkadaşlardan biri, "Sen tetkiklerini yaptırıyor musun Türkan?" diye sordu. O kadar unutmuşum ki, tek göğsüme rağmen, kanser geçirdiğimi, "Ne tetkiki?" diye sordum.

O gün benden kan aldılar ve değerler sakıncalı bulununca, birkaç gün sonra MR çektirdim.

Teşhis: Karaciğer metastazı!

İsyan ettim bu kez. Yarabbim, dedim, çok üstüme geliyorsun! Şu yaşa geldim, emekli oldum, yapmak istediğim bir sürü şey var. Şimdi ben kemoterapilerle elden ayaktan düşersem, nasıl üstesinden geleceğim o işlerin? Sonra kızmanın yararı olmayacağını düşündüm, "Ey kanser," dedim, "bu kez, ben seni yenmesini iyi bilirim! Yine, geldiğin gibi gidersin!"

Kemoterapilerimden kalkıp hastalarıma, kongrelerime, dernek toplantılarıma koştum. Hayatımı hiç değiştirmeden yaşamaya devam ettim. Dolu dolu, doya doya yaşadım. Üstelik bu kez ölümün nefesini biraz da ensemde hissettiğim için, daha hızlı, daha çok çalıştım. Daha fazla insana el uzatayım diye, hem kendimi hem çevremi zorladım.

Yedi sene müsaade etti bana. Sonra geri döndü. En az benim kadar ısrarcı ve kararlı çıktı, son gelişinde. Ben onu iki kez yendim, şimdi zafer sırası onda, heyhat!

Uykum var ama mektuplar beni bırakmıyor. Onları okudukça, baştan yaşıyor gibi oldum hayatımı. Tarihimin derinliklerine yolculuk, sabaha kadar devam edecek, böyle giderse. Yüzümü aldığım mektuplara gömdüm, kokladım kâğıtları. Çocukluğumu, gençliğimi ve özgürlüğe kavuştuktan sonraki ilk yıllarımı özledim. Burnuma bastırıp teker teker koklasam mektupları, annemin çamaşırlarında tüten lavanta çiçeği kokusunu, babaannemin pişirdiği mısır ekmeğinin, bindiğim Boğaz vapurlarının kömür, deniz, tuz ve demlenmiş çay kokusunu, fakültenin laboratuvarlarındaki kimya kokusunu, gençliğimin ve umutlarımın kokusunu burnum ayrıştırabilir mi, satır aralarında...

"Ağlasam sesimi duyar mısınız
Mısralarımda
Dokunabilir misiniz
gözyaşlarıma
ellerinizle
Bilmezdim şarkıların bu kadar güzel
Kelimelerin kifayetsiz olduğunu
Bu derde düşmeden önce."

Ey Orhan Veli, günlerden bir gün, bu akşamı yaşayacağımı nasıl bildin de kaleme aldın bu şiiri?

BASKIN

13 Nisan 2009, Arnavutköy

Gece Gökşin'in getirdiği mektupları okuyacağım diye geç uyudum. Sabaha karşı derince bir uykuya dalmıştım ki, hastaneden gelen ekip tatlı uykumdan uyandırdı beni. Kan almaya gelmişler. Hastabakıcı odama girince, "Yatak odamda yapmayalım bu işi," dedim, "şimdi siz gider gitmez kahvaltı vermek isteyecekler bana, kahvaltıyı yatağa getirtmeyi sevmiyorum. Geçen gün çayı döktüm, şilteyi akşama kadar zor kuruttuk. Üzerime bir şey verin de oturma odasına geçeyim."

Yatağın ucundaki ince şalı sırtıma koydu hastabakıcı, koluma girdi. Kendi kendime yürüyebilirken, koluma girenlere bozuluyorum ama gücenmesin diye ses etmedim. Yavaş yavaş oturma odasındaki divana doğru yürüdük. Yerime yerleştim,

Zeynep, önümde duran sehpaya cep telefonumu, telefon defterimi ve yatağımdan toparladığı mektupları koydu. Hemşire uzun bir lastikle sağ kolumu dirseğimin üzerinden sıktı, işe yarar damar bulmaya çalıştı. Bulamayınca, lastiği söktü, sol koluma bağladı. Kollarım ve ellerimin üstü kan vermekten, serum almaktan delik deşik.

Şişmiş ve morarmış ellerime bakarken, annemin dikiş kutusunda duran ve çocukken bana hep çok gizemli gelen iğne yastığını hatırladım, kendimi üzerinde değişik boylarda iğneler bulunan o küçük yastığa benzettim. İğne yastığıyla oynamam yasaktı. Her yasak şey gibi, merakımı çekerdi. "Niye bu kadar çok iğne saplı buraya?" diye sorduğumda, "Çünkü o bir iğne yastığı," demişti annem, "işi bu!"

Sonraki yıllarda iyice haşır neşir oldum iğne yastıklarıyla. Evde patron çıkartarak çocuklarına elbiseler diken annem, bana da öğretmişti dikiş dikmesini. Az mı dikiş diktim, nerdeyse on iki, on üç yaşımdan beri. Benim çocukluğumda ve gençliğimde hazır giyim yoktu. İç çamaşırından en şık giysilerimize kadar her şeyimiz evde dikilirdi. Ben annemin dikişe yatkın el becerisini almış olmalıyım, severdim kendime bir şeyler biçip dikmeyi. İstanbul'da eğitimli bir aileye doğacağıma, bir Anadolu kasabasında, kendi halinde bir evde doğaydım, o kasabanın terzisi ben olurdum kesin! Dün akşam karıştırıp durduğum mektupların arasında, pek çok kanıt var, amatör terziliğime dair.

5 Ağustos 1950'de Gökşin'e şöyle yazmışım:

"... Geçen gün bir kırmızı mayo diktim, iki parçalı. Artık terziliği ilerlettik. Sanat okulu talebelerine meydan okuyorum. Dün bir de basma bitirdim. Biçimi, kendi icadım. Fena olmadı, köy içinde giyilir."

Yirmi gün geçmemiş ki, yine makine başındaymışım:

"24 Ağustos, 1950

... Dün öğlene kadar dikiş diktim. Diyeceksin ki bayram günü dikiş dikilir mi? Bu, benim aklımdır, daha doğrusu akılsızlığım. 16 Ağustos eğlencesinden sonra, ben bayramın geleceğinin farkında değilim. Dün baktım ki geliyor, bayramlığım yok, aslında bluzum var da eteğim yok. Evde çok güzel bir lacivert kumaş vardı. Annem elbise yapacaktı. Ondan hemen bir eteklik yaptım, oldu bitti!"

Bir başka mektubumda yine bu marifetimden bahsetmişim Gökşin'e:

"... Annemin geçen sene yaptırdığı bir basma vardı. Artık dar geliyor. Onu aldım. Mayo yapaca-

ğım. Bugün kestim. İşim çok zor, zira bütün mayo yapacağım. Bakalım nasıl olacak? Akşamüstü kumaşı oturtmak için çok uğraştım. Terzi olmadığım için usulünü bilmiyorum. Epey zorluk çektim..."

Bu yazıların sonuna bir de mayo modeli çizmişim, külotlu, eteklikli bir model. Arka ortası beş sıra çapraz bağ ile kapatılıp bele oturtuluyor. Anneme çok yakışan bir elbiseydi. Ama zavallı anneciğim her yıl, aldığı kilolara yenilerini eklerdi. Bu yüzden benim genç kız olduğum senelerde, mevsim başında kendi için özene bezene diktiği elbiseler, mevsim sonunda, benim ya da kız kardeşim için küçültülürdü.

Terziliğim üniversite yıllarında da devam etti. Kendime etekler, ceketler ve onlara uygun çantalar bile diktim. Artık hayatımda sınıf çayları başlamıştı ve bana o güne kadar benimsettirilen sadeliğe ve ciddiyete rağmen, kendime itiraf etmesem bile, güzel giyinmek, şık olmak istiyordum.

"25 Kasım, 1954

... Ne olur burada olsaydın da çaya beraber gitseydik. Ben ne yapacağım bilmem. Bütün arkadaşları, çoluk çocuğumu toplamak lazım, iki çift gitsek, vay gele hocaların kavalyeyi tenkidine! Boş yere tenkit edilmek doğru olmaz değil mi? Ne giyeceğim Gökşin, yeni bir şey dikmek için vakit de yok!.."

"9 Aralık, 1954

... Geçen cumartesi eşantiyonlu tıp çayına gittik... Çayda bizim çocuklara hediyeler verildi, çok eğlendik. Bu benim ilk çayımdı ama pişkin davrandım, hani. Mezunlar çayına da gideceğiz, kızlar kavalyesiz olalım diyorlar, ben de göğüslük, kara çorapla gidelim diye teklif ettim! Olur mu ya kardeş!..
Bir mavi yün vardı evde, çok cici, onunla bir bluz başladım, bakalım neye benzeyecek? Görüyorsun ya ben hamarat bir kız oldum artık, evde olduğum günler silip süpürüyor, bulaşık ve ütü yapıyorum, dikiş de keza..."

"... Neyse çaya gittik, epey eğlendik. Babam ve Meryem'in kocasıyla dans ettim. İyi de oldu. Sevinç ve bir kız arkadaşı gelip masamıza kuruldular. Oysa onlara kavalyeli gelin demiştim. Meğer tıp çayı zannetmişler."

Düşünün, benim kavalyem babam! Ama ne kadar mutluymuşum buna rağmen. Diğer arkadaşlarıma da kavalyelerinizle gelin derken, kastettiğim, sevgilileri değil, erkek kardeşleri, dayıları, yeğenleriydi zaten. Masumiyet çağının, azla yetinen, kolayca sevinen ve her şeye üzülen çocukları, bizler! Bu yaşa geldik, kimimiz hâlâ izlerini taşırız o safiyetin.

"27 Aralık, 1954

... Ve kızıyorum başkaları yorulurken benim boş kalmama. Hoş pek de boş sayılmam, dikiş dikiyorum, çanta v.s yapıyorum, ev işleri filan... Epey hamarat oldum... Sabah ders çalışmadım. Kendime etek ve çantamla bir örnek kapişon yaptım. Gri, kenarlarına kırmızı biye geçirdim..."

Dikişle bu kadar içli dışlı olan biri, delik deşik kolunu iğne yastığına benzetmez de neye benzetir? İğne yastığı olmanın dışında, başka işlere de yaradı kollarım, Allah'a bin şükür! Hastalarını ve öğrencilerini hep sevgiyle kucakladı bu kollar. Onlar da benim kıymetimi bildiler, doğrusu. Yolun sonuna geldiğim şu günlerde beni yalnız bırakmıyorlar.

Hemşirenin elindeki tüpe akmakta olan kanımda, eğer değerler iyi düzeylerde çıkarsa, yarın hastaneye gideceğim, kemoterapi için. Yine bir başka iğneyi elimin üzerine saplayacak ve ilaç aktaracaklar damarıma. Aldırdığım yoktu bunlara. Aklım fikrim derneğin birkaç hafta sonra kutlanacak yirminci yılında. Fazıl Say'dan o gece konser vermesini rica etmiştik. Dernektekiler henüz yanıt alamamışlar. Programı elbette çok yüklüdür ünlü piyanistin. Üstelik daha önce de derneğin yararına bir konser vermişliği vardı, kabul etmeyebilir. Ne yapacaklar bizimkiler, o zaman? Kimi bulabilirler bir konser için, bu kadar az zaman kalmışken? Şu kutlama programını kemoterapiden önce halledebilseydik keşke! Kemolar giderek daha çok yorgunluk ve sıkıntı vermeye başladı çünkü. Eskiden kemodan kalkar kalkmaz işlerimin başına koşabilirken artık günlerce dinlenmem, mide bulantılarının geçmesini beklemem gerekiyor.

Odaya geldiğimde, televizyonu sabah haberlerini almak için açtırmıştım ama hemşireyle sohbet ederken sessize almış, Zeynep. Kan verirken, sesi sonuna kadar kısılmış televizyonda sabah haberlerini okuyan sunucunun, arka planında akaduran resimlere bakıyordum gözucuyla. Birden gözüme pek tanıdık görüntüler takıldı. Kapısında ÇAĞDAŞ YAŞAMI DESTEKLEME DERNEĞİ yazan dernek binasını gördüm bir an.

"Şu televizyonun sesini açar mısınız lütfen," dedim, hemşireye, "bakın kumanda şurada."

Hemşire, kumandaya uzandı, sokak kapısının zili de işte tam o anda çaldı.

"Aman siz kımıldamayın," dedi hemşire, bir eliyle bir parça pamuğu kan aldığı noktaya bastırıyor, diğeriyle televizyonun sesini açmaya çalışıyordu. Sesi yükselttiğinde, görüntü değişmişti ve Çağlayan, paldır küldür merdivenlerden aşağı iniyordu. Herhalde bakkal çırağı gazete getirdi, diye düşündüm.

"Çağlayan," diye seslendim, "sonra gel de bir bak, televizyonda bizim dernekle ilgili bir haber geçti ama kaçırdım oğlum, başka kanalları ara, belki yine çıkar bir yerde."

Birkaç dakika geçti. Hemşire koluma bastırdığı pamuğu tablaya bıraktı. Merdivenlerde yine ayak sesleri duyuldu. Yukarıya kesinlikle bir kişiden fazla insan çıkıyordu, bu kez. Uzandığım divandan doğruldum, kapıya doğru döndüm ve dondum kaldım. Kapının eşiğinde duran oğlumun arkasında bir kalabalık vardı.

"Polisler gelmiş anne," dedi Çağlayan.

Lacivert üniformalarının sırtlarında "Terör İle Mücadele" yazan genç adamlar odaya doluşurlarken, hemşire elindeki kan tüpünü aceleyle çantasına yerleştiriyordu.

"Buyurun," dedim, "buyurun da, doğru adrese geldiğinize emin misiniz, çocuklar?"

Sivil giyimli olanlardan birisi öne çıkıp saygılı konuştu, "Sizi rahatsız etmek istemezdik Hocam fakat aldığımız emre göre, evinizde arama yapacağız."

"Ne arayacaksınız?" diye sordum.

"Ümraniye'de bulunan silahlarla ilgili..."

Gülmeye başladım. "Şaka ediyorsunuz! Evimde silah mı arayacaksınız?"

"Maalesef."

"Annemi de mi Ergenekon'a bulaştırdılar yoksa?" dedi Çağlayan.

Polis yanıtlamadı.

"Avukatıma telefon etmek istiyorum," dedim.

"Elbette Hocam."

Çağlayan cep telefonuma baktı, "Anne, bunun şarjı bitmiş," dedi. Telefonumu fişe takıp kendi telefonunu getirmek için üst kata çıkarken, odayı dolduranlara sordum,

"Hemşireye hastaneye dönmesi için izin verir misiniz? Tahlilerin aciliyeti var da..."

"Hemşire gidebilir," dedi şefleri.

Hemşire, kül gibi solmuş yüzüyle, alet edevatını toplayıp çıkarken, Çağlayan geri geldi, kendi cep telefonundan avukatı aradı ve telefonu bana uzattı. Avukata başımıza gelenleri anlattım. Avukatım hemen yola çıkacağını, en kısa zamanda eve geleceğini söyledi.

"Sizler avukatımı beklerken birer çay içer misiniz? Ya da kahve?" diye sordum.

"Zahmet etmeyin efendim. Vazife başında ikram kabul edemeyiz."

"Oturun o halde, ayakta kalmayın," dedim.

"Siz bizim için üzülmeyin efendim, biz ayakta beklemeye alışığız," dedi sivil giyimli kişi.

Zeynep'e, "Halime'nin yatağını kaldırmıştın değil mi?" diye sordum, "bu arkadaşları aşağıdaki odada misafir edelim, orada oturup beklesinler."

Zeynep, Halime'nin yatağını kaldırmak için aşağıya koştu.

Evim, Arnavutköy'ün denize doğru inen yollarından Beyazgül Sokak'ta, üç katlı eski bir Rum evidir. Ardiye niyetine de kullanılan giriş katında kışları ısıtmadığımız ve misafirler için kullandığımız bir oda; merdivenle çıkılan ikinci katta, benzeri ahşap evlerde olduğu gibi ortadaki hole açılan iki küçük yatak odası, bir oturma bölümü ve mutfak var. Ayrı girişi de bulunan evin üçüncü katı, Çağlayan'a ait. Polisler Çağlayan'ın katına hiç çıkmadılar. Saygılı ve naziktiler. Belgelerin yok edilmesi ihtimaline karşı, sivil polis hole çıkıp ayakta dikilmeyi sürdürürken diğerleri zemin kattaki küçük odada oturup avukatın gelmesini beklediler. Çağlayan onlarla birlikte aşağı indi.

"Bu iş ne kadar sürer?" diye sordum holde dikilen görevliye.

"Belgelerinizi toparlayacağız bir de silah olup olmadığına bakacağız."

"Buyur bak oğlum. Karşısı benim yatak odam."

"Ben arama yaparken yanımda sizlerden biri bulunmalı."

"Oğlumu çağırayım."

"Bir kişi daha çağırırsanız, aynı anda iki ayrı odayı arayabiliriz."

Zeynep'e baktım, başıyla hayır işareti yaptı. Beni yalnız bırakmak istemiyordu herhalde.

"Yakında oturan bir arkadaşımı çağırayım o halde," dedim, "Avukatım da geliyor ama işi gücü vardır, o uzun süre kalamayabilir."

"Siz rahatınıza bakın efendim. Bizim acelemiz yok," dedi polis. Şivesi doğu kökenini ele veriyordu.

"Nerelisiniz?" diye sordum.

"Ben burada doğdum ama memleket Van," dedi.

"Güzeldir oraları."

"Gittiniz mi Van'a?"

"Hem de kaç kere."

"Şu okula giden kızlar için mi?"

"Cüzamlılar için."

"Yaaa!"

Şaşırdı. Doktor olduğumdan haberi yoktu herhalde. Dernekçiliğimin yanı sıra doktor olduğumu da söyledim.

"Bizim oralarda epey yaygınmış cüzam," dedi.

"Artık çok azaldı," dedim, "Van'da ilk cüzam taramasını biz başlatmıştık. Bahçesaray'da"

"Bahçesaray'a da mı gittiniz?"

"İlk kez 1983'de gitmiştim. Sonra pek çok kere gittim."

"Ne yaptınız oralarda?"

"Cüzamlıları saptadık, dedim ya."

"Kolay olmamıştır. İnsan içine çıkmazlarmış da pek!"

"Şimdi çıkıyorlar artık. Tedavi oluyorlar, hiçbir şeycikleri kalmıyor," dedim.

"Yine de onlardan uzak durmalı... Ne bileyim... Cüzam işte, bulaşıcı hastalık!"

"Öyle söyleme! O taraflıyım diyorsun, bakarsın bir gün aileden biri de yakalanıverir bu mikroba. Ne yapacaksın, onu evinin, köyünün dışına mı atacaksın? İlacı var, içiriyorsun, temizliğine dikkat ettiriyorsun, iyileşiyor. Hatta evlenip, iş güç sahibi olup, çoluk çocuğa da karışıyor."

Eliyle masanın kenarına vurdu, "Allah korusun," dedi, "siz ta İstanbul'dan kalkıp oralara cüzamla uğraşmaya gittinizse, cennetliksiniz vallahi!"

"Cennetlik miyim, değil miyim, pek yakında göreceğim!" dedim.

Yine tahtaya vurdu, "Allah gecinden versin, Allah'tan ümit kesilmez." Bana bakışından hem halime acıdığını hem de hakkımda iyi şeyler düşünmeye başladığını anladım. Bahçesaray'a birkaç kez gitmiş olmam aramızda bir yakınlaşma doğmasına sebep olmuştu. Memleketini bilen birine rastlayınca bizim toprağın çocuklarının içi erir nedense. Genç polisin Van'ı biliyor olmamın karşısındaki sevincini görünce, aklıma öğrencilerimden birinin yaşadığı olay geldi; ona da anlatsam mı diye düşündüm.

1984 yılında, Bahçesaray'a cüzam taramasına götürdüğüm ilk ekipte, Talat Kırış adında bir öğrenci vardı. Bahçesaray'ın eski adının Müküs olduğunu bu gezi sayesinde, haliyle öğrenmişti. Taramadan yıllar sonra başına gelen bir olayı anlatmıştı, bana. Bir akşam, Çapa'da nöbetteyken, ta Erzurum'da inşaattan düşen genç bir işçi getirmişler hastaneye. Bel omurlarından biri kırılmış, sinirlere baskı yapıyormuş. İlk bakışta umutsuz bir vaka gibi duruyormuş ama Talat'ın da aralarında bulunduğu doktorlar bacaklarının iç kısmında küçük bir duyarlılık fark edince, ellerini çabuk tutarlarsa, genci felç olmaktan kurtarabileceklerini umut etmişler. Hastayı ameliyata hazırlayan Talat, gence

"Memleket neresi?" diye sormuş.

"Van."

"Neresinden?" diye sormuş bu kez.

"Bahçesaray," demiş hasta.

"Müküs, yani."

Bacakları tutmayan hastanın gözleri parlamış. Önceden götürüldüğü hastanelerde yüzüne bile bakılmazken, ülkenin bir başka ucunda, kasabasının hatta köyünün, mezrasının adını bilen bir doktorla karşılaşınca, kesin iyileşeceğine inanmış. O moralle girmiş, çok zor olan ameliyata ve gerçekten iyileşip ayağa kalkmış. Diyeceğim şu ki, bize çok uzak duran kişilerle dahi, bir ortak nokta bulup, gönüllerine dokunursak, doğru sözleri söyleyebilirsek, iletişim kurmak her zaman mümkündür ve sıcak bir iletişim mucizeler yaratabiliyor.

Bu anıyı aktarmama firsat vermedi, "Yani, siz tek başınıza mı gidip cüzam araması yaptınız, orada?" diye bir kere daha sordu, genç polis.

"Hayır," dedim, "ben hocaydım, öğrencilerimden bir ekip kurdum, on-on iki kişi birlikte gittik."

"Cesursunuz valla! Her babayiğit gidemez."

"Bence her babayiğit gitmeli. Her birimiz memleketimizin her bir köşesini görüp tanımalıyız.

Elimizde ne değerler olduğunu ve o değerleri nasıl heba ettiğimizi bizzat görmeliyiz."

"Haklısınız." Usulca yanımdaki iskemleye iliști.

Sohbeti ilerlettiğimizden beri kıvranıyor karşımda, o da benim gibi neden suçlandığımı anlayabilmek için. Bu eve baskın yapılmasının saçmalığının, yaşlı ve çok hasta bir doktorun terörle suçlanabilmesinin, nereden bakılırsa bakılsın, gerçek dışı durduğunun bal gibi farkında. Saçsız başımdaki bandana, kelliğimi kapatmaktan uzak ama genç polis bu durumu yadırgamıyor, belli ki kemoterapi gören hastaların saçsız kalmasına alışık. Ben kemolarımdan sonra kel kafama bandana takıp insan içine karışınca, o halde televizyonlara bile çıkınca, bana gelen mesaj ve mektuplardan anladım ki pek çok kişi cesarete gelip o vaziyette gezmeye başlamış. Fakat polis gözlerinin sık sık, dokuz aylık hamileymişim gibi duran şiş karnıma takılmasına mani olamıyor. Yüzüm çökük, kollarım ip gibi kalmış ama karaciğer yetmezliği çeken son demlerindeki her hasta gibi karnım davula dönmüş vaziyette. Bakışlarını karnımdan kaçırırken yakalanınca, güldüm, "Karnımın şişliği, hastalığın normal seyri," dedim. İçimden "vallahi hamile değilim," demek geçti ama tuttum kendimi.

"Geçmiş olsun!" dedi. Kıpırdandı, ellerini ovuşturdu, onun "neden terör aramalarına bulaştırdılar sizi," demesini bekledim ama sonunda dilinin ucundakini sormak yerine, "Nasıl oldu bu yolculuk, anlatsanıza," deyiverdi.

"Hangi yolculuk?"

"Şu, sizin Müküs'e gidişiniz."

"Uzun hikâyedir," dedim, "sıkılmayasın?"

"Nasılsa avukatınızı bekliyoruz. Zaman geçer, fena mı?"

Hikâyenin üzerinden de çok zaman geçmişti. Dile kolay, tam yirmi beş sene! Ne kadarını hatırlayabileceğimi ben de merak ediyordum doğrusu. Hatırlayabildiklerimi, genç polise anlatabilmek için, belleğimi yokladım.

BIÇAK SIRTI
(Venüs-Mars-Müküs)

İstanbul dışındaki cüzamlılara ulaşabilmek için, yetişmiş ve güçlü bir ekibi olan Veremle Savaş Derneği ile işbirliği yapmaya karar verdiğimizde, işe önce hastalarımız hakkında gayet sağlam bir dosya sistemi kurmakla başlamıştık. Sonra derneğin ekibindeki teknisyenleri eğitime aldık, onlara cüzamı teşhis etmeyi öğrettik. Bu kişiler nasılsa Anadolu'da çocukları aşılıyor, daha sonra da aşı kontrolüne gidiyorlardı. Verem kontrolünü yaptıkları çocukların, cüzam kontrolünü de yapıp belirtiler gördükleri takdirde, bize bildirebilirlerdi. Cüzam hastalığı vücudun herhangi bir yerinde, hiçbir rahatsızlık vermeyen açık renk bir leke olarak başlıyordu. Kontrol muntazam yapılmadıkça, cüzamı başında teşhis etmenin imkânı ne yazık ki yoktu. Bu nedenle hastalık karşımıza hep ilerlemiş evrelerinde, pençeleşmiş eller, felçli gözler, topaklaşmış suratlar, diz ve dirseklerde yara izleri olarak çıkıyordu.

Ne yazık ki Verem Savaş ekibiyle başarılı bir çalışma yapamadık. Bu arkadaşlar aşının tutup tutmadığını kontrol etmek için sadece çocukların omuzlarına bakmakla yetinirlerken, şimdi tüm bedeni muayeneden geçirmek zorunda kalmışlardı. Vakit alan bu iş için ikinci bir maaş ödemek gerekiyordu ki, Dernek olarak öyle bir paramız yoktu.* Kısacası iş başa düşmüştü! Kırsal alanlardaki cüzamlılara, hemşirelerim ve öğrencilerimle ben, bizzat ulaşmalıydık.

Doç. Dr. Etem Utku'nun başlattığı ama 1964 yılında zamansız ölümüyle tamamlayamadığı cüzam taramalarını üstlenmek ve tamama erdirmek için, zaten yıllardan beri yanıp tutuşuyordum. Ülkede cüzamın önünü alacaksak, bunu ancak bir tarama sonucu, tüm hastaları tespit ve tedavi ederek başarabilirdik. Üstelik yıllardan beri ülkemin bilmediğim yörelerini görmek, dört bir yanına ulaşmak, toprağına, insanına değmek, havasını solumak, suyunu içmek, yöresel tatlarını tatmak, şiveleri, âdetleri değişik insanlarıyla tanışmak isterdim. Şimdi bir taşla iki kuş vuracaktım; ülkemi tanırken, cüzamlıları da tespit edecek, hastalığın kökünü, yerinde kurutmaya çalışacaktım.

---

* *Güneş Umuttan Şimdi Doğar*, s. 196-197.

Tarama planımı gerçekleştirmeye karar verdiğimde, 1984'ün baharındaydık. Taramaya cüzamın en yaygın olduğu Van ilinden başlamak en doğrusu olacaktı. Gerçekten cesaret isteyen bir işti, bu. Duyanlar, "Sen delirmişsin," diyorlardı, "orada yaşayan insanlarla ilişki kuramazsın! Türkçe bilmezler, soyunmazlar, muayene olmazlar, hasta olduklarını kabul etmezler."

Yılmadım. Belkemiği tüberkülozuna yakalanıp on üç ay boyunca yüzükoyun yatan ve o yataktan akıl sağlığı yerinde kalkıp, ihtisas yapabilen biri, Van'ın koşullarında korkar mı? O gün bugündür her kafasına koyduğunu yapabilmişse, taramanın da üstesinden gelir elbet!

Aynen böyle düşündüm!

Önce bir ekip kurmam gerekiyordu. Ekibimde benden başka bir veya iki hekim daha, iki hemşire ve zor şartlara dayanıklı, birkaç hevesli ve çalışkan öğrenci bulunmalıydı. Olmazsa olmaz hemşiremi biliyordum; Ayşe Yüksel'e kendi gibi çalışkan, disiplinli ve ideal sahibi bir meslektaş daha bulmasını söyledim. Çok isabetli bir kararla, Tülay Çakıner'i uygun bulmuş. Öğrencilerimden Serhan'a da projeyi anlattım.

"Gönüllü olarak çalışabilecek, karşımıza çıkacak her türlü zorlukla baş etmeye hazır, sorun çıkarmayacak, kapris yapmayacak arkadaşlarından bir ekip kur. Bunu başaracağına inanıyorum," dedim.

Müthiş bir ekiple yola çıktık.

Önce Ankara üzerinden otobüsle Elazığ'a gitmiş, Van'a geçmeden önce, ekipteki çocukları Elazığ Lepra Hastanesi'nde cüzamla ilgili bir kursa tabi tutmuştuk. Çocuklar, lepra yani cüzam hastalığı ile ilgili her ayrıntıyı bu kurs sırasında öğrenmişlerdi. Bu arada, medikal bilgi kadar önemli bir başka şeyi daha öğrettim ekibimdeki öğrencilere: Hastalara dokunmayı.

"Hiç çekinmeyin, dokunun onlara çocuklar," dedim, beş parmağımı bitiştirip elimin ayasını göstererek, "hastayı muayene ettikten sonra, ellerinizi bir güzel yıkarsanız, bir şeycik olmaz! Bakın ben yıllardır dokunuyorum, hastalık kaptım mı? Hastanıza uzaktan bakarak belki teşhiste bulunabilirsiniz ama hastanın gönlü de lazım size. Gönlünü kazanamazsanız, hastalığı kolayca yenemezsiniz. Dokunmak, sözcük olarak 'değme'nin ötesinde, değiştirmek, duygulandırmak anlamını da taşır. Sevgiyle dokunduğunuz hastayı kendinize bağlarsınız, ona iyileşeceğine dair güven verirsiniz."*

Ekibimizdeki Yeşim Erim adlı öğrencim, yıllar sonra bana, "Hocam demişti, nasıl maydanoz yıkarken aklıma anneannem gelirse, yeni tanıştığım bir hastanın çıplak sırtına her dokunduğumda da sizi hatırlarım. Ben dokunmayı sizden öğrenmiştim, Elazığ'da."

---

* *Yer Gök Dört Duvar*, Türkan Saylan, Cumhuriyet Kitapları, (2009), s. 126.

Elazığ'da kaldığımız sürece, tedavisini yaptığımız ve hastalığını saptadığımız kişileri, son gece verdiğimiz veda yemeğine davet etmiştik. Cüzamlılar, kimse kendileriyle konuşmaya bile yanaşmazken, bizlerden böyle bir davet alınca çok şaşırdılar ve duygulandılar; hele de yemek süresince çalan müzikle dansa kalktığımızda ve onlara bizlerle dans etmeyi teklif ettiğimizde! Cüzamlılarla halka kurduk, el ele tutuştuk halay çektik, teke tek dans ettik. Hayatlarının ilk ve son danslarını bizimle ettiler. Sanırım Elazığlılar ve Cüzam Hastanesi'nin hastaları bizleri hayatları boyunca unutmadılar, tıpkı bizlerin de onları asla unutmadığımız gibi.

Ertesi sabah erkenden yola koyulduk ve ver elini Bahçesaray!

Doğu Anadolu'da, Allah'ın, doğasını özene bezene yarattığı halde, unutmayı tercih ettiği, yılın sekiz ayı karlarla kaplı olduğu için, bir türlü ulaşılamayan Bahçesaray, ya da eski adıyla Müküs!

Biz Müküs'e, karların nihayet eriyerek bize geçit verdiği bir yaz günü vardık. 1984 yılında, batıyı doğu kentlerine bağlayan bakımlı şose yollar, uçak seferleri yoktu ama terör de başlamamıştı henüz. Hepimiz hayatımızda ilk kez, yerinde bir lepra taramasına çıkıyorduk. İlk hedefimiz, Bahçesaray'ın yirmi kadar köyünü ev ev taramaktı. Çok heyecanlıydık. Yılın sekiz ayı karlarla kaplı olduğu için ulaşılamayan beldeye, Sağlık Bakanlığı'nın temin ettiği arabalarla 3.400 metre yükseğe tırmanıp, üç saatlik bir yolculuğun sonunda, varabilmiştik. Bulunduğumuz tepeden aşağı bakmış, çanağın dibinde ortasından billur bir dere akan, bir avuç yeşillik görmüştük. Tepede, arabalardan indik, çantalarımızı taşıyarak döne döne yokuş aşağı giden yolda bin bir eziyetle, bir taraftan da doğanın inanılmaz güzelliğine hayran kalarak, köylülerin Müküs dediği Bahçesaray'a ulaştık.

Bahçesaray'ın tek caddesinin üzerinde bir cami, bir otel, birkaç dükkân, bir Sümerbank satış mağazası, jandarma komutanlığı, karakol ve yolun sonunda da kalacağımız sağlık ocağı vardı. Karakol, sağlık ocağı ve caminin dışındaki binaların hepsi tek katlı, toprak damlı, kerpiç yapılardı. Ama hepimize tokat gibi çarpan çevre değil, oranın halkıyla aramızdaki kültür uçurumu olmuştu. Van'da halk bizleri turist sanmış, çocuklar Türkçe sorularımıza "yes" "no" gibi İngilizce yanıtlar vermişlerdi ama burada bize turist bile değil, aydan gelmiş uzaylılar gibi bakıyorlardı.

Sağlık ocağının bir lojmanına, Uludağ Üniversitesi Tıp Fakültesi Halk Sağlığı'ndan Hamdi Aytekin Hoca ile erkek öğrenciler yerleşti. Lepra Hastanesi'nden dermatolog Bahar'ı, hayatım boyunca sağ kolum olacak, kızım yerine koyduğum Ayşe Yüksel ve Tülay Çakıner hemşirelerle, kız öğrencileri diğer lojmana yerleştirdik. Yakındaki askeri birlikten tedarik edilmiş yataklarımızı yerlere serdik. Yerleştikten sonra, bir plan yaptık. Çocukları değişik köylere yollamak üzere gruplara ayırdık. Her grup bir başka köyü tarayacaktı. Köydeki kadınların muayenesini, Ayşe ve Tülay hemşirelere ve kız öğrencilere bırakıyorduk. Erkek öğrenciler de erkeklerin derdini dinleyecek, taramalarını yapacaklardı.

Sabahın erken saatlerinde gruplar birbirinden ayrılarak, yola koyuldular. Gittikleri köylerde önce muhtarı bulacaklar, ne yapmak istediklerini anlatacaklar, sonradan köy imamıyla tanışıp onu ikna edecekler ve camiden köy halkına anons yaptırarak herkesi muhtarın evine muayene olmaya davet edeceklerdi. İmamın cami hoparlöründen, insanları muayeneye çağırması elbette etkili olacaktı.

Akşam sağlık ocağında buluştuğumuzda, hepimizin anlatacak o kadar çok şeyi vardı ki, nereden ve kimden başlayacağımızı bilemiyorduk. Konuşmaya başlayınca şunu gördük; hepimizin anlattıkları hemen hemen aynıydı: Bir zaman tünelinin içine girmiş, ortaçağın da ötesinde bir zamana geçiş yapmıştık. Bu zaman diliminde, inanılmaz bir yoksulluğun ve cehaletin pençesinde kıvranan iyi, temiz yürekli, saf ve cömert insanlarla karşılaşmıştık. Yoksulluklarına rağmen ikramdan geri kalmamak için çırpınmışlardı. Ziyaret ettiğimiz evlerde Kürtçe konuşuluyordu. O yıllarda bu dili bugünkü gibi ulu orta Kürtçe diye adlandıramıyorduk. Evler taştan yapılmıştı, içlerinde tandır yanıyordu ve insanlar o dumanın içinde hiç gocunmadan oturabiliyorlardı.

Evlerin hiçbirinde tuvalet yoktu. İhtiyaçlarını dere kenarına inerek gideriyorlardı. Kız çocuklarını okutmuyorlardı. Türkçe bilen erkekler, yabancı dil bilenlerin ayrıcılığına sahipti, statüleri diğerlerine göre daha yüksekte görünüyordu. Devletle bağlantıyı sadece onlar sağlayabiliyormuş. Kadın erkek uçurumu çok derindi. Şafi inançlarına göre, kadına el değerse abdest bozuluyormuş. Kızların ellerini sıkmıyorlardı ama hepimize karşı çok naziktiler. Evlere girerken ayakkabılarımızı çıkarmaya kalkıştığımızda, bağlarını kendileri çözmeye kalkıyorlar, yolda yürürken önümüze geçmiyorlar, çay, su ya da ayran bardağımız boşaldığında, hemen yeniden dolduruyorlardı. Bazı köylerde kadınlar yemek esnasında yanımızda bulunmazken, bazı köylerde, mesela Surs mezrasında, yemek boyunca onlar da bizimle oturdular ve tercüman aracılığı ile sohbete katıldılar. Kadınların üzerinde, en güzelleri üstte olmak üzere kat kat giysiler, etekler, hırkalar vardı. Guatr hastalığı yaygın olduğu için, boğazlarındaki yumruları gerdanlıklarının ardında saklıyorlardı. Kocaman gözleri korkuyla bakıyordu. Lastiklerini ve renkli çoraplarını çıkartmaya ikna ettiklerimizin ayakları iltihaplı yaralarla doluydu. Çantalarımızda götürdüğümüz tansiyon aletleriyle, ilaçlarla köylülerin her dertlerine deva olmaya çalışıyorduk. Gün ilerledikçe bizden kötülük değil de iyilik geleceğine kani olduktan sonra, kadınlı erkekli muayene olmak için sıraya girmişlerdi.

Bir de çocuklar vardı! Saçları kirden keçeleşmiş, kocaman güzel gözleri mahzun veya şaşkın bakan, burunları hep akan ve sümüklerine konan sineklerden rahatsız olmayan, şiş karınlı, ishalli, pantolonları iplerle bağlanmış, rengârenk hırkalı çocuklar. Bitmez tükenmez bir çocuk ordusu nereye gitsek peşimizden geliyordu. Onları muayeneye aldığımız ilk gün şaşkına dönmüştük. Hepsinin bedeninde, lepra lekeleriyle ilgisi olmayan küçücük kırmızı benekler vardı. Sanki döküntülü bir bulaşıcı hastalığa tutulmuşlardı ama döküntüler ne kızıl ne de kızamık döküntülerini andırıyordu. Teşhis koymakta zorlanmıştık. Günün sonunda, bu döküntülerin tahtakurusu ısırığı olduğunu anladık. Çocuklar ayrıca ishalden ve beslenme bozukluğundan kırılıyordu. Gördük ki hayvancılıkla uğraşan bölge halkı, hayvan ölmedikçe veya misafir gelmedikçe, hayvanını kesip et yemiyordu. Proteinsizlikten dolayı raşitik, cılız çocuklar çoğunluktaydı. Pek çok evde zekâ özürlü çocuk da gördük.

Köy halkı da çocuklar gibi baştan aşağı bit, pire ve tahtakurusu içindeydi. Biz de sonunda çaresiz bitlenip pirelenecektik ama dönüş yolunda Van Gölü'nün sodalı suyu, bizleri her türlü haşerden kurtaracaktı.

İlk gün akşama doğru gençler Kürtçeyi ilerletmişlerdi. Köylülere soruyorlardı: "*Kiderête deşi?*" Yanıt hemen geliyordu: "*Seremi dêşe, midemi dêşe (başım ağrıyor, midem ağrıyor).*" Ağrısız, dertsiz tek bir kişi yoktu aralarında.

Muayene sırasında gördüklerimizi kaydediyor, şüpheli bulgular için değerlendirme formları düzenliyorduk. Kadınlar ilk günlerde muayene olmak için, karınlarını açmaya utanırlarken, kimseden çekinmeden memelerini çıkartıp bebelerini emzirebiliyorlardı. İnsan içinde bebe emzirmek son derece doğaldı.* İlk iki günün sonunda, halkı muhtarların evinde toplamaktan vazgeçip, ev ev dolaşma kararı aldık. Böylece tüm ev halkını, en azından o sırada evde bulunanları, tarayabilecektik.

Bu arada inanılmaz şeylerle karşılaşıyorduk. Tülay Hemşire, bir cüzam hastasının, gözlerinin kurumasını önlemek için geliştirdiği, göz etrafını tamamen kaplayan bir koruyucu gözlük karşısında şaşkına dönmüştü. Muayene ettiği hasta, icadı sayesinde göz korneasını hasardan korumayı başarabilmişti. Yıllar sonra *Massachusetts*' de çalışırken, bir lepralı hastanın o gözlüğe çok benzer bir gözlük taktığını görünce, Müküs'deki zeki vatandaşı patent almaya teşvik etmediği için büyük bir pişmanlık duyacaktı.**

Onlar bizim için, kar tepelerinin ardında unutulmuş, zeki, duyarlı ama ilk çağlara ait insanlardı.

---

* *Yer Gök Dört Duvar*, s. 42.

** *Yer Gök Dört Duvar*, s. 30.

Onların gözünde ise bizler, derman dağıtan sihirbazlar, omuzlarımızdan sarkan fotoğraf makinelerimiz, tansiyon aletlerimizle uzaydan gelen yaratıklar gibiydik. Onlar bizi uzaylı gibi görürken, bizim çocuklar da onlar için bir tekerleme söyleyip durmuşlardı: Mars, Venüs, Müküs!

Müküs; yani, dünya dışında bir gezegen!

Bahçesaray/Müküs, iyi bir ressam tarafından, yeşilin her tonu kullanılarak çizilmiş, bir natürmort resim gibiydi. Orada, vadinin ortasında çağıldayan dereden başka hiçbir şey değişmiyor, gitmiyor, akmıyor, hareket etmiyordu. Ağalık düzeninin hâkimiyeti, tabiatın bile üzerine sinmişti sanki. Ağadan izin alınmaksızın yağmur yağmaz, rüzgâr esmez, kimse köyü terk etmez, evlenmez, boşanmaz, askere gitmez, desem yeridir!

Akşamları çocuklarla konuşurken, sadece muayene ettiğimiz hastalarımızdan değil, bulunduğumuz bölgenin siyasi yapısından da söz ediyorduk. Genç doktor adayları, ağalık düzeninin, cumhuriyet düzeniyle barışık yaşıyor olmasından incinmiş görünüyorlardı. Bu barışıklığın ardında, ağaların her iktidar için bir oy deposu olarak algılandığını orada öğrenecek, üzülecek ve şaşıracaktım.

On beş yıl öncesine kadar, tüm toprakların birbirleriyle yakın akraba üç aileye ait olduğunu öğrenince de şaşırmıştık. Bu üç aile, köylüleri çalıştırmak için kaba kuvvete de başvururmuş gerektiğinde. Topraksız köylü çaresizlikten, çoğu kez boğaz tokluğuna çalışırmış. Zaman içinde, yörenin gençleri batıya ve özellikle Adana'ya çalışmaya gitmeye başlamışlar ve köyde çalışacak genç erkek kalmayınca, ağalar ücret ödemek yerine, toprağın bir bölümünü köylünün kendi hesabına çalıştırmasına izin vermişler.

Biz oraları gezerken, köylüler ağa topraklarında yarıcı olarak çalışıyorlardı. Yani, ağanın malı yerine, işçisi olmuşlardı. Ama dertleri bitmemişti. Ağanın sözüyle satılmış ve yine ağanın marifetiyle satıştan vazgeçilmiş topraklar mı isterdiniz, otlak anlaşmazlıklarından doğan sorunlar mı? Sorun çoktu. Ama sorunu çözecek adam yoktu. Köyde muayene ettiğimiz insanlardan tutun, Çukurova'ya çalışmaya gitmiş erkeklere, yeni doğmuş bebelere kadar herkes şıhın veya ağanın adamıydı. Ağa da haliyle muhtarı oluyordu köyün. Bu ağalar zengindiler, güçlüydüler, kendilerine kul olan bir sürü adamları vardı, devletle ilişki içindeydiler; muhtar, belediye başkanı, milletvekili oluyorlardı. Bu bölgelere gönderilen devlet memurlarının, siyasi iktidara sırtlarını dayamış bu kişilerle, mücadele gücü yoktu. Hiç olmamıştı, ne Osmanlı döneminde, ne cumhuriyetin ilk yıllarında ne de şimdi! Buraya tayin edilen kişi, bir an önce bu yöreden gitmek istiyordu. Kalıp kiminle ve ne için mücadele edecekti ki? Sistem, ağalık düzeninin arkasındaydı. Bunu fark edenin ya gönlü kırılıyordu, ya midesi bulanıyordu. Üstelik buradaki gerilik, bilinçli bir gerilik, sefalet, bilinçli bir sefaletti. Buranın şeyhleri, şıhları, ağaları, bölgelerinde hükümleri azalmasın diye, hiçbir gelişmeye izin vermiyorlardı. Ama hangi partiden olursa olsun, hükümetler onlara göz yumuyordu, çünkü hükümetlerin oy deposuydular.*

Akşam yemeklerinin yer sofralarında, çocuklarla aramızda konuşurken, cumhuriyetin kurulduğu yıllarda, hükümetin hazırladığı toprak reformuna doğuda olsun, batıda olsun, ağaların şiddetle karşı çıkmasına çok hayıflanmıştık. Tek parti döneminde bile kotarılamayan bu reformu, artık kimsenin beceremeyeceğini düşünmüştük. Acaba başarılsaydı, doğunun bugünkü sorunları, kökünden halledilmiş olur muydu? Kaçırılan bir fırsat mıydı bu?

Siyasi yapıyla ilgilenmek bizim vazifemiz değildi ama öğrencilerimin toplumsal olaylara ilgisi ve duyarlılığı hoşuma gidiyordu. Tespitlerine ve isyanlarına hak veriyordum. Yarın, doktor olarak hayata atıldıklarında, bu bölgenin insanları için ellerinden geleni yapacaklarına emindim. Fakat o an, orada, bize düşen cüzamın kökünü kurutmaktı, siyasi fikir üretmek değil. Bu nedenle, vakit gece yarısını bulunca, başgardiyan gibi, onları yataklarına

---

* *Yer Gök Dört Duvar*, s. 74-75.

yolluyordum. Ertesi gün, erken kalkıp, yoksul, zengin, kul, köle, şeyh, ağa gözetmeden her insana elimizi uzatabilmek, dertlerine deva olabilmek için uykuya ihtiyacımız vardı. Yorgun bedenlerimiz sert yataklarımıza değer değmez, derin uykulara dalıyorduk.

Köylerini gezdiğimiz ilçelerin sağlık ocağı duvarlarına, bu sohbetlerimiz sinip kalmıştır. Hani derler ya, duvarların dili olsa da konuşsalar! Belki, ilerde keşfedilecek bir yöntemle, bu duvarlar konuşuverirse, yoksulluğa ve cehalete çare arayan seslerimiz yansıyacaktır kerpiç duvarlardan.

Bu arada içimizi buran bazı gerçeklerle de karşılaşmıştık. Örneğin Müküs'ten ayrılmış Ermenilerin, şu anda orada yaşayanlardan çok daha ileri bir uygarlık düzeyinde olduklarını, geride bıraktıkları izlerden anlayabiliyorduk. Her yerde sarnıçlar, su ve sulama kanalları, kilise kalıntılarıyla karşılaşıyorduk. Bir medeniyeti devraldıktan sonra devam ettirememek, suyu kullanmak için ancak kovalarda taşımak, tuvalet sistemini geliştiremeyip, her işi derede görmek, böylece içilecek suyu kirletmek, bizlerin suçu değil miydi?

Van'da gerçekleştirdiğimiz ilk tarama başarıyla sonuçlanmıştı. İki hafta boyunca, köylerin çoğuna araba ile gitmiş, mezralara yürümüş, bazen de gideceğimiz köye katırlarla ulaşmıştık. Gruplar halinde, Bahçesaray'a bağlı on altı köyü teker teker dolaşmış, köylerde bulabildiğimiz herkesi muayene etmiş, saklı kalan cüzamlıları da tespit etmeye çalışmıştık. On iki bin nüfuslu ilçede dokuz bin civarında insanı muayene ettiğimizi hatırlıyorum. Çok sayıda olmasa da, yeni cüzamlılar da bulmuş, hemen tedaviye başlatmıştık.

ÇALDIRAN

İstanbul'a dönüşümüzün ardından fazla zaman geçirmeden ikinci bir tarama gezisine çıktık.

Yine Van bölgesine gidiyorduk ama bu sefer Muradiye-Çaldıran'a. Burası da cüzamın fazla görüldüğü bir bölgeydi, Bahçesaray'da yaptıklarımız duyulunca, bu ilçeden de talep gelmişti. Yaz aylarıydı, öğrenciler hâlâ tatildeydi, bu nedenle İstanbul'dan ayrılmak kimseye zor gelmeyecekti.

Aynı ekibi çabucak toparlayıp, yeniden yola koyulduk. Bu kez iyice bilinçlenmiştik; yanımıza çok daha fazla ilaç, gereç aldık. Çocuklar evlerine gidiyorlarmış gibi sevinç içindeydiler. İlk taramayı başarıyla sonuçlandırmış, çok kişiye ulaşmış ve dertlerine deva bulmuş olmanın verdiği güven duygusuyla doluydular. Artık onları nelerin beklediğini, insanlara nasıl yaklaşacaklarını, nasıl iletişim kuracaklarını, tedaviye nasıl ikna edeceklerini, en çok hangi ilaçlara ihtiyaç olduğunu da biliyorlardı. Kendilerini bu konuda adeta uzmanlaşmış hissediyorlardı.

Çocukları, bir önceki yolumuzu takip ederek önce otobüsle Van'a sonra da arabalarla Doğu Beyazıt'a yolladım. Ben, Ayşe ve Tülay hemşirelerle, bir gün sonra yola çıkacak ve biz de tıpkı onlar gibi, Doğu Beyazıt'tan Çaldıran'a kadar, İran sınırı boyunca Unimog kamyonlarla, askerin desteği ve koruması altında gidecektik. Çünkü dile getirilmese de, bölgede terör başlamıştı.

Çaldıran'a varınca yine şaşırıp kaldık! Memleketimiz bize durmadan yeni sürprizler hazırlıyordu! Çaldıran, hepimizin tahmininin aksine, Bahçesaray'a göre çok gelişmiş ve muntazam bir bölgeydi. Deprem sonrası yapılan sağlık ocakları, Bahçesaray'dakiyle ölçülemeyecek kadar modern ve donanımlıydı! Çocuklar taramanın burada çok daha kolay yürüyeceğini düşünerek, ilk gece tatlı bir uykuya yatmışlar ama sabah uyandırıldıklarında, işlerin hiç de öyle olmayacağını anlamışlar. Sabahın çok erken bir saatinde, derin uykularından kapının vurulmasıyla uyanmışlar. Sağlık ocağı görevlisi, hemen hazırlanmalarını söylemiş. Dışarıda telaş ve gürültü varmış. Alelacele giyinip odalarından çıkmışlar ki, ne görsünler, bir sürü yaralı insan, yaka paça içeri taşınmakta. Sağlık ocağının hekimi, burada doktorluk yapacağına askere gitmeyi tercih etmiş olduğu için, sağlık ocağında doktor yokmuş.

Bizimkiler hemen işe koyulup buldukları malzemelerle yaralılara müdahale etmeye başlamışlar. Akşama doğru biz oraya vardığımızda çocukları savaş hekimliği yaparken bulduk. Allahtan Almanlar tarafından yapılan sağlık ocağı tam teçhizatlı bir yerdi. İhtiyacımız olan her şey el altında gibiydi. Buna sevinmiştik.

Biz yeni gelenler, biraz nefeslendik, çocukların anlattıklarını dinledik, sonra getirdiğimiz ilaç kolilerini raflara yerleştirmeye başladık ki, bu sefer de içeriye bir ölü taşıdılar. Bir çatışmada öldürülmüş olduğu için otopsi yapılması gerekiyordu. Mecburi hizmetini yapmakta olan gencecik bir hükümet tabibi, az sonra otopsi için merkezden gelecek, bizlerle tanışacaktı.

Çaldıran, Bahçesaray'dan çok farklıydı. Çocuklar, Bahçesaray için, "Orası asırlar önce donup kalmış bir gezegen gibiydi, her şey gerçek dışıydı," diyorlardı. Oysa Çaldıran sert, acımasız, hareketli ve gerçekti. Bahçesaray'da bir şıhın ya da ağanın emrinde, şikâyet etmeden yaşayan insanların yerini, Çaldıran'da kan davası, şiddet, terör, kaçakçılık ve PKK almıştı. Bahçesaray'da bizlere gösterilen güvenin, içten sevginin yerini ise kuşku!

Köylüler bize mesafeli duruyorlar, iyi niyetimizden şüphe ediyorlardı. Ne yapmak istediğimizi uzun uzun anlatmak zorunda kalıyorduk. Muayene koşulları çok daha iyi olmasına, çevremizde öğretmenlerin, askerlerin de bulunmasına rağmen, güveni, iletişimi sağlamakta zorlanıyorduk.

Güven eksikliği sadece bize karşı da değildi. İnsanlar birbirlerine de güvenemiyorlardı anlaşılan. Mesela, Çaldıran'a girdiğimizde, ilk dikkatimizi çeken, ilçenin orta yerine yığılmış samanlar olmuştu. Her evin kendi ağılında, bahçesinde durması gereken samanlar, ilçenin orta yerinde yığılmıştı. Meğer evlerdeki samanlıklar, düşmanlık nedeniyle hemen her gece yakılıyormuş. İnsanlar samanlarının yakılmasını önlemek için, hepsini aynı yerde toplamışlar, böylece kimse başkasının samanını yakmaya yeltenmez olmuş.*

Çaldıran'da, etrafta kadın da yoktu! Ortalıkta sadece küçücük kız çocukları dolanabiliyordu. Bahçesaray'da lafa karışmak isteyen, fikir beyan eden, hatta fikri sorulan, ender de olsa sofraya oturan kadınlar, uzak birer anı gibi kalmıştı. Müküs'de olduğu gibi başka bir gezegene değil, bu sefer erkeklerin dünyasına düşüvermiştik! Evlere girdiğimizde etrafta yığınla silah, duvarlarda da resimler görüyorduk. Resimler, evin erkeklerinin ya askerlik ya da hapishane hatırası fotoğraflarıydı. Hapse düşmemiş, adam öldürmemiş veya yaralanmamış kişiyi adamdan mı saymıyorlar acaba diye konuşuyorduk

---

* *Yer Gök Dört Duvar*, s. 80.

aramızda. Orada kaldığımız sürece, bizim çocuklar cüzam taraması yapmanın yanı sıra, her Allah'ın günü birilerine dikiş attılar, pansuman yaptılar. Çünkü her gün, bir köşede bir çatışma oluyordu.

Yine cami imamını araya soktuğumuz halde, Bahçesaray'da olduğu gibi, kolayca çözememiştik Çaldıranlıları. İlk gün direndiler. Saatler ilerledikçe, yavaş yavaş iyi niyetimizi anlamaya, bize yaklaşmaya, evlerine girmemize ve onları muayene etmemize izin vermeye başladılar. Tercüman aracılığıyla, hem her türlü dertlerine çare buluyor hem de cüzam hakkında bilgi veriyor, tarama yapıyorduk. Kat kat giysilerin altına sakladıkları vücutlarını bize göstermek istemeyen kadınlara soruyorduk, acaba beyaz lekeleri var mıydı? Varsa nerelerinde ve ne zamandan beri? His kaybı var mıydı? Soru cevapla, cüzamın varlığını tespit ettiğimiz çok oldu. O zaman, tedavinin kalıcı ve mümkün olduğunu anlatıyorduk. Tedavi görmeye çoğunu ikna etmiştik. Benim, tedavi kadar önemle üzerinde durduğum bir başka nokta, cüzamlıların toplumun dışına itilmesine mani olmaktı. Bu yüzden cüzam vakası bulunan evlere girdiğimde, iskemleleri veya minderleri kapının önüne çıkartıyor, cüzam hastası kişiyle nerdeyse sarmaş dolaş oturuyor, ona dokunuyor, o evde pişirilmiş çayımı diğer köylülerin gözü önünde içiyordum. Böylece, cüzamdan korkulmaması, cüzamlının dışlanmaması için bir mesaj vermiş oluyordum. Biz gittikten sonra, "Koskoca doktor böyle davrandığına göre, demek ki bu hastalık hemen bulaşmıyormuş," diye konuştukları kulağımıza gelmişti. Yavaş ama emin adımlarla, itimatlarını kazanarak hedefimize doğru yürüyorduk ve arada çok komik olaylar da yaşıyorduk. Zaten benim başıma nereye gitsem tuhaf bir olay mutlaka gelir! Çaldıran'ın sert yapısında dahi, bir komedi yaşamayı becerdim, çocuklara eğlenecekleri bir konu yarattım...

Ziyaret ettiğimiz köylerin birinde, iyice yaşlanmış lepralı bir kadın vardı. Gençliğinde tedavi olmak için İstanbul'a gelmiş ve uzunca bir süre hastanede kalmış. Hastanede hayatında ilk kez tuvaleti görmüş, öğrenmiş. Köyüne dönünce babasına ille de tuvalet isterim diye tutturmuş. Babası kızını kırmamış, bahçenin bir köşesine, dört duvar ördürüp, bir helâ yaptırmış. Köyün tek helâsı, işte onun evindeydi.

Taramalar sırasında muayene ettiğimiz bir anne, köyün eteklerinde yaşayan lepralı kızını ziyaret etmemizi, rica etti. Kız yeni doğum yaptığı için, loğusa yatağından kalkamıyor, muhtarın evine kadar yürüyemiyordu, biz ona gider miydik? Elbette giderdik!

Ben, Ayşe Yüksel ve bir kız öğrencimiz, kızın evine doğru yürümeye başladık. Ev gerçekten de biraz uzaktaydı, köyün son eviydi. Çantalarımızı taşımakta ısrar eden erkekler ve peşimize takılan çocuklarla nihayet eve vardık. Loğusa kızı ve evdeki diğer insanları da tek tek muayene ettik, tansiyonlarını ölçtük, ilaçlarını verdik. Elbette ikram edilen çayı da içtik, kalkacağız. Ben sıkıştım. Ayşe'ye söyledim. Evlerde tuvalet olmadığını biliyorum ama bu iş için gösterecekleri bir yer olmalı diye düşünmüştüm. Ayşe de adamlardan birine sormuş. Adam dışarı çıktı, Kürtçe, avazı çıktığı kadar bağırmaya başladı. Köylüleri bir telaş aldı, birbirlerine bağırıyorlar, koşuşuyorlar, geldiğimiz yöne doğru koşanlar var, içeri girip çıkanlar var. Şaşırdık. Neler olduğunu bir türlü anlayamıyoruz. Bizi önlerine kattılar, yine çoluk çocuk, bağıra çağıra geldiğimiz yöne gitmeye başladık. Lepralı yaşlı kadının evine doğru gidiyoruz. Yaklaşınca bir de ne göreyim, kadının bahçesindeki tuvaletin önünde erkekler sıraya girmiş, birinin kolunda bir havlu, diğerinin elinde ibrik, bir başkasının elinde yamru yumru kocaman bir sabun. Nerdeyse bütün köy bana tuvalet hizmetleri sunmak için kuyrukta. Bütün köye rezil oldum. Bunca hazırlıktan sonra, tuvalete girmesem olmaz, girsem kapıda yığınla insan, ellerinde ibrikler, peşkirler heyecanla işimi yapmamı bekliyor. Bu olayın, çocukların tuttuğu Çaldıran seferinin seyir defterine "Türkan Hoca'nın Alayişli Çiş Seferi," diye geçtiğine eminim.

İşte böyle, hem sert hem de inanılmaz konuksever insanların yaşadığı bir beldeydi Çaldıran. Konuklar, kim olursa olsun, baş üstünde taşınıyordu.

Muhtarın evindekilere tarama yaparken, genç doktor adaylarımızdan biri, muayene için kollarını sıvamış bir genç kıza, ağabeyinin mani olmasına çok üzülmüştü. Muayene olmamanın kıza nelere mal olacağını delikanlıya anlatmaya çalışsa da, fayda vermemişti söyledikleri. O akşam, muhtarın evinde akşam yemeğine davet edilmiştik. Yer sofrasında, yan yana dizilmişiz, ikram edilen yemekleri yiyorduk, ama genç doktor adayı, sabahki olaya kızgın olduğu için ağzına lokma koymuyordu. Muhtar, etrafındakilere, Kürtçe neden yemek yemediğini sormuş, anlatmışlar. Bağıra çağıra oğlunu sofradan kovdu. Delikanlı dışarı çıkınca, bizim doktor adayına döndü, "Benim oğlum bir eşeklik etmiş, Bey," dedi, "cahil işte, kusuruna bakma. Ben onun yerine özür diliyorum. Haydi, sen ye yemeğini."

"Teşekkür ederim fakat aç değilim," dedi bizimki.

Muhtar, "Bak Bey," dedi, "seni üzen oğlumu masadan kovdum, yetmedi. Af diledim yine yetmedi. Bana akşam akşam, oğlumu vurdurtma! Yemeyecek olursan, dışarı çıkıp öldüreceğim onu, bilesin!"

Genç öğrenci, adam oğlunu vuracak diye korkusundan önündeki ekmeği kaptığı gibi, sahandaki yumurtaya banarak bir çırpıda bitirivermişti.

İnsan hayatının beş para etmediği ama olur olmaz şeylerin onur meselesi yapılıp saat başı can alındığı beldeyi, ne ben ne de çocuklar, hayatımız boyunca unutmayacaktık.

Bahçesaray ve Çaldıran'daki cüzam taramaları, hepimize ömrümüz boyunca ışık tuttu. O yörede yaşayan insanların huylarını, duyarlılıklarını, davranışlarını bilmek, meslek hayatımız boyunca onlarla hep iyi iletişim kurmamızda çok yardımcı oldu.

1984 yılında gerçekleştirdiğimiz bu iki taramayı, 1985 yılında, Uludağ Üniversitesi'yle birlikte, bir alan çalışması olarak sunmuştuk. Bu alan taramasının, sonradan uluslararası bir çalışma olarak değerlendirildiğini de görecektik. Hey gidi günler hey! Ne kadar uzakta kaldılar ama ben, o yaşadıklarımızı hep dünmüş gibi hatırlarım.

Yanı başımda oturan memura bu anıların hangi birini naklettim, bilemiyorum. Geçmiş günler hayalimden nerdeyse ışık hızıyla akadururken, ona bir şeyler anlatmış olmalıyım ki, "Yani Hocam, cüzamlıların evlenip çocuk yapmasına, aramıza karışıp işe girmelerine, bir doktor olarak sahiden karşı değilsiniz, öyle mi?" diye sordu.

"Yavrum, cüzam hastaları da senin benim gibi insan değiller mi? Neden evlenmesinler, iş güç sahibi olmasınlar?" dedim.

"Çünkü çok fena bir hastalık taşıyorlar. Evlenirlerse, çocukları da cüzamlı doğar."

"Sen beni hiç dinlememişsin! Ne dedim ben sana, erken teşhis konulursa, ilaç tedavisiyle, hastalık hiçbir araz bırakmadan geçiyor. Bulaşıcılığına gelince, nezle gibi aynı odada bulunmakla bulaşan bir hastalık değil. Verem bile ondan daha bulaşıcı. İnsan ellerini sık yıkar, temiz ortamlarda yaşarsa ve bağışıklık sistemi güçlüyse, bulaşma ihtimali pek az."

"Benim tanıdığım herkes cüzamlıdan bucak bucak kaçar."

"Cahilliklerinden kaçıyorlar."

"Benim bir amca oğlum vardı, aşağı köyden bir kıza âşık olmuştu. Kız da buna sevdalı. Ama duyduk ki, kızın ailesinde cüzam varmış. Anam dedi ki, o kızı bu eve getirirsen, ben kendimi vururum. Ana katili olursun."

"Boşuna telaş etmiş anan. Kızı bir hastaneye ya da bir sağlık ocağına götürüvereydi ya! Belki cüzam bulaşmamıştı bile, kıza."

"Olsun! İstemedilerdi işte. Ayrıldılar. Sonra kız kendini mi asmış ne! Eee, adı cüzamlıya çıkınca, ne yapsın, zavallı. Ama benim amcaoğlu hâlâ vicdan azabı çeker."

"Senin amcaoğlunun hikâyesi tek değil. Ben kaç vaka biliyorum böyle!"

"Anlatsanıza bir tanesini," dedi polis.

Hiç nazlanmadım. Severim cüzamlıların sevda öykülerini anlatmayı. Dinleyenler, ancak öyle ikna olurlar bu zavallı insanların, kendilerinden farkı olmadığına. Onların da aşka düşecek gönülleri, sevilmeyi bekleyen bedenleri, dillendiremedikleri hayalleri vardır. Çoğu, iyileştikten sonra bile adları cüzamlıya çıktığı için köylerine, mahallelerine dönemez, onları kimselerin tanımadığı yerlere göç ederler ve bıçak sırtında yaşarlar bir ömür.

YETER'İN VE RAMAZAN'IN ÖYKÜSÜ

Başımı uzun zamandır incelemekte olduğum dosyadan kaldırıp masanın sağ tarafinda duran ince belli çay bardağına uzandım, ilk yudumu alır almaz yüzümü buruşturup geri koydum bardağı. Çalışmaya daldığımdan çayım yine buz gibi olmuş! Oysa kafamı toparlamak için biraz ara vermek, sabah aceleden ağzımı yakarak mideye indirdiğim çayı, şimdi sindire sindire içmek istemiştim. Yenisini getirtmek için önümdeki zile bastım. Uzun süre kimse gelmeyince, parmağımı bir süre zilin üzerinde tutarak bir kere daha bastım. Yorgundum, acıkmıştım, saat ikide başlayacak toplantıya girmeden önce yemek yiyecek vaktim yoktu, taze demlenmiş bir çaya şiddetle ihtiyacım vardı ama Bayram, nedense bir türlü gelmiyordu. İskemlemi geri itip çay ocağına gitmek için kalktım ve gözüm bahçeye takıldı.

Bayram, peşine taktığı iki kadınla koşar adım binaya doğru yürüyordu. Tevekkeli değil zili duymadı, bahçedeymiş meğer, diye düşündüm.

Bayram'ın peşinden gelen kadınlardan birinin yüzü, başındaki örtüyle burnunun üzerine kadar örtülüydü, yüzünü göremiyordum ama yürüyüşünden, hastalığının derecesini tahmin edebiliyordum. Diğer kadın, koltuk değnekleriyle yürüyordu. Demek ki o da hastaydı, refakatçi değil. Binaya doğru ilerleyen hastalar, eğer yatmak için geliyorlarsa, dispanserde onları yatıracak boş yatak yoktu. Hatta birkaç haftadır bazılarını ikişer ikişer yatırmak zorunda kalmıştık. Hasta her zaman bol, yatağımız hep azdı ama son günlerde yatağa talep inanılmaz derecede artmıştı. Bundan şikâyetçi değildim elbette. Cüzamın tedavi edilir bir hastalık olduğunu ve bu derde duçar olanların gizlenmeyip hastanelere başvurmalarını temin etmek için bir ömür harcamıştım ama arz ve talebin atbaşı gidemediği bir alandı benimki. Az sonra elimde patlayacak olan yeni sorun, çay içme arzumu unutturdu, masama geri döndüm, üzerinde çalıştığım dosyayı kapattım, iskemleme oturdum ve ağrımaya başlayan sırtımı gevşetmek için gerindim. Bu ağrılar hep strestendi. İlaçlar için gereken paranın zamanında bulunamamasından ve dispanseri yenilemek için sarf ettiğimiz çabanın önüne dikilen bürokratik engellerden bunaldığım oluyordu. Ama inandığım iki şey vardı, birincisi; başlanan her iş bitirilmeliydi, ikincisi ise, kendi düşen ağlamazdı. Bir doktora çok para kazandırabilecek estetik operasyonlardan tutun, başını fazla ağrıtmayacak çocuk ya da kadın doğum hastalıklarına kadar onlarca uzmanlık dalı dururken, cüzamlılarla uğraşmayı seçerek zor yola başkoyan ben değil miydim? O halde, şikâyete hakkım yoktu! Ben sandalyenin üzerinde kollarımı yanlara, yukarıya gererek, çevirerek sırtımı gevşetmeye çalışırken, peşinde kadınlarla Bayram kapıda bitti.

Bayram'ın odaya soktuğu köylü kadınlara baktım. Her ikisi de çok gençti. Bir tanesinin sağ bacağı, diz altından protezliydi, diğerinin yüzünde kabuk bağlamış yaralar vardı. Başları eğik, dikiliyorlardı masanın öte yanında.

"Nerden geliyorsunuz?" diye sordum.

"Elazığ'dan" diye atıldı Bayram. Kendi de dispanserdeki hademelerin çoğu gibi tedavi geçirerek sağlığına kavuşmuş bir cüzamlı olduğu için, kimseyi kapıdan döndürmeyi sevmezdi, "kardeşmişler."

"Yavrum Elazığ'da hastane var. Niye buraya kadar geldiniz?"

Bayram yine lafa daldı, "Hocam, oradaki hastaneye..."

"Bayram, dur hele, müsaade et de hikâyelerini kendileri anlatsın."

"Anlatın Hoca'ya başınıza gelenleri," dedi Bayram.

Kadınlar konuşmadılar. Besbelli hikâyelerini, beni etkilesin diye Bayram'a anlattırmak istiyorlardı.

"Bayram, bu kızlar senin akraban mı?"

"Hayır efendim. Az önce, geldiklerinde tanıştık. Şu konuşuyor da, diğerinin Türkçesi, kıt," dedi Bayram.

"İkiniz de mi hastasınız?" diye sordum.

"Ben tedavi gördüm," dedi koltuk değnekli, "hasta olan, kardeşim."

"Pekâlâ, çıkarsın üzerindekileri, muayene edeyim önce."

"Önce başına gelenleri hikâye edeyim de, anla sen neler çekmiş, Doktor Hanım," dedi, bacağında protezi olan.

Tecrübeyle biliyordum ki her cüzamlının ardında kalın ciltli bir roman vardır, başına gelmeyen kalmamıştır ve bu acıları dökmeden hiçbiri rahat edemez. Günah çıkartan papazlar ya da hastasını divana uzatmış ruh doktorları gibi, cüzamı tedavi edecek kişi, önce hastanın iç dünyasının cerahatini akıtmakla başlamalıdır işe. Hasta, insan yerine konup dinlenmeli, acısıyla ilgilenilmeli, yükü paylaşılmalı, hafifletilmelidir.

"Anlat bakalım," dedim, dinlemiş olduğum yüzlerce acı öyküye bir yenisini eklemeye hazırlanırken.

Her iki kardeş de Elazığ'ın bir köyünden geliyorlardı. Ailede cüzam vardı. Abla önce Elazığ'da sonra da İstanbul'da tedavi görmüş, bacağına protezi burada takmışlardı. Yeter ise henüz on beş yaşındayken, kırkını geçmiş, çok çocuklu bir adama başlık parası karşılığında satılmıştı. Adamın karısı yatalaktı. Kızları evlenip gitmişlerdi. Adam yatalak karısı ve oğullarıyla birlikte yaşıyordu. Yeter kocaya verildiğinde çok güzel bir kızdı ve cüzam mikrobu taşıdığının henüz farkında değildi. Kocasının kendinden büyük olmasını da pek dert etmemişti. Cüzam bulaşmış evlerden kız almazlardı genelde. Bir talibinin çıkmasına şükretmişti bu yüzden. Evini çekip çeviriyor, hasta kadına bakıyor, kocasıyla oğullarının çamaşırlarını yıkıyor, önlerine aşlarını koyuyor, gerektiğinde tarlaya bile iniyordu. Evlendikten iki yıl sonra, Yeter'in yüzü ve kolları lekelenmeye başladı. Üvey oğulları, kızın ailesinde cüzam olduğu için, onun da aynı mikrobu taşıdığından şüphelendiler. Cüzama yakalandıysa, bu evden gitmesi gerekiyordu.

Babaları oğullarının şikâyetlerine kulak asmadı. Karısını seviyordu, onu evden uzaklaştırmaya hiç niyeti yoktu. Yeter'i alıp sağlık ocağına götürdü. Sağlık memuru, kızı Elazığ Hastanesi'ne götürmesini söyledi. Bir bahar günü karı koca, şehre indiler, hastanenin kapısına vardılar. Haberler hem iyi hem kötüydü. Yeter, cüzam mikrobu taşıyordu ama hastalığın kesin tedavisi vardı. *Rifampisin* adlı ilaç, muntazam alındığı takdirde, hastalık önlenebilirdi. Elbette ayrıca yaralara her gün pansuman yapılacak, merhem sürülecek ve hasta tertemiz bir ortamda yaşayacaktı. Kız henüz on sekiz yaşındaydı. İyi bakılırsa, iyileşir, dünyaya sağlıklı çocuklar bile getirebilirdi.

Karı koca, yanlarında kutu kutu ilaç ve merhemle, sevinç içersinde evlerine döndüler. Kız eve varır varmaz, doktorların kendine tembih ettikleri gibi, evdeki bütün kilimleri götürüp bahçede bir ipe astı, her birini iyice yıkadı.

Akşam oğlanlar tarladan döndüler. Kilimleri serili göremeyince bir ağız dalaşıdır başladı. Yatalak anne de yattığı yerden lafa karışıyor, evin düzeninin bozulduğundan, kilimsiz tahtalarda rutubet kapacağından şikâyet ediyordu.

Nerdeyse üç beş günü, kilimlerin kavga gürültüsüyle geçirdiler. Kilimler nihayet kuruyunca, Yeter onları hemen yerlerine serdi ama oğlanlarla analarının şikâyetleri bitmek bilmiyordu.

Bu sefer de ilaçları ağızlarına dolamışlardı. Babalarının bütün parası bu hasta karının tedavisine gidiyordu. Üstelik bulaşıcı, korkunç bir hastalığa yakalanmıştı. Onun elinden yemek yemek istemiyorlar, çamaşırlarına dokundurtmuyorlardı. Evdeki hayat cehenneme döndü. Birkaç ay sonra, oğlanlar babalarını bir kenara çekip Yeter'i evden yollamasını istediler.

"Yollamam," dedi babaları, "ben ona çok para verdim."

"İyi ama şimdi hasta! Bir işe yaramıyor."

"Nasıl yaramıyor? Evin işini o görüyor, ananıza o bakıyor. Hayvanları yemliyor. Daha ne yapsın?"

"Hastalığını bizlere de bulaştıracak, baba," dediler.

"Ben öğrendim, öyle kolayca geçecek bir hastalık değilmiş. Hele sizin gibi genç, güçlü kuvvetli insanlara hiç geçmezmiş. Gocunuyorsanız, uzak durun."

"Biz bu kızı evimizde istemiyoruz. Sana başka karı bulalım. Bunu evine yollayalım."

"Burası benim evim. Ben avradımı hiçbir yere göndermiyorum. Şikâyetiniz varsa, siz gidin!" dedi babaları.

Oğlanlar babaya laf geçiremeyeceklerini anlayınca, başka bir yola başvurdular. Babalarının evde olmadığı zamanlar, Yeter'i dövmeye başladılar. Kendilerini şikâyet edecek olursa, da onu öldüreceklerine yemin ettiler. Kızcağız, yüzündeki, kollarındaki morartıların, hastalığının yüzünden olduğunu söylüyordu, kocasına. Bir gün kuması insafa geldi, Yeter'e, "Kızım, ne diye bu evde kalmakta ısrar ediyorsun?" diye sordu, "dayak yemek hoşuna mı gidiyor?"

"Elbette gitmiyor," dedi Yeter.

"Kaç, babanın evine git!"

"Koca evinden baba evine dönülmeyeceğini bilmiyor musun?" dedi Yeter. "Babam beni kapı önüne kor!"

"O zaman kocana söyle seni hastaneye götürüp yatırsın, kurtul bu haydutlardan. Yoksa dayak yemekten öleceksin."

Yeter, o akşam kocasına kendini iyi hissetmediğini, hastaneye yatmak istediğini söyledi. İlaçlarını muntazam alıyordu ama belki de hastanede yatarsa daha çabuk iyileşirdi. Ertesi günü kocası Yeter'i yine Elazığ Hastanesi'ne götürdü. Doktorlar gidişatını görmek, ilaçlarının düzenini yeniden saptamak için, kızı bir hafta hastanede tutmaya karar verdiler.

Hastanedeyken, iki üvey oğlu Yeter'i ziyarete geldi. Bahçenin bir köşesinde fısır fısır konuştular. Oğlanlar, eve geri dönmeye kalkacak olursa, vallahi de billahi de onu öldüreceklerdi.

"Beni burada hep tutsalar, hiç çıkmam," dedi Yeter, "ama tutmuyorlar. Koğuş benden bin beter hastalarla dolu. Babamın evine de gidemem. Bırakın döneyim eve, ahırda yatarım."

"Hayır," dedi büyük oğlan, "adımızı cüzamlıya çıkardın. Bak, geçen gün kardeşime kız istedik, vermediler. Babama laf anlatamıyoruz. Elimiz ona kalkmıyor ama sen gelirsen, öleceğini bil. Ona göre hangi cehenneme gideceksen git! Fakat babam nereye gittiğini bilmesin. Onu terk ettiğini zannetsin. Buralardan yok ol!"

Oğlanlar, Yeter'in eline birkaç kuruş para sıkıştırıp giderlerken, paralara işaret koyduklarını, geri dönecek olursa, onu hırsızlıktan yakalatacaklarını da söylemeyi ihmal etmediler.

Yeter, kocası onu hastaneden çıkartmaya gelmeden, buralardan kaçması gerektiğini anlamıştı. Tek başvuracağı, bu derdi çekmiş, halden anlayan ablasıydı. Ona haber yollattı. İki kardeş, kocasının Yeter'i eve götürmek için geleceği günün erken sabahında, ellerinde bir bohça ile yola düştüler. Abla, İstanbul'da yoksul ve hasta dostu bir doktor olduğunu duymuştu. Üstelik bu kişi, bir kadındı. Ara sıra gelir, elini buradaki hastalara da uzatırdı. Cüzamlıların arasında bir efsane gibiydi adı. Abla, izini sürecek ve sora sora bulacaktı onu! Yeter ki, İstanbul'a kadar kapağı atabilsinler!

Ve işte şimdi buradaydılar.

Abla, anlatacağını anlattıktan sonra sustu. Yeter, gözleri yerde, kıpırdamadan oturuyordu.

"Bayram, git başhemşireyi yolla bana," dedim. Adam odadan çıkınca, Yeter'i soyup muayene ettim. Vücudunda sadece cüzam değil, tekme tokat izleri de vardı. Tedavisi bitene kadar hastanemizde kalabilirdi ama iyileştikten sonra ne yapacaktık bu kızı? Nereye yollayacaktık.

"Elinden ne iş gelir?" diye sordum.

"Her işi yapar," diye atıldı ablası, "biz ikimiz de yemek pişiririz, temizlik yaparız, tığ işi biliriz."

Ablanın elleri hafifçe pençeleşmişti ama kızınkiler iyi durumdaydı.

"Sen geri dönmüyor musun?" diye sordum ablaya?

"Dönemem artık. Onun evden kaçmasına yardım ettim. Biz bir yatakta koyun koyuna yatarız iki kardeş, Doktor Hanım, sen hiç üzülme," dedi abla.

Onları o akşam koğuşa yerleştirdik, kızın tedavisine başladık. Sonu iyi biten bir öyküydü bu. Kızın kocası, olanları öğrenince, gelip karısını bulmuştu. Fakat kız artık, oğlanların korkusundan geri dönmek istemiyordu. Adam şehrin yoksul varoşlarında bir gecekondu aldı. Karısı ve baldızıyla bir müddet orada yaşadılar. Sonra, adam İstanbul'da yapamayınca, Yeter'den iyilikle ayrılıp köyüne geri döndü. O yörelerde resmi nikâh yapılmadığı için, evlenmeler ayrılmalar, kişilerin rızasıyla, iki dudağın arasında hallediliyordu. Sonradan duyduk ki, oğulları ona başka bir kadın bulmuşlar, yine evlenmiş.

Yeter de, oturduğu mahallede bir koca buldu, evlendi, çocuğu bile oldu. Ablasıyla birlikte, yardım için açtığımız satış tezgâhlarımıza, kermeslerimize yün atkılar, şapkalar, patikler örüp ara sıra para bile kazandılar.

"Vallahi, sizden duyana kadar cüzamın tedavi edileceğini hiç düşünemezdim," dedi genç polis.

"Böyle ne öyküler var bende," dedim, "Ramazan'ın öyküsü de var mesela. Ramazan da Elazığ'dan gelmişti. İlerlemiş safhadaydı hastalığı. Gözleri aşağı akmış, duyu kaybı başlamıştı. Bir süre yer olmadığı için beklettik, yatak açılır açılmaz haber verdik, geldi yattı hastaneye. Bu arada çalışanların çocukları için zemin katta bir kreş açmıştık. Kreşin açıldığı alana çocuklar temiz havada oynayabilsinler diye bir bahçe yapmayı planlıyorduk ama buna ayrılmış para olmadığı gibi, uğraşacak vakit de yoktu.

Ramazan, her gün sabahın beşinde namaza kalkıyor, namazını kılınca bahçeye çıkıyor, başlıyor hastanenin dört bir yanındaki toprakları, çayırları sulamaya. Sonra bizden alet edevat istedi, ona bir testere, bir bahçe makası aldık. Bahçedeki bütün ağaçları budadı. Çimenleri gübreledi. Birkaç ay sonra bahar geldi, bizim çiçekler, güller içinde bir bahçemiz oldu. Kreşin önünü de mis gibi yapmış ama çocuklara diken batmasın diye oraya gül ekmemiş. Civar hastanelerin bahçe yüzünden kıskançlığına hedef olmuştuk, o yıl. Gönüllü bahçıvanımıza, arka bahçedeki kulübeyi verdik. İyileştikten sonra orada yaşadı ve ücret talep etmeden bahçemize hep o baktı. Sonra bir gün Van'ın köylerinden birinden bir telefon aldık. Genç bir kız cüzama yakalandı diye, hayvanlarla birlikte ağıla kapatmışlar, hayvanlara yem atarlarken, kıza da yemek parçaları atıyorlarmış. Telefon eden kişi adını vermek istemedi. Biz kaymakam ve sağlık müdürü aracılığı ile soruşturduk ve olayın doğru olduğunu öğrenince, kızı İstanbul'a getirttik.

Kız, üzerinde yırtık pırtık giysilerle, paçavralar içinde geldi. Saçları kirden keçeleşmiş, elleri hastalık nedeniyle kıskaç gibi olmuştu zavallının. Hayvandan farksız haldeydi. Kötü muamele görmekten olsa gerek, ürkek bir tavşan gibi, yanına yaklaştığınızda sıçrıyor, korku içinde bakıyor, kollarıyla yüzünü saklıyordu. Kızı yıkadık, saçlarını kestik, bitini, piresini temizledik. Tedavisine başladık. O kıskaç gibi elleri inanılmaz hünerliydi. Sakatlığına rağmen güzel örgü örüyordu. Zaman içinde iyileşti. Onu evine geri yollamanın zamanı gelmişti ama kız gitmek istemiyordu. Bir gün bizim Ramazan, kapıyı vurup odama girdi. Allah'ın emri, Peygamber'in kavliyle benden bu kızı istedi. Meğer kızda gözü varmış. Kıza sorduk, kabul etti. Onlara da aramızda para toplayıp çeyiz düzdük, resmi nikâh kıydık, düğün yaptık. Kaymakamlıkla ilişki kurup ikisine de yeşil kart çıkarttık. Sonra Ramazan hastanenin bahçıvanı olarak maaşa bağlandı. Allah onlara bir de erkek evlat nasip etti. Ramazan on beş yıl sonra emekliliğini istedi, tazminatıyla Kocaeli taraflarında bir kulübe aldı, şimdi orada yaşıyorlar. Oğulları Tanıl'ı burs programına aldık. Burslu okuyarak Anadolu Lisesi'ni bitirdi, şu anda Kimya Fakültesi'nde okuyor ve Erasmus bursu ile yurtdışına gitmek istiyor. Geçenlerde dil sınavına girmiş burs için, kendi kendine çalışarak öğrendiği İngilizcesiyle yüz üzerinden doksan iki almış. Şimdi söyle bakalım bana, cüzamlıların çocukları olmalı mı, olmamalı mı?"

Polis arkadaş bir şeyler söyleyecekti ama telefonlar aman vermiyordu. Televizyonları seyredenler, evime baskın yapıldığını öğrenenler, Çağdaş Yaşam çalışanları, dostlarım, çocukların arkadaşları sürekli arıyorlardı. Bir iki kişiyle konuşup kapattım telefonu.

"Hocam, bütün bu hastaların, koşuşturmaların arasında, şu kızların okul işlerine nasıl vakit buldunuz?" diye sordu polis.

"Sadece kızlara değil, okula gitmek için parası olmayan tüm yoksul çocuklara yardımcı oluyoruz biz."

"Ben, Kardelen mi nedir, onları duydum sadece."

"Kardelenler'in kitabı yazıldı da diğerlerinden öne çıktılar. Bu yüzden sen Kardelenler'i duymuşsun, sadece. Aslında, bu okul işine de yine cüzamlıların sayesinde bulaştım ben. Cüzamlı ailelerin çocuklarını okutabilmek için, sağdan soldan burs buluyordum ya, bir gün Pervari Kaymakam'ı telefon etti hastaneye, 'Bizim ilçede ilkokulu bitirmiş on yedi tane kız çocuğu var, hocam,' dedi, 'okumak istiyorlar ama burada okul yok. Siz cüzamlı ailelerin çocuklarına yardımcı oluyordunuz, acaba bu kızlara da bir yardım eli uzatabilir misiniz? Kazanalım bu çocukları.' Hemen telefona sarıldım, birkaç yeri aradım. Almanya'da doktorluk yapan oğlum da orada yaşayan Türk çocuklarının eğitimine yardımcı olmaya çalışıyordu. Onlar bir burs ayarladılar, bu on yedi kızı okullarına kavuşturduk."

"Ama daha çok kız çocuklarını okutuyorsunuz, öyle değil mi?"

"Hayır, ihtiyacı olan erkek çocuklara da burs veriyoruz ama ağırlık kızlarda."

"Niye? Kızları daha mı çok seviyorsunuz?"

"Kırsal alanlarda çok çocuklu aileler okula önce erkek çocuklarını yolluyorlar. Buna çoğu kez yoksulluk sebep oluyor. Ama kızları evde tutup kardeşlerine baktırmak, tarlada çalıştırmak, on üç yaşına basınca, başlık karşılığı kocaya satmak da işlerine geliyor ailelerin. Kızlara bir fırsat tanımak için, onlara ağırlık verdik."

"Duyduğuma göre bir sürü kız çocuğu okutuyormuşsunuz."

"Önce on yedi kız çocuğu ile başlamıştık. Kızların çoğu, liseden sonra üniversiteye gitmek isteyince, orta öğretim burslarını, bu kez de yüksek öğretim için devam ettirdik ve sayıyı elli kız çocuğuna çıkaralım diye kolları sıvadık. Elli kız, yüz kız oldu, derken bin kız oldu, yeni bağışçılar bulduk, kişiler ve kurumlar yardım ettiler, Allah razı olsun, beş bin kızı okula yolladık. Erkek çocukları da kattık aralarına. Madem devlet her çocuğa yetişemiyor, haydi arkadaşlar, parası olanlar ellerini ceplerine atsın, dedik. Ülkemizin eğitim alanına yeni bir nefes getirdik."

Genç polis ellerini ovuşturup duruyordu, bir şey soracak gibiydi ama çekiniyordu besbelli.

"Aklını kurcalayan nedir?" dedim.

"Hocam, dediler ki, bu çocukları gâvur yapıyorlarmış."

"Kim yapıyormuş?"

"Bilemem."

"Oğlum onları da, diğer Türk çocuklarını eğiten öğretmenler okutuyor. Türk öğretmenler, bursla okuyanları seçip, haydi şunları gâvur yapalım demiyorlar herhalde!"

Yanıtlamadı. Kafasını biraz karıştırmıştım galiba.

"Bak oğlum, bu yoksul çocukları köy öğretmenleri kendi okullarında buluyorlar. İlk ve orta öğretimde, parasızlıktan dolayı okulu bırakan ya da hiç okula gidemeyen çocuk varsa, bize haber verin diyoruz. Kaymakamlar ve eğitim müdürlükleri aracılığıyla, upuzun bir liste geliyor bize. Biz, listedeki en mağdur durumdaki aileleri seçip önce soruyoruz, çocuğunuza para yardımı yaparsak, okula yollar mısınız, diye. Kimi hayır diyor, kimi evet. Evet diyen ailelere, çocukların okul masraflarını karşılamaları için belli bir para ödüyoruz her ay. Çocuk okula devam ettiği sürece ödüyoruz bu parayı. Çocuğa değil, aileye ödüyoruz. Çocuk, şehrinde, kasabasında ya da köyündeki devlet okuluna gidiyor, başka bir özel okula değil. O yörenin çocukları nerede okuyorlarsa, burslu çocuk da, orada okuyor. Biz çocukları görmüyoruz bile. Bir şikâyetleri veya dertleri varsa mektup yazıyor ya da telefon ediyorlar. Şimdi, devletin okullarında diğer mahalle arkadaşlarıyla okuyan bu çocuklar, nasıl gâvur yapılıyor, söyle bana!"

"Efendim ben söylemedim, sadece duydum."

Tam, "Bunu söyleyen ya aptal ya da kötü niyetli bir yalancıdır," demeye hazırlanıyordum ki, Çağlayan odaya girip, "Anne, Çınar telefon etti," dedi, "uçağını iptal etmiş, gidişini ertelemiş, birazdan burada olacak."

"İşi gücü vardır, iptal etmeseydi keşke," dedim, "evde ne var ne yoksa götüreceklermiş ama beni almıyorlar anladığım kadarıyla," polise baktım, "öyle değil mi?"

Genç adam gözleri yerde, "Estağfurullah Hocam," demekle yetindi. O da emin değildi bana ne yapılacağından.

"Yok artık, deve!" dedi Çağlayan.

İnönü'nün vaktiyle söylemiş olduğu, "Eşkiyânın gece ne yapacağı belli olmaz," lafı geldi aklıma, bu ülkede yıllar da geçse, hiçbir şey değişmiyordu. Gülümsedim. "Niye güldün anne?" diye sordu oğlum.

"Öylesine," dedim. Söylesem de anlayamazdı zaten. Biz o günleri yaşarken, daha bebekti Çağlayan.

Sürekli çalan ev ve cep telefonları arasında, kapının zilini duyduk. Çağlayan pencereden dışarı baktı, "Avukat gelmiş! Anne, dışarısı bir kalabalık ki sorma! Bütün komşularımız kapının önüne birikmişler," dedi.

Avukatım Hüseyin Bey, aşağıdaki polislerle birlikte içeri girdi. Amma çokmuşlar! Biri benimle sohbet eden sivil genç, biri kadın, ikisi de sakallı olmak üzere dokuz kişiydiler. Koruma polisim Zeynep de gelmiş, beni diğer polislerden korumak ister gibi, kollarını yanlara açmış, bana doğru ilerlemelerini önlemeye çalışıyordu.

"Beyleri bırak da istedikleri gibi çalışsınlar, kızım," dedim.

"Arama izniniz var mı?" diye sordu Hüseyin Bey. Bir takım kâğıtlar gösterdiler.

Oğlanların son günlerde bana baksın diye tuttukları Moldovalı Cemile, bizim Zeynep, koruma polisim Zeynep ve karşı taraf, maç yapacaklarmış gibi karşı karşıya duruyorlar. Ben okuttuğum kızlardan dolayı sürekli tehdit almaya başlayınca, devlet bana koruma polisleri yollamıştı. Çoğu zaman erkekler geliyordu, ben küçük arabamı kullanırken, yanımda ciddi yüzlü genç adamlar otururlardı, hep birlikte sıkılırdık. Sonra bir gün uzun boyu, güler yüzüyle Zeynep geldi. Gündelik sohbetler kadın kadına daha mı kolay yapılabiliyordu, ne! Çok sevinmiştim Zeynep'in gelişine.

Merdivenlerde Çınar'ın sesi duyuldu. İçeri girince, "Oğlum, aksatmasaydın işlerini," dedim.

"Beni merak etme anne," dedi ve bir iki polisi, baş işaretiyle dışarıya çağırdı.

Fısır fısır konuştuklarını duyuyordum dışarıda. Herhalde annem çok yakında ölecek, onu fazla hırpalamayın, sonra vicdan azabı çekersiniz, diyordu. Çünkü polislerin hepsi bana karşı gerçekten saygılı, nazik davranacak ve arama boyunca nezaketlerini hiç bozmayacaklardı. Fısıldaşmaları bitince içeri girdiler. Benim dostluğu iyice ilerlettiğim sivil polis, "Hocam, müsadenizle bütün evi arayacağız. Siz hangi odada istirahat buyurmak istersiniz?" diye sordu.

"Yerimde kalayım."

"Geçici olarak telefonunuzu alacağız," dedi içlerinden biri. Tam o sırada telefonum çalmaya başladı. Gökşin arıyor.

"Cevaplayabilir miyim?" diye sordum.

"Buyrun," dediler. Telefonu açtım, Gökşin'in telaşlı sesini duydum. O da televizyonlarda izleyip öğrenmiş.

"İyiyim, hiç merak etme beni. Çağlayan ile Çınar yanımdalar. Polisler arama yapıp gidecekler. Her şey yolunda," dedim ve telefonu tamamen kapatıp memura uzattım.

Sokaktaki sesler giderek yükseliyordu. Zeynep pencereden baktı, "Sadece bizim sokakta değil, ara sokaklarda da insanlar toplanmış. Evin önünü de televizyoncular hepten kapatmışlar zaten," dedi, "durmadan yeni insanlar geliyor."

Polisler, beş saat boyunca, yanlarında Çağlayan ve Çınar'la evin her odasındaki her çekmeyi, her dolabı tek tek açıp, belge ve silah aradılar. Ben oturma odasında ayaklarımı uzatmış, televizyon seyrediyordum. Ara sıra Zeynep veya Cemile gelip odalarda olup bitenler hakkında tekmil veriyorlardı. Ne kadar evrak, kitap, müsvedde varsa elden ve gözden geçiriyorlarmış. Yetmiş üç yıllık yaşamımın hatıra defterlerinde ve mektuplarda saklı hurufatı, hiç tanımadığım insanlar tarafından didik didik edilirken, anılarımın, özelimin denizinde yüzülürken, en gizli koylarıma girilirken, sakin olmaya, sinirlenmemeye çalışıyordum. İşleri bitince, evde silah bulamayacaklarına göre, herhalde yazmış olduğum kitapların müsveddeleriyle, Çağdaş Yaşamı Destekleme Derneği'nin okuttuğu çocukların kayıt dosyalarını alıp gideceklerdir. Kitap müsveddelerini atarlar, kayıtları tutarlardı, o çocukları çağdaş olmayan eğitimlere aktarmak için. Yine zaman kaybederdi Türkiye. Hiç değişmeyen kaderiyle, zaman kaybederdi. Olsun, kadın erkek tüm insanlığın aklın ve vicdanın aydınlattığı yolda yürümeyi seçeceği gün er veya geç gelecekti. Buna bütün kalbimle inanıyordum. Sabrımı ve sükûnetimi bu inançtan alıyordum. O güne kadar, başa her gelen çekilecek! Oyunun kuralı böyle! Yaşam oyununun! Ne demiş Şair, *"Yaşamak şakaya gelmez!"*

"Yaşamak şakaya gelmez,
Büyük bir ciddiyetle yaşayacaksın
bir sincap gibi mesela,

yani, yaşamanın dışında ve ötesinde hiçbir şey beklemeden
yani, bütün işin gücün yaşamak olacak

Yaşamayı ciddiye alacaksın,
yani, o derecede, öylesine ki,
meselâ kolların bağlı arkadan, sırtın duvarda,
yahut, kocaman gözlüklerin,
beyaz gömleğinle bir laboratuvarda
insanlar için ölebileceksin.
hem de yüzünü bile görmediğin insanlar için,
hem de kimse seni buna zorlamamışken
hem de en güzel, en gerçek şeyin
yaşamak olduğunu bildiğin halde.

Yani, öylesine ciddiye alacaksın ki yaşamayı,
yetmişinde bile, meselâ, zeytin dikeceksin,
hem de öyle çocuklara falan kalır diye değil,
ölmekten korktuğun halde ölüme inanmadığın için,
*yaşamak, yani ağır bastığından,**

Ayağımı uzatmış sakin sakin oturuyorum divanda ama içimden isyan duyguları da kabarmıyor değildi. Yaşadığım coğrafyanın özelliğini biliyordum. Bu ülkede adil olanla haksızın, akil ile aptalın nasıl birbirinin içinde eriyerek tuhaf bir hüviyete büründüğünün de farkındaydım. Kızgınlığım, seyirci kaldığım, elimden bir şey gelmediği için sadece kendime. Anlatamadığım, aydınlatamadığım, öğrete-

---

* Nâzım Hikmet. Yaşamaya Dair I, *Bütün Eserleri*, YKY, (2007).

mediğim, dönüştüremediğim için! Yoksa kime ne için kızacağım? Korkuların, kinlerin ve cehaletin esiri olmuş insanlara kızamaz bir doktor. Beni darbeye teşebbüsle suçluyorlar. Oysa darbelerin yaptığı tahribatı kimse benden iyi bilemez. Ben 27 Mayıs darbesinde Çapa'nın ikiye bölünüşüne, 147'liklerin hazin hikâyesine, 12 Eylül'de ise eğitim sisteminin tamamen çöküşüne tanık olmuş bir insanım. Darbelerin her seferinde en büyük darbeyi, bilime indirdiğini, gözlerimle gördüm. İzmir Cumhuriyet Mitingi'nde, "Ne şeriat, ne darbe," dedim diye beni kürsüye çıkarmasınlar, sonra siz gelin beni darbeci yapın! Sizi gidi şaşkınlar!

Bu arada dışarıya kulak veriyorum, gürültüler, bağırıp çağrışmalar, sloganlar duyuluyor. Kapı önünde toplanan insanlar, keşke böyle bağırıp çağırmasalar, bütün mahalleyi rahatsız etmeseler, diyorum. Sonra vazgeçip, haksızlığa karşı tepki göstermelerinin iyi bir şey olduğunu düşünüyorum. Çünkü halk koyun gibi tepkisiz olmamalıdır. Kısacası, çok karışık kafam! Ama bu olup bitenin, eğlenceli bir yanı da var. Benim evimin aranıyor olması çok komik! Avcılara bile tepki duyan kadının evinde silah aranması, komik ötesi! Yakında vakit dolduğunda, ben sessiz sedasız gidecekken başka bir hale dönüşürse son yolculuğum, bunun sorumlusu ben olmayacağım. İnanın, bu "baskın" olacak!

Hey Allahım, ne kadar çok düşünür oldum ölümü! Oysa şu son günlere kadar ne dostlarım, ne çocuklarım ne de doktorlarımla hiç söz etmedik ölümden. Ben ağzıma almam bu kelimeyi ve hastalık son aşamada bile olsa, hiç kondurmam da, ne kendime ne başkasına. Ayşe, beni görmeye geldiğinde, emekli olunca bir dağ evinde oturmak istediğini söylüyordu, beni de zaman zaman yanına alarak. Baktım bir ara, ciddi ciddi konuşuyoruz bunu, benim onun emekliliğini görmeye ömrüm yetecekmiş gibi. Özellikle son teşhisten beri, sonsuza kadar bu dünyaya kazık kakacakmışım gibi davranıyordum, etrafimdakiler de bana uyuyorlardı.

Ölüm, yasak kelime oluvermiş aramızda. Oysa, '*Ne ölümden korkmak ayıp ne de düşünmek ölümü!*' ve her birimiz, dillendirmesek de biliyoruz ki, birkaç haftam ya var ya yok. Bu birkaç hafta içinde yapmam gereken birkaç iş var. Önce Çağdaş Yaşam'ın yıldönümü kutlaması tamamlanacak, hayırlısıyla. Polisler evimi darmaduman ettiler ama her şeyde bir hayır vardır derler ya, bir şeye yarayacak bu baskın! Fazıl Say, mert çocuktur, baskını duyunca, iki eli kanda olsa gelir! Sonra, Çağdaş Yaşam'ın başına benden sonra kimin geçeceği meselesi var. Onun için bir toplantı yapmam gerekecek. Cüzamla Savaş Derneği için endişelenmiyorum. Benim Ayşe Yüksel'im o işi tıkır tıkır yürütür. Kutlama için İstanbul'a gelecek nasılsa, o vakit konuşurum onunla. Bir de, Ayşe Kulin'le görüşmeliyim, kitap için. Gökşin'i de çağıracağım, mektuplarla ilgili söyleyeceklerim var. Çınar'a bir küçük liste hazırlayıp vereceğim bu akşam. Adını yazdıklarımı, çağırsın bir an önce, hâlâ halim varken.

Polisler saatlerdir arıyorlar evi. Evimin adeta iç organlarını boşaltıyorlar. Yıllardır açılmamış denkler açılıyor, tepe raflara kaldırılmış kullanılmayan tencereler, havan, kap kacak toz içinde aşağı indiriliyor. Bu arada televizyondan öğreniyorum, eşzamanlı baskınlar yapmışlar yurt sathındaki tüm Çağdaş Yaşamı Destekleme Derneği şubelerine. Çabalarına ve vakitlerine yazık! Zaten yıllardır didikleyip duruyorlardı defterleri. Bu derneğin yoksul çocuklara ve gençlere okuyabilmeleri için gerekli parasal yardımı en yasal yollardan sağladığını, hiçbir yolsuzluğa karışmadığını, hiçbir açığının bulunmadığını onlar da biliyorlar. Birden bir altyazı geçti televizyonda!

"Aman Allahım! Çağlayan, Çınar, buraya gelin, çabuk! Ayşe'yi hava meydanında uçağa binerken almışlar."

"Ayşe Yüksel'i mi, anne? Aaa, evet!"

Ev halkı televizyona yapışıp, altyazıları okuyoruz. Haber değişince, Çağlayan ve Çınar, canları çok sıkkın, vazifelerinin başına dönüyorlar. Vazifeleri, evin her köşesini karıştıran polislere eşlik etmek! Benim canım da bugün ilk defa son derece sıkkın! Evime yapılan baskına bu kadar tepki duymamıştım. Ne yapıyordur şimdi Ayşe? Telefonla ulaşmaya çalışıyorum ama cebi cevap vermiyor. Bu sabah erkenden Van'a uçacaktı, üniversitedeki görevinin başına. Nasıl ulaşacağım kızıma? Yazılar akmaya devam ediyor. Tüm ÇYDD'leri hallaç pamuğu gibi dağıtmakta ve çalışanlarını gözaltına almaktalar. Bir kâbus bu!

Bir saat daha geçiyor.

Kadın polis, rafların birinden aldığı "*Siyonizmin Çöküşü*" adlı kitabı mal bulmuş gibi kapmış, amirine gösteriyor. Amir, "Yok yahu, buna tutanak hazırlanmaz! Koy onu yerine!" diyor.

Müsvedde kâğıdı olarak kullandığım eski kitaplarımın bilgisayar çıkışlarını çift taraflı okumaya başladıkları zaman, her şeyi unutup gülmeye başlıyorum.

"Çocuklar, onlarla vakit kaybediyorsunuz. O yazılar kitap halinde kitapçılarda satılıyor şu anda."

Zeynep kulağıma, "Şeytan azapta gerek, bırakın okusunlar," diye fısıldıyor ama evde gergin bir hava hiç yok. Televizyondan izlediğim, isyan duygularımı kabartan havadisler olmasa, herkes için hava hoş, diyeceğim. Polisler işlerini yaparken, ev halkı nerdeyse güle oynaya onlara destek oluyor. Bir ara Moldovalı Cemile, polise akıl danışıyor, vizesini uzattırabilmek için. Ona vize işlerine bakan birinin adını veriyorlar. Cemile utanmasa, "Yapıver bana bir kıyak, abicim," diyecek, polise. Çınar, sivilceli polisin derdine derman olmaya çalışıyor, sivilceleri için ilaç tavsiyesinde bulunuyor. Ev halkı, aramada hiçbir şey çıkmayacağını bildiğinden, zaten geldikleri andan beri gönül rahatlığı içinde! Görev yapanlar ise terbiyeli, ölçülü. Sık sık yinelediğimiz çay, kahve ikramlarını hep reddediyor, ara sıra birer bardak su içmekle yetiniyorlar. Hiç mi acıkmaz bu adamlar? Türk askerinin yorulmaz, uyumaz, acıkmaz, üşümez olduğunu bilirdim de, Türk polisinin özellikleri hakkında pek fikrim yoktu. Oturduğum yerden inceliyorum onları, ayrı birimlerden yollanıp, burada buluşmuşlar sanki, konuşmalarından, birbirlerini pek tanımadıkları belli. Polislerin kimi daha rahat, kimi de işi daha sıkı tutuyor, çekmecelerin ardında gizli bölümler filan arıyor. Aşağıdaki sandıklar açılınca içlerinden ne kadar eski albüm ve mektup varsa çıkmış. Hatıralar saçılmış etrafa.

"Çocuklar aşk mektuplarımı da mı alacaksınız?" diye soruyorum. Yüzlerindeki ifadeden anlıyorum ki, beni aşk mektupları gönderilecek bir kadın gibi düşünemiyorlar. Ah, diyorum içimden, ah, ben de bir zamanlar sizin gibi gençtim! Tıbbiyede okuduğum yıllarda peşimden bir manga genç erkek koşardı. Ben ne yaptım? Hepsini aklım sıra dostluğa, kardeşliğe yönlendirip on altı yaşında kafama koyduğum gibi, ilk âşık olduğum doktorla evlendim. Sonra hemen çocuk yapmak istedim. Üç aylık evliyken, Gökşin'e mektup atmıştım, "Bu adam kısır mı acaba, ben hâlâ hamile kalmadım," diye.

O yaşlarda ben, bir yandan öğrencilik, bir yandan evlilik, bir yandan da çocuk istiyordum. Hayatın içine girip yaşama dair ne varsa hepsini kucaklayıp büyük bir oburlukla, her şeyi yaşamak istiyordum. Bu arsızlığım üzerine, hayat bana bir tokat attı, biliyor musunuz? Bana koca da verdi, çocuk da, dayanılmaz ağrılar, acılar da! Madem ihtirasla doktor olmak, insanlara yardım etmek istiyorsun, dedi, al sana hastalık! Al sana ameliyat! Al sana ağrı! Ameliyatın, ağrının, hastalığın ne olduğunu yaşayarak öğren! Anne olmak mı istiyorsun, al sana çocuk! Kalp damarlarından biri dar doğmuş bir çocukla baş et, anneliği öğren! Seni gerçekten çok seveni, sevilmenin verdiği şımarıklıktan mı, yoksa çocukluktan mı, ezdin geçtin? Al sana yüreğinde hayat boyu taşıyacağın ince, derin bir sızı! Bir nevi pişmanlık! Yetmişli yaşlarıma girdiğimden beri her geçen yıl pişmanlığım artıyor. Dostluğun ne kadar önemli olduğunu insan yaşlanınca daha iyi anlamaya başlıyor çünkü.

Evet, dersimi verdin, hayat! Teşekkür ederim.

Bugün hayat çarkımı geriye sarmak mümkün olaydı, ne yapardım acaba? Gözlerim, kan ter içinde polislerle birlikte kitapları, kutuları raflardan indiren oğullarıma takılıyor. Onlarsız kalmamak için, hayatı sırf bir kere daha onlarla yaşayabilmek için, yine babalarıyla evlenirdim, kesin!

Aramanın beşinci saatindeyiz. Polisler götürmek üzere ayırdıkları dosyaları, kâğıtları, kitapları, kasetleri ve bilgisayarı kayda almak üzere tutanak hazırlamaya başlıyorlar. Herbir şey, tek tek elle yazılıyor. Bu işlem de bir saat sürüyor. Sonunda polisler bize imzalattıkları tutanağı, önümde duran sehpaya bırakıyorlar, beraberlerinde götürecekleri nesneleri toparlamaya başlıyorlar. En hoşuna giden oyunu, kâğıtları dişleriyle parçalamak olan Bubu, miskin miskin yattığı yerden, sehpaya doğru hareketlenince, ev halkı bir anda hep birlikte fırlıyor yerlerinden. Ben bile gayrete gelip doğruluyorum, kalkmak, Bubu'ya mani olmak için. Tutanağın başına bir şey gelirse, bir saat daha yazı yazmak gerekecek, çünkü ikinci bir kopyası yok! Bu telaşa şaşıran Bubu havlamaya başlıyor. Kız kardeşimden bize yadigâr kalan Ece kedi, Bubu'yu sakinleştirmek ister gibi, bacaklarına sürtünüyor.

"Köpeğinizi kızdırdık galiba," diyor polislerden biri.

"Bu evde kimse kolay kolay kızmaz," diyorum, "o sadece niye heyecanlandınız, diye soruyor."

"Dilinden anlıyor musunuz?"

"Dikkatli dinlerseniz, siz de anlayabilirsiniz."

"Hayret! Kediyle köpek, geçiniyorlar, baksanıza!" diyor bir başka polis.

"Onlar bir arada yaşamaya alışık. Bizim bir de Efe kedimiz vardı, Ece'nin erkek kardeşiydi. Geçen yıl kaybettik onu. Söylesem inanmazsınız, Bubu'nun yası, hepimizinkinden uzun sürmüştü. Resmen ağladıydı köpek!"

Polisler alışılagelinmiş bir evde olmadıklarının farkındaydılar. Köpekle kedinin dahi insan yerine konduğu, yardımcıların evin hanımı ve beyleriyle eş tutulduğu bir yerdeydiler.

"Neyse, işimizi hiç gerginlik yaşamadan bitirdik, Allaha şükür," dedi kadın polis.

"Annemin olduğu yerde gerginlik yaşanmaz," dedi Çınar, "Çapa'da diğer servislerde çalışanlar bir an önce mesainin bitmesini beklerken, annemin hemşireleri saate dahi bakmadıklarını, çünkü işlerini büyük bir keyifle yaptıklarını söylerlerdi."

"Ben şey anlamına söylemiştim, anneniz bir bayan olarak hiç korkmadı, ürkmedi, telaşa kapılmadı da..."

"Annem mi korkacak, ürkecek? Bakın size bir şey anlatayım, daha yeni oldu bu olay," diye bu sefer Çağlayan girdi lafa, "benim geçenlerde fena halde karnım ağrıdı. Annem telaşlandı, ille de bazı testler yaptırmak istedi. Atladık arabaya, yıllarca başhekimliğini yaptığı hastaneye geldik. Hastane kapısının önünde büyük bir kalabalık toplanmış, içeri giremiyoruz. Öğrendik ki, akıl hastalıkları bölümünden bir deli kaçmış, kapının yanında durmuş bağırıp çağırıyor, 'yanıma yaklaşanı bıçaklarım, öldürürüm,' gibi şeyler söylüyor. Koca koca doktorlar, hademeler yanına yaklaşmaya çekiniyorlar. Annem var ya, indi arabadan, adama doğru yürümeye başladı. Ben arabada kaldım. Biliyorum ki, mani olmaya çalışmanın faydası yok. Herkes sustu, dehşet içinde neler olacağını bekliyorlar. Annem adama yaklaştı, elini uzattı, sakin sakin, 'Merhaba efendim,' dedi, 'bir şey mi istemiştiniz? Size yardımcı olabilir miyim?'

Adam, 'Çayımı daha açık içmek istiyorum,' dedi, 'koyu çay bana dokunuyor.'

'Gelin birlikte çay ocağına gidelim, bu işi halledelim.'

Annemle, pijamalı deli yan yana, nerdeyse kolkola yürümeye başladılar, annem eliyle arkasındakilere sakin olun, üzerimize gelmeyin işareti yapıyor. Onu tanımayanlar şaşkınlık içinde. Hastane personeli, bu duruma alışıktı oysa. Şimdi, bu kadın mı korkacak evinin aranmasından?"

"Siz bakmayın oğullarıma," dedim, "yaşlandım diye kıymete bindim, son zamanlarda."

Polisler cep telefonumu iade ettiler. Teşekkür ettim. Elimi sıkmalarına, Çınar izin vermedi. Kemoterapi seansları bağışıklık sistemimi zayıflattığı için, beni her türlü mikroptan korumaya çalışıyor, doktor hassasiyetiyle. Oysa artık bu tür tedbirler için bile çok geç. Dönülmez akşamın ufkundayım.

Polisler evden çıkarlarken, sokakta müthiş bir gürültü koptu. Yuhalayanlar, bağıranlar, çağıranlar. Onların ne günahı var? Emir kulu onlar, kendilerine verilen görevi yapmakla yükümlüler. Zorlukla kalktım, pencereye yürüdüm. İğne atılsa yere düşmez bir halde, evimin bulunduğu sokak. Trafik, televizyoncuların ve kalabalığın yüzünden başka yollara yönlendirilmiş. Komşularıma, dostlarıma, Arnavutköylülere, Çağdaş Yaşamcılara, kimbilir ta nerelerden kalkıp bana destek vermeye gelmiş, tanıdığım tanımadığım insanlara, sevgiyle, minnetle baktım ve camın önünde durup susmaları, evimden çıkan polislere yol vermeleri için, ellerimle "ara verin" işareti yaptım, "İşte görüyorsunuz, ben iyiyim," diye seslendim, "artık siz de dağılın, evlerinize gidin. Desteğiniz için teşekkür ederim."

Yerlerinden kımıldamadılar ve alkışlamaya başladılar. Şimdi, pencereden bakarken anlıyorum ki, evimi bastıranlar, benden bir kahraman yaratmaktalar. Benim şu ana kadar üzerlerinde derin iz bırakabildiklerim sadece hastalarım, yakın çevrem ve eğitimine katkıda bulunduğum çocuklardı. Bunun dışında hiçbir iddiam yoktu, zaten. Arzularım, hırslarım olaydı, bana getirilen siyasi teklifleri değerlendirirdim. Parayla da hiç aram olmadı. Her zaman fazla paranın insanı bozduğuna inandım, az parayla yaşamaktan hiç gocunmadım. Çocuklarımı ilkokuldan itibaren özel okullarda değil, orta sınıfın ve yoksul halk çocuklarının gittiği parasız devlet okullarında okuttum, paraya özenmesinler diye. Sade ve sakin bir yaşam biçimini seçtim kendime, hırstan lüksten uzak, sadece memleketimin kadersiz insanlarına ve çocuklarına hizmet etmeye adanmış! Şimdi şu hale bakın, halk dağılmıyor, bir şeyler bekliyor benden. Oysa ben, son günlerini yaşayan, çalışkan, özverili bir hekimim sadece, sokaktaki kalabalığın tepkisinin bayrağı hiç değilim.

Pencereden çekildim, perdeyi örttüm, gidip yerime oturdum ve içimden, bu vatanın çocuklarının sonsuza kadar hep haksızlığa ve cehalete karşı, cesaretle bayrak kaldırmalarını diledim. Tıpkı bir ömür benim yapmış olduğum gibi!

DÖNÜLMEZ AKŞAMIN UFKUNDA

Gittiler. Yorgunum. Arama yapılırken ne kadar güçlüydüm oysa. Divana uzanmadım hiç, hep dik oturdum, sırtımda bir yastıkla. Sivil polisle hiç üşenmeden dakikalarca konuştum, diğerlerine sorular sordum, televizyonu izledim, olup biteni takip etmeye çalıştım. Şimdi, evim sabahki davetsiz misafirlerinden arınıp röportaja ve çekime gelmiş habercileri ağırlarken, içi boşalmış çuval gibi, serildim gittim. Artık içimden tek bir kelime etmek dahi gelmiyor. Ayşe'yi ve diğer Çağdaş Yaşamcıları düşünüyorum, sadece. Hiç karşılık beklemeden, gönüllü çalışan onlarca insan, sebepsiz yere gözaltındalar. Yeni bir haber alabilmek için daha çok erken. Belki yarın salarlar onları. Eminim salarlar. Ne suçları var ki? Ama iyi haberi alana kadar, bana rahat yok, uyku da yok!

Evi havalandırmak için camları açtıklarından, komşulardan birinin evinden, bir dua sesi geliyor hafif hafif. Nereden nereye, bu ses aldı beni, ta öğrenciliğim sırasında şahit olduğum ilk doğuma götürdü! Köyden gelmiş gencecik bir hamile kadının başındaydık. Kimbilir kaç kez, bir tarlada ya da evinde tek başına doğum yapan başka kadınlara şahit olmuştu. Bir doğumhanenin çiğ ışığında, başına üşüşmüş beyaz gömlekli kalabalık, doktor, asistanlar ve biz öğrenciler -ki herhalde bizleri de doktor zannediyordu- ödünü patlatmıştık. "Öldürün beni, doğurmak istemiyorum," diye çığlık çığlığa bağırıyordu. Stajyer arkadaşım ilk kez bir doğum yaptıracaktı. Hem kendimi çok suçlu hissetmiştim, hem de ya arkadaşım beceremezse, ters bir şey yapar, bebeği elinden kaydırır, yere düşürürse diye, panik içindeydim. Hoca bir emir vermişti, hemşireler koşuşup bir takım aletler getirmişlerdi. Stajyerin titrek eli, gözüken başa uzandı, birkaç hareket, hemostatik penslerin takılması, kordonun kesilmesi ve arkadaşımın elinde mosmor bir mahluk! Nefesimiz kesilmiş, hiçbir şey soramıyorduk. Tecrübeli eller bebeği başaşağı çevirip poposuna ilk dayağını atmışlar ve keskin bir feryat işitmiştik. Hepimiz bebeğe dalmış, canlanmasını, çırpınmasını, tartılmasını seyrediyorduk ki, bir dua sesi duyuldu. Tatlı, hafif melodili, ninni gibi bir duaydı bu. Anne, bebeği için dua ediyordu. Duyduğum duaların en temizi, en güzeli, şüphesiz Tanrı'ya en yakınıydı.

***

İki dua arasına sıkışan ömürde, bir can yaşayacaktı, sevapları ve günahlarıyla. Her bebek, şansı varsa mutlu, sağlıklı, başarılı olacaktı. Şansı yoksa kim bilir neler gelecekti başına! Hastalıklı, geri zekâlı, sakat olabilirdi. Cüzama yakalanabilirdi. Çok yoksul ve cahil kalabilirdi. Geneleve, hapishaneye düşebilirdi. Tanrı'nın ona biçtiği kaderi, sevgi ve anlayış vererek dengelemek, sadece bizlerin elindeydi. Biz insanların, biz ne yapıyorduk oysa; kendimiz gibi olmayanı, kendimize benzemeyeni dışlıyorduk, onun da Allah'ın kulu olduğunu unutarak! Hem bir taraftan dışlıyor, bir taraftan da, dışlamayacak cesareti gösteren olursa, ona alkış tutuyorduk, tuhaf bir çelişkiyle. Bugün, beni suçlayanlarla, evimin önüne toplanıp, beni alkışlayanlar gibi.

Yığınla insan var içerdeki odalarda. Holde kıvıl kıvıl insan kaynıyor. Allahtan basın sözcülüğünü üstlenmiş olan Hilmi, becerikli bir genç, organize ediyor herkesi. Öncelik yazılı basına verilecekmiş. Gazeteciler bana sorular yöneltecekler, onlar odayı boşaltınca, görsel medyayı alacakmışız odaya. Benim için hava hoş! Dernek çalışanlarının ve Ayşe'nin iyilik haberlerini alana kadar, kim gelmiş, kim gitmiş, hiçbir şey umurumda değil.

Yazılısı, görseli, medya da işini bitirip gidiyor. Ben de bittim ama hâlâ gelen gelene!

Her ne kadar en yakınlarımızın dışında, kimseyi kabul etmek istemesek de, birileri sızıyor içeri. Komşular, tanıdıklar, dostlar ve meraklılar. Hepsi buradalar, geçmiş olsun demek için. Konuşmaya mecbur olmayayım diye, gözlerim kapalı duruyorum. Uyukladığımı zannediyor, aralarında alçak sesle konuşuyorlar.

"Bu bir sindirme, korkutma, sopa gösterme olayıdır," diyor içlerinden biri. "Bunca yıldır ezilmiş, dışlanmış, küçümsenmiş olmanın intikamı alınıyor."

Bilemem, belki de öyledir. Ama içlerine kapanıp hayata karışmamayı kendileri tercih etmediler mi yıllardır? Nihayet topluma karışmaya karar verdiklerinde, başörtülü kadınlar kamu alanları hariç, her alanda çalışmaya başladılar, hiç de küçümsenmiyorlar. Üstelik şimdi çok güçlü ve çok zenginler. Ne var ki, bir zamanlar iyi Müslüman idiyseler, artık değiller. Çünkü Müslüman, zalim olmaz, ezmez, haksızlık etmez, gösteriş merakına, intikam peşine düşmez!

"Aman, hangi biri gücünden istifade etmeye çalışmadı ki? Kim bu iktidar koltuğuna otursa, kendinden bir öncekilerin canına okudu ve cebini doldurmaya baktı," diyor bir başkası.

İşte bu, doğru tespit, diye düşünüyorum. Gelmiş geçmiş iktidarların, hangi biri hakkaniyetli davrandı? Hangisinin gözünü hırs bürümedi, hangisi adil kalabildi? Hata yapmadı? Niye bunlar farklı olsun ki? Sağdan sola bütün partileri, liderleri ve insanlarıyla, bir bozulma yaşıyorsa ülke, eğitim sistemimizde ve ahlak öğretimimizde büyük bir yanlışlık olmalı. Hangi iktidar gelirse gelsin, akıl sağlığını ve ahlakını kaybetmekte toplum.

Ama beni en çok üzen, bir kez daha kamplara ayrılıyor olmamız. Bunu hep yaptık. Hiç ders almadık. Küçücük bir kızdım, evimde Halk Partisi'nden nefret edilirdi, çünkü babam koyu bir Demokrat Partili, annem ise keskin bir komünist düşmanıydı. 1958 yılına geldiğimizde, ülke ikiye ayrılmıştı, CHP'liler ve DP'liler olarak. Köylerde kahveleri, camileri bile ayırmışlardı. Ne saçmaymış! Koyu DP'li babayla, anti-komünist annenin kızı, büyüyünce sola eğdi gönlünü, sosyal demokrat oldu, emperyalistlerden, aşırı zenginlerden, güçlülerden uzak durdu hayatı boyunca. Bir işe yaradı mı, iki parti arasındaki bunca nefret? On değerli yılını yedi Türkiye'nin, sonra unutuldu gitti, olan o yıllarda araya sıkışan kuşaklara oldu. Sonuç: 27 Mayıs Darbesi! İpin ucunda asla hesabını veremeyeceğimiz üç ölü!

70'li yıllara geldiğimizde bu kez, devrimci, ülkücü diye bölündük. Ne kadar çok genç insan öldü bu manasız çatışmada. Yine darbe! Sonsuz acılar! Ateşler içinde bir vatan! Alevi-Sünni diye ayrıldık. Türk-Kürt diye ayrıldık. Gencecik çocuklarımıza kıydık, en değerli sanat insanlarımızı yaktık, kül ettik, yerlerini asla dolduramayacağımız. Şimdi yine aynı şeyi yapıyoruz. Bu kez din üzerinden bölünüyoruz. Türbanlı-türbansız, inançlı-inançsız, dinci-laik! Sürekli intikam peşindeyiz. Ne saçma bir gidiş bu! Ne tehlikeli, ne yaman!

Ben divanda gözlerim kapalı, bunları düşünerek öylece uzanırken, hep aynı konuları çiğneyip duruyorlar. İnişli çıkışlı tınılarla bir fon müziği gibi yankılanıp duruyor konuşmalar. İçime baygınlık basmaya başladı.

"Anne, seni odana alalım," dedi Çınar.

"Misafirler gitsin, öyle."

O kadar da duyarsız değil misafirlerim. Toparlanıp kalktılar. Ben yatak odama geçtim. Kapıyı kapattım, Yatağıma uzandım.

Bugün yaşananların üzerine, yarın yeni bir gün doğacak. Her şey daha iyi olacak yarın, belki Ayşe'yi ve diğerlerini salıverirler. Uykuya bu ümitle daldım.

HAYAT SANA TEŞEKKÜR EDERİM
14 Nisan-2 Mayıs 2009

Yine hastanedeyim. Kan değerlerimi beğenmedikleri için, beni birkaç gün bekletiyor doktorlar. Ben nerdeyse mazoşist bir keyif içinde divanda uzanmış, aramayı seyrederken, meğer ne çok yorulmuşum. İyi de gereği var mıydı bu kadar beklemenin? Kemomu bir an önce olmak istiyorum, yirminci yıl kutlamasına katılabilmek için. Kemoterapi sonrasında, birkaç gün süreyle haşat oluyorum çünkü. Müthiş midem bulanıyor. Başım dönüyor. Ayaklanamıyorum. Her şeye olduğu gibi, zamanla, zehire de yavaş yavaş alışıyor bünye. Bulantılar, kusmalar geçiyor, insanın gözü açılıyor, kendine geliyor.

Doktorlarıma rica ettim, tam 2 Mayıs günü, en iyi halimde olayım, diye. Çünkü Çağdaş Yaşamı Destekleme Derneği'nin yirminci yıl kutlaması, o gün Lütfi Kırdar'da yapılacak ve Fazıl geliyor! Sevgili çocuk, kırmadı bizleri. Biletleri 125 TL'den satışa çıkarmak üzereler. Bu miktar, her bir üniversite öğrencisine verilen bir aylık burs miktarı. Yani bu kutlama çok işine yarayacak öğrencilerin.

"Sen şimdi dinlen, ben en doğru zamanda basacağım ilacı sana," dedi doktorum, "konserde zımba gibi olacaksın. Ama bana bir söz ver, o güne kadar misafir kabul etmek yok. Öyle odaya her dalanla, her sızanla sohbete koyulmak, yorulmak yok."

"Televizyoncular, saatlerdir bekliyorlarmış," dedim, "bari izin ver on dakika kadar onlarla görüşeyim."

"Geldin geleli kapıdan ayrılmadılar ki! Bak, ciddi söylüyorum, sözümü dinlemezsen, seni ayağa kaldıramam konser günü."

"Sadece on dakika. Çocuklar onca saat bekledikleri için." Hangi meslek dalından olursa olsun, görev için eza çeken gençlere hiç kıyamam ben.

"Sen hiç meraklı değildin medyatik olmaya. Ne oldu sana böyle?"

"Giderayak değiştim. Son sözlerimi söylememe izin ver, sonra vicdan azabı çekersin."

"Tamam, izin veriyorum ama son sözlerini söylemene daha var. Kendini yormazsan, daha çook var!"

İşte böyle bir tiyatro oynuyoruz birbirimize. Doktorlar, ben hasta olalı beri, benim de bir doktor olduğumu unutmuşa benziyorlar. Allah'ın işine karışılmaz ama nerdeyse dakikasına kadar biliyorum ben, geminin limandan ayrılış zamanını. Evet, daha var! Daha işlerim tamamlanmadı.

Televizyoncuları odama almadan önce, bandanamı başıma takıyor hemşire. Şimdi odaya doluşacaklar ve ısrarla tekrar tekrar soracaklar, bir gün önceki baskın sırasında neler yaşadığımı. Nasıl ıstırap çektiğimi anlatmamı isteyecekler. Ben, kötü bir şey olmadı, polisler çok nazikti, dedikçe, bana tam tersini söyletmeye çalışacaklar. Duygu sömürüleriyle besleniyor televizyonlar, çünkü. Hangi televizyon var aşağıda diyorum. Söylüyorlar. Hükümet yanlısı televizyonlar gelmediler, çünkü onlar da o gün yaşananları, yana yakıla ve abartarak anlatacağımı sanıyorlar. Gerçekten, hiç tanımıyorlar beni.

"Ayna ister misiniz?" diye soruyor hemşire.

"Asla!" kendimi görmeyeyim daha iyi. Beni güzelleştiremeyeceği için, üzerimdeki pikeyi düzeltiyor.

"Ben hazırım, çağırın gelsinler."

Bir bıkkınlık çöküyor içime aniden. Neden konuşuyorum? Ben konuşacağım da ne değişecek? Niçin aynı soruları tekrar tekrar soruyorlar? Keşke dinleseydim doktorumu. Ama artık çok geç. Kendimi yukarı doğru çekiyorum yatağın içinde. İçeri doluşmaya başlayan genç insanlara, "Hoşgeldiniz çocuklar," diyorum, gayrete gelerek. Çünkü ne demiş Nâzım ve ne kadar haklı!

...

Diyelim ki hastayız
hem de ağır
hem de ameliyatlık,
yani, beyaz masadan,
kalkmamak ihtimali de var.
Duymamak mümkün değilse de biraz erken gitmenin
kederini
biz yine de güleceğiz anlatılan bektaşi fıkrasına,
hava yağmurlu mu diye bakacağız pencereden,
yahut da yine sabırsızlıkla bekleyeceğiz
ajans haberlerini.

...

Yani, nasıl ve nerde olursak olalım
*hiç ölünmeyecekmiş gibi yaşanacak...**

İşte yine kemo! Yine kemonun mide bulantıları, ağrıları, bitkinliği, yorgunluğu! Yine yüreğimin üzerine ağır yük bırakılmış gibi, o boğulma hissi, sıkıntısı. Kemoyu dengelemek için, başka ilaçlar. İlaçlar. İlaçlar. Sadece 2 Mayıs için, hepsi. Sonrası yok zaten. Konserden sonrası uyku ve huzur, inşallah!

Beni, bir eve çıkarıyorlar, bir hastaneye götürüyorlar. Merdivenleri çok zor iniyorum artık. Çok zor yürüyorum, çok zor konuşuyorum. Hatta zor nefes alıyorum. Ama bana güç veren bir haber geliyor, 24 Nisan'da! Ayşe'yi dört gün gözaltına tu-

---

* Yaşamaya Dair II, *Bütün Eserleri*, YKY (2007).

tup beşinci gün mahkemeye çıkarttıktan sonra, hapishaneye koymuşlardı. Çocuklar benden saklamaya çalışmışlardı ama mümkün müydü böyle bir şeyi uzun süre saklayabilmek? Bir cuma günüydü, telefon çaldı, avukatımız arıyormuş, müjdeyi vermek için. "Ayşe serbest," dedi. Öyle bir çığlık atmışım ki, iki Zeynep ve Cemile, koşa koşa yanıma geldiler. Kızım, Deniz Seki'yle yan yana yatmış, hapishanede. Ne çok anlatacakları var bizlere! Van'a dönmeden uğrayacak, konuşacağız. Bana on seans kemoterapi yapılmış gibi güç kattı bu güzel haber!

Bir güzel haber daha geldi, birkaç gün sonra! Kutlamanın organizasyonunu, hiç karşılık istemeden Pro İletişim üstlenmiş. Rana Erkan sunacakmış geceyi. Ah, ne kadar rahat etti içim. Biletler satışa geç çıkıyor diye çok korkmuştuk. Ama hepsi tükenmiş! Yeniden satmışlar. Koltuk kalmamış, ara yollara, merdivenlere iskemleler konmuş, onlar da satılmış.

Artık keyfim yerine gelmişti ya, Çınar'a verdiğim listedeki kişileri görmek istedim. Geldiler sırayla. Hayatı birlikte yürüdüğüm dostlarım, can arkadaşlarım, aynı yola baş koyduğumuz hemşirelerim, Sultan kızım, dernekteki ülkü arkadaşlarım, gönüllüler ki, belkemikleridir derneklerin, hiçbir dernek onların ışığı olmaksızın yaşayamaz ve bağışçılar! Toplantılarımı yaptım, arzularımı bildirdim.

Gökşin geldi, diz dize, el ele oturduk, konuşurken. O anlıyor, biliyor ondan ne istediğimi. Ayşe Kulin geldi, çok az konuştuk ama çok şey söyledik. Bazı kişilerle anlaşmak için söz söylemek gerekmiyor. Başka kim vardı listemde? Galiba görmek, konuşmak istediğim kimse kalmadı. Bütün işlerimi tamamladım. Konser gecesini de atlattıktan sonra, kemoterapiyi kestireceğim. Yolcu yolunda gerek!

ÇYDD'nin yıllık genel kurulu, konser gününe denk geldi. Bu yüzden hazırlanmama yardımcı olamıyor Ayşe. Onun genel kurulda bulunması şart. Neler yapılması gerektiğini o biliyor, nasıl geçtiğini de bana o anlatacak, konserden önce.

Evde son dopingimi yapıyorlar konser öncesi. Aslında, benim dopingim, birkaç gün önce verdikleri müjdeydi! Patricia Kopatchinskaja, Cihat Aşkın, Çağ Erçağ, Tolga Salman, Burcu Karadağ ve Güvenç Dağüstün, Fazıl Say gibi, hiçbir ücret talep etmeden konser vereceklermiş o gece.

Kortizondan karpuz gibi şiş her tarafım. Hiçbir şeye sığmıyorum. Allahtan 26 Şubat'da Türkiye'de eğitime yaptığım katkılar için Koç Holding'in verdiği ödülümü almaya giderken, Ayşe'nin ısrarıyla aldığım gri pantolon takımım var.

Ödül törenine üç beş gün vardı, Van'dan telefon etti Ayşe. Rüyasında beni görmüş, saray gibi bir yerde, büyük bir kalabalığın ortasında yatıyormuşum. Üzerimde inanılmaz güzellikte, işlemeli bir yorgan varmış. Etrafımdakiler çok itibar ediyorlarmış bana, ben de çok mutlu görünüyormuşum.

"Eh bildin işte, ödül töreni herhalde çok kalabalık olacak," dedim Ayşe'ye.

"Ne giyeceksiniz hocam?" diye sordu.

"Uydururum dolaptan bir şeyler."

"Olmaz Hocam," dedi, "bana söz verin, mutlaka yeni bir şey almalısınız. Rüyamda çok şıktınız. Gerçekte de öyle olun emi!"

"Bakarız," dedim. İlahi kız, çarşıya çıkacak halim mi vardı benim!

"Hocam. Lütfen. Yeni bir şey almanız şart. Söz verin."

"Peki, söz," dedim, "Çınar burada şansına. Yarın beni hastaneye götürecekti, söylerim ona biraz erken gelir, yolda Faik Sönmez'e uğrarız."

Düşündüm ki, bunca sıkıntı içinde bana da iyi gelebilir, yeni bir kıyafet almak. Kaç sene oldu üzerime yeni bir şey giymeyeli. Faik Sönmez'in mağazasında, benim ne tarz giyindiğimi bilirler. Haber verdim önceden bir iki parça giysi hazırlamaları için. Çınar arabayı kaldırıma yanaştırdı, inip içeri girdim. Gri bir pantolon takım hazırlamışlar. Hemen getirdiler. Sadece ceketi denedim. Pantolonu deneyecek halim yoktu. Düşündüm ki, ben alayım, pantolonun beli dar gelirse Çağlayan genişletir, bol gelirse, daraltır. Elinden gelir oğlumun bu tür işler. Bir de gri, müslin bir şal verdiler, takımın renginden iki ton açık. Üzerine pembenin değişik tonlarında puanlar işlemişler. Hoşuma gitti, onu da aldım. Evde pantolonu denedim, kopçaları az kaydırmayla, uydu bedenime. Baktım Çağlayan şalı elinde evirip çeviriyor.

"Beğenmedin mi?" diye sordum.

"Çok beğendim anne ama bu şal büyük," dedi, "sen bununla rahat edemezsin. İster misin bunu ortasından böleyim, yarısını başına bandana yapalım, diğer yarısını eşarp olarak kullan?"

Benim sevgili, yaratıcı oğlum, geçti anneannesinden miras Singer dikiş makinesinin başına, bana hem bir bandana hem de bir eşarp dikti.

Allah Ayşe'nin rüyasından razı olsun, şimdi bu önemli günde giyecek doğru dürüst bir şeyim var. Yoksa balon gibi şiş bedenime ne uydurabilirdim evdeki giysilerimin arasından, bu yorgunluğumla? Bir de onun telaşını yaşayacaktım, bugün.

Sabahtan beri hazırlıyorlar beni. Vitamin veriyorlar. Tırnaklarımı kesiyorlar. Yüzümdeki lekelerin üzerine bir şeyler sürüyorlar. "Yapmayın çocuklar," dedim, "benim lekelerimle uğraşacağınıza, dua edin de sahnenin ortasına kadar yürüyebileyim, konuşma süresince ayakta kalabileyim."

"Kaç dakika konuşacaksın anne?" diye sordu Çınar.

"En fazla beş dakika!"

"Ayakta durma anne, oturduğun yerden konuş."

"Ben hiç gözükmeyeyim, kürsünün arkasından sesim gelsin öyle mi?"

Gülmeye başladık. Olacak şey mi bu söylediği?

"Tekerlekli sandalyende otur demek istemiştim."

"Ayakta durmayı denemek istiyorum Çınar. Bu benim son sahnem!"

"O halde Zeynep çok yakınında dursun, anne. Zaten koruman olarak, yanı başında durması lazım! Sana destek verir."

Fena fikir değildi. Düşecek olursam, hiç olmazsa, düşmeden yakalardı beni, rezil olmazdım.

"Zeynep'ciğim, sen yakınımda dur. Eğer başım döner, düşecek gibi olursam sana işaret veririm, beni tutarsın hemen, koluma girersin, ama ben sana işaret vermedikçe, sakın üstüme gelme emi!" diye tembih ettim, Zeynep'e.

Güçsüz gözükmek en gücüme giden şeydir. Dolu salonun önünde, konuşma yapacaksam, onurumla, ayakta, tek başıma yapmalıyım.

"Seninle başa çıkılmaz anne," dedi Çınar.

Çağlayan, Çınar ve arkadaşı Mine, beni giydirdiler. Merdivenleri inerken koluma girmek istediler, "Daha değil," dedim, "o günler de gelecek ama daha değil."

Çağlayan arkamızdan tekerlekli sandalyeyi indirdi, aşağıya. Arabaya bindik. Beni aylardır ayakta tutan törenin yapılacağı Lütfi Kırdar Kongre ve Sergi Sarayı'na doğru yola çıktık.

Arabadan inince, yine sandalyeme oturdum, binaya girdik.

"Herkes salonda yerini aldı, sizi bekliyorlar," dedi Rana.

Holü geçtik, sahnenin arka kapısından tekerlekli sandalyemi sahnenin üzerine sürdü Çınar.

Aman Allahım! Aman Allahım! Bu ne kalabalık! Böylesine tıklım tıkış, tepeleme dolu bir salon, daha önce gördüm mü ben ömrüm boyunca? Bütün koltuklar dolmuş, belli ki yer yetmemiş, koridorlar dolmuş. Yine yer yetmemiş, sahnenin sağ tarafına sıra sıra sandalyeler dizmişler, onlar da dolu. Sahnenin bana göre sol tarafında, Anadolu'nun çeşitli okullarından gelen Kardelenler'i oturtmuşlar. Üstlerinde beyaz gömlekleriyle, karda açan narin çiçeklerim benim. Sahnenin önü fırdolayı bembeyaz çiçeklerle süslenmiş. Saf, temiz, beyaz çiçeklerle. Ortada Fazıl Say ve arkadaşları duruyorlar. Benim içeri girişimle birlikte, alkış koptu.

Herkes ayakta. Alkış dinmiyor. Dinmiyor. Beni mi alkışlıyorlar? Dönüp oğluma bakıyorum, Çınar'ın gözleri yaşlı. Salonda ön sırada görebildiklerimin de gözlerinde yaşlar var. Hep alkışlıyorlar. Hiç durmadan alkışlıyorlar.

Görüyorum ki, bir ömrü boşa harcamamışım!

Bir doktorun tek arzusu, hastasını sağlığına kavuşturmak, yaşamını uzatmaktır. Ben bundan fazlasını yaptım; hastalarıma yaşam şartlarını da hazırladım, onlara iş ve aş buldum, çocuklarına kanat gerdim. Minnettarım tüm hayatımı vakfettiğim cüzamlılarıma, çünkü onların çocukları sayesindedir ki, memleketimin binlerce başka çocuğuna da uzanabildim. Yoksul olmaları, çaresiz olmaları koşuluyla, hiç ayırım yapmadan, Türk, Kürt, Süryani, vs. demeden, kırsalın evlere hapsedilmiş kızlarına kapıları araladım, ışık tuttum yollarına. Beni hırpaladılar, yerden yere vurdular, ne gâvurluğum kaldı, ne Kürtçülüğüm, ne de komünistliğim. Şu son aramayla da darbeci yerine kondum. Umurumda bile olmadı. Çünkü ben, gâvur, Kürtçü, komünist veya darbeci değilim. Ben sadece, yüreği insan sevgisiyle dolu bir hekimim. Ülkemi, insan haklarına ve hukuka saygılı, demokrasiye inanan hükümetlerin idare etmesini isteyen bir vatanseverim. Hayatım boyunca tek isteğim, iyi ve dürüst bir insan olmaktı. İyi ve dürüst insanlarla birlikte yaşamaktı. Şu anda beni alkışlayanlar, benim gibi iyi ve dürüst insanlar. Benim gibi onlar da bu ülkede, hukukun üstünlüğüne güvenerek, özgür ve onurlu yaşamak istiyorlar. Bana tuttukları alkış, şu sol tarafimda oturan çocukları, ortaçağ karanlığından çekip ışığa, aydınlığa yürütmek için verdiğim çabaya, başka şeye değil. *Kaya diplerinde açmış çiğdemlere benze-*

yen çocuklara, vadettiğim, insanca yaşam için bu alkışlar.

Fazıl, J.S. Bach'ın bir piyano uyarlamasını çalıyor. Ben, Kardelenlerimin, beyaz kelebekler gibi hayatın içinde uçuştuklarını, köy öğretmenleri, ebeler, doktorlar avukatlar olduklarını hayal ediyorum. Fazıl, Beethoven'dan bir sonat çalıyor. Benim çocuklarım da müzisyen, ressam, yazar oluyorlar. Kendi başarı öykülerini kaleme alıyorlar. Fazıl, Bartok'tan Romen dansları çalıyor şimdi. Benim kızlarım dans ediyor. Balerin olmak isteyen biri vardı aralarında. Bembeyaz bir tütüyle dolanıyor etrafımda o, bir kar tanesi gibi.

"*Odam Kireç Tutmuyor*"u dinliyorum, Nâzım'ın "*Bugün Pazar*"ını dinliyorum, "*Memleketim*"i dinliyorum; bu kez lepralılarım geçiyor önümden, pençeleşmiş elleriyle çiçekler uzatarak bana. Lepralılarımın anneleri, eşleri, çocukları geçiyorlar, yüzlerinde aydınlık gülümsemelerle. Hayat geçiyor, önümden. Hayat, sana teşekkür ederim tekrar tekrar, bana güzel işler yapma gücü verdiğin için! Perde inmek üzereyken, birileri bir şeyler söylüyor, birileri elimi öpüyor, alkışlar devam ediyor, yüreğimdeki ses, her şey iyi olacak diyor ama benim kulaklarımda sadece bir şiirin mısraları uğuldamakta. Sadece o mısraları duyuyorum artık, sadece o mısraları...

...

Kır ve dağ çiçeklerini istiyorum,
Kaderleri bana benzeyen,
Yalnızlıkta açarlar kimse bilmez onları
Geniş ovalarda kaybolur kokuları
Yurdumun sevgili ve adsız çiçekleri
Hepinizi, hepinizi istiyorum, gelin görün beni
Toprağı nasıl örterseniz öylece örtün beni

...

Ben bir bahçe suluyordum gönlümden
Kimse bilmez, kimse anlamaz dilimden
Ne güller fışkırır çilelerimden
Kandır, hayattır, emektir benim güllerim
Korkmadım, korkmuyorum ölümden
Siz çiçek getirin yalnız, çiçek getirin... *

---

* Ceyhun Atuf Kansu, *20. Yüzyıl Türk Şiir Antolojisi*, Bilgi Yayınevi, (2009)